この物語を真っ先に読

バーバラ、ドナ、ライ

そしてロスへ——あな

感謝します。

# 惑わされた女

## おもな登場人物

ジャッキー・カミンスキー――スポケーン市警察北西分署の刑事
ブライアン・ウォードロー――ジャッキーの相棒
カルメン――ジャッキーの隣人
アイリーン・カミンスキー――ジャッキーの祖母
マイケル・パネシビック――誘拐事件の被害者
リー・メロン――マイケルの母親。小学校教師
ステファン・パネシビック――マイケルの父親。大学教授
ヘレン・フィリップス――マイケルのベビーシッター
オールデン・メロン――リーの父親。元州検事総長
バーバラ・メロン――リーの母親
モニカ――メロン家の家政婦
ミロスラブ、イヴァーナ――ステファンの両親
ザーン、ミーラ――ステファンの弟夫妻
アレクサンドラ――家出少女
ポール・アーヌセン――大工。自称サイキック

# 1

ジャッキー・カミンスキーはシャワーを出しっぱなしにして脚のむだ毛を剃《そ》っていたが、これがどうにもうまくいかなかった。第一に剃刀《かみそり》の刃がなまっていて、もう交換の時期にきているのだ。もっともたとえ新しい刃を使っているときでも、ジャッキーには最後までていねいに剃るだけの根気が欠けている。

「あーあ！」いまもくるぶしのあたりを切ってしまい、思わずぼやき声がもれた。鮮血がシャワーヘッドから降りそそぐ湯とまじりあい、濡《ぬ》れたタイルの上を細く流れていく。

ジャッキーは身を乗りだしてトイレットペーパーを引きちぎり、くしゃくしゃとまるめて傷口に押しあてた。それからバスマットの上に移動し、しなやかな筋肉質の体を拭《ふ》きはじめた。

三十二歳になったいまでも、その抜群のスタイルにはトラックの運転手や建設作業員が口笛を吹き鳴らす――少なくとも制服を着ていないときは。

湯気で曇った鏡に視線を投げかけ、彼女はふと考えこんだ。最後にこの裸身を男の目にさらしたのはいつのことだっただろう？　ここのところ仕事が忙しく、その種の冒険とはすっかり縁遠くなっている。仕事に追われ、いつもくたくただ。

ドライヤーのスイッチを入れ、つややかな黒いショートヘアを乾かしはじめると、髪を伸ばそうかという考えがひょいと頭をかすめた。まだ服務規定に触れるほどには伸びておらず、ブラウスの襟にかからない程度の長さで無造作に顔を取り巻いている。こざっぱりとしたヘアスタイルで見苦しくはないが、しゃれているとも言いがたい。

念願の刑事になったのが二年前、以来ジャッキーは私服で仕事をしている。髪も伸ばしたければ伸ばしていいのだが、十二年間続けてきた習慣はなかなか抜けないものだ。それに彼女自身あまり身なりに構うほうではなく、こういうことを考えるのもほんの数分が関の山だ。

くるぶしにくっつけたトイレットペーパーには血がにじみ、赤いしみが広がっていた。ジャッキーはドライヤーをとめて絆創膏《ばんそうこう》を捜しだした。それを傷口に貼《は》り、白いふわふわのソックスにグレーのジョギングパンツ、そしてスポケーン市警の紋章入りスウェットを身につける。身支度が終わると、推理小説を一冊とオークランドの友達にあてた書きかけの手紙、作成中の月次報告書を手にとった。

それからふと思いつき、冷蔵庫の中のバナナとりんご数個をビニール袋に入れた。カルメンが果物を切らしがちであることは経験上わかっていた。

ソックスのまま自分のアパートメントを出て、はす向かいのドアをノックする。

「ジャッキー？」ドアの向こうから声がした。「あなたなの？」

「ええ、わたしよ」

ドアが勢いよく開いた。ブルネットのきれいな女がジャッキーを中に引っぱりこんで抱きしめた。「ああ、あなたってほんとうにいい人だわ、ジャッキー」彼女は言った。「金曜の夜だっていうのに、わたしが出かけられるようにベビーシッターを引き受けてくれるなんて……」

「たいしたことじゃないわ」ジャッキーは穏やかに言った。「金曜の夜だからって、わたしにはなんの変わりもないのよ。夏のあいだは週末も働きづめだし。それに、ほかにすることがあるわけでもないしね」

カルメンは首をふってみせた。「とにかくティファニーはもう寝てしまったわ。だから、ただいてくれるだけでいいの。もう目は覚まさないと思うわ」

カルメンは支度を終えるために寝室に戻り、ジャッキーは果物や本や書類を古びたグリーンのソファーの上に置いた。それからりんごを手に、居間を横切ってもうひとつの寝室をのぞきに行った。カルメンの四歳の娘がぬいぐるみに囲まれ、ひだつきのピンクのキルトにくるまっていた。

ジャッキーはカルメンの寝室に向かって声をかけた。「もう寝ちゃったなんて残念。テイファニーとばば抜きをやりたかったのに」

「そうなの？」カルメンが言った。「いつもあなたが負かされるくせに」

「あら、近ごろじゃわたしも強くなったのよ」ジャッキーはにっと笑った。「たまには勝つことだってあるんだから。それで、あなたの王子さまは何時ごろ来るの？」

「あと十分ほどで来るわ。あなたもきっと気に入るわよ、ジャッキー」カルメンの口調が熱っぽくなった。「トニーはそれほどハンサムでもないし、あと何キロかやせたほうがいいかもしれないんだけど、わたしやティファニーにはとっても優しいの。それに、自分でベーカリーを経営しているのよ」

「そんな甲斐性《かいしょう》があって、あなたたちに優しくしてくれる男性なら、もうそれだけでわたしも気に入ったわ」ジャッキーはりんごをかじりながら言った。

居間に戻り、ソファーにどさりと腰かける。そのときテレビの映像がジャッキーの目を吸い寄せた。制服姿の警察官がカメラに向かって何かしゃべっている。

「ちょっと、カルメン」ジャッキーは言った。「この金曜の夕方に、ケント・パクストンはテレビで何をやってるの？」

カルメンが片手でシルバーのイヤリングをつけながら、寝室から出てきた。もう一方の手にはハイヒールの靴を持っている。「あら、かわいい子ね」職務熱心な若い警察官を見て言う。「あなたの知りあい？」

「もちろんよ。同じ分署で働く同僚だもの。いったい何があったの？」

「ノースタウン・モールで誘拐された男の子のことをしゃべっているんでしょうよ」カルメンが答えた。「あと何分かしたら、母親がテレビを通じて犯人に呼びかけるはずよ。あなた、テレビを見ていなかったの？」

「ひとりでうちにいるときには見る気がしないのよ」ジャッキーは画面に目を釘《くぎ》づけにしたまま、うわの空で言った。「さっきはステレオでフルート・コンチェルトを聞いていたわ」

「フルート・コンチェルト！」カルメンが驚いたように声をあげた。「ちょっとジャッキー、人が聞いたらなんて高尚な趣味の持ち主なのかと思うわよ」

「いいのよ、ほんとに高尚な趣味の持ち主なんだから。いなくなった男の子というのはいくつですって？」ジャッキーはケント・パクストンがショッピングモールの正面玄関付近を移動するのを見つめた。彼のあとをカメラマンや記者の一団がぞろぞろついていく。

「三歳ですって。母親が少し目を離した隙《すき》に、煙みたいに消えてしまったそうよ。すでに州全土にニュース速報を流し、広く一般に情報を求めているわ。それにしても母親は気の毒にね」カルメンがつぶやいた。「とてもじゃないけど耐えられないと思うわ。わたしだったら死んじゃうわよ」

ジャッキーは画面に目をやったままだ。若い同僚がショッピングモールのあちこちの出入り口を指さしながら、警官が配置されていることを説明している。その間にカルメンは靴をはき、ソファーの上の鏡で化粧の仕上がりをチェックした。

「こんなものでいいかしら?」

「とてもきれいよ」ジャッキーは隣人にほほえみかけた。

カルメンはジャッキーが勤める分署にほど近い店で美容師をやっている。この町に暮らすジャッキーにとって、彼女とティファニーは家族みたいなものだ。

いや、この町以外のところでも、彼女たち以上に家族的なつきあいのできる相手などひとりもいない、と苦々しい気持ちで心につぶやく。

「あ!」カルメンが再びテレビに目を向けた。「母親が出てきたわ。かわいそうに、気が動転しているみたいね」

ジャッキーはうなずいた。画面の女は二十代後半、ほっそりした長身の体を白いシャツとカーディガンと色あせたジーンズに包んでいた。目はブルーで、後ろに流した長い髪は暗めのブロンド。繊細な顔だちだが、唇が目に見えて震えている。彼女は不安げに警察官のほうを見やった。ケント・パクストンが励ますようにうなずくと、また改めてカメラに向き直る。

「わたしはリー・メロンといいます」かぼそい声だ。「わたしの息子は……息子の名前はマイケル・パネシビック。まだ三歳なんです」カメラが寄り、彼女をアップでとらえた。

「どうかお願いです。マイケルの居所をご存じのかたがいたら、どうか……」声をつまらせてうなだれる。

若い警官が彼女の肩に腕をまわした。彼女はしっかりとうなずき、気を静めて先を続けた。

「お願いです」涙をこらえようとまばたきしながら繰りかえす。「どうかあの子に危害を加えないでください。あの子といっしょのかた、あるいはあの子の居所をご存じのかた、どうか最寄りの警察署に連れていってください。そこであの子を車から降ろし、そのまま走り去ってしまえば、あなたの正体は誰にもわかりません。あなたの身は安全です」

カメラはリー・メロンの言葉が終わっても、容赦なくその顔をとらえつづけた。ついに彼女が顔をそむけると、映像はローカルニュースのアナウンサーに切りかわった。行方不明になった子どもの小さな写真をかかげ、どうぞ情報をお寄せくださいと重ねて市民の協力を乞《こ》うている。

カルメンもいまではジャッキーの横に座って、画面を注視していた。はらはらとこぼれる涙のせいで入念なメイクが台なしだ。

「ねえ、ジャッキー」カルメンは言った。「あの子、無事に見つかるかしら?」

ジャッキーはコーヒーテーブルの上の箱からティッシュを二枚抜きとって、一枚をカルメンに渡し、もう一枚で食べ終えたりんごの芯《しん》をくるんだ。リー・メロンの顔を思い出し、涙をたたえたブルーの目が視聴者の心を揺さぶったであろうことを考える。

「もちろんよ、カルメン」ジャッキーはようやく答えた。「警察が必ず見つけだすわ」

やがてトニーがカルメンを迎えに来て、ふたりして出かけてしまってからも、ジャッキーはテレビを見ながらじっと物思いにふけっていた。今夜ティファニーのベビーシッターを引き受けてしまったことがつくづく悔やまれた。勤務時間外ではあるけれど、できるものならノースタウンに駆けつけて捜査に加わりたかった。今夜は警察やショッピングモールの警備課にとって、長く狂おしい夜になるに違いない。


リー・メロンはモールの正面玄関のそばに立ち、駐車場のほうを見つめていた。テレビの取材班がバンを移動させ、警察犬を連れた係官のあとをついてまわっている。大きなジャーマン・シェパードは引き綱をぐいぐい引っぱりながら、駐車場内の匂《にお》いを精力的にかぎまわっていた。六月最後の日の夕日はまだ地平線の上でくすぶって、駐車場に鈍い金色の光をあふれさせている。風が強くなり、あたりに散らばったごみを薄汚れたコンクリートの上に舞いあげている。

リーは身震いしてわが身を抱きしめた。隣の若い警察官に向かって言う。「さっきのわたし……あれでよかったんでしょうか？」

警官は力づけるようにほほえんだ。「上出来でしたよ。さっきも申しあげたとおり、テレビで呼びかけをおこなうのは視聴者の注意を喚起し、身のまわりに何か不審なことがないかどうか気をつけてもらうためであって、誘拐犯を追いつめたり刺激したりするためではないんです。犯人には、坊っちゃんを解放しても自分は捕まらずにすむんだと思わせるべきなんですよ」

「それでは、わたしの言いかたはあれでよかったんですね？」リーは震える手を拳《こぶし》にかため、カーディガンのポケットに突っこんだ。

「たいへん結構でしたよ。さあ、中に入りましょう」ケント・パクストンは彼女の肩を抱いた。「モールの事務室で腰を下ろしましょう」

彼らのかたわらにはマイケルのベビーカーが置かれ、シートの部分に小さなジャンパーがのっていた。リーは近づいていってジャンパーをとり、これという目的もなしに手の中で引っくりかえした。

ジャンパーはとても小さい。袖口《そでぐち》と襟がニットになった赤のサテンで、背中にミッキーマウスの絵がプリントされている。

「これは去年の夏、ディズニーランドで買ってやったものなんです」リーはつぶやいた。

「わたしと主人がまだ――」

そのとき別の警官が近づいてきて、パクストンに何事か耳打ちした。リーは彼らの話が終わるのを固唾《かたず》をのんで待った。

「どうしたんですか？」警官が立ち去ってしまうと、リーはパクストンに尋ねた。「また

「別に心配なさるようなことではありません」パクストンは答えた。「またモールをあけ

モールをあけなければならないんですが、各出入り口に監視が張りついていますから」

「モールをあける？　どういう意味です？　モールは九時まであいているはずだわ」

「ここ三十分ほどは人が出入りできないよう封鎖してあったんですよ。坊っちゃんはまだ中にいるかもしれない。誰かが坊っちゃんを連れて出ようとしたら、すぐにわかります」

「ああ、マイケル」

リーは息子のジャンパーに顔をうずめてつぶやいた。パイルの裏地にはまだマイケルの匂いが残っている。ベビーパウダーと日なたと健康的な幼い男の子の匂いが。

「お願いです」彼女はパクストンに向かって言った。「どうかあの子を見つけだしてください。マイケルはまだ小さいんです。わたしと離れ離れになって、どんなに心細い思いをしているか……。出勤途中でベビーシッターに預けるときにも、決まって泣くんです。すぐに帰ってくるとわかっているときでさえ泣きだしてしまう。きっといまごろ――」

「大丈夫ですよ、ミズ・メロン。必ず捜しだしますから。さあ、中に入りましょう。モールの事務室で詳しい事情をうかがいます。マイケルを助けるためにも、いまは落ち着くのが一番だ」

リーはうなずき、彼とともにモールの中に入った。大勢の買い物客が玄関のほうに向か

ってぞろぞろと歩いてくる。リーが空のベビーカーを押しているのを見ると、痛ましげな顔で互いにひそひそ言葉をかわしあった。

むろん本心から心配してくれているのだろうが、リーは裸にされて辱めを受けているような気がした。彼女の苦悩が何百人もの好奇の目にさらされているのだ。うつむいて、ダークブルーの制服に包まれた背中のあとをひたすらついていき、がらんとした部屋に入る。パクストンがドアを閉めると、リーは心底ほっとした。

若い警官は携帯用無線機に向かって自分たちがいる場所をきびきびと告げ、それから無線機を腰に戻した。「ここはモールの警備室です」彼は言った。「しばらくここで待っていましょう。コーヒーでも飲みますか?」

リーはかぶりをふり、椅子に腰かけてベビーカーを引き寄せた。小さな赤いジャンパーをまた顔に持っていく。

胸の中はわが子への思いでいっぱいだ。頭がまともに働かないし、不安と恐怖で息がつまりそうだ。

ケント・パクストンはデスクの前の椅子に腰を下ろし、手帳を開いた。「これからいろいろと質問にお答えいただかなくてはなりません。手始めに、ご自宅の住所とお子さんがいなくなるまでのいきさつからうかがいましょう。よろしいですね?」

リーは何度かうなずき、なんとか声を出そうとした。「結構です」やっと声が出た。

「では始めます。お住まいはスポケーンですか?」

「ええ、生まれたときから。わたしの一族がワシントン州のこの地に住みついて、もう……百年以上になります」

警官ははっとしたように顔をあげた。「ひょっとすると、あなたはミスター・オールデン・メロンのお嬢さんなんですか?」

「ええ」リーはマイケルのジャンパーのジッパーをいじりながら、物憂げに答えた。

「そうでしたか」彼は興味をそそられたようにじっとリーを見てから手帳にペンを走らせた。「ご両親のお宅はたしかサウス・ヒルでしたね?」

リーは無言でうなずく。

「あなたご自身は? 現在どちらにお住まいで?」

「このモールからそう遠くないところです。この北のローマ・ビスタ・パークです」リーは所番地を告げ、彼が書きとるのを見守った。

「さて」パクストンは顔をあげた。「お子さんとモールに来たのは今日の何時ごろでしたか?」

「六時ごろ。フードコートでサンドイッチを食べてから、しばらくあちこちのお店をひやかして歩きました」

「おもちゃ屋に入ったのは何時ごろ?」

「七時直前だったと思います。マイケルが……」リーは言葉を切り、ぐっと唾《つば》をのみこんだ。「先週がマイケルの三歳の誕生日だったんです。あの子のお祖父《じい》ちゃんとお祖母《ばあ》ちゃんからあの子あてにかなりの額のお金が送られてきたので、おもちゃを買ってあげる約束でした。あの子の好きなおもちゃを……」

「お子さん自身におもちゃを選ばせてあげるおつもりだったんですね？」

「マイケルはなんでも自分でやるのが好きなんです。だからときどきは……好きなようにさせていました」

「うちの子におもちゃを選ばせたら、電車かニンテンドーのゲームばかりになっちまいますよ」ケント・パクストンは苦笑まじりに言った。

リーは小さなジャンパーを握りしめ、泣くまいとして体を揺すった。「わたしが……わたしがあの子から離れさえしなかったら……」

「大丈夫ですよ、ミズ・メロン。どうか落ち着いてください。おもちゃ屋に入ったあとはどうなさいましたか？」

「あの子を手ごろな値段のおもちゃの陳列棚まで連れていき、そこにあるものならどれでもいいと言ってやりました。そして……そしてベビーカーから降ろしてやり、大きい子にするみたいにマイケルひとりで選ばせようとそばを離れました。おもちゃ屋を出て、隣の店のウインドーに飾られた服を見に行ったんです。よさそうな夏物のワンピースがあったので、値段を見るため店内に入りました。でも、入ったすぐのところから、一分おきぐらいにおもちゃ屋の出入り口のほうを見て、マイケルが外にさまよい出ないよう気をつけていたつもりです。なのにおもちゃ屋に戻ったら、マイケルは……」リーは身震いし、涙をのみくだした。「いなくなっていました」ようやく言う。「あの子の姿はどこにも見当たりませんでした」

「そのことを誰かに言うまで何分ぐらい捜しましたか？」

「さあ……」リーは目をとじ、深々と震えがちな息をついた。「たぶん五分か十分ぐらいのものでしょう。店じゅうを捜しまわり、そのあと外の子ども広場を捜し、さらには右側、左側と通路を見ていきました」

「そうしておもちゃ屋に戻り、店員に事情を話したんですね？」

「ええ。彼女といっしょに、さらに何分かかけて店の物置や奥の事務室まで捜し、それからモールの警備員に通報したんです。館内放送をしてもらって、誰かが連れてきてくれるのを十五分ほど待ちました。警備のかたが警察に連絡したのはそのあとだと思います」

リーはジャンパーを膝に置き、震える指をなめらかな赤いサテンの生地に這《は》わせた。

「おもちゃ屋の店内で何かいつもと違うことはありませんでしたか？」

リーは眉をひそめて思い出そうとした。「そういえば……入り口近くでちょっとした騒ぎがあったわ。十歳ぐらいの男の子のグループが、かごに入れてあったプラスチックの剣でふざけて暴れまわったんです。お店の人がとめようとしたけれど、すごく無作法な子たちだったわ。彼女、ずいぶん困っているようでした。彼女が子どもたちをとめようとするあいだ、みんなそちらを見ていたわ」

「しかし、あなたがマイケルを置いて店を出たときには、その騒ぎはおさまっていた?」

リーは首をふった。「騒ぎに気づいたわたしは心配になってあの子の様子を見に戻ったんですけど、マイケルは子どもたちには気づいてもいませんでした。棚の前にしゃがみこんで、下のほうに飾られた小さな戦士のお人形か何かを見ていたわ」

「マイケルの服装はさっきうかがったとおりで間違いありませんね?」パクストンは手帳をのぞきこんだ。「デニムのオーバーオールに赤と白のボーダーのTシャツ、赤いキャンバス地のスニーカー」

「青い靴紐《くつひも》です」リーが機械的に言った。「靴紐が青だということ、言いませんでしたっけ?」

警官のまなざしがいたわりに満ちた柔らかいものになった。「いや、靴紐のこともちゃんとおっしゃってますよ」

リーは唇をかみ、警官の頭上の薄いグレーの壁に視線をすえた。

これは悪い夢にすぎない、と自分自身に必死に言い聞かせる。すべてが夢にすぎず、目が覚めたらマイケルは廊下の先の寝室ですやすやと眠っていることだろう。

## 2

リーはケント・パクストンが運転するパトカーの助手席で、不安をかかえてしょんぼりしていた。夏の夜はあたたかく、空には満天の星が輝いていた。細い新月が空高く地平線の上にかかっている。

パトカーの後ろには二台の車が続いていた。一台はリーの車で、警官が運転しており、もう一台はその警官をリーの家からショッピングモールに連れて帰るためのパトカーだ。

無線が始終耳障りな音をたて、断片的な情報を伝えてくるけれど、どの情報もみな真偽のほどは疑わしそうだ。パクストンは言葉少なに応答し、時おり気づかわしげにリーをうかがい見た。

家に着く前に、彼は署に無線連絡をとった。「今夜ミズ・メロンの家に泊まりこめる刑事はいませんかね？　カミンスキー刑事ならつかまるんじゃないかな。彼女の家はここからそう遠くないはずです」

リーはぎょっとして顔をこわばらせた。「やめてください」無線を切ったパクストンに抗議する。「付き添いなんて必要ありません」

「犯人が身代金目的でお子さんを誘拐したのだとしたら、今夜のうちに連絡があるかもしれませんよ」パクストンは優しく言い聞かせた。「われわれはあなたをひとりにしたくないんです」

「でも、姉が……エイドリアンが来てくれるでしょうから。今夜姉はチャリティ関係のパーティに出ているんですけど、もうじき帰宅するはずです」

「それではお姉さんがつかまったら、お姉さんに来てもらいましょう。お姉さんが無理だったら、署のほうから誰か来させます」

リーは彼と議論しても無駄だと黙りこんだ。家に着くと、パクストンは車から降り、リーの車のためにガレージの扉をあけてやって、運転席にいた警官と少し言葉をかわした。やがて後続のパトカーはまた闇《やみ》の中を走り去っていった。通りにはマスコミが集まっていたが、パクストンは彼らがリーに群がるより早く、彼女を家の中へとせきたてた。

「マイケルのもっと大きい写真がほしいということでしたわね？」リーが玄関ホールで立ちどまって言った。

「ええ、お願いします。それから、できればあなたやご家族の写真も貸していただけませんか？　特にご主人の写真を。キッチンはどちらです？」パクストンは尋ねた。「あなたが写真を探すあいだにコーヒーでもいれておきますよ」

リーは彼をキッチンに案内し、コーヒーの粉が入った缶とフィルターを出してから写真を見つくろいに二階に行った。

キッチンに戻ると、パクストンが制服の上着を脱いで椅子の背にかけ、テーブルの前に座って手帳に何か書きこんでいた。コーヒーがポットにしたたり落ちる音が、夜のしじまの中でほっとするほどあたたかく聞こえる。

「勤務先はどちらですか、ミズ・メロン?」マグやクリーム、砂糖やオートミール・クッキーを並べるリーに、パクストンが問いかけた。リーは心が麻痺《まひ》したようなぼんやりした状態で、ただ機械的に手を動かしている。

「ミズ・メロン?」パクストンがやんわりと促した。

リーは椅子に腰かけ、なんとか気を落ち着けた。「ごめんなさい。わたしのことはリーって呼んでください。勤務先はサウスウッド小学校。三年と四年を教えていますけど、学校は二週間ほど前から夏休みに入ってます」

「マイケルの父親の勤務先は?」

「スポケーンのゴンザーガ大学で政治学を教えています。名前はステファン・パネシビック」

リーは家族で写した写真を差しだした。まだ一歳ぐらいのマイケルのほか、彼女自身と別れた夫が写っている。

パクストンは写真をしげしげと見た。「ご主人とは離婚したとおっしゃいましたね？」

「ええ」リーは立ちあがってコーヒーポットをとり、湯気の立つ飲み物をふたつのマグについだ。

「いつごろ？」

「別居したのは去年の八月からですけど、離婚が成立したのは半年ほど前、一月のことでした」

「ご主人の所在がまだつかめていないんですが、心当たりはありませんか？」

リーは首をふった。

「まあ、今夜はたまたま外出なさっているのかもしれませんね」パクストンはまた手帳にペンを走らせた。「ミスター・パネシビックはどのくらいの頻度でマイケルに会っているんですか？」

リーは椅子の背もたれに体をあずけ、震える両手でマグを握りしめた。パクストンははっとして彼女を見つめた。

「リー？」再び口を開く。「お子さんとの面会条件はどうなっているんですか？」

「彼は……ステファンは毎週土曜の午前十時から寝る時間までマイケルと過ごせることになっています。それが離婚に際しての条件だったんです。でも、ここ数カ月は……」

「マイケルを迎えにも来なかった？　そういうことですか？」

リーは首をふり、表情を引きしめた。「彼は迎えに来るんですけど、わたしが……わたしがマイケルを渡さなかったんです。だから四月以来、ステファンはあの子を外には連れだしていません。四月からは二、三度会っただけで、それも……わたしが在宅しているときに、この家で数時間マイケルと過ごしただけ」

「なぜ？　彼がマイケルを虐待するとか？」

「いえ、そういうわけじゃありません。別居中や離婚して間もないころには、毎週マイケルを連れだしていました。よくステファンの両親の家に行っていたんです」

「場所はどこです？」

「ステファンの親はペインテッド・ヒルズ・ゴルフコースのそばに住んでいます。農場を経営していて、庭が広く、動物や鶏を飼っているんです。マイケルはそこがことのほか好きで」

「それでは、四月に何があったんですか？　なぜ父親がマイケルを連れだすのをとめるようになったんです？」

「わたし……怖かったんです」リーはつぶやいた。

「何が？」

「いまも怖くて……」リーは声をかすれさせ、神経質に咳払《せきばら》いした。「マイケルとステファンをふたりきりにしてしまったら、彼、あの子をクロアチアに連れて帰って、わたしとはもう二度と会わせてくれないんじゃないかと」

パクストンはびっくりしたように目を見開いた。「別れたご主人はアメリカ市民ではなかったんですか？」

「アメリカの市民権はまだ認められていないんです。ゴンザーガ大学で五年間　教鞭《きょうべん》をとってきたのは講師用のビザを使ってのことで、そのビザも毎年更新してきました」

「マイケルはどうなんです？　アメリカとクロアチア、両方の市民権を持っているんですか？」

リーはかぶりをふった。「アメリカの市民権は持ってますけど、ステファンはクロアチアの市民権も取得させたがっていました。そのことでずっとわたしをせっついてきたんです。でも、わたしは……わたしは応じませんでした。それも不安の種だったんです」マグの中味に視線を落として続ける。「ステファンはマイケルにふたつの国籍を与えるべきだと言いはってる。彼、あの子にパスポートもとらせたがっているんです」

「マイケルはまだパスポートを持ってない？」

「ええ。わたしのパスポートであの子も旅行できますから」

パクストンは手帳にメモした。「しかし父親のパスポートで旅行することはできない。なぜなら父親にはアメリカの市民権がなく、マイケルのほうにはクロアチアの市民権がないから」

「そのとおりです」

「だったら、いまの段階でご主人がマイケルを国外に連れだすのは非常に難しいということになるんじゃありませんか？」

「ステファンはこうと決めたらどんなことだってできる人です。とても……強引なんです」

「しかし二重国籍どうこうという以外に、何かはっきりと脅すようなことを口にしたんですか？　マイケルをさらう計画を立てているんじゃないかとあなたに疑われても仕方のないようなことを何かしたとか？」

リーは絶望的な気分になって、膝の上で両手をねじりあわせた。ステファンの性格的な激しさ、冷酷さ、彼の家族の絆《きずな》の恐ろしいほどの強さを、いったいどう説明したらわかってもらえるのだろう？

それに、ステファン・パネシビックのような男にとって初めてできた息子がどれほど大事なものか、この若いアメリカ人の警察官にどうして理解できるだろう？

「いえ、でも……ステファンならそのくらいのことはやりかねません」ようやくリーは言った。「ほんとうなんです。少し気に入らないことがあると、ぞっとするようなせりふを口にするんです」

「たとえば？」

「それはもう、ありとあらゆることを。たとえば……ああ、すみません。なんだか頭が混乱して、すぐには思い出せないわ……」

「わかりました。それでは四月に何があったのかということに話を戻しましょう」パクストンは人さし指で物思わしげに鼻の下をこすった。「四月まではあなたもすんなり坊やを預けていたわけだ。それが急に怖くなったのはいったいどうしてです?」

「ステファンと大学との契約が四月なかばで切れたんです」リーは言った。「彼も学期の途中ではさすがに逃げだせなかったでしょうが、いまの彼にはスポケーンにいなければならない理由などひとつもありません。それに、彼がこの世で何よりほしがっているのがマイケルなんです」

「そういうことはもっと早く話していただきたかったですね」パクストンは難しい顔で手帳をにらんだ。

「もうひとつ、お話ししておかなければならないことがあります」

「なんです?」

「昨日、審理があったんです。わたしが面会権を侵害していると、ステファンが裁判所に訴えたもので」

「家庭裁判所に?」

「ええ。彼、土曜にマイケルを預けてもらえなくなったと申し立てていたんです」

パクストンは鋭い目でリーを見た。「その審理が昨日おこなわれたと？」

「ええ、午後の早い時間に」

「それで裁判所の判断は？」

「判事は……」リーはそこでひとつ深呼吸した。「判事はわたしに命令に従うよう言いました。それに……」

声をとぎれさせ、やっとの思いで涙をこらえる。

「それに？」若い警察官が問いかけた。「それに、なんです？」

「ステファンには土曜の十時にマイケルを連れだす権利がある、と言いました。わたしが応じない場合には、警察官を同行してその権利を行使してもよい、と」

「それを聞いて、あなたはどう感じましたか？」

「ショックでした。週に一度でもマイケルをステファンに預けなくちゃならないなんて……。ステファンにはわたしからあの子を奪いとることだってできるんです。すごく……無慈悲な男なんです」

パクストンは写真に写っている家族の笑顔を見た。「それでは今日のことも、ご主人が坊っちゃんを拉致《らち》したのだと思いますか？」

「わかりません」

「モールで誰かにあとをつけられていた可能性は？」

「それは……あるかもしれません。モールは混《こ》んでいたし、わたしも後ろを気にしていたわけではありませんから」

「あなたとマイケルがノースタウン・モールに行くことを知っていた人は？」

リーは眉間《みけん》に皺《しわ》を寄せて考えこんだ。「母には昨日電話で話しました。裁判の結果を聞くために、母のほうからかけてきたんです」

「ほかには？」

「当然ヘレンにも言ってあったし……」

「ヘレンというのは？」

「ヘレン・フィリップス。ベビーシッターを頼んでいる女性です。わたしの子どものころからの知りあいなんです。サウス・ヒルの実家から数ブロックのところに住んでいるので……。夏休みのあいだはベビーシッターを頼む必要もないのだけれど、昨日は裁判所に行くときに、彼女にマイケルを預けていったんです」

「彼女の住所は？」

リーはそらで住所と電話番号を言った。

「ヘレンについて、もう少し詳しく教えてください」

「そうですね……年はもう五十ぐらいになるかしら。古い家で母親の面倒を見ながら暮らしています。お母さんの名前はグレース・フィリップス」

「ヘレンは独身なんですか？」

「昔、ポートランド出身の若い兵士と婚約していたけれど、あいにくベトナムで戦死したそうです」リーは少しかたい笑みを浮かべてみせた。「当時は姉もわたしもまだ子どもでしたから、近所のお姉さんの悲恋に、なんてロマンチックなのかと胸を熱くしたものでした」

「ヘレンはなぜベビーシッターをやっているんです？　住所から判断すると、働く必要があるとは思えませんが」

「ええ、それはもちろん。あの家にはまだかなりの資産があるはずです。ただ、彼女はマイケルをとてもかわいがってくれているんです。あの子が彼女の生活を明るくしているんでしょう」

「ベビーシッターとしてはどうです？」

「最高です。マイケルの世話をしてもらうのに、あれ以上の人は望めないわ」

パクストンは手帳を見た。「あなたがたがモールに行くのを知っていた人物について話していたんでしたね。ほかに誰かいますか？」

「ステファンも知っていました。おととい、審理があった前の日に電話で話したんです。あのときはかなり不愉快な言い争いになってしまったわ」

「何が原因で？」

「ステファンの両親がマイケルの誕生日プレゼントとして送ってくれたお金のことで。ステファンはそのお金を何に使うつもりかと詰問してきました」

「それであなたはなんと？」

「金曜の夜にマイケルをモールに連れていって、好きなおもちゃを選ばせてやるつもりだと答えました。それに、親が送ったお金の使い道がそんなに心配なら、次の日にわたしからミロスラブとイヴァーナに直接電話して、マイケルが何を買ったか詳しく説明すると言ってやったわ」

「ミロスラブと……？」

「ミロスラブとイヴァーナ・パネシビック。ステファンの両親です。さっきも言いましたけど……」リーは辛抱強く説明した。「市の南東部で農場をやっているんです」

パクストンは手帳のページをめくった。「ペインテッド・ヒルズ・ゴルフコースの近くですね？」

「ええ」

「どうもよくわからないんだが、両親がここスポケーンに住んでいるのに、息子であるご主人がクロアチアの市民だとは、いったいどういうわけなんです？」

「ミロスラブとイヴァーナは二十年ほど前にクロアチアからアメリカに渡ってきたんです。そのときにステファンの弟も連れてきましたけど、ステファン自身はもうひとりのお兄さんといっしょにクロアチアに残りました。お兄さんはいまもクロアチアに住んでいます」

「弟さんの名前は？」

「ザーン・パネシビック。十代のときに親に連れられてこっちに移住してきました。いまでは三十歳を過ぎ、スポケーンで市の造園技師として働いています」

「結婚は？」

リーはコーヒーをすすった。「しています。奥さんの名前はミーラ。ミーラはインテリアデザイナーです。子どもはデボラという女の子がひとり。年はマイケルより八カ月ほど上です」

「彼らとあなたはうまくいっているんですか？」

「まあ、マイケルとデボラが大の仲よしだし、ザーンも感じのいい人ですから……。大柄で、気さくで、ぬいぐるみのクマみたいな人だわ。でも、ミーラはちょっとタイプが違う。彼女はどうも……わたしを嫌っているみたい」

「なぜ？」

リーは肩をすくめた。「わたしの素性が気に入らないんでしょう」

「あなたの素性？」

「アメリカ人だということ」リーはため息をついた。「それに特権階級の出だということかしら。ミーラは社会正義に燃えていて、アメリカの政治や文化に批判的なんです。いっしょにいるだけで疲れる人だわ」

「ステファンのご両親は？　彼らもあなたを嫌っているんですか？」

リーの表情がやわらいだ。「いいえ、彼らはとてもよくしてくれます。ミロスラブもイヴァーナもほんとうにいい人で、初めて会ったときから優しくしてくれました」

「ご主人は八〇年代にご両親が移住したとき、なぜクロアチアに残ったんですか？」

「ステファンはいま四十三歳です。一家が移住した時点でもすでに二十歳を過ぎていました。学位を取得し、さらに博士課程で勉強するかたわら、クロアチアの大学で教鞭をとってもいたんです。だからいくら親が説得しても、おいそれとアメリカに移る気にはなれなかったみたい。その後クロアチアの情勢がおかしくなって、とうとうこっちに来ましたけど」

「そしてあなたと出会ったわけですね？」

「アメリカに来て間もないころにね。大学の教職員のパーティで、共通の友人を介して知りあったんです」

「そして恋に落ちた？」

リーは悲しげな微笑を浮かべて過去をふりかえった。「ひと目惚《ぼ》れでした。洗練された人という感じで、それまでに出会ったどんな男性より魅力的だったわ。それに彼の家族とも打ちとけられたし、わたしの夢のすべてがついにかなったんだと確信したんです」

そのとき電話の音が静まりかえった家の中に響きわたった。リーは目を見開き、手を震わせながらパクストンを見た。

「出てください」彼は言った。「その子機はこっちに貸して」

リーはコードレスホンを彼に渡し、キッチンの反対側の壁にとりつけられた電話機に向かった。パクストンが〝通話〟のボタンを押して傍受の構えをとる。

「もしもし?」パクストンの合図にこたえ、リーは受話器をとって言った。

「リー! いったいどういうことなの? 帰ってきたら、町じゅうが大騒ぎしてるじゃないの」

「ああ、エイドリアン」姉の声に、体の力が抜けていく。「ねえ……これからこっちに来て、今晩ここに泊まってもらえない? 急なことで悪いんだけど、わたし――」

「すぐに行くわ。このちゃらちゃらしたいまいましいドレスを脱いで、二十分後にはそっちに着くわ」

かちゃっと音がして、電話が切れた。

パクストンがテーブルに戻って手帳をめくり、リーはふらふらと居間に入って暗い窓の外を見た。

間もなくパクストンが居間の戸口にやってきた。「お姉さんがいらしたら、わたしは署に戻ってこれらの情報を整理します。何かあったら電話してください」

「さっき車の中でここに来させるよう頼んでらした刑事さんのことは……」

「不要になったと連絡しておきますよ」

リーはキッチンに戻り、もう一杯マグにコーヒーをついだ。だが、二口飲んだだけで残りをシンクに捨て、パクストンが手帳に何か書きつけるのをじっと見守った。いったい何を書いているのだろう？　落ち着かなくなって、また居間に向かう。

「姉が来たわ」家の前でスポーツカーがタイヤをきしませて急停止した。「いつにもまして猛スピードで飛ばしてきたみたい」

パクストンが制服の上着に腕を通しながら廊下に出てきた。「ご協力ありがとうございました」笑顔でリーの肩に片手を置く。「心配いりませんよ。マイケルはわれわれが必ず保護します」

彼の優しさはいまのリーには重すぎた。とうとう自制心がはじけとび、涙が頬を伝いはじめる。パクストンはぎこちなく彼女を抱きしめ、軽く背中をたたいてから玄関に向かった。

リーも玄関先に出ていき、ケント・パクストンが私道でエイドリアンと声をひそめて話をするのを見た。

まだ涙がとまらず、両腕はマイケルのあたたかい小さな体を恋しがってうずいている。

リーは家の中に戻り、階段をあがってマイケルの部屋に入ると、何か抱きしめるものを求めて数あるぬいぐるみを見まわした。

そして、アヒルのぬいぐるみがなくなっていることに気がついた。今夜の出来事はすべて霧がかかったようにぼやけて混乱していたが、マイケルがアヒルのぬいぐるみをモールに持っていったことは間違いなかった。鮮やかな黄色のビロードでできたアヒルで、へなへなしたオレンジ色の足と長くかわいらしいまつげと幅広の黄色いくちばしがついている。マイケルはどこにでもあのアヒルを持っていくし、あれがなければ寝つけないくらいだ。以前どこかにまぎれこんでしまったときには、リーが見つけだしてやるまで泣きながら捜しまわったものだ。

どうかあれを放さないでね、ダーリン。リーは四角い窓に切りとられた闇を見つめながら、心の中でそうささやきかけた。何も怖がらずに、あれをぎゅっと抱きしめていて、と。

冷たい夜風に木々が葉ずれの音をたて、丘陵の上では星がかすかにまたたいている。リーはマイケルの小さなベッドに座りこみ、息子のおもちゃに囲まれてむせび泣いた。

## 3

カルメンとトニーは十一時をまわろうとするころデートから帰ってきた。ふたりとも幸せそうに顔を輝かせている。カルメンは花束をかかえており、それを水に生けるついでに娘の寝顔を見に行った。

ジャッキーがあぐらをかいて座っているソファーの前では、テレビ画面にそれまで見ていた映画のクレジットが流れていた。彼女はテレビを消し、花を生けているカルメンに声をかけた。

「デートは楽しかった？」

「すごいごちそうだったわ」カルメンは恋するティーンエイジャーのように目をきらめかせた。「なんとステーキにロブスターよ。トニーはシャンパンまで奮発してくれたわ」

ジャッキーは少し警戒心を刺激され、カルメンからトニーへと視線を移した。「いったい、なんのお祝いだったの？」

「なにしろ初めてのデートだからね」トニーがジャケットをはおった格好で戸口から身を

乗りだして言った。

この人、わたしが帰るのを待っているのかしら、とジャッキーは思った。トニーには彼がカルメンを迎えに来たときに紹介されたけれど、そのときは挨拶《あいさつ》をかわしただけで、どういう人間だか観察する暇がなかった。だからいま、内面を見透かそうとするようにつくづく彼を眺めやる。

トニー・ベットマンは中背で、おなかにはほどよく脂肪がついていた。明るいブラウンの髪はこめかみと頭頂部が薄くなりかかっている。ブルーの目は穏やかで、ジャッキーの探るような視線をひるむことなく受けとめている。

十二年も警察官をやっているせいで、ジャッキーはたとえどんなに善良そうな人でも新参者にはなかなか気を許さない。仕事柄、忌まわしくも恐ろしい光景を何度となく見てきたし、その多くは女が被害者だった。

人に会ったときにまず疑ってかからなければならないなんて、いやな世の中だとうんざりしてしまう。だが、だからといって初対面の相手をそう簡単に信用する気にはなれない。それは相手が子どもでも同じだ。要するに、ロサンゼルスという街は人間同士が信頼感を抱きあえるようなところではなかったということだ。

だが、トニーはふたりのあいだで張りつめていた空気をこぼれんばかりの笑みで解きほぐした。

「さあ、ぼくはそろそろ失礼して生地をこねなくちゃならない」笑いながらジャケットの袖《そで》に腕を通す。「さもないと明日の朝警察官たちがドーナツを食べそこね、この町全体が立ち往生してしまう」

ジャッキーはなんとなく安心し、笑い声をあげた。たぶんトニーは大丈夫だろう。第一、カルメンはすごく幸せそうだ。

「そういえば、モールで行方不明になった坊やはどうなった？」カルメンがトニーのところに行きながら尋ね、彼の顔をにこやかに見あげて言葉をついだ。「わたしたち、今夜はおしゃべりに夢中で、車の中でもニュースも聞かなかったの」

「まだ見つかってないわ。わたしのところにも二度ばかり署から連絡が入ったけど。最初は、リー・メロンがひとりぼっちにならないよう家に泊まりに行ってくれって」

「ここに電話してきたの？」カルメンがびっくりしたように言った。

「携帯電話を持ち歩かないときには、万一に備えてそのときどきにいる場所の電話番号を教えておくのよ」

カルメンはトニーの肩に糸くずがついていると言って、そっと払ってやった。それが彼にさわる口実だということは、ジャッキーには一目瞭然《いちもくりょうぜん》だった。不意に寂しさと疎外感が胸をふさぐ。

「二度めの電話では、やっぱり行かなくていいっていうことだった。リー・メロンのお姉さんが来たからって」

「ほんとに気の毒よね」カルメンが言った。「あのお母さんのためにも、早く見つかってほしいわ」

トニーが優しい目をして彼女の髪に手を触れた。

「さて、わたしはもう帰らなくちゃ」ジャッキーは言った。「明日は八時出勤なのよ」

本や書類を手にとって戸口に向かい、出る前にトニーと握手する。

トニーは目尻に皺《しわ》を刻んでほほえんだ。「それでぼくは合格かな、刑事さん?」小声でささやく。

ジャッキーは笑いかえした。「カルメンにつりあう男性なんてこの世には存在しないけど、あなたはまずまずのようだわ。ただし、あんまり長居しすぎないようにね」わざと真面目《まじめ》な顔を作って言う。「早く帰ってドーナツを作りなさい。わたしの同僚はみんなあなたが頼りなんだから」

カルメンの賑《にぎ》やかなアパートメントを出ると、孤独はいっそう深まった。

ジャッキーの部屋はカルメンのところよりずっと殺風景でがらんとしていた。壁に何点か絵を飾り、何年もかけて揃《そろ》えてきたミスマッチだが機能的な家具が置いてあるだけだ。インテリアのことはあまり考えないようにしている。育った家は貧しかったが、ジャッキーはもともと好みがはっきりしていて、色づかいやコーディネートのセンスがよかった。

だが、好きなようにインテリアを整える経済力がつくまでは、最低限の実用的なものさえあればいいと考えている。たとえば居間の本棚は古い煉瓦《れんが》と廃材でできているし、シンプルなオーク材のサイドテーブルは、数年前に地元のカレッジで木工のクラスをとった際に自ら作ったものだ。

居間の唯一の彩りは、オレンジやピンクやライムグリーンをけばけばしくとりあわせたアフガン編みのブランケットだ。これはこの部屋ではひとつだけ浮いているし、実際ひどく悪趣味な代物だ。だが、これは昔祖母が編んでくれたものだし、その当時は祖母もまだ少しは幸せだった。処分することはやはりできそうにない。

ブランケットのことを考えていると、電話が鳴りだした。ジャッキーは反射的に動いて受話器をとった。

「もしもし、ジャッキー？」いらいらしたような声が言った。「ジャッキーなんでしょ？」

ジャッキーは緊張した。「ええ、お祖母《ばあ》ちゃん。どうしたの、こんな時間に？　ふだんならいまごろはもうぐっすり眠っている時間でしょう？」

「また来てるのよ」祖母はしわがれ声でささやいた。「別の部屋のソファーの下に隠れてるわ。何千匹もいるの」

「蜘蛛《くも》が？」ジャッキーは問いかける。

「こっちに来て退治してちょうだい。洗面器ぐらいの大きさがあって、黄色い牙《きば》を持ってるの。闇《やみ》の中で目がぎらぎら光ってるわ」

「今夜はいったいどのくらい飲んだの?」

「飲んでなんかいないわよ」祖母は言った。「あんたも知ってのとおり、もうお酒はやめたんだから」

お酒をやめるのをやめたんでしょ、とジャッキーは心の中で辛辣《しんらつ》に言いかえす。まったく、どうしてやめられないの?

目には涙がこみあげてきた。「ねえお願いよ、お祖母ちゃん」言ったそばから言葉のむなしさを痛感してしまう。「こっちに引っ越して、わたしと暮らしましょう。もっと広いところ、一軒家でも探すから。ふたりで暮らせば楽しいわよ」

「そりゃ楽しいでしょうよ、あんたが彼氏を作ってあたしを追いだすまではね」

「彼氏なんて、もう三年も作ってないわ。恋をする暇もないんだもの。毎日毎日、働いてばかりよ」

「あたしはひとりで一日留守番なんかしていたくないね。ご近所が知りあいばかりの、この家にいたいわ」

「ちょっと、お祖母ちゃん。お祖母ちゃんのご近所なんて紛争地帯と変わりないじゃないの」

ジャッキーは毎度おなじみの議論にうんざりした。いとこたちとともに子ども時代を過ごしたロサンゼルスのみすぼらしいアパートメントを思い浮かべ、われ知らず顔をしかめる。

「ねえ、いままでそこの窓ガラスが割られたことが何回あった？　少なくとも、二回はあったわよね？」

「あたしは引っ越しませんよ」祖母は酔っ払い特有の頑固さで言いはった。「いくらあんたでも無理やり引っ越しはさせられないわ」

「それじゃ蜘蛛のことはどうにもしてあげられないわね。ここからそっちは千キロ以上も離れているんだから。カーメロはどうしたの？　カーメロもジョーイもまだお祖母ちゃんと暮らしているんでしょう？」

「あんたのいとこたちはいたりいなかったりだよ。カーメロはいま留置所じゃないかね。いまは蜘蛛以外に誰もいないわ。あたしを追いかけてくるのよ、ジャッキー。ドアの隙間《すきま》からあたしの寝室に入りこもうとしている」

　ジャッキーはなんとか癇癪《かんしゃく》を起こすまいとして吐息をついた。「いまベッドの中なの？」

「そう、ベッドで毛布をかぶってるわ」

「だったらそのままそうしてなさい。目をつぶって眠るの。朝になったら気分もよくなってるわ」

「お金はいつ送ってくれるの？　もう一セントもないんだよ」

「そのことは先週話したでしょう？」ジャッキーは突然警戒心をかきたてられた。「お酒を買うお金なんて送るつもりはないって。お酒をやめたら送ってあげるわ」

「だからお酒はやめたんだってば」祖母のいらだたしげな口調が不意に変わった。何かたくらんでいるような、こずるいしゃべりかたになる。「ほんとうにもう一滴も飲んでないのよ。だからお金を送ってちょうだい。食料補助も出ないし、うちにはもう食べるものがないの。この二日間ドッグフードで飢えをしのいできたのよ」

「明日、担当のソーシャルワーカーに電話してあげるわ」ジャッキーは言った。「彼女にお酒をやめたことを確認してもらってから送金します」

「ソーシャルワーカーは嘘《うそ》をつくに決まってるわ！」祖母は叫んだ。「あの連中はみんな嘘つきなのよ。それにあんたも！　あんたがいちばんんたちが悪いわ」祖母の声にみなぎる悪意はいまだジャッキーに衝撃を与え、心を深く傷つける。「あんたたちを育てるのにわが身をけずって苦労してきたのに、あんたはあたしが困っているときにも指一本動かそうとしない。まったく恩知らずな性悪女だよ」

ジャッキーは祖母の攻撃にじっと耐えながら、母に捨てられた自分を祖母がどのように育てたかを思いかえした。その当時もアイリーン・カミンスキーはたいてい酔っ払っていて、あわれな孫たちのことに構っている余裕はなかった。ジャッキーが十歳になったころには、祖母のほうがジャッキーに面倒を見てもらっていたくらいだ。

「ほんとうに身勝手で薄情なんだから」祖母はぶつくさ言いながら泣きだした。ごくごくと喉に液体を流しこむ音が電話線を伝わってくる。

「お祖母ちゃん」ジャッキーは鋭く言った。「やめなさい！　いますぐ瓶を置くのよ」

「薄情娘はこっちに恐ろしい蜘蛛がわいて出ようが気にもかけちゃくれない……」

声がとぎれ、荒く息をつく音がしたかと思うと電話はぷつりと切れた。祖母が切ったのだ。

ジャッキーは受話器を握りしめたまま、やりきれない気分で座っていた。今夜の祖母は寝入るまでアルコールを浴び、そうして朝を迎えれば蜘蛛は消えていることだろう。だが、妄想は再び息を吹きかえし、また真夜中に電話が鳴るのだ。これからも繰りかえし……。

「ああ、もう！」ジャッキーはそうつぶやき、立ちあがるとステレオに近づいていった。スイッチを入れ、ソファーに寝ころがり、アフガン編みのブランケットにくるまって天井をにらむ。室内にはフルート・コンチェルトのたおやかなメロディがあふれだしていた。

あくる朝、ジャッキーは八時ちょうどに署に着いた。古いスバルを建物の裏の駐車場にとめ、ファイルや革のハンドバッグをかかえて玄関口にダッシュする。

市の北西部に位置するこの分署は、スポケーンが進めている地域社会ベースの治安維持の一環として実験的に設置された。しかし市内に散らばる半ダースほどの派出所がもともと民間人の自警団として組織されたのに比べ、北西分署は全員がプロの警察官で構成されていた。内訳は制服着用の巡査が十八名、刑事が六名、そして警部補が二名で、このふたりは数キロ南のダウンタウンにある本署のお偉方と常に緊密に連絡をとりあっている。

ジャッキーは狭い受付ロビーを急ぎ足で通りぬけ、刑事部屋に入った。相棒のブライアン・ウォードローがすでに席に座っていた。

彼は天使のような笑顔で挨拶した。「いい服だな。下ろしたてかい?」

ジャッキーは自分がまとっている茶色いスラックスに古い黄褐色のジャケットを見下ろした。「面白い冗談ね。今朝はどうしてそんなにご機嫌なの?」

「今日は土曜だぜ。今日と明日働けば休めるんだ。たまにはワンピースでも着たらどうなんだい、カミンスキー?」

「ワンピース姿で手錠や銃を持ち歩くのは難儀だわ。それで、今日の仕事は?」

そばかすに赤い縮れ毛のウォードローは小生意気な子どもみたいに見える。ジャッキーより三歳上だが、何度めかの挑戦で十カ月前ようやく刑事に昇進したばかりだ。だから彼とのコンビにおいては、ジャッキーのほうが先輩ということになる。

彼は親指でジャッキーの机上のトレイに突っこまれた新しいファイルをさし示した。

「自分で見てみな」

その口調に驚き、ジャッキーは彼をちらりと見てからファイルを開いた。とたんにその目がまるくなる。「どういうこと?」

「ミッチェルソン警部補のオフィスで打ちあわせだ」ウォードローはそう言って立ちあがった。ジャッキーのあとからガラス張りのオフィスに大儀そうに向かう。「コーヒーを持っていったほうがいいぜ」

リュー・ミッチェルソン警部補はでっぷりした大柄な男で、疲れのにじんだブルーの目をしている。良性の皮肉癖と消化性の潰瘍《かいよう》に悩まされているのだ。散らかったデスクの向こうに腰かけているが、ダークブルーの制服のボタンがおなかの上ではじけとびそうになっている。

「おはよう、カミンスキー」ジャッキーとウォードローがコーヒーの入ったマグを手に戸口に現れると、彼はやんわりと言った。「やっとご出勤か」

「まだ八時を四分過ぎたばかりです」ジャッキーは動じることなく答え、相棒と並んでビニール張りの椅子に腰を下ろした。「マイケル・パネシビックのファイルがわたしたちのところに来ているのはどういうわけなんです?」

「いいじゃないか」ミッチェルソン警部補は椅子の背もたれに寄りかかった。「うちの管轄で起きた事件なんだ。母親と子どももここから数ブロックのところに住んでいる」

「でも、誘拐事件でしょう?」ジャッキーはしかめっつらでファイルを見た。「なのに、なぜ本署の重犯罪課が扱わないんです？」

ミッチェルソン警部補は身を乗りだし、デスクの上で手を組んだ。「この事件には少し問題があるんだ」

「どんな？」

「すべてそのファイルに書いてある。ゆうべ母親から話を聞いた巡査が知り得たかぎりのことはね。子どもの両親は離婚しているが、面会権のことでもめていた。母親が子どもを国外に連れ去られるのを恐れ、父親に会わせまいとしていたんだ。木曜に家裁で審理がおこなわれた」

「事件が起きた前日ですね」ジャッキーは興味をそそられた。

「そうだ。母親は数カ月前から週末に子どもを父親に預けるのを拒否していた」

「家裁ではどんな結論が？」ウォードローが尋ねる。

「母親は命令に従うべしという判決が出た」

ジャッキーはファイルを開いて、中のメモを見た。ショッピングモール内の捜索や近隣の聞き込み、それに母親への事情聴取の結果がまとめられていた。

ファイルには茶色い封筒がクリップでとめられている。中の写真を一枚とりだすと、スタジオで撮影された幼い男の子のポートレートだった。金褐色の髪、大きな茶色い目、黄色いシャツにブルーのベストを着てボウタイを締め、カメラに向かって恥ずかしそうに笑っている。

「かわいい子だわ」ジャッキーは顔をあげて警部補を見た。「要するに、この事件には父親がかかわっている可能性が高いということですね？」

ミッチェルソン警部補は腰かけたまま居心地悪そうにもじもじした。「誰も口に出しては言いたがらんがね。きみたちには必要なかぎりの人員をつけてやりたいと思っている。しかし両親が子どもの面会権で争った直後の誘拐事件となると、あまり人手をさくわけにもいかないだろう」

「しかし警部補の見込み違いだったらどうするんです？」ウォードローが言った。「もし両親の争いとは無関係の、変質者か何かの犯行だったら？」

ミッチェルソン警部補はブルーの目をジャッキーの相棒に移した。「きみは警官になって何年だ、ウォードロー？」

「十二年です」

「その十二年間、きみの身辺で就学前の子どもが家族以外の赤の他人に誘拐された事件が何回起きたかね？」

ウォードローは眉間《みけん》に皺を刻んで考えこんだ。「ちょっと記憶にありませんね」

「そうだろう。きみはどうだ、カミンスキー？　ロサンゼルス市警で仕事に追いまくられていた時期に、乳幼児が家族以外の人間に誘拐された事件にぶつかったことはあるかね?」

ジャッキーは少し考えてから首をふった。「ありません。考えてみたらおかしなものですね。これも都市伝説のひとつなのかしら。よく聞く話なのに、自分で遭遇することはほとんどない」

ミッチェルソン警部補は老眼鏡をかけ、デスクの上のファイルをのぞきこんだ。「今朝、カミンスキーがおいでくださるのを待つあいだに少し調べてみたんだがね」

ジャッキーは穏やかにほほえんでコーヒーを飲んだ。

「合衆国で行方不明になった子どものうち、血縁関係のない他人に誘拐されたというケースは一パーセント以下だ」ミッチェルソン警部補は言った。「警察の発表によれば、数にして年間わずか百人ほど。それも大半が九歳以上の子どもだ。四歳未満の子が身内以外の者に誘拐されたケースはほんのひと握りで、そのほとんどが乳児院から連れ去られた赤ん坊だ」彼は眼鏡の上から苦々しげにちらりとふたりを見た。「マスコミは大衆を怖がらせようと、数字を水増しして発表しているがね」

「では、肉親に誘拐された子どもは何人ぐらいいるんです?」ジャッキーが尋ねた。

ミッチェルソン警部補はまたファイルに目を落とした。「そちらのほうは数をあげにくいな。家庭内のことだからと通報しなかったり、直接家庭裁判所に持ちこんだりするケースが多いからね。おおよそのところで二万五千から十万といったあたりだろう」

「一年間に?」ジャッキーはびっくりしてききかえす。

「そうだ」

ジャッキーは手もとのファイルをまた見下ろした。

こういう大事件は、通報を受けた巡査が捜査にあたるわけではない。彼らは時間や場所、関係者の住所、氏名などを記録し、とりあえず近隣の聞き込みだけおこなって、それらの結果をすべて刑事にまわしてくる。だが、パクストン巡査のメモは遺漏がなく、よくまとまっていた。

「それで、今回の事件をわたしたちに担当させると?」ジャッキーがようやく問いかけた。

ミッチェルソン警部補はうなずいた。「モールの周辺で何人かが聞き込みはやった。その続きをウォードローにやってもらおう。カミンスキー、きみは親や親戚《しんせき》に事情を聞いてまわって、その感触を報告してくれ」

「前科のある小児性愛者《ペドフィリア》のアリバイチェックなんかはどうします?」

「それはきみたちの判断に任せる。休みに入るまでには解決して、完全な報告書を出してもらいたい」

ジャッキーは立ちあがり、ウォードローも彼女にならった。彼女はファイルを見ながら戸口に向かったが、テレビで見たリー・メロンの引きつった顔を思い出し、ふと足をとめた。

「母親を嘘発見器《ポリグラフ》にかけていいですか?」

警部補は不安げな表情になった。「母親がどういう人物か知っているのかね?」

ジャッキーはかぶりをふる。

「スポケーンでは有名な一族だよ」ウォードローがきびきびと言った。「オールデン・メロンの娘なんだ」

「聞いたことがないわ」

「オールデン・メロンは引退前は裁判官だった」ミッチェルソン警部補が説明する。「しかも州の検事総長を二期務めている。この町にとってメロン家は、少なくとも百年前から富と権力を象徴する一族なんだ」

ジャッキーはにっこりほほえんだ。「それが彼女をポリグラフにかけられない理由になるんでしょうか?」

ミッチェルソン警部補はため息をつき、シャツのポケットから胃薬を二錠とりだした。

「頼むから猪突猛進《ちよとつもうしん》して陶器店の中の野牛みたいに暴れまくらないでくれよ。頼んだぞ、カミンスキー。それにポリグラフによるテストを実施するなら、すべて規則どおりにやらなければならない。二十四時間前の通告とか、証拠能力に関する告知とか、そういった規則のすべてをだぞ」

「わたしはいつだって規則に従っています」ジャッキーは言った。

相棒はにやりと笑った。上司は困惑したように首をふり、ファイルをとじると机上の電話機に手を伸ばした。

「行け」ミッチェルソン警部補はふたりに言った。「聞き込みに出て、結果を知らせてくれ。常に最新の情報を把握しておきたい」

# 4

ファイルに記録されていた住所のほとんどは、ジャッキーが日ごろ慣れ親しんでいる地域よりもずっと高級なところだった。

リー・メロンの両親やマイケルのベビーシッターはサウス・ヒル、リーの姉は市の南東部に住んでいるし、ステファン・パネシビックはゴンザーガ大学構内の宿舎、彼の両親もバレーに土地を持っている。

だが、ジャッキーが最初に訪れたリー・メロンの家には、もったいぶったところはまったくなかった。小さな庭つきのこぢんまりした二階建てで、窓枠やドアの縁をダークグリーンに塗った白い家だ。近所にも同じような家が建ち並んでいる。

ジャッキーは覆面パトカーをグリーンのポルシェの後ろにとめた。このポルシェは家と違い、つつましやかな住宅街には少々そぐわない。

手帳にペンを走らせ、バッグにバインダーと携帯電話を忍ばせると、車をロックして玄関へと歩いていく。

チャイムにこたえてドアをあけたのは疲れて不機嫌そうな顔をした若い女だった。「どなた?」

ジャッキーはポケットから革の小型フォルダーをとりだし、バッジを見せた。「スポケーン市警のカミンスキー刑事です」

女は目を見開いた。「冗談でしょう? あなたが事件を担当してるの?」面白がっているような口調だ。

ジャッキーはしげしげと相手を見た。繊細な顔だちがリー・メロンとよく似ているが、この女は黒髪を短く刈りこんでいる。だが、そのマニッシュなヘアスタイルが彼女の女らしさをかえって引きたてていた。やせ型で頬がこけ、黒っぽい大きな目をしている。肌は真珠のように柔らかな光沢をたたえている。

金持ちの女がみなこういう肌を保てるのはどういうわけだろう、と一瞬ジャッキーは考えた。どこかエキゾチックな国から密輸される真珠入りの妙薬を使っているおかげ? それとも、子どものころから安全な野菜やオレンジジュースばかり消費してきた証《あかし》だろうか?

「わたしはエイドリアン・コルダー」彼女は言った。「リーの姉よ」ジャッキーに中に入るよう合図して奥に引っこむ。「ゆうべ警察のほうからここに泊まるよう言われたの。妹の動揺が激しいし、誘拐犯から身代金を要求する電話がかかるかもしれないからって」

「それで電話はありましたか?」

エイドリアンはまた皮肉るような表情を浮かべた。「残念ながらなかったわ」

ぴったりしたブラウンのジーンズにシルクベロアとおぼしきベージュの長いチュニックという格好で、足は裸足《はだし》だ。

「妹さんの様子はいかがです?」ジャッキーは尋ねた。

「愚問ね。三歳のわが子を鼻先でさらわれたら、どんな気がすると思う?」

「やはり動揺するでしょうね」ジャッキーは淡々と答えた。「妹さんにお話をうかがえるでしょうか? 事件について、詳しくお聞きしたいんです」

「話ならゆうべモールでしたし、いまは眠っているわ。もう何時間かそっとしておいてくれない?」

「モールで話をうかがったのは見まわりの巡査です」ジャッキーはこの手のぶしつけな態度には慣れている。「わたしは甥御《おいご》さんの事件を担当する捜査班の一員なんです。今後はわたしたちが徹底した捜査にあたります」

「二度手間だわ」エイドリアンは玄関ホールに置かれたアンティークのテーブルの上のフルーツボウルからオレンジをとった。マニキュアを塗った長い爪で器用に皮をむきながらも、超然とした尊大なまなざしをジャッキーに向けつづけている。「税金の無駄づかいじゃない?」

ジャッキーは彼女とのやりとりが急に面倒くさくなった。手帳を出し、新しいページをめくってペンのキャップをとる。

「お名前はエイドリアン・コルダーですね？」手帳に書きこみながら問いかける。

「ええ」エイドリアンは少したじろいだようだ。

「ゆうべの午後六時から九時までのあいだ、どこで何をしていましたか？」

「それってまさか……。ちょっと、よしてよ。そんなばかばかしい」

ジャッキーは平然として返答を待つ。

「地元のバレエ団の資金集めのためのパーティに出ていたわ」エイドリアンはひややかに言った。「シェラトンの宴会場で、主人のハーラン・コルダーとね。わたしたちはそのバレエ団の理事だから、最上席に座っていたわ。少なくとも五百人の人がその時間にわたしたちの姿を見ているでしょうよ」

「どうも」ジャッキーはメモをとり終え、周囲を見まわした。

この家の外観のつつましさは内部にはおよんでいなかった。最近のリー・メロンは質素な暮らしをしているのかもしれないが、かつては高価で美しい品々を集めていたらしく、それらが決してこれみよがしでない形で品よく飾られている。ジャッキーはその優雅なシンプルさに思わず見とれてしまった。

玄関ホールのアルコーブに、純白のタペストリーを無造作にかけた曲げ木の揺り椅子が置かれている。その後ろの窓枠では、高そうなブルーのガラスのコレクションが朝日を受けてきらめいている。アンティークのスタンドにセットされた一対の観葉植物は、磨きぬかれた木の床につきそうなほど緑の葉を豊かに垂らしている。タペストリーとガラス製品と観葉植物。それ以外、この一角に装飾品はないけれど、それが非の打ちどころのないしゃれた空間を演出している。

ジャッキーは自分の部屋にあるミスマッチな椅子やソファー、手製のテーブルやどぎつい色づかいのブランケットを思い浮かべた。

こういう家に入ると、いつも気おくれしておどおどしてしまう。わたしにはリー・メロンのような女性が生まれながらに備えている毅然《きぜん》としたクールな雰囲気など、百年がんばっても決して身につかないのではあるまいか?

やはり金持ちは違う。金持ちはわたしとは人種が違うのだ。リー・メロンの家がこうなら、リーの母親の家はどんなにか立派だろう。

エイドリアンが奥の部屋に姿を消したとき、リーが階段を下りてきた。紺のジョギングパンツに白いシンプルなスウェットを着て、疲れた不安げな顔をしている。

「エイドリアン」彼女は言った。「いま玄関のチャイムが鳴らなかった? あら」居間の入り口近くに立っているジャッキーに気づいて、声をあげる。「ごめんなさい。いらっしゃることに気がつかなかったわ」

ジャッキーは再びバッジを提示した。「よろしければお話をうかがいたいんですが」

「ええ、結構ですよ」リーは答えた。

エイドリアンが革のサンダルを突っかけ、スエードの大きなバッグを肩にかけて玄関ホールに出てきた。

「帰るの?」リーが尋ねる。

「どうしてもやらなきゃならないことができたのよ」エイドリアンは妹の頬に短いキスをした。「もう大丈夫よね? なんといっても『女刑事キャグニー&レイシー』の片割れがあなたを守りに来てくれたんだから」

「ありがとう、エイドリアン」リーはつぶやいた。「泊まってもらえて助かったわ」

「いいのよ」エイドリアンはジャッキーに向かって不敵にウインクしてみせた。「でも、急いで帰って主人とアリバイの口裏をあわせなくちゃ。わたしたちの言うことが食い違ってたらたいへんでしょ?」

ジャッキーはぴしゃりと言いかえしたいのをかろうじてこらえた。エイドリアン・コルダーが意図的にこちらを挑発しているのは明らかだった。わざとふざけた態度をとって面白がっているのだ。

だからジャッキーは愛想よくほほえんでみせた。「おふたりの話が矛盾なくかみあってくれればわれわれも助かります」明るく言う。「あなたも署まで出頭させられて長く厳しい取り調べを受けずにすむでしょうし」

エイドリアンは鋭い目でジャッキーを見るとおかしそうにくすりと笑い、それから足早に玄関を出ていった。

「エイドリアンのことは気になさらないで」リーが階段の下から言った。「姉はいつもあなんです。はったりをきかせたり、強がってみせたり。根はいい人なんだけど」

ジャッキーは向きを変え、マイケル・パネシビックの母親を初めてじっくり観察した。生で見るリー・メロンはテレビカメラを通したとき以上に魅力的だった。目は赤く、顔は睡眠不足のせいか青ざめているけれど、姉にはない優しい雰囲気を漂わせている。

「キッチンに行きましょう」リーは言った。「エイドリアンがコーヒーを残しておいてくれたんじゃないかしら。ああ、よかった。ポット一杯近くあるわ」

ジャッキーはテーブルの前に腰かけ、ウェッジウッドのマグカップを受けとった。香り高いコーヒーは特別にブレンドしたものだろう。フレンチ・ダーク・ローストとブラジルのブレンドとか。白いモスリンのカーテンが左右に引かれた背後の窓辺では、大きな涙形のクリスタルがゆっくりとまわって、柔らかい虹《にじ》色の光を壁に投げかけている。

「クリームとお砂糖は?」リーが尋ねた。

「ブラックで結構です」

ジャッキーはテーブルに手帳を広げ、リーは向かいに腰を下ろして自分のカップの中を憂鬱《ゆううつ》そうに見下ろした。

「それでは、ミズ・メロン——」

「あなたのことはなんてお呼びすればいいかしら？」リーがさえぎった。

「え？」

「あなたのお名前よ。さっきバッジを——バッジというのかなんというのかわからないけど——ちらっと見せていただいたけど、階級とかお名前はわからなかったものだから」

「カミンスキー刑事です。ジャッキーと呼んでくださっても構いません」

「わかりました」リーは窓から見える裏庭の手入れのいい花壇やハーブガーデンに目をやった。

ジャッキーはリーの繊細な横顔をじっと見つめた。目の下のくま、憂いを含んだ表情、見るからに悲しげな顔だ。

でも、半狂乱になっているようには見えない。

ジャッキーはコーヒーをすすった。熱くておいしいコーヒーだった。「ゆうべのモールでの出来事から話していただきましょうか」

リーは吐息をもらし、前夜の自分の動きについて順を追って語りだした。ジャッキーはその話をファイルのメモと照合しながら聞いた。リーの話は彼女がすでにパクストン巡査に語ったことと、一言一句もたがわぬほど合致していた。

「それでは夏物のワンピースを見ていたんですね？」ジャッキーはそう念を押した。

「すぐ隣の店でね。それもせいぜい二、三分でした。なのにおもちゃ屋に戻ってみると、あの子は……マイケルはいなくなっていたわ」

彼女の目に涙が光った。手の甲でその涙をぬぐい、マグを震える口もとに運ぶ。

「あんなふうにマイケルをひとり置いていくなんて、自分のうかつさが信じられないわ。あの子はまだ小さいのに」つぶやくような声だ。「それにとても……とても優しい子なんです。もしあの子の身に何かあったら……」

ジャッキーは咳払《せきばら》いして、ペンを強く握りしめた。「ミズ・メロン」

「はい？」

「捜査を効率よく進めるために、ポリグラフのテストを受けていただけませんか？」

「なんですか、それは？」

ジャッキーは不安げな青い目に強いて目をあわせた。「一般には嘘《うそ》発見器と言われているものです」

リーの表情が晴れた。「ああ、もちろん構いませんわ」躊躇《ちゅうちょ》なく即答する。「マイケルを捜しだす助けになるのなら、わたしはいっこうに構いません。いつやるんですか？」

ジャッキーはリー・メロンの一族についてミッチェルソン警部補が警告していたことを思い出した。「まず専門的な問題についてご説明します。ポリグラフのデータはかなり信頼度の高いものですが、法廷で証拠として認められるわけではありません。心の準備をしていただくために、実施の二十四時間前に通知することになっています。前もって質問事項をお知らせし、本番前にいったんその質問に答えていただきます」

「二十四時間」リーは言った。「それでは明日やれますね？　明日は……日曜だったかしら？」そこで首をふり、疲れた仕草でこめかみをさする。「わたしったら、もう曜日がわからなくなっているわ」

「ポリグラフの担当者の都合さえついたら、明日、つまり日曜の午後に実施しましょう」

ジャッキーは手帳に書きつけ、難しい顔でそのメモをにらんだ。リー・メロンが進んでポリグラフにかけられようとしているのがいぶかしかった。もう少し難色を示すかと思っていたのに。

「いまお子さんはどこにいると思いますか、ミズ・メロン？」

「なぜそんなことをおききになるの？　わたしにわかるわけがないでしょう？」

「あなたの様子を拝見していて、ひょっとしたらと思ったんです」ジャッキーは深呼吸し、慎重に言葉を選びながら続けた。「見たところ、あなたは確かに動揺してらっしゃるようですが、わが子を誰とも知れぬ人間に拉致《らち》された母親にしてはさほど取り乱してもいないし、激しい恐怖におののいてもいない。だからあなたには、マイケルがどこにいるのか心当たりがあるんじゃないかと思ったんです」

リーはうつむき、両手をもみしぼって何やら小声でつぶやいた。

「え？　いま、なんと？」ジャッキーは緊張して身を乗りだした。

「ステファンが連れ去ったんじゃないかと思うんです」

ジャッキーはメモをちらりと見やった。「なぜいまになって、そんなことをおっしゃるんです？　ゆうべは――」

「ゆうべひと晩、考えに考えたんです」リーは言葉を割りこませた。「最初は昨日のおまわりさんが考えてらしたように、通りすがりの人間がさらったんだと思っていました。だけど、いまはステファンのしわざに違いないと確信しています。ゆうべひそかにわたしのあとをつけ、隙《すき》を見てマイケルを連れ去ったんだわ」

「われわれが調べたかぎりでは、おもちゃ屋の中でも周辺でも不審な出来事は目撃されていませんが」

「父親が息子を連れ去るんですもの、不審に見えないのは当然だわ。世にも自然な光景だったんでしょうよ」

ジャッキーはまたメモをとった。「でも、タイミングとしては少々不自然じゃないでしょうか、リー？」リーに気を許してもらうため、あえてファーストネームで呼びかける。

「なぜ？」

「なぜって、その前日に家庭裁判所で判決が出たばかりなんでしょう？」

リーはうなずいたが、また目に涙の粒が盛りあがってきた。

「そして別れたご主人は裁判に勝った。ほしいものはそれで手に入ったわけですよね？　なのに、なぜその直後に息子さんをさらったんでしょうか？」

「あなたにはわからないわ」リーは暖をとろうとするようにマグを両手で包みこんだ。「あの裁判でステファンはほしいものをすべて手に入れたわけではないんです。ただ、土曜日に確実にマイケルと会う権利を手に入れただけ」

「ご主人がそれ以外に何をほしがっているとおっしゃるんです？」

「マイケルよ。彼はマイケルを独占したいんです」小麦色の顔が引きつって険しくなり、そのせいでリーは一気に老けこんだように見えた。「ステファンはマイケルを永久にわたしから引き離したいんです。勝利をその手におさめたいんだわ」

「彼がこの問題を勝ち負けでとらえているということですか？　それで意図的にあなたを苦しめようとしているのだと？」

「ええ」リーはいまや顔面蒼白《そうはく》になり、目をぎらつかせていた。「ステファンはモンスターだわ。悪魔のような男なんです」

この女性は果たして正気なのだろうか？　そんな疑問が初めて頭に浮かびあがってきた。ベストにボウタイでおめかしさせられてにっこり笑う幼い男の子の顔を思い出すと、背筋のあたりがぞくっとする。

「ずいぶんはっきりとおっしゃるんですね」

「ええ」リーは疲れたようなよそよそしい顔で椅子の背もたれに体をあずけた。

「だって、ほんとうのことですから。彼は目的のためならなんだってやる人間だわ。わたし、まわりの人たちに何度もそう言ってきたんだけど、誰も信じてくれないんです」

ジャッキーがリーの家を辞してスポケーン川に面したダウンタウンの緑地帯に向かったときには、日が高くのぼってあたたかくなっていた。川のそばで車を東に方向転換させ、ゴンザーガ大学の敷地内に入って、徐行しながら周囲に目をやる。緑豊かな芝地、大きく枝を広げた木々、優雅な尖塔《せんとう》と円柱がある煉瓦《れんが》造りの建物……。

ビング・クロスビーの母校ゴンザーガは古いイエズス会系の大学で、市内でももっとも気持ちのいい場所に数えられる。いまは夏期講習の学生たちが、本を小わきにかかえて歩きまわったり、何人かずつ芝生に座りこんで談笑したりしていた。こういうすばらしい環境で勉強と友達づきあいにのみ夏の日々を費やせる気楽な若者の気分とはどんなものだろうか、とジャッキーは羨《うらや》ましくなった。

キャンパスの一角を占める高い煉瓦の宿舎のそばで車をとめ、住所を確認してから手帳にペンを走らせる。そして覆面パトカーを降り、ドアマンに近づいていくと、バッジを見せて中に入れてもらった。静かなエレベーターで上階に運ばれていくあいだにも、リー・

メロンのことはまだ頭から離れない。

戸口に出てきた男は物問いたげにジャッキーを見た。

「カミンスキー刑事です」彼女は言った。「スポケーン市警の。ミスター・ステファン・パネシビックですね？」

男はうなずいた。「どうぞ。きっと来ると思ってましたよ」礼儀正しくわきによけてジャッキーを通し、それから先に立って居間に入っていく。

ジャッキーは先客がいることに気がついた。五、六人の若者が日当たりのいい居間のソファーや椅子でくつろいで、彼女を無言で見つめている。

「今日はここまでだ」ステファン・パネシビックが彼らに言った。「ぼくはこのレディと話があるんだ。続きは明日にしよう。いいね？」

若者たちは本を手に立ちあがり、部屋の主《あるじ》に尊敬と親しみのこもった態度で挨拶《あいさつ》していった。その隙にジャッキーはステファン・パネシビックや彼の住まいを素早く観察した。

年齢は四十代前半といったところで、どきっとするほどハンサムだ。清潔な黒い髪はこめかみのあたりからグレーになりかかっている。茶色い目は鋭く、彫りの深い精悍《せいかん》な顔をしている。長身でがっちりした体をジーンズと長袖《ながそで》のポロシャツに包み、喉もとのボタンをあけている。

声には深みとあたたかみがあり、言葉にはわずかになまりがある。長めに発音される子音や広がりのある母音がまるで心地よい音楽のようだ。ジャッキーは彼にしゃべらせるのが楽しみになってきた。

居間のインテリアは別れた妻の家に比べて気どりがなく、ずっと居心地がよかった。使いこまれた革張りの椅子やソファーが置かれ、あちこちにオリエンタル調の敷物が散らされている。そこらじゅうが本だらけで、ガラスの扉がついたキャビネットや棚やテーブルばかりでなく、床にまで山と積みあげられていた。

「散らかっててすみませんね」ステファンは言った。「どうも片づける時間がなくて」

「いまのは学生さんですか?」ジャッキーは居間に入っていき、革の椅子のひとつに腰を下ろした。「報告書によると、いまの時期、あなたの授業はないはずですが」

「にわか授業ってところですね。いま来ていたのは夏期講習で政治学実習をとっている学生なんです。ぼくは週末を利用して彼らとディスカッションし、研究テーマを見つける手助けをしてやってるんですよ」

「善意による無料奉仕というわけですか?」

ステファンはゆったりと椅子に腰かけてほほえんだ。ジャッキーのぶしつけな質問にも気を悪くした様子はない。「まあね。しかし彼らと話すのはぼくとしても楽しいんで、まったく無私の行為とも言いきれないな」

ステファンの笑顔は魅力的だった。目尻に刻まれた細かな皺《しわ》が優しい感じで、日焼けした顔に白い歯がきらめいている。

「いろいろまじったグループでしたね」ジャッキーはさりげなく言った。

「どういう意味かな？」ステファンは鋭いまなざしを向けてきた。

「七人の学生のうちふたりがアフリカ系アメリカ人、さらにふたりが東洋系、そしてひとりはヒスパニックと見受けられたのが興味深かったものですから」

「それがなんだというんです？　警察は個人の人種的背景にそんなに関心が深いのかな、刑事さん？」

「むろん、そういうわけではありません。単に観察眼を鍛えられているだけです。観察するのも仕事のうちなので」

「なるほどね」ステファン・パネシビックは値踏みするようにジャッキーを見た。「まあ学生の人種構成は、変わりつつあるアメリカの顔を反映しているんだろうな」そう言って、またジャッキーの顔を眺め、笑みを浮かべる。「きみ自身もあちこちの血の寄せ集めなんじゃないかな？」

ジャッキーはびっくりしたが、あたたかみにあふれた彼の口調からは悪意はくみとれなかった。「ええ、まあ」

「ネイティブ・アメリカン？」

「チェロキー族の血がほんの少しだけね」

ようか？」

「たいした眼力ですね、ミスター・パネシビック。それともドクターとお呼びすべきでし
「アイルランドも？」

ステファンは手をふった。「政治学でドクターの学位をとったからって、日常生活でその称号を使うのは大袈裟《おおげさ》すぎる。第一、飛行機内で乗客が産気づいたときに呼びだされたくないよ」

ジャッキーは声をあげて笑い、それから真面目《まじめ》な顔に戻って手帳を見下ろした。

パネシビックはまだ彼女の顔を見ている。「アフリカ系も入っているでしょう？」

「少し」

「それから西ロシアも」勝ち誇ったように椅子にそっくりかえる。

「それは容易に判断がつくでしょう」ジャッキーは言いかえした。「わたしの姓がカミンスキーだということはもうご存じなんですから」

「姓で判断したわけじゃない。そのスラブ系のきれいな頬の線」そう言ってからステファンは真剣なおももちになった。「何か進展は？　刑事さん」

「あいにく、まだこれといった進展はありません」ジャッキーは先刻リー・メロンの感情に欠けた態度にとまどったように、ステファンの態度にも疑問を感じて口ごもった。「今度のことでそう打ちひしがれているようには見えませんね、ミスター・パネシビック」

「息子が誘拐されたのに、ということかな？」

「ええ、そのとおりです」

ステファンは立ちあがって室内をうろうろ歩きまわり、本を手にしたり、また置いたりしてから窓の外に目をやった。

「マイケルは赤の他人に誘拐されたわけじゃない」

「では、誰に？」

「リーにです。だからマイケルの身は安全だ。精神的には安全とは言いきれないかもしれないがね」苦りきってそう言い添える。

「変ですね」ジャッキーは彼をじっと観察した。「彼女もまったく同じことを言っていたんですよ。あなたがさらったんだとね」

「リーがそんなことを？」

「ええ。彼女はあなたが坊やを隠していると思っています」

「そいつはとんだお笑い種《ぐさ》だ」ステファンは陰鬱な笑い声をあげ、狭い宿舎を手でさし示した。「三歳の子どもをここにどうやって隠すんです？　階下《した》の物置にでも？」

「だったら、リーはどこに坊やを隠しているんでしょうか？」

ステファンは再び椅子に腰かけた。「どうやら刑事さんはまだメロン家のほかの人間には会っていないようだね？」

「どういう意味です？」

「つまり……」ひややかに言葉をつぐ。「彼らにはきみの想像もおよばないほどの資産があるということ。あちこちに別荘を持ち、金持ちの親戚《しんせき》や手足となって働いてくれる腹心も大勢いる。メロン家の連中が仕組んだのなら、いまごろマイケルはもうどこにいたって不思議じゃない」

「州の外に連れだされているかもしれないと？」

「あるいはね」

「国外に出ている可能性もある？」

「ありえないことではないな。少なくともメキシコとかカナダなら」

「リーが自分で坊やを隠しておきながら、警察に嘘をついたのだとしたら、これは重罪ですよ。なんの目的でそんな嘘を？」

ステファンはコーヒーテーブルの上の分厚い事典を持ちあげ、またそこに下ろした。

「木曜にああいう判決が出た時点で、こうなることは予測しておくべきだったんだ。メロン一族は潔く負けを認められないんですよ。なにしろ負けることに慣れてないんでね」

ジャッキーはリー・メロンの青ざめた顔や悲しげな目を思い浮かべ、彼女にそれほど勝利への執着心があるのだろうかと考えた。

「リーはあなたがマイケルを拉致してクロアチアに連れていき、彼女に二度と会わせないつもりでいると考えている。それについてはいかがですか、ミスター・パネシビック？」

「ばかげているというほかないね。家族も仕事も、ぼくの生活そのものがいまではアメリカに根を下ろしているんだ。両親もこっちにいるし、弟や弟の子、それにぼくの子だって……。なのに、なぜクロアチアに帰らねばならないのかな？」

「それではこのまま死ぬまでスポケーンで暮らすおつもりですか？」

「年内には市民権についても決着がつくだろうからね。それにリーはヒステリーを起こしていて言わなかっただろうが、マイケルはパスポートも持っておらず、ぼくと国外に出ることはできないんですよ」

「その件については報告書で読みました。ほんとうにあなたがパスポートのないマイケルを国外に連れだすことは不可能なんですか？　ある年齢に達するまでは、パスポートなしでも旅行できると思っていましたが」

「それは認識不足だね」ステファンは穏やかに言った。「同行の親と国籍が同じでないかぎり、たとえ乳飲み子でもパスポートなしではヨーロッパに渡れないんだ」

「そうですか」ジャッキーは彼がじっと見守る中、手帳にペンを走らせた。

「さて」彼は再び口を開いた。「スポケーン市警の管轄区域は限られているし、人手もまたしかりだろう。予算という制約に縛られているのがいまの警察の実情なんでしょう？」

「ええ」

「それではとりあえず、これから数日間はお手並み拝見といきましょう。もしそれで何もわからなかったら、私立探偵を雇ってぼくが捜索に乗りだす。しかし何が起ころうとも――」ステファンは冷たい目をぴたりとジャッキーにすえた。「ぼくは必ず息子を捜しだすつもりですよ、刑事さん」

ジャッキーはうなずき、手帳に目をやった。「リー・メロンとの結婚生活は……四年続いたんでしたね？」

「そう、結婚したのは六月だった」

「その後間もなく彼女は妊娠した」

「先に延ばす理由などなかったからね。当時でもぼくはもう四十に近かったし、リーも母親になりたいと言っていた。そうして結婚のほぼ一年後にマイケルが生まれたんだ」

「結婚生活は幸せでしたか？」

「最初はね」ステファンは苦々しげに顔をゆがめ、また窓の外を見た。

「その幸せが壊れてしまった原因は？」

ステファンは大袈裟な身ぶりをまじえて言った。「夫婦のことなんて他人にはわからない。いろいろなことが積み重なって、おかしくなっていったんですよ」

「いくつか具体例をあげていただけませんか？」

ステファンは重いため息をついた。「ひとつには、リーはぼくが思っていたほど大人じゃなかった。あんな恵まれた家に育ちながら、彼女は情緒不安定だった。それに病的なくらい嫉妬《しっと》深かった。だが、一番の問題は彼女の家族だった」

「彼女の家族のどういうところが？」

「彼らはリーが外国人と結婚したのが気に入らず、その気持ちを態度にも表していた。金も権力も持っているくせに、洗練されてはいない。特にバーバラ・メロンは鼻持ちならない俗物だ。まだ会ってはいないんでしょう？」

ジャッキーはうなずいた。「今日の午後、会いに行く予定です」

「背後に気をつけるんだね」ステファンは不気味な笑みを浮かべた。

ジャッキーはまた手帳にメモした。「あなたのご家族は？　あなたたちの結婚をどう受けとめていたんでしょうか？」

「心から祝福してくれましたよ。両親は最初からリーをかわいがっていたし、リーのほうも彼らを慕っていた。母はいまも実の娘を亡くしたような気分でいる」

「ゆうべの六時から九時のあいだ、あなたは何をしていましたか？」

「数人の同僚とささやかなパーティをやっていた。夏休みで散り散りになる前に、一度集まっておこうということでね」

「その同僚の名前を教えていただけませんか？」

ステファンはいくつかの名前と住所をあげた。ジャッキーはそれを書きとめたうえで、さらに十五分ほどかけてステファン・パネシビックの学歴や現在の仕事、市民権の問題について質問し、ファイルにまとめられている情報がおおよそ正しいことを確認した。ようやく立ちあがり、戸口に向かう。

「また何かお尋ねすることが出てきたときのために連絡がとれるようにしておいていただきたいんですが、ご旅行の予定などはありませんね？」

「息子が見つかるまではどこにも行きませんよ」

ジャッキーは戸口で立ちどまった。「ミスター・パネシビック」

「何かな？」

「別れた奥さんはお子さんが消えたときの状況について、ポリグラフの検査を受けてもいいと言っています」

「それで？」

「驚かないんですか？　あなたの考えでいくと、彼女はポリグラフにかけられるのをいやがるはずでは？」

「別にいやがりはしないだろうね」

「なぜ？」

ステファンは戸口に寄りかかり、ジャッキーをひたと見すえた。「なぜなら人格が破綻している人間にとっては、嘘発見器を欺くことなど造作もないだろうから」

ジャッキーは首筋の産毛が逆立つような感覚にとらわれた。「彼女の人格が破綻していると？」

「それを決めるのはあなたたち警察の仕事でしょう?」ステファンはジャッキーのためにドアをあけて支えながら言った。「何かわかったら知らせてください。息子に関することなら、どんなささいなことでもただちに知らせてもらいたい」

## 5

ジャッキーがステファンのアリバイの裏をとって再び車に乗りこんだときには、もう正午近くになっていた。空腹を覚え、ガソリンも少なくなってきたので、市の中心部から東に車を向け、分署御用達《ごようたし》のガソリンスタンドに乗り入れた。

店員がフロントガラスを拭《ふ》いているとき、ジャッキーは近くの通りにたたずむ若い女に気がついた。ブロンドの髪は乱れ、顔は青ざめてむくんでいる。革のミニスカートやスパイクヒールの靴、ヒョウ柄のぴったりしたホルタートップで身をかためているが、あまり板にはついていない。

ジャッキーは顔をしかめた。コールガールたちはああいうどぎつい服をいったいどこで買うのだろう？　イースト・スプレーグあたりに下品な服を並べた娼婦《しょうふ》相手の古着屋でもあるのかもしれない。

不意にジャッキーはもっとよく見ようと身を乗りだした。

通りに立っている女は少し若すぎるように思えた。服装が派手なわりにはおどおどと不安そうで、どこか痛々しい印象さえ受ける。

別のときだったら近づいていって署に同行させ、家出少女ではないかと照会したいところだ。しかしいまはマイケル・パネシビックの事件を最優先しなければならず、道草を食っている暇はない。

でも、あとで時間があったらもう一度ここに来て声をかけようと考え、ジャッキーはこの場所を頭の中に書きつけた。ガソリンスタンドをあとにすると、ドライブスルーのハンバーガー屋に寄ってチーズバーガーとフライドポテトとミルクシェイクを買い、署に戻って駐車する。

刑事部屋ではウォードドローが自分の席でコンピューターに入力していた。ジャッキーが入っていくと、スポーツジャケットを脱いで椅子の背にかけ、彼女が持っているハンバーガー屋の袋を物ほしげに見やる。

「俺《おれ》の分も買ってきてくれればよかったのに」不服そうな口調だ。

「今日はモールで奥さんとランチの予定じゃなかったの？」

「その約束はセーラの都合で流れちまった」

ジャッキーはウォードドローをちらりと見た。が、彼はキーボードの横に置いた書類に意識を集中している。いつもは明るいその顔が、いまはやけに暗くこわばっている。

ジャッキーはポテトをいくつかつまむと、電話をかけて相手が出るのを待った。

「もしもし、ジョーイ?」いとこにそう呼びかける。

「やあ、ジャッキーだね?　元気かい?」

「元気よ」

ジャッキーは受話器を握ったままほほえんだ。ジョーイは十も年下だが、騒々しいいとこたちの中では一番のお気に入りだ。

「じつはお祖母《ばあ》ちゃんのことが心配で電話してみたの。ゆうべ電話があったんだけど、かなり荒れていたのよね」

「そいつは悪かったね。またどこかに酒瓶を隠しているんだ。お祖母ちゃんのやり口はわかっているだろう?」

「ええ。で、いまは大丈夫なの?」

「ぴんぴんしているよ。かわってやりたいけど、いまマリアのところに昼めしを食いに行ってる」

「いいのよ、元気でいるならね」ジャッキーはそこで口ごもった。「お祖母ちゃんは送金してほしいって言ってたわ。食べるものがなくなってしまった、ひとりぼっちでドッグフードを食べているって」

「またそんな嘘《うそ》を!」ジョーイは憤慨した。「酒を買う金がほしくて言ってるだけだよ。ついニ日前、ぼくが山ほど食料品を買って帰ったんだから」

「ないか、いま働いているの？」

「ちょっと行くところがあってね」ジョーイははぐらかした。

ジャッキーはにっと笑った。「その先は言わないで。聞きたくないわ」

「心配いらないって」

そのあと少し沈黙が続き、ジャッキーは電話のコードをひねくりまわした。「カーメロは留置所だってお祖母ちゃんが言ってたけど」

「たいしたことじゃないんだよ。駐車違反の切符を切られただけだ」

「駐車違反で留置所に入れられたの？」

「カーメロは大義のために断固たる態度をとったんだよ。大義って言葉、知らないかな？」

ジャッキーは吐息をついた。「あなたたち兄弟がいずれわたしの命とりになるんでしょうよ」そこでまた口ごもる。「週明けにでもローナに電話して、そっちの様子を見に行ってもらおうかと思ってるんだけど」

「ソーシャルワーカーにうろつかれるのはありがたくないけど、ローナならまあいいだろう。お祖母ちゃんにもびしっと言ってくれるだろうしね」

「ほんとうに何も問題はないんでしょうね？」

「ない、ない。心配しなくていいよ」

「お祖母ちゃんがお酒を飲まないように注意しててね」

「注意はしてるさ」ジョーイは恨めしげに言った。「いつだって注意はしてるんだ」

「わかってるわ。それじゃあ、よろしくね」

「ああ、またね」

ジャッキーは受話器を置き、ミルクシェイクをひと口飲むと、首を伸ばしてウォードローが入力している書類を見た。

「何かわかった？」

「いや、たいしたことは。フードコートのファストフード店で働いてる女の子がメロン母《おや》子《こ》のことを覚えていたよ。テーブルについたふたりを見て、すてきな親子だと思ったそうだ」

「時間は？」

「六時ごろ。メロンがパクストン巡査に言ったとおりだ」

「そう。ほかには？」

ウォードローはコンピューターの画面に目をやった。「おもちゃ屋の店員が、ふたりが入ってくる姿を見ている。子どもの青い靴紐《くつひも》にも気がついたし、かわいい子だと思ったそうだ」

「でも、ふたりが出ていくところは見てないのよね？」

「ああ。ゆうべは店に来た悪がきの一団にずいぶんてこずらされたらしい。店のおもちゃでふざけまわるのを追いだそうとしていたんだ。追いだしたすぐあとに、子どもがいなくなったとメロンが言ってきた」

「近くの店の人たちは何も気づかなかったの？」

「ゆうべはモール全体が混んでいたからね。防犯カメラの映像を見てみたが、どこから撮った場面も人でぎっしり埋まっていた」

「おもちゃ屋の近くに防犯カメラはなかったの？」

「あいにくとね。いちばん近いカメラは通路をモールの入り口近くまで進んだところに設置されているんだが、ゆうべは作動してなかった。修理を頼んであったんだが、修理人がまだ来ていなかったんだよ」

「ありがたいこと」ジャッキーは渋面を作った。「防犯カメラが作動していなかったとはね」

「もうひとつある」ウォードローは言った。「たいしたことではないけどね」

「何？」ジャッキーはチーズバーガーの包みを開き、中のピクルスの薄切りを指でずらした。

「どうしていつもそうやるんだい？」

「そうやるって？」

「いつもピクルスをいじくりまわしてる」

「ひと口ごとにピクルスを味わえるよう、均等に並べてるのよ。それがそんなに目ざわり？」

「腹がへっているときにはどんなものでも目ざわりだね」

相棒がこうもいらついているのは空腹のせいではあるまい、とジャッキーは思った。奥さんとのランチデートが流れたせいなのだ。だが、それを口には出さず、無言でチーズバーガーにかぶりつく。

「おもちゃ屋の向かいは小さなパソコンショップなんだが、そこの店長が、七時ごろそのあたりを若い娘がうろついてたと言っていた」ウォードローは説明を続けた。「店頭に飾ってあったパソコンをいじっていたそうだが、店長の言葉を借りると〝どこか怪しかった〟らしい」

「どんな娘？　年格好は？」

「高校生か大学生のようだったって。五十を過ぎると、高校生も大学生も同じに見えるそうだ」

「大学生くらい？」ジャッキーはステファンの部屋に集まっていた学生たちを連想した。みな本をかかえて帰るときに、ステファンに熱い尊敬のまなざしを向けて挨拶《あいさつ》していったものだ。

「まだある。だがその前に、せめてポテトぐらい分けてくれないか？」

ジャッキーはポテトの入った小さな箱を渡してやった。

「おもちゃ屋の店員も若い娘がいたことを覚えていたんだが、パソコンショップの店長が言っている娘とは特徴がちょっと違ってるんだ」ウォードローはポテトを食べながら書類を見た。「店長が見た娘は、赤毛のまっすぐなショートヘアだったそうだ。一方おもちゃ屋の店員は、黒っぽい髪をポニーテールかまとめ髪にしていたようだと言っている」

「双方に共通する特徴はないの？」

「ジーンズにダークグリーンのシャツという服装は一致しているが、顔はモンタージュを作れるほどはっきりとは覚えてないそうだ。ふたりともほかの客の応対に忙しくて、ちらっと見ただけなんだ」

「でも、同じような年格好の娘がおもちゃ屋にも現れたんでしょう？」

「ごく短時間だがね。店員は悪がきどもの相手をしているときに見かけたそうだ。誰かを捜しているようなそぶりで通路を歩きまわっていたんだと。店員が近づいていくと、逃げるように出ていったらしい」

「ひとりで？」

「そうだ。その直後メロンが戻ってきて、子どもがいないと言いだした。店員は彼女といっしょに何分か捜してからモールの警備員に知らせた。そして店の近辺も捜したうえ、八時に警察に通報した」

ジャッキーはこめかみをこすった。「なんだか頭がこんがらかってしまいそう。今朝、ふたりに話を聞いてきたの。子どもの母親と父親にね。ふたりとも相手が子どもを隠しているんだと言ってたわ」

ウォードローは興味深そうに彼女を見た。「それできみはどう思うんだい？」

「どうもこうも、茫然《ぼうぜん》としちゃったわよ」ジャッキーはぶっきらぼうに言った。「母親か父親、どちらかが間違っているんだわ。それぱかりか両方が間違っている可能性もある」

「つまり、まったくの第三者に誘拐されたかもしれないってことか」

ジャッキーはうなずき、ベストにボウタイ姿で笑っている幼児の写真を見た。

「もっと援軍を頼むべきかな？」ウォードローが言った。

「何をやらせるの？」

「そうだな。たとえばモールの周辺をローラー作戦で一軒一軒聞き込みに行くとか」

「ミッチェルソン警部補はそんなに人手はさけないだろうって言ってたし、実現は難しそう。可能性としては、まだ家族間の争いって線のほうが強いから。だけど気になるのよね、彼女のこと……」

「なんだい？」

「リー・メロンがポリグラフにかけられるのを同意したこと」ジャッキーは言った。「彼女、二つ返事でオーケーしたの。もうクラビッツ警部補に電話して、明日の午後実施の予定を入れてもらったんだけど」

ウォードローは当惑顔になって椅子の背に寄りかかった。「それじゃ嘘をついているのは父親のほうかもしれないってわけか。どういうタイプの男なんだい、父親は？」

「しごくまっとうな感じ。子どものことを心配していたわ。それに鉄壁のアリバイがあるのよね。さっき裏をとってきた」

「誰か人を使って拉致《らち》させたのかもしれない。おもちゃ屋をうろついていた娘とか」

「でも、彼女はひとりで店を出てるんでしょう？　三歳の子をポケットやショルダーバッグには隠せないわ。それにステファン・パネシビックは前日に裁判で勝っているのよ。わざわざ誘拐する必要はないはず」

ウォードローはジャッキーにポテトの箱を差しだした。ジャッキーは首をふった。

「全部食べちゃって。わたしはもういいわ」再びマイケルの写真を見る。「警察のマニュアルには子どもの誘拐の目的として三つあげられている。身代金、養育、そして性的暴行よ」

ウォードローは箱に残っていた最後のポテトをつまみあげた。「メロン家の財力を考えたら身代金目的ということも十分考えられる。だが、リー・メロンの家にまだ犯人からの電話がないんだとしたら、やっぱり違うのかもしれないな」

「電話はまだないそうよ。家には常に誰かがいる。ゆうべはリーのお姉さんも泊まっていったわ。このお姉さんというのが扱いにくい女なんだけどね」

「あまり好きにはなれないタイプか」ウォードローは仏頂づらで考えこんだ。「で、自分で養育するのが目的だとしたら、これは家族の誰かがやったことかもしれないよな。誰かマイケルをよく知っている人物だ」

「とも限らないわ。精神のバランスを欠いた人間が子どもほしさに誘拐したのかもしれない」

「それじゃ福祉事務所をチェックして、養子縁組を切望しながらかなえられなかった人間を洗いだしてみるべきだな」

「気の長い話ね。それはほかの線が行きづまってからでいいんじゃない？」

「そうだな」ウォードローは自分の手帳にメモした。「暴行目的の線はどうだい？」

「そっちのほうが確率は高そうだわ。子どもにいたずらした前科者のリストはできているの？」

「いま本署のほうでリストアップしている。助っ人《すけっと》を三人つけてくれるそうだ。もっと必要になった場合には待機要員もいるとさ。彼らと前科者のアリバイを洗ってみようか？」

「ええ、そうして」ジャッキーは彼に封筒を渡した。「でも、家族の線もなおざりにはできないわ。メロン家とパネシビック家の近親者の写真を借りてきたの。両家の両親や兄弟姉妹の写真よ」封筒をさし示して続ける。「人々の記憶が薄れないうちに、それを持って、ゆうべそのうちの誰かを見なかったかどうかモールで聞き込みしてちょうだい」

「お互い休みは返上ってことになるんだろうな」

「子どもが見つかれば休めるわよ」ジャッキーは答えた。「見つからなければ無理でしょうけどね」

「やれやれだな」ウォードローはぶつぶつと言った。「まったく、やれやれだ。ありがたいことだよ――妻に今度の祝日も仕事だと言わなくちゃならないなんて」

「今度の祝日って?」

「火曜の独立記念日さ。今度の休みは連休になるはずだったんだぞ。忘れたのかい?」

ジャッキーは彼の暗い顔を盗み見た。「ブライアン……」

ブライアン・ウォードローは手をふっていなし、椅子にもたれかかるとネクタイの結び目を疲れた仕草で引っぱった。「気にしないでくれ。デカの仕事にはつきものなんだから、愚痴るほうが間違ってるんだ。ただセーラのことがちょっとね……」曖昧《あいまい》に語尾をにごす。

ジャッキーは彼が居心地の悪い思いをしないように顔をそむけ、手帳を開いて自分のパソコンにデータを打ちこみはじめた。

ブライアンの妻セーラ・ウォードローはたいへんな美貌《びぼう》の持ち主だ。スタイル抜群のブルネット美人で、服飾店に勤めるかたわらテレビコマーシャルで服のモデルもやっている。

誘いかけるような媚《こび》を含んだ態度は、彼女が署に顔を出すたび警官たちのあいだにちょっとしたざわめきをもたらす。

ウォードローはこの妻を異常なまでに愛しているが、最近セーラの浮気を疑っているようだ。しかも刑事という職業は残業が続いたり予定していた休みがとれなくなったりで、結婚生活にひびが入りがちなものだ。近ごろのウォードローは日増しに表情が暗くなり、口に出してはっきりとは言わないものの、時おり夫婦間に問題があることをそれとなく匂《にお》わせる。

「なあ、カミンスキー」彼は咳払《せきばら》いして切りだした。「きみ、これまでに――」ちょうどそのとき、刑事部屋の戸口にひとりの女が現れた。肉付きのよい女は髪をふり乱し、片手に書類をかかえている。「あなたたちふたりが例の男の子の事件を担当してるって聞いたんだけど」

「ええ、そうよ、アリス」ジャッキーは答えた。「どう、電話は？　かなりかかってきてる？」

アリスと呼ばれた女は目玉をまわしてみせた。アリス・ポルソンはこの分署で事務の仕事をしている一般職員のひとりだ。思春期の四人の子を持つ母親で、警部補も含めた警察官全員に対し、厳しいしつけと監督が必要なわんぱく小僧を相手にするような態度で接している。たいていの警官は彼女を煙たがっているけれど、ジャッキーは彼女のきびきびしたところや陽気で率直なところが好きだった。

「町じゅうの誰も彼もがあの子を見たって言ってきてるわ」アリスは室内に入り、ウォードローの机の上に二冊のファイルを置いた。「レストランやらガソリンスタンドやら児童公園やらでね。なんと三つの違う地域に住む人たちから、今朝方、近所の家にあの子がいるのを見たって情報が寄せられたんだから」

ウォードローはファイルのひとつをめくりはじめた。「テレビでの呼びかけはそこが問題なんだよな。カスみたいな情報がどっと入ってくる。ここにも今朝あの子が男といっしょに川を北上するフェリーに乗っているのを見たって情報があるぞ」

「それでもいちおう全部確認をとるべきだわ」ジャッキーは言った。「もしかしたらそのうちのひとつが突破口になるかもしれないんだから。ウォードロー、聞き込みの人手が足りないんならすぐにミッチェルソン警部補に言ったほうがいいわよ。巡査を何人かまわしてくれるはずだわ。わたしもできるかぎりのことはするけど、家族の事情聴取に少なくともあと一日、二日はかかるでしょうし、明日の午後にはリー・メロンをポリグラフにかけなくちゃならないから」

「そういえば、彼女から電話があったわよ」アリスが言った。「ほんの何分か前にね。あなたに伝言を頼まれたわ、ジャッキー」

「リー・メロンから？」

アリスは手にした紙のうちの一枚を見た。「今日になって思い出したそうだけど、坊やはお気に入りのおもちゃを持ってるはずなんですって」

「どんなおもちゃ？」

「黄色いビロードでできた、アヒルのぬいぐるみ。オレンジ色のへなへなした足がついてるそうよ」

ジャッキーは手帳にそれを書きとめた。「そのことはまだ誰にも言ってなかったのよね？」

「彼女自身すっかり忘れていたんですって。何か役に立てることはないかと考えているうちに思い出し、すぐに電話したそうよ」

ジャッキーは相棒と目を見かわしてからアリスに視線を戻した。「そのぬいぐるみの件は公表しないでおきましょう。マスコミにも誰にも秘密よ。犯人が名乗りでてきたときに、裏づけとして使えるように」

「すでにふたり、自分がやったと電話で名乗りでてきたわ」アリスがメモを見ながら言った。「首を絞めて川に捨てたという男と、悪魔の儀式に使うつもりで無人の教会に監禁してあるっていう女と。どちらも電話番号や住所は言わなかったわ」

「まったく」ウォードローがいまいましげにつぶやいた。「みんな病んでるよ」

「ほかに電話は？」ジャッキーがアリスに尋ねた。

「マイケルの居所に関し、強く感じるものがあるっていう霊能者《サイキック》が五人」

「サイキックがいちばん不愉快だわ」ジャッキーは言った。「他人の不幸に乗じて注目を浴びようとする、ろくでもない連中よ」

「中にはまともなのもいるよ」相棒が言いかえした。「刑事なら誰しもサイキックが事件の解決に貢献した例を一度や二度は聞きおよんでいるはずだ」

「わたしだったらよっぽどのことがないかぎり、サイキックの協力なんて求めない」ジャッキーは言った。「それにもし求めるとしても、こっちから連絡するわよ。向こうから寄せてくる情報なんて、くずばかりだわ。真に受けても無駄足を踏まされるだけで、なんの役にも立たない」

アリスは机のそばで困惑したように立ちつくしている。「今朝、ここまで足を運んできたのもいるわ」

「サイキックかい？」ウォードローが尋ねた。

アリスはうなずいた。「あなたたちも彼にはきっと関心を持つんじゃないかと思ったんだけど」

「なぜだい？」

「なぜって……サイキックらしからぬ人物だったからよ。第一にあなたと同じくらいに若いの、ブライアン。それに職業は大工だかなんだかで、ワークブーツにジーンズをはいていたわ。仕事に行く途中で寄ったんですって」

ジャッキーははっとしたように顔をあげた。「若い労働者階級の男が事件について何か知ってるって言ってきたの？　それもわざわざ署まで来て？」

アリスはまたうなずいた。「ゆうべマイケルが監禁されている場所について、霊感のようなものがひらめいたそうだわ。地下の穴ぐらみたいなところにいるって」

ジャッキーは顔をしかめた。「それで彼の名前と住所は聞いておいてくれたんでしょうね？」

「ええ、もちろんよ」アリスは一枚の紙を差しだした。「彼が今日働いている場所も、ここに書きとめてあるわ」

「完璧《かんぺき》」

ジャッキーは紙に目をやってからウォードローを見た。

「サウス・ヒルのほうだわ。リー・メロンの両親の家から二ブロックも離れていない。彼らに今日の昼過ぎ、話を聞きに行くと言ってあるの」

「だったらすぐに出たほうがいい」ウォードローは言った。「俺も行こうか？」

ジャッキーは少し考えてから首をふった。

「来てもらう必要が生じたら、そのとき連絡する。まずこの大工とやらに会い、その足でメロン家に行くわ。大工の名前はなんだっけ？」そう言いながらまた紙に目をこらす。

「あなたの手書き文字は読みにくいわ、アリス」

「ポール・アーヌセン」アリスは言った。「霊能力を持っているようにはとても見えないわよ」物思わしげに言いながら、彼女は戸口に向かった。「どう見てもね」

# 6

ポール・アーヌセンをひと目見た瞬間、ジャッキーにはアリスの言っていた意味がよくわかった。彼は世にもそれらしくないサイキックだった。

アーヌセンはサウス・ヒル地区に多く見られる文化遺産的家屋のうちの一軒で、たわんだベランダの修繕を請け負っているようだった。ジャッキーは覆面パトカーをダークブルーの四輪駆動の幌《ほろ》つきトラックの後ろにとめた。幌についているアクリル樹脂の窓からは、きちんと整頓《せいとん》された道具類が見えた。

ショルダーバッグから手帳を出してトラックのナンバーを控え、ベランダに通じる小道を歩いていく。ベランダでは色あせたジーンズと黄色いTシャツにベースボールキャップという格好の大柄な男が、バールを使って床板を引きはがしていた。

ジャッキーは彼の大きな背中や引きしまった腰、バールをふるうたびに筋肉が盛りあがる日焼けした腕をじっと観察した。バールの一撃で腐った床板がはずれると、彼はわずかによろめきつつもバランスをとって踏みとどまり、板を持ちあげて草の上に放《ほう》った。

「ポール・アーヌセンね？」ジャッキーは声をかけた。

彼は片手にバールをさげ、くるりと彼女に向き直った。その男っぽさ、精悍《せいかん》さに、ジャッキーはほんの少しうろたえた。力強い顎の線、汗のにじんだ胸、帽子の下にのぞく黒い瞳……。

「そうだが」彼は穏やかに言った。「ぼくに何か？」

頬の片側、ちょうど左耳の下の顎の線に沿って、肌色の小さな絆創膏《ばんそうこう》が貼《は》ってある。身長はゆうに百八十センチを超えるだろう。鍛えぬかれたスポーツ選手顔負けの体つきが、獲物に飛びかかるタイミングをはかっているような張りつめた印象を与える。

ジャッキーはポケットから革の小さなフォルダーを出し、バッジを見せた。「スポケーン市警のカミンスキー刑事よ。今朝、マイケル・パネシビックに関する情報を持って署にいらしたそうね？」

ポール・アーヌセンはキャップをとり、手を伸ばして握手を求めた。ジャッキーはその礼儀正しくも優雅な仕草に一瞬とまどいを覚えた。

アーヌセンの髪はしなやかなブロンドで、日ざしを受けてきらめいていた。キャップをとるといっそう魅力がますけれど、金色の髪と黒っぽい茶色の目や高い頬骨の取り合わせはどきっとするほど珍しい。

自分と同様、彼も先祖にさまざまな人種がいたのだろう。その内訳をあげるのは不可能だが、強いて見当をつけるとしたら、アパッチ族とスウェーデン人が入っているのではないか？

彼はキャップをかぶり直し、居心地悪そうに足を踏みかえた。「果たして情報と言えるかどうかはわからない。単なる……感覚的なものにすぎないんだ。ただ、その感覚があまり強烈だったからじっとしていられなくてね。警察に教えるべきだと思ったんだよ」

ほんとうに？　ジャッキーは心の中で辛辣《しんらつ》にききかえす。ほんとうは自分で恐ろしい罪を犯しておきながら、警察を翻弄《ほんろう》することでさらにスリルを味わおうとしているんじゃない？

「その……感覚とやらについて説明してもらえない？」

「ゆうべトラックに乗っているとき、ラジオで行方不明になった子どものニュースを聞いたんだ。その数時間後、ベッドでうとうとしかかったら、地下の暗い穴ぐらみたいなものが見えた。その中に小さな男の子がいたんだ」

「生きたまま埋められてるということ？」

アーヌセンはかぶりをふり、バールを見下ろした。「埋められているわけじゃない。地下の小さな家みたいなところにいた」そこでジャッキーに視線を戻す。ひたと見すえてくる目はまるで催眠術をかけようとしているかのようだ。「ピーターラビットの本は知ってるよね？　あのうさぎは土でできた巣穴に住んでいるけど、そこに小さな家具やキルトや絵が飾られているだろう?」

ジャッキーはうなずく。

「あれに近い感じだった」彼は言った。

ジャッキーは手帳を開いてメモした。「ほかには?」

「鶏みたいなものが見えた」

思わず彼の顔を見る。わたしをからかっているのだろうか?　いや、彼の表情は真剣そのものだ。

「鶏ね」ジャッキーは言った。

「その部分はぼんやりしてて、本物の鶏なのか、それとも彫刻とか工芸品みたいなものなのか、ちょっとはっきりしなかった。ただ、なんとなく……飾り物めいていたよ。ほら、装飾的というのかな。わかるよね?」

「わたしは鶏の専門家ではないの」そっけなく答える。「わたしにとって、鶏とは精肉売り場でラップをかけられて並べられているものよ」

アーヌセンは頬をゆるめて微笑した。「都会育ちなんだね?」

「まあね」

「ぼくが見た鶏には確かに羽があった」

「それじゃ、あの子は田舎にいるのかもしれないということ?　鶏が飼われているようなところにいると?」

「わからない。はっきり鶏と見てとれたわけではなくて、ちらっと見えただけなんだ。たぶん監禁されてる子の目を通してね。ぼくは彼がそれを見たのを……感じたということかな」

「あなたのその……霊感で、ほかにわかったことは?」

アーヌセンは足もとの地面に積みあげられたぼろぼろの板きれを見下ろした。「あの子はひどくおびえていた。それで気になったんだよ。あの子の恐怖がまざまざと感じとれたから……。泣きながら母親を呼んでいた」

「なるほどね」マイケルの恐怖を想像するうちに、ジャッキーはポール・アーヌセンが憎らしくなってきた。

「床に座りこんで、体を揺すっていた」アーヌセンは続ける。「ブルーのオーバーオールに赤と白のTシャツを着て」

その服装についてはラジオやテレビで報道されている。ジャッキーは落ち着き払ってメモをとりつづけた。

「それに、何か抱きしめていた。黄色いぬいぐるみだ。なんのぬいぐるみかはわからなかったが」

ジャッキーは頭髪が逆立つような思いがした。アーヌセンのたくましい体や筋肉質の腕、たこだらけの手にさっと目を走らせる。

「ゆうべはどこに？」さりげなく尋ねた。「そのラジオを聞いたとき」

「郊外を走っているところだった。北部のほうだ」

「ショッピングモールには近づかなかった？」

「何キロかは離れていた。幹線道路の西に渓谷みたいなところがあるんだ。天気のいい日にはそこを歩くのが好きでね」

「わざわざ田舎を歩くために外出してたというわけ？」

「田舎育ちだからね」彼は静かに言った。「ときどきホームシックにかかってしまうんだ。町の暮らしは息がつまる」

「連れはいなかった？」

「ゆうべかい？　ああ、ひとりだったよ」

「ずっと？」

「五時に仕事を終え、帰宅してシャワーを浴び、軽く夕食をとった。それから――」

「お宅はどちら？」ジャッキーはさえぎる。

アーヌセンは住所を言い、ジャッキーはその住所がアリスが書きとめておいてくれたものと一致しているのを確かめた。

「キャノン・ヒルのほうね？　ここから何キロか西に行ったあたりだわ」

「だけど、このへんみたいにしゃれたところじゃない。ぼくは地下のアパートメントに住んでいるんだ。たいていの時間はサウス・ヒルのこういう古い家の改修や補修をして過ごしているけどね」

ジャッキーは手帳にメモした。「続きを聞かせて、ミスター・アーヌセン。夕食をとったあと、あなたは……」

「六時ごろ家を出て、車で北に向かい、暗くなるまで渓谷を歩きまわった。ラジオでニュースを聞いたのは帰りの車の中だった」

「その顔の傷は？」唐突に質問を突きつける。

アーヌセンは顎の絆創膏に手をやって、驚きの表情を浮かべた。「これか。すっかり忘れていた」

「なんの傷？」

「今朝ひげを剃《そ》るときに切ってしまったんだ」

「電気シェーバーを使ってないの？」

アーヌセンはじろりと彼女を見た。「電気シェーバーを使わないのを犯罪か何かのように言うんだな。それはそうと……話は仕事をしながらでも構わないかい？　日暮れまでにやっつけてしまいたいんだ」

「明日は働かないの？」

「明日は日曜だよ。仕事を休んで、カリスペルまで友達に会いに行くんだ」そう言うと、両手いっぱいに腐った板をかかえあげ、私道のそばにきちんと積みあげてから再びバールを手にとる。

ジャッキーはステップに腰を下ろし、彼の仕事ぶりを見守った。「顔の傷のことだけど……」

アーヌセンは体を起こし、ベースボールキャップをあげて額の汗をぐいとぬぐった。「電気シェーバーではだめなんだ。ひげが濃いものだから、ちゃんとした剃刀《かみそり》を使わないと、また午後に剃らなければならなくなる」

ジャッキーは彼の顔を見た。顎をおおっているわずかに伸びた金色のひげが、あたたかな七月の陽光の中で光っていた。

「しかも――」荒く息をついてバールをふりあげながら続ける。「いつも剃るときの注意が足りなくてね。どうも急ぎすぎるんだな。気がつくと顔から血を流し、慌てて絆創膏を探しまわるはめになる」

ジャッキーは意外にも共感を覚えた。彼女も始終同じ目にあっている。

だが、ポール・アーヌセンがほんとうのことを言っているとは限らないのだ。

いま彼女のソックスの下で足首を飾っている絆創膏には、なんらやましいところはない。うわの空でいたためにうっかり切っただけのことだ。だが、この男の顎の傷は、おびえた子どもが誘拐犯に抵抗しようとして、爪で引っかいた傷なのかもしれない。

「それで、ゆうべ渓谷から帰ってきたのは何時ごろ？　九時ごろかしら？」

「いや、十時半ごろだと思う。ひょっとしたら十一時に近かったかもしれない」

「だってスポケーンから数キロ北に行っただけなんでしょう？　日が暮れるころに帰ったらもっと早く着けるはずだわ。なのに、なぜそんなに遅く？」

「途中で少しトラブルがあってね。年はいくつだい、カミンスキー刑事？」

ジャッキーはびっくりして顔をあげた。「わたしの年？　どうして？」

アーヌセンは彼女の手帳を指さした。「社会に出てそういうきつい仕事をしている女性には尊敬の念を抱いているんだ。しかもその若さで刑事だなんて、さぞ優秀なんだろうな」

「それほど若くはないわ」ジャッキーは無愛想に言った。この男、わざとわたしをどぎまぎさせようとしているのだろうか？「もう三十を過ぎてるのよ。警察に入って四年たてば、誰だって刑事に志願できるんだし」

「しかし、一発で刑事になれる警官は少ない。そうだろう？」アーヌセンはまた板きれのかたまりを草の上に放りなげた。「実績を作り、しかも試験に通らなければ刑事にはなれないんだ」

「どうしてそんなことを知ってるの？」

「モンタナに警官をやっている友達がいるんだ。数年前からグレート・フォールズで働いている。名前はクリント・パジェット。いまではもう警部になってるんじゃないかな」

ジャッキーは参考までにその名前を書きとめた。ウォードローとふたりでポール・アーヌセンの素性や過去を洗ってみなければならない。

「きみはずっとスポケーン市警なのかい?」アーヌセンが問いかけた。

もう最後の床板をはがし終え、ベランダは支柱がむきだしになっている。アーヌセンは道具箱から懐中電灯をとりだし、あいた空間に入りこむと、背中をかがめて土台がどうなっているか調べはじめた。

「いえ、スタートはロサンゼルスの巡査だったわ。だけどギャングの抗争や路上の喧嘩《けんか》にほとほとうんざりして、こっちに移ってきたの」

アーヌセンは体を起こし、骨組みだけになったベランダの床の上からジャッキーを見た。

「所属が変わった場合には、またいちばん下っ端からのしあがっていかなくてはならないのかい?」

「そのとおりよ。でも、それまで蓄えてきた知識や経験があるから、もとの階級まで這《は》いあがるのにそれほど時間はかからないわ」

「しかし、きみは刑事になってそう長いわけではないだろう?」

「二年よ」ジャッキーはひややかに答えた。こんな私的な会話に引きずりこまれているなんて、自分自身に腹が立つ。もっと利口なつもりでいたのに。性犯罪に手を染める者は得てして魅力的で、獲物に対しても警察に対しても口がうまく愛嬌《あいきょう》たっぷりだ。実際、彼らはいまアーヌセンがやっているようなことに非常にたけているのだ。自ら捜査にかかわってきながら、話題を事件のことから個人的なことにすりかえて煙に巻き、刑事も事情聴取そのものも手玉にとろうとする。

「あなたのトラックを見せてもらって構わないかしら？」

「なぜ？　トラックに興味があるのかい？　ぼくのはわりと一般的なモデルだけど」ジャッキーは言った。

ジャッキーはまた彼の目の底深さを意識させられた。ポール・アーヌセンはこちらの頭の中まで見通し、そこに隠された思いを読みとって面白がっているかのようだ。

彼女は強いて彼の視線を受けとめた。「トラックの中を見たい」

「中を見せるのは気が進まないと言ったら？」

その言葉には肩をすくめる。「署に戻って令状をとってこなければならないわね。それと同時に、なぜ見せたがらないのかと疑惑を抱くことになる」

アーヌセンは土台の端をひらりと飛び越え、ジャッキーが座っているステップに近づいてきた。あまり近くに立ったので、汗で湿った綿のシャツの匂《にお》いや、ベランダの下のかびくさい土の臭《にお》い、ジーンズやブーツにまつわりついている腐った木の臭いまでかぎとれそうな気がする。

「ぼくは容疑者なのかい、カミンスキー刑事？」

ジャッキーは臆《おく》することなく彼の顔を見あげた。「あなたは本物のサイキックなの、ミスター・アーヌセン？　もし本物でないとしたら、あなたは間違いなく容疑者だわ」

彼はステップのそばの壊れかけた円柱にもたれかかり、バールを手のひらに軽く打ちつけた。「過去にもこういうことは何度かあった」ようやく口を開く。「あまり話題にしたいことではないが、始まりは子どものときだった」

「霊感が開けたのが？」

「ただの瞬間的なイメージだよ。最初は七歳のときだったと記憶している。馬が有刺鉄線に引っかかり、草原でのたうちまわっている光景が見えたんだ。それで父に話し、ふたりで調べに行った。馬は牧場から八キロほどのところで見つかったよ。あのときぼくたちが行かなかったら失血死していただろう」

「大人になってからは？」ジャッキーはつとめて事務的な口調を保った。「その瞬間的なイメージとやらはいまでも出てくるの？」

「自分から呼び起こしているのかという意味なら、そんなことはしていない。もう久しく経験していなかったし、ゆうべ感じたのほど強いのは初めてだった。ああ、あれはじつにひどかったよ」アーヌセンはぽつりと言った。「かわいそうに……」

「あなた、マイケルを知っていたんじゃない？　マイケル・パネシビックに会ったことがあるんじゃないの？」

「どうしてぼくが？」

「いつもこのあたりで仕事しているんなら、見かけたことがあっても不思議はないわ。あの子の親戚《しんせき》やベビーシッターがこのへんに住んでいるんだから」

「ああ、そうだったな。たしかお祖父《じい》さんがこの先に住んでいるんだよね？　あの古い煉《れん》瓦《が》造りのばかでかい家に」

「そのとおりよ」ジャッキーは言った。

ほんとうはまだ自分の目で見てはいないのだが、ばかでかい家というのは彼女が抱いているイメージにぴったりだった。マイケル・パネシビックの顔や、彼の両親の顔、祖父母たちの顔がまぶたに浮かび、マイケルの身がほんとうに心配になってきた。まだ殺されてはいないにせよ、きわめて危険な状態に置かれているのだという実感が初めてわきあがってきた。

「トラックのことだけど――」ジャッキーは冷たい表情で言った。「見せていただけるかしら、ミスター・アーヌセン？」

彼は肩をすくめ、バールを草の上に放った。「もちろん」

ジャッキーはアーヌセンのあとからトラックに近づき、彼がドアを解錠するのを待った。中はすっきりと整頓されて清潔だった。シートの後ろの収納スペースにはロープや非常用のカンテラや金属製の道具箱が積まれている。ダッシュボードの物入れには折りたたまれた地図と請求書の束とトラックの登録証以外、何も入っていなかった。

「整理整頓が行き届いているのね」ジャッキーはそう言いながらトラックの後部にまわり、荷台の幌をあげてもらった。

荷台は奥のほうの半分ほどが手製の道具箱に占領されていた。その箱の横の棚にもやはり道具がきれいに並べられている。手前には手押し車と折りたたんだ防水シートがあった。ジャッキーは身を乗りだして道具類を検分し、場違いなものがまじっていないかどうかを確かめた。

それからなにげなく防水シートの角を持ちあげ、次の瞬間はっとした。金属製の床に茶色っぽい乾いたしみがついている。シートの下側も同じように汚れている。

「これは何？」ジャッキーは厳しい口調で尋ねた。

アーヌセンはそばで何やら作業をしていた。ポケットに入っていたジャックナイフでカシの板を削っていたらしい。

「何が？」とききかえす。

「床や防水シートについてるしみよ。これはなんのしみ？」

アーヌセンは近づいてきた。また彼の男らしい匂いやたくましい体が発する熱を間近に感じてしまう。「そいつは血だろう」謎《なぞ》めいた表情でジャッキーを見下ろす。「乾いた血の跡だ。ぼくを逮捕するかい、刑事さん？」

ジャッキーは血痕《けっこん》の上にシートをかぶせた。心臓が激しく鼓動を刻んでいた。「どうして血の跡がついているの？」

「ゆうべ日が暮れてから家に帰る途中、犬を轢《ひ》いてしまったんだ。ニューポート・ハイウエイの出口を過ぎたあたりだ。ぼくは犬を荷台に乗せ、いちばん近くの農場まで運んでいった。そこで飼われている犬ではないかと思ったんでね。だが、着いたときには犬はもう息絶えていた」

「つまりその犬の血だっていうわけ？」

「もちろんだ。ほかに考えられないだろう？」アーヌセンはいらだたしげな顔をした。

ジャッキーはどうすべきか迷った。これはポール・アーヌセンを容疑者の筆頭にあげるに足る状況証拠となるだろう。だが犬の話が事実なら、彼の嫌疑は晴れるわけだ。それに彼がマイケルを監禁していて、まだマイケルが生きているとすれば、このまま彼を泳がせておいたほうがマイケルを助けだせる可能性は高くなる。いま連行したら、アーヌセンはわが身を守るため貝のように口をとざしてしまうだろう。

「このシート、しばらく預からせてもらってもいい？」

「防水シートが必要なのかい、刑事さん？」

ジャッキーは彼の皮肉を無視した。「なるべく早く返すわ」

「いいとも」彼はシートをかかえあげてジャッキーに差しだした。

ジャッキーはそれを覆面パトカーのボンネットにのせ、手帳を開いてペンを走らせた。

「ここにサインしてもらえる？」手帳をアーヌセンのほうに向ける。

「なんだい、これは？」

「形式的なものにすぎないわ。令状なしで防水シートを貸すのはあなたの自由意志によるっていう証明書みたいなもの」

「ああ。それじゃ、ペンを貸して」

ジャッキーはペンを手渡し、彼がサインするのを見守った。彼のサインは意外なほど流麗で、文字の形がいいうえに線が力強かった。

「ほかに何か？」手帳とペンを返しながら言う。

「ええ。あなたが犬を連れていった農場までの道を教えてもらえる？」

「それよりもいいことがある。飼い主の女性の名前と住所と電話番号を教えてあげよう」

彼はジーンズのポケットから財布を出し、中の紙きれを差しだした。

「なぜこの女性の名前をきいたの？」ジャッキーはメモを手帳に写しながら言った。

「彼女、犬が死んだことをすごく嘆き悲しんでね。牛追いの犬だったんだよ。オーストラリア産のブルーヒーラーっていう種類なんだが、カリスペルのぼくの友達がその種類の犬を育てていて、何週間か前に子犬が生まれたばかりなんだ。それで明日、彼のところに行って一匹分けてもらい、ぼくが死なせた犬のかわりに彼女に進呈しようと思ってるんだ」

「ずいぶん親切なのね」ジャッキーはつぶやいた。「赤の他人のために、はるばるモンタナまで三百キロも車を飛ばそうだなんて」

「ぼくは気のいい男なんだよ」アーヌセンはにこりともしないで、ひたと見つめてきた。心の内側にまで入りこんできそうな、あのまなざしだ。

ジャッキーの平常心がぷつりと切れた。「ちょっと、アーヌセン」低く張りつめた声で言う。「どういうゲームをやっているつもりか知らないけど、何か言いたいことがあるなら、よけいな手間をかけさせないでいますぐしゃべったほうがいいわよ」

アーヌセンは驚いたようだが、すぐに冷たくよそよそしい表情をまとった。

「何も言うことなんかないよ、刑事さん」仕事に戻るために向きを変えながら言う。「ただ、あのかわいそうな子どもが無事でいるうちに早く助けだしてやってほしいだけだ。世間には極悪非道なやからもいるんだから。ほんとうに極悪非道な連中がね」

ジャッキーは防水シートを車のトランクに入れ、運転席に乗りこんだ。アーヌセンは家のほうに戻って、腐った板きれをきちんと積みあげはじめた。ジャッキーは署に無線で連絡を入れた。さいわいウォードローはまだ席にいるらしく、彼が出るのを待つあいだ、電話で寄せられた数々の情報について別の警官から報告を受けた。

「人手がほしいの」ウォードローが無線に出ると、単刀直入に言った。

「いいとも。どこに行けばいい？」

ジャッキーはアーヌセンのメモから書き写した名前と住所を告げた。「この女性の飼い犬がゆうべハイウェイで轢き殺されたという事実を確認してほしいの。誰かを直接彼女のもとにやってちょうだい」

「わかった」

ジャッキーは相棒がメモをとるのを待った。

「俺《おれ》が出向こう。どうせこっち方面に行く予定だったんだ」ウォードローは言った。「午後にまたモールまで行かなくちゃならないんだが、この住所はモールから数キロ北に行ったあたりだろう？」

「実在するならね。悪いけど急いでくれない？　アーヌセンの車を監視しているんだけど、犬の件の確認がとれるまでは監視を解きたくないのよ。だけど、午後には別の約束が入ってるの」

「すぐに出る。道路状況にもよるが、三十分以内に連絡できるだろう」

「できたら犬の死体も見てきて。念には念を入れたいわ」

ウォードローは詳しい事情はきこうとせず、要点だけ確認して無線を切った。ジャッキーはマイクを戻し、シートに身をあずけて手帳のメモを整理しながらポール・アーヌセンを監視した。

アーヌセンはそれに気づいていながら、平然と仕事を続けていた。やがて、荷台に新しい材木を積んだトラックが私道を入ってきた。アーヌセンは運転手とともに製材ずみの材木を荷台から下ろし、また自分の仕事に戻った。廃材になった古い板が片づいてしまうと、彼は土台の端に腰かけて銀色の魔法瓶に入った飲み物をごくごくと飲み、ランチボックスからサンドイッチとりんごをとりだした。そして昼食を終えたあとは、ジャッキーの車にふらりと近づいてきた。

「ちょっと買い足さなければならないものがあるんだが――」運転席のあいた窓へ身をかがめて言う。「金物屋まであとをついてくるつもりかい？」

「すぐに出るならね」ジャッキーは言った。「いま同僚に、あなたが轢いた犬のことを確認しに行ってもらってるの。もう数分待ってくれたら、どこへなりと好きなところに行って構わないわ」

そのとき無線機が耳障りな音をたて、ジャッキーはマイクをとって応答した。ウォードローの声が車内に響きわたった。

「確認できた？」ジャッキーは緊張した声音で問いかけた。

「死体も見てきたよ。グレーの斑点《はんてん》のある小さな犬だが、ひどいありさまだった。飼い主の女性はひと晩泣きあかしたような顔をしていた」

「そう」ジャッキーは言った。「ありがとう」

無線を切り、マイクを戻してポール・アーヌセンを見あげる。彼は無言で彼女を見つめていた。

「もう行っていいわ」

その言葉に黙ってうなずき、アーヌセンはトラックのほうに向かった。ジャッキーは彼が中に乗りこんで発進するのを見守った。自分も車を出し、トラックのあとに続く。だが通りに出ると、彼女の車は次のブロックにあるメロン邸のほうに曲がっていった。

# 7

リー・メロンの両親が暮らす家は、ジャッキーがこれまでに訪れたどんな家より堂々としていた。すべてが煉瓦《れんが》で造られた三階建ての邸宅で、奥行きの深いポーチがついており、前面では円柱が上階のカーブしたバルコニーを支えていた。大きさのわりに優雅な造りで、近隣の大邸宅とは違ってごてごてしたチューダー様式の木骨は使われていない。

ジャッキーは生け垣の中に設置された鉄製の電動ゲートをあけてもらって車を中に進め、家の前の車寄せにとめながら、邸内はどんな感じなのかと考えた。

玄関のチャイムを鳴らすと、制服姿の家政婦が出てきて、天井の高い白い玄関ホールに入れてくれた。ホールの床はチョコレート色とゴールドの縞《しま》が入ったベージュの大理石だった。ふたつ三つ配されたつややかなチーク材の家具が全体のシンプルさを際立たせている。

長いキャビネットの上には戦う二羽の鶏を描いた大きな絵がかかっていた。互いに向かいあい、にごったオレンジとグリーンの長い羽を体のまわりに広げている。

とっさにジャッキーはポール・アーヌセンが言っていた鶏と地下室の話を思い出した。不安にも似たかすかな寒気を覚えて絵に目をやりながら、身分証明書をとりだす。家政婦はバッジをまじまじと見てからおごそかにうなずいた。「ミセス・メロンがお待ちです。どうぞこちらに」

家政婦は小太りの中年女性で、こざっぱりしたグレーの制服に白いスニーカーをはいている。言葉のアクセントや短く切った黒い髪、なめらかな肌やブラウンの目からして、おそらくフィリピン人だろう。

ジャッキーは彼女のあとからいくつもの部屋を通りぬけていったが、内装のすばらしさには息をのむばかりだった。内部はまさに驚きの連続だった。部屋から部屋へとマッシュルーム色の分厚いカーペットが敷きつめられている。家具はすべて飾りけのないチーク材で、抑えた照明を受けて柔らかな光沢を放っている。椅子やソファーは革張りで、その色調はクリームからグレーのまじった濃い茶色といったトーンでまとめられている。

この落ち着いたインテリアに華を添えているのがあちこちに飾られた観葉植物や生花、豊かなアースカラーの壁掛けやクッションだ。全体的に、シンプルなのにいかにもお金がかかっていそうな、エレガントな印象を受ける。

もし宝くじで五千万ドル当たったらこういう家を建てたいわ、とジャッキーは思った。

家政婦は裏庭の見える部屋まで案内してくれた。奥のフレンチドアの左右が大きな窓になっている。ここは家族団欒《だんらん》のための部屋らしい。ソファーや椅子のほか、デスクがふたつあって、壁面の棚には本や糸の束がぎっしり並んでいる。窓のそばでは女がひとり、織機の前でペダルを踏んでいた。彼女の手の下で少しずつ織物ができあがっていく。

その色あいからすると、驚いたことに邸内のインテリアのアクセントになっているものはほとんどがこの織機から作りだされているらしい。

「奥さま、カミンスキー刑事がお見えになりました」

バーバラ・メロンは織機から顔をあげた。娘と同様、長身でほっそりしている。肩のあたりまで伸ばしてうなじで無造作にたばねた銀色の髪、化粧っけのない大きなブルーの目、色あせたジーンズに淡いブルーのスウェット、白いソックスに重そうな革のサンダルをはいている。

「こんにちは、刑事さん」ジャッキーにそう言って、手近な椅子をすすめる。「どうぞお座りになって。モニカ、まだ行かないでちょうだい。ちょっとききたいことがあるの」

家政婦は戸口で立ちどまった。ジャッキーはステファン・パネシビックが義母を鼻持ちならない俗物と言っていたことを思い出し、彼女が使用人にどう接するのかを観察したが、ここでもまた驚かされるはめになった。

「あなたとふたりで選んだオレンジ色を試してみたんだけど、どうもぴんとこないのよね」とバーバラは言ったのだ。「ねえ、どう思う?」

家政婦は白いリーボックで音もなく織機に近づいていった。「明るすぎますわ」織物の模様をじっと見て、おもむろに口を開く。「もっと茶色っぽいのでないと、モスグリーンとは合いませんでしょ？」

「やっぱりね。わたしもそう思ったのよ」バーバラは顔をしかめた。「ああ、もう。ほどいて一からやり直しだわ」

家政婦はきびすを返して戸口に向かった。「コーヒーをお持ちしましょうか、奥さま？」

「ええ、お願い。それとも刑事さんは紅茶のほうがよろしいかしら？」

「コーヒーで結構です」ジャッキーは言った。贅沢《ぜいたく》な家や自信に満ちた余裕しゃくしゃくの女主人に圧倒されまいと、咳払《せきばら》いをする。「でも、わたしのためでしたらどうぞお構いなく。すぐに失礼しますから」

「あなたのためではありませんよ」バーバラはおかしそうに言った。「今日は昼食を抜いてしまったし、いますぐカフェインをとらないと眠りこんでしまいそうなのよ。モニカ、果物とチーズも持ってきてちょうだい」

家政婦はうなずいて立ち去った。ジャッキーは木製の織機に目をやった。「実際に布を織るところを見たのは初めてです。覚えるのはたいへんそうですね？」

「ほかのことと同じよ」バーバラはそっけなく言った。「やりかたを覚えるのと、じょうずにやるのとでは天と地ほどの違いがあるわ」

「独学で覚えたんですか、それともどこかで習ったんですか？」

女主人はあたたかみのない微笑を浮かべてみせた。「わたしの趣味についておしゃべりするためにいらしたわけではないんでしょう？　早く本題に入ったらいかが？」

「わかりました」ジャッキーはバッグから手帳を出して開いた。「ゆうべ七時から八時のあいだにお孫さんがモールから姿を消しました。いまどこにいるか、心当たりはありませんか？」

「あの子の父親が隠しているんだと思いますよ」バーバラは足もとの箱の中の糸をもてあそんだ。「あのろくでなしがね」と言い添える。

「義理の息子さんにあまりいい感情をお持ちではないようですね？」

「もと義理の息子ですよ。さいわいリーとは一月に離婚しました」

「そうでした」

ジャッキーは口をつぐんでバーバラがしゃべりだすのを待った。バーバラ・メロンのようなタイプは、会話の主導権を握らせたほうが気軽にしゃべってくれるのかもしれない。

「ねえ、いまさら遅いけど、わたし自分がやっておけばよかったと思ってるのよ」

「何をです？」

「マイケルの誘拐。さらったのがわたしであれば何も心配はなかったのに、いまのあの子は居所すら知れない。もっと早くにわたしが先手を打っておけば、リーにもこんなつらい法を犯すことなどなんとも思っていないのだ。財産が自分に多大の権力を与え、身を守ってくれると考えている。おのれのやったことがわが身にはねかえってきても、金が緩衝材になってくれるというわけだ。

「子どもの誘拐は重罪ですよ」

その言葉はジャッキー自身の耳にもうつろに響いた。バーバラ・メロンみたいな人間は

思いをさせずにすんだんだわ」

「ミセス・メロン、なぜステファン・パネシビックがお嫌いなのかを話してくださいませんか?」

バーバラは肩をすくめ、両手をあげて伸びをすると、腕時計をちらりと見た。「モニカったら早くしてくれないかしら。喉がからからだわ」そしてジャッキーと目をあわせる。「ステファンのことは最初から嫌いでしたよ。あれは古い言葉で言うなら、山師ってところね」

「リーに対して誠意がないと感じてらしたんですか?」

老婦人は短い笑い声を放った。「リーに対する誠意? ステファンはもともと誠意などとは無縁の男よ。金持ちのアメリカ人の娘をつかまえて結婚にこぎつければいい暮らしができると考えついた、ご都合主義の移民にすぎないのよ。ああいう階級の人間はいつだって都合よく利用できる相手を探しているんだわ」

ジャッキーはこの女性への反感をますますつのらせた。特に〝ああいう階級の人間〟という言葉が癇《かん》にさわった。だが、注意深く無表情を保ったままメモをとりつづける。

「彼はマイケルを愛していると思いますか？」

「彼はマイケルをほしがっているんだと思うわ。愛するのとほしがるのは別よ」

「あなたはマイケルを愛してらっしゃいます？」

「当然だわ。あの子はたったひとりの孫だし、それは今後もずっと変わらないでしょうからね。もしあの子の身に何かあったら……」

バーバラ・メロンはつと横を向き、窓の外を見ながら織機のシャトルを意味もなく動かした。

「今後ほかにお孫さんができるとは思ってらっしゃらないんですか？」

「こんなことがあっては、リーは再婚などしたがらないでしょうよ。それに、エイドリアンのほうにも子どもは望めないし」

「なぜですか？」

バーバラはまた肩をすくめた。「何か身体的な問題があるんだと思うわ。詳しいことはわからないけど、あの夫婦は何年も妊娠のための努力を続けながら、いまだに子どもができないのよ。それでエイドリアンはずいぶん苦しんでいるわ」

ジャッキーはリーの姉の横柄な態度を思いかえし、あのエイドリアン・コルダーが子どもを望みつつも果たせずに苦しんでいるなんて、驚くと同時に少々落ち着かない気分を味わった。手帳にその事実を書きつけ、横に星印をつける。

「少し不思議な気がするんですが、誰もがマイケルは家族の誰かといっしょだから安全だと思っているみたいですね」慎重に言葉を選びながらジャッキーは言った。「実際、ステファンはあなたの一族がどこかにマイケルを隠しているんだと考えています」

「そう」バーバラは言った。「それで、何がおっしゃりたいの、刑事さん？」

「誰もマイケルの身を案じて半狂乱になっていないのが不可解だというだけです。話をうかがったみなさんが、心配しているというよりもいらだっているみたいで」

「警察はあの子が家族以外の第三者に誘拐されたと信じる根拠でもお持ちなのかしら？」

ジャッキーはポール・アーヌセンの節くれだった手や射るような暗い目、トラックの荷台の血痕《けっこん》、そして地下室だの鶏だのの瞬間的イメージとやらの話に思いをはせた。

「はっきりした根拠はありません」と答える。「まだどなたのところにも脅迫や要求の電話はかかってないんですね？」

「もちろんです。電話があったらすぐにお知らせしているわ」

「電話には常時誰かが出られる状態だったんでしょうか？　こちらのお宅に身代金を要求する電話があったとしたら、確実にどなたかが出ていましたか？」

「わたしたち、身代金の要求に関しては少し詳しいのよ」バーバラは不気味な表情で言った。「なにしろ以前にも経験がありますからね」

ジャッキーはびっくりした。「これまでにどなたかが誘拐され、身代金を要求されたことがあったんですか?」

バーバラは椅子の背もたれに身をあずけ、トレイを持って入ってきた家政婦に優雅にほほえみかけた。モニカはフルーツやチーズやケーキを盛りつけた皿を近くのコーヒーテーブルに置き、入ってきたときと同様静かに出ていった。

バーバラは身を乗りだしてコーヒーをつぎ、砂糖とクリームをすすめたが、ジャッキーはブラックでいいと答えた。コーヒーセットは茶色の繊細な陶器で、錆《さび》色とグリーンの筋が入っている。

「これもわたしの趣味なの」しげしげとカップを見ていると、バーバラが言った。「物置にろくろと窯があるんですよ」

「とてもきれいです」

「ありがとう。果物を召しあがれ」

ジャッキーは種なしブドウをひと房とって、手帳を見下ろした。「これまでにも身代金を要求されたことがあるというお話ですが」

「はるか昔のことだわ」バーバラは遠い目をしてコーヒーをすすった。「もう二十年ぐらい前になるかしらね、エイドリアンがまだ十三、四のときだったから。あの子、カリフォルニアの私立学校に行っていたんだけど、ある日突然寮から姿を消したの。間もなく犯人から電話がかかってきたわ。無事に返してほしかったら二十万ドル用意しろって」

「それで？」

バーバラはまた肩をすくめてみせた。「三日後、まだオールデンが金策に駆けずりまわっているうちに、当人が学校に現れたわ。まったくの無傷でね」チーズをかじり、小さな銀のフォークをカットしたマスクメロンに突き刺す。

ジャッキーは彼女の淡々とした口調に不審を抱いた。「エイドリアンはどこにいたんです？　誰に誘拐されたんですか？」

「それはついにわかりませんでした。エイドリアンが頑として言わなかったのよ。どこにいたのかも、何があったのかも」

「でも、ご家族は気も狂わんばかりに心配なさったはずです。無理にでもしゃべらせようとはなさらなかったんですか？」

バーバラは白く強そうな歯を見せてひややかに笑った。「あの子に無理やり何かをさせるなんて、誰にもできやしませんよ」そしてカップに目を落とし、難しい顔で考えこむ。「それにね――」ようやくまた口を開いた。「当時はいろいろと忙しくて、うちの中がばたばたしていたの。オールデンが公職選挙の真っ最中だったから。何はともあれエイドリアンは無事だったんだし、そういつまでも気にかけてはいられなかったのよ」

ジャッキーは再び手帳に書きこんだが、自分自身の子ども時代と妙に似ていることが気になった。ジャッキー自身、十三か十四のときに何日か家に帰らないことがあったけれど、誰も騒ぎはしなかった。エイドリアン・メロンの家族同様、ジャッキーの家族も彼女の姿がないことにろくろく気づきもしなかったのだ。

あんがい大金持ちと大貧民は似ているのかもしれない。どちらの生活態度も、この家の女主人が労働者階級と呼ぶような人々のそれからはかけ離れているのだろう。

バーバラはジャッキーの考えを読みとろうとするようにじっと見つめてきた。「ステファンはわたしのこと、俗物だと言っていたでしょう?」

ジャッキーはたじろぎもせずに見つめかえした。「ええ。正直なところ、そう言っていました」

バーバラは蔑《さげす》むように口をゆがめた。そして何か言おうとしたが、そのときフレンチドアから男がひとり入ってきた。男はだぶだぶのコーデュロイのズボンをはき、ブラウンの古びたカーディガンを着ている。

長身で、背筋はまっすぐ伸びているが、銀色の髪は薄くなっていた。彫りの深い端整な顔はリーにそっくりだ。

「バービー?」彼は言った。「わたしのシンビジウムを見に来ておくれ。花が咲きはじめたんだ」

「それはよかったわね」バーバラはジャッキーをちらっと見た。「主人のオールデンよ」

小声でささやくと、彼に近づいていって腕に手をかけ、何事か耳打ちする。

ジャッキーはバーバラの肩が緊張したようにこわばり、オールデン・メロンの青い目が困惑の色をたたえてかげりだすのを興味深く見守った。

「警察官？」彼は言った。

「刑事さんよ、オールデン。カミンスキー刑事。少しおしゃべりをしにいらしただけ。あなたもいっしょにコーヒーを召しあがる？」

彼は悲しげな顔でジャッキーを見ながら首をふった。「おまえに花を見てほしかったんだ」と妻に言う。

「すぐに行くわ、あなた。刑事さんがお帰りになったらね」

「刑事さんはなぜここに？」

「遊びにいらしただけよ」バーバラは答えた。「わたしの織物に興味があるんですって」

「マイケルは午後には来るのかい？」オールデンは両手をポケットに突っこんで尋ねた。

ジャッキーが思わず女主人の顔を見ると、彼女は再び腰を下ろし、わざとらしいほどの平静さでカップを手にとった。「いいえ、今日は来ないわ」

年老いた男の顔が失望のあまりくしゃくしゃになった。「午後には来ると言っていたのに。きっと庭仕事を手伝ってくれるはずだと」

「明日にはたぶん来られるわ」バーバラはなだめるように言った。「さあ、ランに水をやっておしまいなさい。わたしもすぐにシンビジウムを見に行くわ」

「マイケルを連れて？」

「今日は来られないのよ」辛抱強く繰りかえす。「たぶん明日には来るでしょう」

オールデン・メロンは外に出てフレンチドアを閉め、とぼとぼと裏庭を歩いていった。あとに残されたジャッキーとバーバラはしばし押し黙っていた。

「オールデンは数年前に神経を病んでしまったの」バーバラがようやく言った。「何カ月か入院したんだけど、まだ完治してないし、たぶん死ぬまでこの状態が続くんでしょう。でも、ランとかほかの趣味でいつも忙しくしているし、いまは彼なりに幸せなんだと思うわ」

「すぐにでもマイケルに会えると思っているようでしたが」

「マイケルをそれはかわいがっているから。ヘレンが一日おきぐらいにここに連れてきてくれるんで、オールデンにとってはこの時間帯にあの子がいるのが当たりまえになっているのよ」

「ヘレンとは？」

「ヘレン・フィリップス。リーが仕事に行っているあいだマイケルを見てくれる近所の娘さんよ。いえ、娘さんと呼ぶのは少し無理があるわね」バーバラはかすかに微笑した。

「もう五十近いんだけど、彼女のことは生まれたときから知っているものだから」

「ああ、思い出しました。ファイルの記録に名前がありました。この近くに住んでいるんでしたね？」

「通りの先にね。でも、かわいそうに」バーバラは考えこむように続けた。「きっと死ぬほど心配しているでしょうね。マイケルを心底かわいがっているから」

よかった、マイケルのことを死ぬほど心配している人が初めて見つかったわ。ジャッキーは心の内でそうつぶやきつつ、無表情のままメモをとった。

「オールデンにはマイケルがいなくなったことを言えなくて」バーバラは言った。「彼には理解できないでしょうし、言ってもうろたえるだけだわ」

「なるほど」ジャッキーはそこで口ごもった。「これは念のためにおききするんですが、ゆうべ六時から九時のあいだ、何をしてらっしゃいましたか、ミセス・メロン？」

バーバラはその質問に眉ひとつ動かさなかった。「ここで機織りをしていましたよ」

「ひとりで？」

「オールデンがいっしょでした。彼は彼で新しいクラフト絵画にとりかかっているのよ」

「夕食は何時ごろに？」

「こんな暑いときにはちゃんとした夕食はいただかないの。ゆうべも七時ごろ、モニカにスープとサンドイッチを運んでもらっただけ」

「モニカはそのあとも、しばらくはここにいたんですか？」

「もちろんよ」バーバラはびっくりしたように言った。「彼女もわたしたちといっしょに食べるんですもの。食器をさげて洗ったあともまたここに来て、オールデンの絵を手伝い、わたしがいま織っている布の色についておしゃべりをしたわ。ずっとこの部屋にいましたよ」

「彼女のこと、ずいぶん気に入ってらっしゃるようですね」

「モニカとはいい友達なのよ」バーバラはあっさりと言った。「ステファンがわたしのことをどう言おうともね」

「ほかに何か思いついたことはありませんか？　マイケルを捜しだすうえで参考になりそうなことは？」

「たとえばどんなこと？」

「ステファンのこととか。彼がこの事件に一枚かんでいるとお考えのようですし」

バーバラはカップを見下ろした。「彼のことならエイドリアンにきくべきね」長い沈黙のあとに言う。

「エイドリアンに？　なぜです？」

「うちの家族でステファンといちばん親しかったのはたぶんエイドリアンでしょうから。むろんリーは別にしてね」

ジャッキーは驚きと当惑にとらわれて考えこんだ。バーバラはよそよそしい笑みを浮かべて立ちあがった。

「そろそろ失礼しますよ、刑事さん。もう行かなくては。オールデンが温室で待ってるわ。マイケルのこと、何かわかったらすぐに知らせてくださいね」

車に戻ったジャッキーは、運転席に乗りこんだとたんポラロイドカメラとポール・アーヌセンの写真に気がついた。先刻ウォードローからの連絡を待っているときに、彼女自身が撮影したものだ。一瞬、家の中にとってかえしてバーバラ・メロンに写真を見せようかと思ったが、結局やめることにした。

この写真は後日ここを訪れるための口実になるだろうし、近いうちにまた自分がこの家に来ることはほぼ確実だという気がした。

# 8

ジャッキーはとっさに思いついてファイルに記録されている住所リストを調べ、ヘレン・フィリップスと彼女の母親が住んでいる家をめざして並木道に車を進めていった。ヘレンは夏休みのあいだはベビーシッターの任を解かれているという話だったので、まだジャッキーのほうからは一度も連絡をとっていない。だが、リー・メロンだけでなく先刻リーの母親の口からもヘレンの名前が出てきたせいで、彼女への関心は急速に高まっていた。ひょっとしたらヘレンはマイケルをかわいがるあまり、自分ひとりのものにしたくなったのかもしれない。そういうことは実際あるものだ。

フィリップス母子《おやこ》の家は道路からかなり引っこんでおり、両側に花や灌木《かんぼく》の植わった私道が公道から玄関前へと環状にめぐらされていた。家はメロン邸ほど贅沢《ぜいたく》ではないものの、メロン邸以上に古くて、それなりの風格を備えている。外壁は白い羽目板で、急勾配《こうばい》の屋根には切妻や屋根窓がついている。家を取り巻く広い庭は手入れの行き届いた花壇や木でいっぱいだ。

フェンス近くのボタンの茂みの中で、ひとりの女が何か作業をしていた。コットンのロングワンピースに身を包み、足首までの白いソックスとランニングシューズをはいて、つばの大きな麦わら帽子をかぶっている。

ジャッキーは芝生の上を歩いていき、バッジをかかげた。「スポケーン市警のカミンスキー刑事です。ミズ・ヘレン・フィリップスにお目にかかりたいんですが」

「ヘレン・フィリップスはわたしです」

マイケルのベビーシッターは柔らかなブルーの目をした華奢《きやしや》な女だった。白いものがまじりはじめた明るい赤茶色の髪は、長い三つ編みにして背中に垂らしている。顔や腕には薄くそばかすが散っており、優しげな顔は心配そうに曇っている。

白髪が出はじめる年齢にもかかわらず、ヘレン・フィリップスには引っ込み思案の少女のような可憐《かれん》な雰囲気があった。まるでガラス瓶の中でたいせつに保存され、無傷のまま歳月をやり過ごしてきたかのようだ。

ケント・パクストン巡査が書いた報告書には、若き日のヘレンが恋人をベトナム戦争に奪われ、以来この家でずっと年老いた母親の面倒を見てきたとあった。もしかしたらこの優雅な家はほんとうに保存瓶の役割を果たし、人生や歳月の重みがあまりのしかかってこないようにヘレンを守りつづけてきたのかもしれない。

だが、いまのヘレンは明らかに動揺していた。唇が震え、手にした移植ごての取っ手を指の関節が白くなるほど強く握りしめている。

「マイケルが……マイケルが見つかったんですか？」彼女は言った。

「いえ、残念ながらまだ」

そばかすのある頬に涙がこぼれ落ちた。「わたし心配で」つぶやくような声だ。「マイケルはかわいくて、ほんとうにいい子なんです。なのに、いったい誰が……」

ジャッキーは彼女の肩に手をかけた。「いまの段階で最悪の事態を覚悟する必要はありません」優しく言う。「無事でいることも十分考えられるんですから」

ヘレンはぼんやりとジャッキーを見た。「無事で？　でも、まだマイケルは見つかっていないんでしょう？」

「ええ。でも、家族の誰かといっしょかもしれないし、その場合には危害を加えられる恐れはないと思って間違いないでしょう」

ジャッキーは自分の言った意味が相手の頭にしみこむのを待った。

ヘレンは目を見開いた。「それじゃあ、メロン家の誰かがあの子を……」そこで不意に黙りこみ、ぎこちなく姿勢を変える。

ジャッキーは興味をそそられて彼女を見つめた。「そのことで少しお話をうかがえませんか？　メロン家とパネシビック家に対するあなたの印象をうかがいたいんです」

「わたしはたいしたことは存じませんわ」ヘレンは移植ごてを握りしめた。「ただのベビーシッターにすぎないんですから」

「でも、メロン家の人たちのことは生まれたときからご存じだとか」

「オールデンとバーバラは物心ついたころから知っていますけど、お嬢さんたちはわたしよりもずっと年下ですし、ふたりとも大きくなると家を出てしまいましたから」

「でも、マイケルの面倒はもう長く見ているんでしょう？」

「長くといっても、まだ一年半ぐらいです」

「どういういきさつでベビーシッターをやるようになったんですか？」

「去年のクリスマスのあとにこっちの学校に教員の欠員が出て、リーがまたそこで働くようになったんです。当時はベビーシッターを雇わず、マイケルを実家に預けて出勤していました。だけど、それだとモニカの負担が大きすぎて――」

「モニカとはメロン家の家政婦ですね？」

「ええ。わたし、午後にはよくあのお宅にお邪魔するんです。それでモニカやバーバラがマイケルの世話できりきり舞いさせられているのを見て、うちで預かったらいいんじゃないかと……。マイケルはいい子だし、わたしの母もすごくかわいがっているんです。あの子のおかげでわたしの生活にも張りが出てきましたし……」

　ヘレンの唇がまた震えはじめた。しゃがみこんで白いボタンの鉢を持ちあげ、金属製のケージに入れる。花についていた数匹のアリが彼女の手の上を這《は》っていった。ヘレンはそれを払い落とし、顔が麦わら帽のつばに隠れるよううつむいてしまった。

ジャッキーは手帳とポール・アーヌセンのポラロイド写真をとりだした。

「この人物に見覚えはありませんか、ミズ・フィリップス？」

ヘレンは立ちあがり、眉根を寄せて写真を見た。

「どこかで見たような気もしますね。でも、どこで見たのかしら？」

ジャッキーは言葉をはさまず、じっと待つ。

ヘレンはあきらめたように首をふった。「ごめんなさい、思い出せないわ」

「いいんですよ」ジャッキーは写真をしまった。「少しお時間をいただいてお話をうかがえませんか？」

「ええ、もちろん。すみません、気がきかなくて。どうぞお入りになって」

ヘレンは移植ごてや熊手《くまで》を持ち、先に立って裏庭にまわると物置に道具をしまった。裏庭は広々として花が咲き乱れ、シダレヤナギが草地に枝を引きずっている。フェンスに接する白い垣根には、おびただしい花をつけたバラがかぶさっている。

「きれいな庭」ジャッキーは言った。「庭仕事がお好きなんですね」

「わたしひとりでやっているわけではありません」ヘレンは物置の扉を閉め、ジャッキーのところまで戻ってきた。「週に二日ほど、植木屋さんが来てくれるんです。その植木屋って、じつはモニカのいとこなの。穴掘りとか落ち葉掃きとか冬の雪かきといったきつい仕事は、すべて彼にやってもらってます」

「でも、花の手入れはあなたがしているんでしょう?」

ヘレンは恥ずかしそうにほほえんだ。「この家は父が親から相続し、母を新妻として迎えた家なんです。もう六十年以上も前のことだけど。花は母が植えたものだから、わたしが責任を持って面倒を見なくてはいけないような気がしているんですよ」

裏庭には小さな温室や仕切り窓のついた長いガレージもある。

「あのガレージは以前は厩舎《きゅうしゃ》だったそうです」ヘレンがジャッキーの視線をたどって言った。「世紀の変わり目ごろ、曾祖父《そうそふ》があそこで何頭もの馬を飼っていたんですって」

花のまわりをミツバチがけだるい羽音をたてて飛びかい、木々のこずえでは鳥たちが歌い、かつての厩舎の三角屋根では錆《さ》びた真鍮《しんちゅう》の風向計がのんびりとまわっている。

「何もかもがきれいだわ」ジャッキーは羨望《せんぼう》をこめて言った。「仕事をしているあいだ、わが子をこんなところで預かってもらえるなんて、リーは幸せですね」

ヘレンの顔にまた動揺が走った。帽子をとり、ジャッキーと並んで足早に家に向かう。

ふたりは裏口から居心地のよい古めかしいキッチンに入った。お菓子の焼ける匂《にお》いがしみついた、あたたかな雰囲気のキッチンだ。ヘレンはシンクで手を洗い、ジャッキーは木製の椅子のひとつに腰かけてメモの用意をした。

「マイケルは木曜の午後、こちらに来てたんですよね? ほんの二日前に」

「ええ。リーに……その、用事があったものですから、うちでマイケルを預かったんです。久しぶりに会えて楽しかったわ」ヘレンは冷蔵庫からアイスティーの入ったガラスポットを出した。「夏休みはあの子と会えないから、つまらなくて」

「どうも」ジャッキーはアイスティーのグラスを受けとり、ありがたく口に運んだ。「木曜のリーの用事とは家庭裁判所の審理だったんですね？　別れたご主人とマイケルを会わせる件について、判決を聞きに行ったんだとか」

「ええ、そうです」ヘレンはウェッジウッドの皿になつめやし入りのビスケットを並べ、揃《そろ》いの取り皿や青いリネンのナプキンといっしょにテーブルに置くと、向かいの椅子に腰かけた。

「マイケルを迎えに来たときのリーはどんな様子でしたか？」ジャッキーは尋ねた。

「判決を聞いてきたあとのことですか？」

「ええ」

「かわいそうに、リーはずいぶん……ふさぎこんでいました」

「判決について何か言いましたか？」

「いいえ、何も。でも、よくない結果になったことはわかりました」

「なぜ？」

「わたし、こんなに早く戻ってくるとは思わなかったというようなことを言ったんです。

夕方までかかると思っていたから、マイケルを母と昼寝させたところだって。するとリーは、時間なんか全然かからなかったと言いました。その口調がひどく悲しげでつらそうだったので……」

「でも、詳しいことは話してくれなかったんですか？」

「メロン家の人たちはそういうタイプじゃありませんから」

「そういうタイプじゃないとは？」

「いろいろなことを……親しく打ちあけたりはしないんです。家庭内に何か問題があっても、一致団結して外部にもれないようにするんです」

「具体的な例をあげていただけませんか？」

「そうね、たとえば何年か前にオールデンが病気になったときもそうでした。入院してたなんて、近所の人はずっとあとになるまで誰も知らなかったんです。いまにいたるまで、リーはお父さんの状態をわたしにひとことも言ってないんですよ」

「それではリー・メロンとあなたは親しい友達というわけでもないんですね？」

「親しくはないけれど、友達であることは確かですわ。なんといっても、学校があるときには毎日ここに寄るんですから。それに学校はここからそう遠くないので、ここでマイケルと昼食をとるため昼休みに抜けだしてくることも多いんです。実際いっしょにいる時間は結構長いんですよ」

「でも、リーが自分の結婚生活や別れたご主人との関係について、あなたに語ることはなかった？」

「彼女、そういうことは誰にも話さないんじゃないかしら。彼女のお母さんとお姉さんは別でしょうけど」

「ステファンはどうです？ 彼とはよく会っていたんですか？」

「最近では全然。ふたりが別れる以前は、リーの仕事が遅くまでかかってしまうときなど、ステファンがマイケルを迎えに来ることもありましたけど」

「彼についてはどんな印象ですか？」

「いい人のように見えました。礼儀正しくて、父親としても立派だと」

「でも、ふたりが離婚してからはまったく会ってないんですね？」

ヘレンは黙りこみ、取り皿の上でビスケットをぼろぼろに崩した。穏やかな顔がまたこわばっている。

「ミズ・フィリップス？」ジャッキーは物柔らかに促した。

「じつは二カ月ほど前、ここに来たんです」ヘレンは小さな声で言った。「五月の上旬……たしか母の日の直前だったと思うんですけど」

「何しに来たんです？」

「リーに内緒でマイケルを遊びに連れていきたいと言うんです。リーが週末ごとに会わせるという約束を守ってくれないので、耐えがたい思いを味わっているって。ときどきこの家から二、三時間マイケルを連れだし、児童公園かどこかに連れていきたいのだということでした」

「なるほど」ジャッキーは考えこんだ。

「特に自分の母親に――マイケルのお祖母《ばあ》ちゃんに――会わせたがっているようでした。ほら、母の日が近かったものですから」

「で、あなたはなんと？」

ヘレンは青い目に苦渋の色をにじませた。「わたし、なんともやるせない気持ちになってしまって……。ステファンはマイケルを心から愛しているんです。マイケルも父親と会えてはしゃいでましたし。でも、結局断らざるを得ませんでした」

「なぜ？」

「わたしはリーに雇われたベビーシッターですし、そんな形で彼女を裏切るのはまずいんじゃないかと思ったんです。ステファンには、マイケルを連れだしたいのならリーと交渉してくださいと言いました。わたしはそういう……怪しげなことにはかかわりたくないと」

「それに対し、ステファンは？」

「ずいぶん落胆したようです。帰っていくときの打ちのめされたような顔がいまでも忘れられないわ」

「その後また現れて、マイケルに会おうとしたことはなかったんですか？」

「ええ。そのとき一度きりです」

「あなたの対応は正しかったんですよ」ヘレンの口もとがまた震えだしたのを見て、ジャッキーはきっぱりと言った。

「ほんとうに？」ヘレンはすがりつくようなまなざしになった。「わたしはただああいう問題に巻きこまれるのがいやだっただけなんです。あのときは相談する相手もいなかったし」

ふたりがしゃべっているあいだに、年老いた女がのろのろとキッチンに入ってきた。フリース素材のジョギングスーツの上から肩にあたたかそうな青い毛布を巻きつけ、寝室用のスリッパをはいている。左耳には旧式の大きな補聴器を装着している。

「母のグレース・フィリップスです」ヘレンが言った。「お母さん、こちらはカミンスキー刑事よ」

「刑事？」老婦人の肌は皺《しわ》くちゃの紙のようで、ふわふわした白い頭はタンポポの綿毛のようだ。だが、ジャッキーを見つめる目は意外に鋭い。「あなた、刑事なの？」

「ええ」ジャッキーは答えた。

グレース・フィリップスはじろじろと彼女の顔を見てから娘のほうを向いた。「ヘレン、今日は寒いわ。暖房を入れてちょうだい」

「いまの時期は暖房炉のフィルターがないのよ、お母さん」ヘレンは辛抱強く言った。

「夏のあいだは修理保管サービスに出してあるんだもの」

「わたしは寒いのよ」老婦人は不機嫌な顔で娘につめ寄った。「暖房を入れてちょうだい」

ヘレンは困惑したようにジャッキーをちらりと見た。「お願いよ、お母さん。お客さまがお帰りになったら階下《した》から電気ストーブを出して、お部屋に持っていってあげるから」

「なるべく急いでちょうだいよ。このままじゃ凍えてしまうわ」グレースは何を思ったかビスケットに指を突きたて、それからその菓子をつまんで口に放《ほう》りこんだ。顎に細かいかすがこぼれる。「あなた、銃は持ってるの?」ジャッキーに尋ねる。

「ええ、持ってます」

「なんですって?　もっと大きい声でしゃべってちょうだい」

「ええ、銃を持ってます!」ジャッキーはばかばかしく感じながらもそう叫んだ。

「よかった。近々それを使うはめになるかもしれないわよ」グレースは暗い声で言った。そしてきびすを返し、毛布を引きずりながらおぼつかない足どりでキッチンから出ていった。

ヘレンはそばかすの浮いた頬を羞恥《しゅうち》でピンク色に染めていた。「母がどうも失礼しました」消え入りそうな声で言う。「ときどきあんなふうに――」

「気にしないでください」ジャッキーは制した。「わたしにも扱いづらい祖母がいるんです。事情はお察しします」

ヘレンはほっとしたように表情をやわらげ、ジャッキーが立ちあがって手帳をしまうのを見守った。「お力になれなくてすみませんでした」

「いいえ、たいへん参考になりました」ジャッキーは名刺を差しだした。「もしほかに何か思い出したら、いつでも連絡してください」

「わかりました。あの、刑事さん……」

「なんでしょう?」

「どうか早くマイケルを見つけだしてください。あの子が見つかるまでは食事も喉を通らないし、夜も眠れません。ほんとうに心配でたまらないんです」

ジャッキーは彼女の肩を軽くたたいた。「大丈夫ですよ、ミズ・フィリップス」自信たっぷりに言ってみせたが、そのじつ、自信などほとんどない。「マイケルは警察が必ず捜しだします」

リーは卵サラダのサンドイッチを作り、ボウル一杯のスープを電子レンジであたためた。キッチンのテーブルにランチョンマットを一枚だけ置き、その上に作ったものを並べて腰かける。だが、目は向かいのマイケルの席に吸い寄せられたままだ。

マイケルは数カ月前に幼児用の高い椅子を卒業し、ふつうの椅子の上に重ねて使用する補助椅子《ブースターシート》に切りかえたばかりだった。食事のときにあの子の勢いこんだおしゃべりが聞こえないなんて、ひどく変な感じがする。静寂がわが身に重くのしかかり、疲労と孤独を痛感させる。

リーはこみあげてきた涙をこぼすまいと、何度もまばたきを繰りかえした。マイケルの顔を思い浮かべ、大きな目や金褐色の巻き毛、ふっくらした小さな手にフォークを握りしめて一生懸命に母親の動きをまねようとするさまを脳裏によみがえらせる。

「いまどこにいるの、マイケル？」クリスタルのプリズムが窓から入る風でゆっくりとまわるのを見ながら、リーは思わずつぶやいた。「元気でいるの、ダーリン？　怖い思いをしてるんじゃない？　ああ、会いたいわ、マイケル……」

そのとき玄関のチャイムが鳴った。リーはぎょっとして目を見開いた。スプーンを置き、立ちあがって玄関に急ぐと、ドアスコープに目を近づける。

カミンスキー刑事が大きな革のショルダーバッグを肩にかけてポーチに立っていた。リーはドアをあけ、緊張と不安におののきながら彼女を通した。

ジャッキー・カミンスキーにはどこか人をたじろがせるものがある。冷静沈着でつかみどころがなく、プロの捜査官らしいクールな雰囲気とこちらの本心を見抜かんばかりの鋭い目を持っている。

今朝ここに話を聞きに来たときには、ショルダーバッグの中に手を入れた拍子にジャケットの前が割れ、ベルトにつけている黒いホルスターがちらりと見えた。それを思い出しただけでリーは身震いしてしまう。ジャッキーのように銃が使えて、しかも常時携帯しているのはどういう気分なのか、リーには想像もつかない。

でも、ジャッキーからは男まさりな感じも居丈高な印象も受けない。むしろジャッキー・カミンスキーはエキゾチックな容貌《ようぼう》がきわめて魅力的だ。つややかな黒髪、黄金色の肌、澄んだはしばみ色の目。体つきはすらりと引きしまり、ごくたまに微笑を浮かべると、口がきれいなカーブを描いていっそう若く可憐に見える。

だが、その魅力はリーにとって、ジャッキーが見せる厳しさや強さ以上に恐るべきものだった。リーはこの女刑事の魅力に屈するわけにはいかないのだ。ジャッキーに信頼を寄せ、胸の内をさらけだすことは許されない。

実際、ジャッキーはまごうことない脅威となっている。リーとしては常に警戒を怠らず、ガードをかためておかなくてはならない……。

「いまキッチンで食事していたところなんです」リーは言った。「刑事さんもいっしょにいかが？」

ジャッキーは首をふった。「せっかくですけど、食べてきましたから。同僚が署にチーズバーガーを買ってきてくれたんです」

「もう六時過ぎだわ。勤務時間はもう過ぎてるんじゃないんですか？　今朝もずいぶん早い時間からうちにいらしたし」

「帰る前に少し確認したいことがあったんです」ジャッキーはリーのあとからキッチンに入った。

「せめてお茶ぐらいは召しあがるでしょう？」テーブルの前に座って手帳をとりだすジャッキーを、リーはじっと見つめて問いかける。「どっちみちわたしも飲みたくて、いれるつもりでしたから」

「それでは、ごちそうになります」ジャッキーはまっすぐにリーを見た。

リーはしばみ色の探るような目をまた意識せずにはいられなかった。不安を隠し、強いてその目を正面から受けとめる。「マイケルのこと、何か手がかりがつかめました？」

「いえ、まだ」ジャッキーは一枚のスナップ写真を差しだした。「この男をご存じありませんか？」

リーは写真を受けとり、ジーンズにワークブーツにベースボールキャップといういでたちで片手に材木をかかえているハンサムな若い男をじっと見た。「初めて見る顔だと思うけど」ようやく答え、怪訝《けげん》に思ってつけ加える。「わたしが知っているはずの人なんですか？」

「ご実家の近所で家の修繕を請け負っている人物なんです。ひょっとしたら見かけたことがあるんじゃないかと思って」

リーはかぶりをふり、陶器のポットに入れた茶葉の上に熱湯をそそいだ。

「そのティーポットやカップはお母さまが作ったものですか?」ジャッキーは言った。

リーはびっくりして顔をあげた。「どうしておわかりになったの?」

「見た感じで彼女の作品かなと思っただけです。ありがとう」ジャッキーはそう言ってカップを受けとった。

リーも腰を下ろし、スープを口に運びはじめた。「そこ、マイケルの席なんです」赤いプラスチックの補助椅子がついた席を指さして言う。「あなたがいらっしゃるまで、ここに座って考えていたの。あの子がいない家はなんて寂しいのかしらって。自分で自分を持て余してしまうわ」

ジャッキーは再びバッグに手を入れ、茶封筒をとりだした。「明日のポリグラフ検査であなたに答えていただく質問を持ってきました」

「ポリグラフの検査というのは、どういうものなんでしょう?」リーはスプーンを置き、ジャッキーに見えないようテーブルの下で拳《こぶし》を握りしめた。

「別に怖いことは何もないのでご心配なく。いまからわたしが質問をし、あなたの答えを書きとります。そして明日の午後、本署のほうで体にちょっとした器械装置の線をつけ、クラビッツ警部補が今日と同じ質問をするのに答えていただくだけです。彼女はポリグラフ検査実施の専門的訓練を受けているんです」

「あなたもその場に立ち会うんですか？」

「同室はせず、隣の部屋からマジックミラーで様子を見ています。何か疑問を感じたときにはマイクを通じて口をはさむこともありますが」

「わたしは質問に対してほんとうのことを言うだけでいいわけね？」

ジャッキーは真剣な表情でリーを見た。「そう、それだけのことです」

リーは深々と息をついた。「それじゃ、何も心配することはないのね」

ジャッキーの視線を痛いほど感じながら、またスープをひと口飲み、サンドイッチをつまむ。

それからふたりはジャッキーが考えてきた質問にとりかかった。ありがたいことに、難しい質問や持ってまわった質問はひとつもなかった。どれもいままで答えてきたことばかりだった。ショッピングモールに着いた時間、モールで食事をした時間、マイケルがおもちゃ屋から消えたときの状況とその後のリーの対応……。

リーは根気よく前と同じ答えを繰りかえし、ジャッキーはそれをいちいち書きとめた。「これで結構。以上で終わりです」ファイルをしまいながら女刑事はようやく言った。「これでわたしも帰れます」そこで少し躊躇《ちゅうちょ》する。「今日も何もありませんでしたか？　不審な電話とか、ふだんと違うこととか」

「別に。マスコミの人たちが大勢うろつきまわっているし、うちの前を通る車もいつもよりずっと多かったけど、たぶんただの野次馬だわ」

「どんな事件にもそういう手合いが必ず出てくるんですよ。他人の不幸に身を乗りだす人間の多さにはあきれるばかりです。ところで、リー……」

「はい？」

「わたしはここからそう遠くないアパートメントに住んでいるんです。モールの北の、フランシス・ストリートから少しはずれたあたり」

「ええ」リーはまた緊張した。刑事のさりげない口調に、本能が警告を発していた。

「同じアパートメントのはす向かいの部屋にはカルメンという女性が住んでいて」ジャッキーは続けた。「ティファニーという四歳の娘がいるシングルマザーで、わたしがときどきベビーシッターをしているんですが」

「そう」リーは相槌《あいづち》を打ちながら、いったい何を言いたいのかと考え、残っていたスープをスプーンにすくった。

「いまここに来る前に、彼女に電話してみたんです。ちょっとききたいことがあって」

「どんなこと？」

「つまり、あなたがマイケルをおもちゃ屋にひとり残して隣の店に服を見に行くなんて、どうしてそんなことをしたのか不思議に思ったんです。ティファニーはマイケルよりひとつ上ですが、カルメンはティファニーをお店に置いていくことなんか、たとえ三十秒でもできないと言っていました」

リーの体が硬直し、心臓が早鐘を打ちはじめた。「わたしが母親として不注意だったとおっしゃりたいの？」

「いえ、そうじゃありません。むしろ誰にきいてもあなたはとても注意深い母親だった。なのに、どうして混《こ》んだモールで五分もわが子をひとりにしてしまったんでしょうか」

「マイケルが夢中になっておもちゃを見ていたから」リーは皿に視線をすえて言った。「それにあのときは……時間の感覚がなくなっていた。ほんのちょっと服を見るつもりで隣の店に行ったんです。店の奥には入らないで、あの子が外に出ていかないようおもちゃ屋の店先を始終気にしていたし」

「でも、マイケルのそばを離れたのは事実でしょう？」

「わずか数分のことだわ」リーは静かに言った。「わたしの不注意だということは自覚しています。あのときのことは生涯悔やみつづけるでしょうね」

「いまでもまだご主人がマイケルをさらったんだと思っているんですね？」

リーは深呼吸した。「ええ。ステファンが隠しているに決まってるわ。ほかに考えられないでしょう？」

「今日、ステファンの宿舎に行ってみたんですが、三歳の男の子を隠せそうなスペースはありませんでした」

「そこにはなくても、広い農場にはあるでしょう。あの子はミロスラブとイヴァーナのところにいるんだわ。まだあの農場にはいらしてないんでしょう？」

「明日の朝一番に行くつもりです」ジャッキーはバッグを手に立ちあがった。「そうそう、カルメンにはもうひとつ質問してみたんです」先刻と同じ、さりげない口調だ。

「どんな？」リーも席を立ち、刑事の後ろから玄関に向かう。

「もしティファニーが別れた夫に誘拐され、居場所がわからなくなったらどんな気持ちになるか」

リーはドアノブをぎゅっと握りしめ、ジャッキーが外に出るのを待った。

「カルメンは取り乱して半狂乱になるだろうと答えました。現に電話でそういう話をしただけで動転し、涙声になっていた」

「ヒステリーを起こしても問題は解決しないわ」リーはクールに言いかえした。「それでマイケルが帰ってくるわけじゃなし」

「ええ。でも、たぶんそれが自然な反応というものではないでしょうか？」

「それはどういう育てられかたをしたかによるんだと思うわ。わたしや姉は母にいつも言われてきた。どんな危機的状況に陥っても、決して感情をあらわにしてはいけないって。世間に対してはあくまで平静を装いつづけるのがわたしたちみたいな身分の人間のつとめなのだって」

そう言った瞬間、リーは後悔した。自分の言葉がひどく傲慢《ごうまん》なもののように聞こえたのだ。若い女刑事は驚いたように目を見開き、それからその目をすっとそらしてひややかな嫌悪の表情をたたえた。まるで顔に突然シャッターが下りたかのようだった。

わたしが彼女の隣人を見くだしてると思っているのだ。わたしのことを、わたしの母親とそっくり同じだと思っているのだ。

でも、わたしには何も言えない。マイケルのために、ジャッキー・カミンスキーとは距離を保たなければならない。

「それでは明日の午後、ダウンタウンの本署でお会いしましょう」ジャッキーはそう言いながら夏の薄闇《うすやみ》の中に出ていった。「何かあったらすぐに連絡してください。わたしの名刺はまだ持ってらっしゃいますね？」

「ええ」リーは低く答えた。

そして、ジャッキーが小道をたどって車に向かうのを見守った。それからドアを閉め、キッチンにふらふら戻っていくと、空っぽの家の静寂がまたリーを包みこんだ。

# 9

翌朝、ジャッキーはペインテッド・ヒルズ地区をめざして車を南に走らせていた。日曜の朝だから、暑い夏の空の下を行きかう車はまばらだった。

野生生物保護地区やゴルフ場を通りすぎ、常緑樹やポプラにおおわれた丘陵が日ざしにきらめくのを眺める。渓谷に近づくにつれて民家は少なくなり、白いフェンスの中で馬が草を食《は》む牧場や農場がふえてきた。あけた窓から刈りたての草の匂《にお》いや牛ののんびりした鳴き声が入ってくる。

ジャッキーは手帳の住所を確認し、ハイウェイからわき道に入って、高台に位置するその場所に向かった。広大な敷地内に畜舎や木立、牧草の生い茂る草原やよく手入れされた庭を持つ問題の家は、白い化粧漆喰《しっくい》を施した大きな平屋建てだった。円柱に支えられた奥行きの深いポーチ、細長い窓、赤いタイル張りの屋根……。ジャッキーはその大きさと豪華さにびっくりした。まるで小さな王国の真ん中に建てられた城のようだ。メロン母子《おやこ》が〝農場〟と言ったときの口調やパネシビック一族の移民という立場から、ステファンの親の家をみすぼらしい離れがあるだけの古い家と想像していたのだ。

やれやれ、とジャッキーは胸の内でつぶやいた。わたしもあの連中並みに鼻持ちならない俗物根性が出てきたみたい。ああいう価値観にはきっと伝染性があるんだわ。

私道に車を乗り入れるとがぜん眺望がよくなり、谷の全景が眺められた。家の向こう側にはプールとエメラルドグリーンの芝地が見える。こんもりした植え込みや手入れの行き届いた花壇もある。畜舎や納屋はどれもペンキを塗ったばかりのようにきれいだし、敷地内にはごみひとつ落ちていない。

高台の下ではフェンスに沿って五、六頭の毛むくじゃらの子馬が、あたたかな陽光を浴びながらたてがみをふりたててははねまわっていた。そのそばには白い小さな鶏《とり》小屋があり、外の砂地で数羽がこっこっと鳴きながらうろついている。観賞用の品種なのか、体をおおう羽毛は華やかな玉虫色で、ブラウンやグリーンの光沢が日ざしをはねかえしている。

ジャッキーは車をとめて降り、鶏をじっくり観察した。

この事件には家禽《かきん》類がやけにからんでいる。マイケルの黄色いぬいぐるみのアヒルといい、ポール・アーヌセンの奇怪な話に出てきた〝鶏みたいなもの〟といい……。

もっともアーヌセンの霊能力だかなんだかを信じるかどうかはまた別問題だし、わたしはむろん信じはしないけれど……。

ジャッキーは首をふり、家のほうに歩きだそうとしてふと動きをとめた。

大きな家の横手から向こう側にかけての芝地——ジャッキーが車をとめた地点から百メートルほど離れたところ——に数人の男女が出ていた。聞こえてくる話し声には子どもの甲高い声もまじっている。

ジャッキーはバッグを肩にかけ直して歩きだした。白い杭垣《くいがき》にはさまれた門を通りぬけ、彼らがいる庭のほうに近づいていく。

四人の大人がきれいに畦《うね》をつけた野菜畑で働いていた。男ふたりはせっせと鍬《くわ》をふるってジャガイモを掘りだし、女ふたりはインゲンを摘みとっては大きなかごに入れている。子どもは丈高く伸びたトウモロコシのあいだで遊んでいるらしく、声は聞こえるが姿は見えない。

ジャッキーが近づいていくと、男のひとりが顔をあげ、節くれ立った手で額の汗を拭《ふ》いた。長身で肩幅が広く、立派な口ひげを生やしている。顔は浅黒く日焼けし、長めの銀髪は後ろに流している。若いほうのブロンドの男も彼と同様ジーンズと綿のシャツに身を包み、彼によく似た精悍《せいかん》な顔に明るく愛想のいい表情を浮かべている。

ジャッキーは年配の男に片手を差しだした。「スポケーン市警のカミンスキー刑事です。ミスター・ミロスラブ・パネシビックですね？」

彼はほどよい力強さで手を握りかえしてきた。「いずれお見えになると思ってましたよ、刑事さん。これは息子のザーンです」なまりのきつい英語で言いながら、鍬にもたれてこちらを見ている若い男をさし示す。

「どうも」ザーンはにっこりと笑った。「最近じゃスポケーンのおまわりさんも見目麗しくなっているんですね」

ふたりの女が近づいてくると、ミロスラブは彼女たちのことも紹介してくれた。「妻のイヴァーナと、息子の妻のミーラです」

淡いグリーンのトウモロコシの茂みから小さな子どもが飛びだしてきて、興味津々といったおももちで見知らぬ客を見あげた。

「この子はデボラ」老いた男が子どもの髪をさわりながらいとおしげに言った。「わたしの孫娘です」

「こんにちは、デボラ」ジャッキーは笑顔で言った。

幼い少女は三歳くらいだろう。赤いショートパンツに白のTシャツという格好で、両手に黒い子猫を抱いている。髪は金褐色で、大きな目はブラウン、繊細な顔だちは小柄な母親によく似ている。その母親は警戒するようなまなざしでこちらを見ているが。

ステファンの母親であるイヴァーナ・パネシビックは背が高く堂々として、三つ編みにしたグレーの髪を王冠のように頭の上に巻きあげていた。わし鼻や突き刺すような茶色い目はステファンにそっくりだ。だが、ステファンの笑顔が自信に満ちているのに比べ、母親の笑いかたはどこかはにかんでいるみたいにためらいがちだ。

「本物のおまわりさんなの?」デボラが沈黙を破って問いかけた。

ジャッキーは生真面目《きまじめ》な顔でうなずいた。

「それじゃピストルを持ってる?」

「持ってるわよ」ジャケットの裾《すそ》を分け、銃身の短い拳銃《けんじゅう》がおさまったウエストのホルスターを見せてやる。

デボラはびっくりして目をまるくした。子猫を抱きしめ、もじもじする。

「その猫はなんて名前なの?」ジャッキーは尋ねた。

「スター。おでこにちっちゃな白い星があるからなのよ」デボラはよく見えるように子猫を持ちあげてみせた。「スターは納屋で暮らしてるの」

ジャッキーは子猫の小さな頭に触れ、柔らかい耳の後ろをそっとかいてやった。「かわいい猫ね」

「もう納屋に帰してやらなきゃいけないよ、デボラ」ミロスラブが孫娘に言った。「おまわりさんは大人同士の話があるんだ」

この場はミロスラブが仕切るつもりでいるらしい。女たちは黙りこくっているし、ザーンは農具を片づけようと集めはじめたが、ミロスラブはジャッキーに向き直った。デボラは子猫を抱きしめたまま、父親のそばに寄る。

「わたしたちひとりひとりに話を聞きますか? それとも全員いっしょに?」ミロスラブ

は言った。

「できればおひとりずつ個別にうかがわせてください」ジャッキーは答えた。「まずはあなたからお願いします。どこか腰を下ろせる場所はありませんか？」

「ポーチがいいでしょう」ミロスラブは妻に目を向けた。「いいかな、母さん？」

イヴァーナはうなずいた。「いまアイスティーをいれてきます」ジャッキーに向かって笑顔で言う。「手伝ってちょうだい、ミーラ」

ふたりの女は家のほうに、そしてザーンは娘とともに納屋のほうに歩きだした。

豊かに葉をつけたノウゼンカズラが、ポーチに置かれたクッションつきの籐《とう》の椅子やテーブルの日よけになっていた。ジャッキーは安楽椅子のひとつに腰かけ、手帳をとりだすと緑の丘陵にはさまれた渓谷を見渡した。

「きれいなところですね。すばらしい眺めだわ」

「わたしたちも気に入ってるんです」ミロスラブが静かに言った。「ここを購入したとき、この高台には何もなかった。それを一生懸命働いて、ここまでにしたんですよ」

「家や納屋などは、あなたが建てたんですか？」

「どれもこれもね。それもたいていはこの二本の手で」

彼はいかつく浅黒い両手をあげてみせた。

「こっちに来た当時、わたしには多少の金がありました。親がザグレブの近くに所有していた大きなワイナリーを相続したんでね。イヴァーナもわたしもユーゴスラビアに危機が迫っているのを感じ、その土地を売って国外に出たわけです。まだ十五だったザーンはわたしたちについてきたが、ステファンは向こうに残りました」

ジャッキーは素早く計算した。「あなたがたが国を離れたとき、ステファンは二十三歳だったということになりますね」

「ええ、すでに教職についていました。わたしたちは当時つきあっていた娘さんたちの誰かと結婚したいのではないかと思ったが、結局ステファンの眼鏡にかなう女性はいなかったようです。あれは理想が高く、妻に求めるものがはっきりしていましたからね」

「バーバラ・メロンは金持ちの娘を探していただけだと思っているようですが」

ミロスラブの表情が険しくなった。「バーバラ・メロンは頭がおかしいんですよ。まったく胸が痛みます、マイケルがあんな……」

そこで言葉を切り、木々のあいだからのぞく雲ひとつない空をじっと見あげる。

「いま何を言おうとしたんです?」ジャッキーは言った。「お孫さんのことで何か言いかけましたね?」

ミロスラブはがっしりした肩を怒らせた。「マイケルがああいう人間の影響を受けて育つのかと思うと、ぞっとするんですよ。身勝手で浅薄な態度や冷淡さは、身近な者の心まで毒してしまう」

　ジャッキーもその考えには同感だが、立場上うなずくわけにもいかない。無表情にメモをとり、再びミロスラブの顔を見る。「お孫さんがいまどこにいるか、ご存じありませんか？」

「知りません」きっぱりとした答えが返ってきた。「だが、きっとメロン家がさらったんだと思いますよ。彼女はマイケルがわたしたちに会うのを昔からいやがっていた。わたしたちを自分より下と見て、あの子がうちの〝卑俗な〟流儀に染まるのをとめようとしてたんです」

「リーのことですか？」

　ミロスラブの表情がなごんだ。「リーは違います。リーはいい娘《こ》だ。わたしも初めて会ったときから実の娘のように思っているんですよ。ここに来ると、わたしについて農場をまわり、デボラみたいにあれこれ質問しながら、どんな仕事でも手伝ってくれたものです。雨でぬかるんでいるときでさえゴム長靴をはき、わたしといっしょに鶏に餌《えさ》をやったり卵を集めたりしていました」

　ジャッキーはその話に驚きととまどいを覚えた。自分がリー・メロンに抱いていたイメージをまたしても修正しなければならない。

「それではあなたがた一族を快く思っていなかったのはバーバラ・メロンだというわけですね？」

「そうです」ミロスラブは再び厳しい表情になった。「あの一族の実権を一手に握ったきつい女ですよ。思いやりのかけらもない」

「彼女がマイケルを隠しているんだと思いますか？」

「あの女なら何をやっても不思議はありません」

それからジャッキーは型通りの質問を続け、そのどれに対してもミロスラブは躊躇《ちゅうちょ》なく答えを返した。また、ジャッキーがなんの説明も加えずに見せたポール・アーヌセンの写真に対しては、老眼鏡をかけてためつすがめつ見たうえで、まったく知らない男だと断言した。

十分後、イヴァーナがアイスティーの入ったポットとレモンスライスを運んできた。後ろのミーラはタンブラーと焼きたてのオーツ麦のビスケットをトレイにのせている。

ふたりは柳細工のテーブルの上にそれらを置いて立ち去ろうとした。

「ミセス・パネシビック」ジャッキーは声をかけた。「次はあなたにお話をうかがいたいんですが。ご主人はもうおおかた質問に答えてくださったので、あと少しで終わります」

イヴァーナが夫を不安そうにうかがい見ると、ミロスラブは励ますようにうなずいてみせた。

「こちらの刑事さんはいいかただよ」と妻に言う。「最近の警察がこういう感じなら、わたしももっとスピード違反の切符を切られてもいいくらいだ」

その冗談はミロスラブが意図したとおり、その場の緊張をやわらげてくれた。間もなく彼はミーラを連れてポーチから去っていき、あとにはジャッキーとイヴァーナが残された。イヴァーナはふたつのグラスにアイスティーをつぐと、両手をかたく組みあわせて膝に置き、テーブルにじっと視線をすえた。

「ミセス・パネシビック」ジャッキーは優しく言った。「いまお孫さんはどこにいると思いますか？」

「わかりません」イヴァーナの目から涙があふれ、頬をしたたった。「わたし、もう心配で」すがりつくような目でジャッキーを見る。「マイケルは気持ちの優しい子なんです。内気で、臆病《おくびょう》で、闇《やみ》や怪物が怖くてたまらない。もしあの子が……」

この女性の苦悩は本物だ。ジャッキーはそう感じてとっさに手を伸ばし、イヴァーナの手に重ねた。

「マイケルは警察が必ず保護します」声に実際以上の自信をこめて言いきる。「現在すべての可能性を検討し、ありとあらゆる手がかりを追っていますから、きっと見つかりますよ」

「もしマイケルが怪我《けが》を負わされているか、あるいは……あるいは……」イヴァーナは声をとぎれさせ、ハンカチを出そうとエプロンのポケットをやみくもに探った。「あの子を愛してるんです、刑事さん。あの子なしではとても生きられないわ」

心の底からマイケル・パネシビックの身を案じ、身も世もなく悲痛な思いを訴える血縁者がやっと出てきたわ、とジャッキーは皮肉めかして心につぶやいた。

「ミセス・パネシビック、もうひとつ質問させてください。リー・メロンのことなんですが……彼女はどういう人物ですか? よき母だと思われますか?」

イヴァーナは顔をあげた。「ええ、もちろん。リーはほんとうにいい母親だし、気だてもいいわ。これだけ月日がたっても、彼女を失ったことを思うといまだに涙が出てくるんですよ」

「彼女を失ったとは、どういう意味です?」

「離婚というのは厄介なものです。当事者だけの問題ではすみません」イヴァーナは低い声で言った。「ひと組の夫婦が離婚すると、その周囲の人間までもが愛する人を失うはめになるんです。わたしはリーを自分の娘のように思っていました。なのに、もういまでは会うこともできない。それにマイケルとも、ステファンが土曜にここに連れてきてくれたときしか会えなくなってしまったんです」

「この数カ月はそれすらリーが認めなかったとか」

「ええ。リーは……不安なんです」

「何がです?」

「わたしたち家族が彼女の家族とずいぶん違っているし、外国にルーツのある一家だから、息子と引き離されそうな気がしているんでしょう。そんな心配は無用なのに。わたしたちがかわいい孫を母親から引き離して悲しませるわけはないのに」

「わかりました。どうもありがとうございました。今日はこれで結構です」ジャッキーは言った。

イヴァーナは立ちあがってドアのほうに歩きだし、それからふと足をとめた。「もしリーにお会いになることがあったら……」

「はい？」

「わたしがいまでも彼女を愛し、会いたがっていることを伝えてください。今回のことではわたしもほんとうに心配し、マイケルが無事で見つかるよう祈っていると。お願いできますか？」

ジャッキーは胸をつまらせると同時に、いっそうとまどいを覚えた。「必ず伝えます」と答える。「次はご子息の奥さんを呼んでいただけますか？」

ミーラ・パネシビックは義理の姉だったリーに対し、姑《しゅうとめ》ほどいい感情は持っていないようだった。

「リーは高慢ちきな、いけ好かない女だわ」ジャッキーの向かいの椅子に腰かけるなりそう言った。早くこの場から退散したいのか、アイスティーをすすめても首をふる。

ジャッキーは意外に興味深い相手と感じ、まじまじと顔を見た。ミーラ・パネシビックの英語はなまりがなく完璧《かんぺき》だった。顔は青白く、ブラウンの髪にはつやがある。贅肉《ぜいにく》のない引きしまった体はショートパンツやシャツに隠されているが、身のこなしはバレリーナのように優雅だ。

「踊りをやってらっしゃるんですか？」ジャッキーは思わずそう問いかけた。

「まさか」ミーラはひややかにほほえんだ。「わたしは大学でインテリアデザインを専攻したんです。自分で内装の仕事をやってるわ。主に企業を相手にね」

「そうですか。スポケーンで？」

「ほとんどはね。依頼があったときには、よその州までコンサルティングの仕事に行くこともあるけれど」

ジャッキーはほかの人たちにしたのと同じ質問をぶつけてみた。「いまマイケルはどこにいると思いますか？」

「メロン家の誰かのところでしょうよ」ミーラは即答した。「あの一族は権力志向が強く、不当利得を貪《むさぼ》る傲慢《ごうまん》な連中よ。自分の思いどおりに物事が運ばないなんて我慢ならないんだわ。他人と分かちあうなどという考えは彼らの理解を超えてるのよ」

「リーも？」

ミーラは口をゆがめた。「あなたもあのアメリカ美人にたぶらかされちゃったみたいね。彼女はどんな人間でもたぶらかしてしまうんだわ」

「リーのことがあまり好きではないようですね？」

「大嫌いよ。わたしに言わせれば、リー・メロンはアメリカの悪徳を残らず体現したシンボルだわ」

「アメリカの悪徳？」ジャッキーは穏やかに尋ねる。

「あれやこれやよ」ミーラは目をぎらつかせて言った。「偽善、無関心、つまらぬ感傷への惑溺《わくでき》、蛮行、倫理観の欠如、他者の痛みに対する無理解」

「ずいぶん並べましたね。ということはあなたはアメリカ市民ではない？」

「いいえ、わたしは移民二世のアメリカ市民よ。両親が第二次大戦後の五〇年代前半にクロアチアからこっちに移住したの。自分たちの手で新天地を開くためにね」

「その目的は果たされた？」

「もちろんよ」ミーラは嘲《あざけ》るように言った。「市民権を獲得し、社会的にも成功しているわ」

「なのに、あなたが合衆国にそんなに反感を抱いているのはどういうわけです？」

「まず第一に、ユーゴの内戦が激化しはじめた時点でちゃんとした決断をくださなかったのが許しがたいわ。アメリカは紛争地帯の周辺をうろうろするばかりだった。しかも武器の禁輸措置をとって、人々にわが身を守るすべさえ与えなかった。違法なゲリラ部隊を支援し、罪もない人たちが虐殺されているあいだそっぽを向いていたのよ。無辜《むこ》の民が砲火にさらされているというのに、アメリカは自分のスカートが汚れないようにすることしか考えていなかったんだわ。その中でもいちばんたちが悪いのがメロン一族みたいな連中なのよ」

そのときザーンが勝手口からふらりと出てきた。愛嬌《あいきょう》たっぷりにほほえんでいるが、妻をちらっと見た目は笑っていない。

「ミーラの話に辟易《へきえき》させられていたんじゃないかな?」妻の肩に片手を置き、ジャッキーに向かって言う。「彼女に政治の話をさせちまったのが間違いだったんですよ」

ジャッキーは微笑した。「確かにはっきりした意見をお持ちですが、自分の意見が言えるということはそれだけ問題意識が高いということです。ミーラの言うとおり、アメリカ市民はあまりに無関心すぎる」

ミーラが驚きと感謝の入りまじった目でジャッキーを見た。ジャッキーがほかにきくことはないと言うと、立ちあがって家の中に戻っていく。

「次はぼくの番ですよね」ザーン・パネシビックが陽気に言った。

「長くはかかりません」ジャッキーは彼が腰かけるのを見守った。「見たところ、ステファンとは全然似ていないんですね」

「そうなんです。兄弟でこれほど似てないのも珍しいんじゃないかな。兄貴は母かたの血を引き、ぼくは父親に似たんですよ」

「でも、あなたもお父さまよりずっとアメリカ人らしく見える」

ザーンは肩をすくめた。「青春時代からずっとこっちなんでね。スポケーンの高校に通い、フットボールをやり……。クロアチアにはさほど思い入れがないんです」

「あちらに帰ったことは？」

「ありません。一度も。航空運賃が高いんでね」ザーンは少年のような笑顔になった。

「ミーラには数年前からせっつかれていましたがね。まだあっちに彼女の親戚《しんせき》が大勢いるんです。だからとうとう航空券を予約しましたよ。出発は一週間ほど先で、滞在予定は一カ月近く。その間にデボラを叔父さんやら叔母さんやらに見せてまわるんだと、ミーラはいまから興奮しています」

ミーラ・パネシビックが政治以外のことで興奮するなんて、ジャッキーには想像しにくかった。だが多くの人がそうであるように、ミーラも結婚生活というプライベートな世界ではまた違った顔を見せるのだろう。

「ほかのご家族は行かないんですか？　ご両親とか？」

「行きません。母は行きたいんだろうけど、父を置いて旅行なんかするような人じゃないし、父はもう祖国の土は踏みたくないらしい。あの紛争にほとほといやけが差しているんですよ。テレビで見るのも苦痛みたいだ」

「ステファンは？」

ザーンの顔が気づかわしげに引きつれた。「兄貴はこの夏旅行を考えていたんだけど、いまはマイケルのことが心配でそれどころではないでしょう。マイケルが見つかるまではどこにも行かないと言ってます」

「あなたもほかのみなさんと同じ考えですか？　ステファンの別れた奥さんやその家族が今度の事件を仕組んだのだと？」

「そう考えざるを得ませんね」ザーンは静かに言った。「ほかに考えようがない」

ジャッキーをひたと見つめるブルーの目は真摯《しんし》な光にあふれていた。ジャッキーはうなずいて手帳に視線を落とした。

「あなたのご職業は？」

「市の景観設計技師です」

「金曜の午後六時から九時のあいだ、どこにいましたか？」

「あの晩はこの家でずっと家族といっしょでした。仕事が引けたあとまっすぐここに来て、着いたのが五時過ぎ。ミーラの誕生日だったんで、母が大きなレモンケーキを焼いていました。あの晩の母は上機嫌でね」ザーンは悲しげな遠い目をしてつけ加えた。

「なぜ？」

「裁判所命令が出て、翌土曜にはステファンがマイケルをここに連れてこられることになったから。母はもう長いことマイケルに会っていなかったんですよ。だから金曜の晩は、口を開けばマイケルのことばかり。あの子がまた遊びに来られるようになったのがほんとうに嬉《うれ》しそうでした」

デボラが家から出てきて父親の膝に乗った。

ザーンは幼い娘を抱きしめ、彼女のつややかな頭に顎をのせた。「ほかにご質問は?」

ジャッキーは手帳のあいだからポール・アーヌセンの写真を出して見せたが、ザーンが知っている様子はなかった。

「母さん!」彼は大声をあげた。「ミーラ! ちょっと来てくれ」

ふたりの女がポーチに出てきて、かわるがわる写真を検分した。が、ふたりとも首をふるばかりだった。

「すみませんね」ザーンが写真を返しながら言った。「ほかにぼくたちで役に立てることはありませんか?」

「いえ、いまのところは」ジャッキーは立ちあがり、手帳をしまった。「お時間をさいてくださりありがとうございました。もし何か思いついたら連絡をください」三人に向かって言う。

ザーンはポーチの端まで娘を抱いてついてきた。

ジャッキーは彼らに笑いかけてから車に向かったが、車の後輪のそばでは華やかな羽毛を持つ二羽の鶏がうろついていた。

ポール・アーヌセンが言っていた奇妙な〝瞬間的なイメージ〟や彼のトラックに残っていた血痕《けっこん》のことを考えながら、ジャッキーはしばらくのあいだ鶏を見つめていた。やがて運転席に乗りこみ、車を発進させたが、ザーンはノウゼンカズラの葉陰からまだ彼女を見送っていた。

# 10

月曜の朝にはマイケル・パネシビック事件の捜査に携わる警察官がかなりふえ、朝の打ちあわせをやるにもミッチェルソン警部補のオフィスでは間にあわなくなっていた。ミッチェルソン警部補やブライアン・ウォードローに加え、ほかの刑事ふたりに本署の警部と警視、それに制服組の警官が大勢捜査に加わっていた。彼らは刑事部屋に集まり、ジャッキーがデスクに広げたファイルを見ながらこれまで集めた情報について説明するのを聞いた。

「まず第一に、昨日の午後リー・メロンがポリグラフによるテストをパスしたことをご報告しなければなりません」ジャッキーは切りだした。「彼女の話にはきっと嘘《うそ》があると確信していたのですが、テストの結果にはいかなる齟齬《そご》も認められませんでした。クラビッツ警部補は二日後にもう一度同じテストをやってみるつもりでいますが、彼女もリー・メロンは真実を述べていると考えています」

「となると、どういうことなのかな?」ミッチェルソン警部補が言った。

ジャッキーは手帳を見た。「残る可能性はふたつ。この事件が母親の狂言でないのなら、マイケルを誘拐したのはパネシビック家側か、さもなければまったく無関係な第三者か」

ミッチェルソン警部補はジャッキーの相棒を見た。「幼児へのいたずらの前歴がある連中のアリバイはチェックしたのかね？」

「何人かは。リストは昨日届いたんですが、週末はなかなか相手がつかまらなくて。まして……」ウォードローは皮肉っぽい口調で続けた。「休日ってことならなおさらでね」

「モールで目撃された娘については何かわかったかね？」

ウォードローはかぶりをふった。「目撃者に再度話を聞いてみたら、ふたりとも言うことがますます曖昧《あいまい》になってきたんです。具体的なことは何もわかっちゃいません」

「おもちゃ屋近辺の店の人間に家族の写真を見せたか？」

「もちろん。しかし金曜の夜に彼らを見かけたという者はいませんでした。ただのひとりもね」

「ほかの手がかりに関してはどうだ？」

「まだ何も」ウォードローは答えた。「どの線を追っても袋小路にぶち当たって、無駄に時間が過ぎていくばかりだ」

ジャッキーは相棒の顔を見て心配になった。ウォードローはいつもの元気がなく、疲れた顔をしていた。目の下に黒いくまができているのは、休日を返上して遅くまで働いているせいばかりでなく、奥さんと喧嘩《けんか》でもしたのかもしれない。

「例のサイキックのほうは？」ミッチェルソン警部補がジャッキーに尋ねた。

「鑑識によると、防水シートに付着していた血は人間のものではないということでした。わたしも予想はしてましたけど。あの男は証拠を残しておくような間抜けではない」

「それじゃ、ハイウェイで犬を轢《ひ》いたって話はほんとうなのか？」

「ブライアンが飼い主に会って、死体も見てきました。でも、まだ断定はできません。アーヌセンは何かほかの証拠を隠蔽《いんぺい》するためにわざと犬を轢いたのかもしれない。防水シートはまだこっちで保管してあります。いざとなったらシートに残っている痕跡《こんせき》を徹底的に調べられるようにね」

「アーヌセンから文句を言われないだろうか？」

「文句を言われたって構うことはありませんよ」ジャッキーは不敵な口調で言ってのけた。「そんなにシートをとりかえしたいんなら、裁判所に訴えればいいんです」

ミッチェルソン警部補はしげしげとジャッキーを見てから、またウォードローに言った。

「きみはアーヌセンをどう思う？　きみの勘ではどうだ？」

ジャッキーはファイルにとめてあるポラロイド写真を見下ろした。ブーツにベースボールキャップという姿で片手に材木をかかえ、日ざしの中で立っているこの男は、やはりどう見てもサイキックには見えなかった。

「なんとも言えませんね」ウォードローが答えた。「しかし、もしやつの犯行でないのなら、やつは本物のサイキックなんだろうから、鶏の線は真剣に検討すべきだと思いますね」

「なぜだ？」

「やつは子どもが持っていったぬいぐるみのことを知っていたんです。ぬいぐるみについてはまだ誰も知らないはずだ。母親が土曜の朝に思い出し、ジャッキーに電話してきたんですよ」

「それについてはわたしも考えてみたんだけど――」ジャッキーは言った。「アーヌセンがそのぬいぐるみを持ったマイケルを以前に見かけていた可能性もあるわ。彼はサウス・ヒルで仕事をしてるんだし、マイケルはベビーシッターに連れられて徒歩でサウス・ヒルのメロン邸に行っていたのよ」

「それじゃアーヌセンはサイキックでもなく、事件にもかかわってないというケースも考えられるわけか？　捜査に首を突っこみたがっているただのほら吹きかもしれないってことだな？」

ジャッキーは少しためらってからうなずいた。「その可能性もあると思います」

ミッチェルソン警部補はウォードローのほうを向いた。「アーヌセンに関し、これまでにわかっていることは？　何か出てきたか？」

ウォードローは手帳を見た。「ここワシントン州では前科はありません。いかなるトラブルも起こしてないし、交通違反の記録すらない。六年ほど前からキャノン・ヒルのアパートメントの地階に住み、大家の女性とは多少の交流がある。大家は七十代後半の未亡人で、アーヌセンのことを感じのいい人だとほめちぎっています」

「連続殺人犯にも感じのいいやつはいる」ミッチェルソン警部補が渋い顔で言った。「みんなに好かれている男が陰で殺人を繰りかえしていたというケースだってあるんだ。誘拐や猟奇事件の犯人も同じだ。その大家の家は見せてもらったか？」

「おおかたは。彼女ずいぶん協力的で、一階と地階を案内してくれました。ただ、アーヌセンの部屋だけは勝手に入らせるわけにはいかないって言うんですよ」

「捜索令状をとる価値はありそうか？」

ウォードローは首をふった。「ないでしょうね。どこもかしこもきれいに片づいてて明るい感じだとほめたら、彼女が毎週自分で家じゅうの掃除をするんだと言ってました。金曜には一階を、土曜には地階を、アーヌセンの部屋も含めてすっかり掃除するそうです。それが賃貸契約の条件に含まれているらしい」

「それじゃ事件のあった翌日に、大家がやつの部屋を掃除しているってことか？」別の刑事が尋ねた。

「そう彼女は言っていた」

「しかしアーヌセンに好感を持っているんなら、やつをかばってるってこともありうるんじゃないか?」

「それはないだろうね」ウォードローは言いかえした。「子どもの命がかかってるんだからな。大家にも孫がいて、すごくかわいがってるんだ。一時間近くも写真を見せられちまったよ」

「よし」ミッチェルソン警部補が吐息をつき、額をこすった。「アーヌセンについて、ほかには?」

ウォードローは再びメモに目を落とした。「モンタナの牧場で生まれ、五歳のときに母親が死亡、以来父親に育てられた。この親父《おやじ》がかなり無軌道な男だったらしく、ギャンブルが原因で牧場を手放し、アーヌセンが十八のときに酒場で喧嘩して死んだ」

「その後本人は大工として働きだしたんですね?」捜査に加わった平巡査のひとり、シェリー・ウィリアムズが言った。

「いや、職業は何度か変わっている。油田の掘削、牧場の雇い人、便利屋。いまは古い家屋の修繕や復元を請け負って、かなり稼いでいる。ここ五年ほどはサミット・ドライブやサウス・ヒルが守備範囲だ」

「でも、いまでもその地下のアパートメントに住んでいるんですよね?」

「金をためて、いずれ牧場を買うつもりらしい。大家によると、それが彼の人生の目標なんだとさ」

何人かが互いに目を見かわした。「身代金の要求はないんだよな?」ひとりが尋ねる。

「ちょっとした牧場を買う金ぐらい、メロン家なら出せるんじゃないかな?」

ジャッキーは首をふった。「マイケルがいなくなったのは金曜の晩、今日はもう月曜よ。身代金目当てなら、とっくに連絡があるはず」

本署のアルバレス警視が初めて口を開いた。五十そこそこのやせた男で、ダークブルーの制服にきっちり身をかためている。「犯人が身代金を要求すると同時に、警察に知らせたら子どもの命はないと脅している可能性もある。よくあることだ。わが子の命がかかっているとなったら、親も親戚《しんせき》も口をつぐみかねない」

ジャッキーはメロン母子《おやこ》の顔を思い浮かべた。「そういう電話があったら、リーはきっと態度に出てしまうと思うんです」ようやく言う。「リーの母親なら、何食わぬ顔でわたしたちを欺くこともできるかもしれませんが」

ミッチェルソン警部補は顔をしかめた。「わたしはまだ木曜に出た裁判所命令のことが引っかかってるんだ。あれで母親はマイケルをちゃんと父親に会わせなければならなくなったんだろう?　また家族の話に戻ってしまうが、リーは確かにポリグラフでシロと出たんだな?」

「ええ、間違いなく」ジャッキーは答える。

「メロン家がリーに内緒で子どもを隠すということはありえないだろうか?」

「わかりません。ただ、リーの姉にはまたききたいことが出てきました。じつは……」そこで言いよどむ。

「なんだ?」

「リーの姉エイドリアンはローティーンのころ、誘拐されたことがあるんです」

「どういうことだ?」

「カリフォルニアの私立学校から姿を消し、親のもとに二十万ドルを要求する電話がかかりました。ところが数日後、親がまだ金策に駆けずりまわっているうちにエイドリアンは再び学校に現れた。犯人は結局わからなかった、とミセス・メロンは言っています。エイドリアンが頑として口を割らず、親もいつまでもそんなことにかかずらっている暇はなかったんだそうです」無表情に言葉をつぐ。「当時父親が公職選挙の真っ最中だったとか。娘を誘拐されるには不都合な時期だったみたい」

「やれやれ」刑事のひとりが首をふりながらつぶやいた。「信じられない話だな」

「確かに少しばかり奇妙な符合ではあるが、今回のことと関係があるとは限らない」ミッチェルソン警部補が言った。「金のある家は誘拐犯に狙《ねら》われやすいんだ。ふたつの事件がつながっているとは言いきれないよ」

「わかってます」ジャッキーは言った。「でも、やはりエイドリアンから詳しい話を聞いてみたいんです。できたら今日の午後にでも会ってきます」

「いいだろう」ミッチェルソン警部補はまたウォードローのほうを向いた。「アーヌセンについて、ほかにわかっていることは？　交友関係、趣味、行動パターンなんかは？」

「特に注目すべき点はありません。ふだんはたいてい仕事に出ていて、終わったあとや休日には田舎を歩きまわるのが趣味だそうで」

「女性関係は？」

「誰にきいてもないようです。孤独を好むたちらしい」

「それは異常者共通の特徴だな。今回の件ではすでにＦＢＩに協力を頼んである。アーヌセンの過去の居住地で同様の事件が起きてないかどうかを徹底的に調べてもらってくれ。子どもが行方不明になったまま見つかってない事件がないかどうかをな」

ウォードローはうなずいて手帳にメモした。

「で、その大工はハイキング以外に余暇をどう過ごしているのかね？」アルバレス警視が言った。

「大家の家の修繕とか手入れをやっています。かわりに大家のほうはかなり家賃を割り引いてる。アーヌセンについてわかったのはせいぜいこのくらいです」

「それじゃあ、また家族の線に戻ろう」ミッチェルソン警部補が言った。「カミンスキー、子どもの父親のほうの一家はどんな感じだ？」

「パネシビック家の人たちはみんないちおうまともみたいです」ジャッキーはステファンや彼の家族についての印象を述べた。「義理の妹は少し変わってますが、マイケルの件とは無関係でしょう。彼女は政治問題で頭がいっぱいで、ほかのことにはあまり関心がなさそうですし」

そこで黙りこみ、ペンをもてあそぶ。

「カミンスキー？」ミッチェルソン警部補が言った。「どうした？　何を考えている？」

ジャッキーは顔をあげた。「わたし、最初から気になっていることがあるんです」

「なんだ？」

「母親のほうの一族はたいして取り乱していないんです。みんなマイケルを愛しているのに、死ぬほど心配しているわけでもない。それが理解できないんです。あの人たちの神経は理解できない」

月曜の朝早く、リーは断続的な浅い眠りから目を覚ました。マイケルが消えて以来、横になってもすぐに目覚めてしまい、なんとか寝直しても恐ろしい夢ばかり見ている。

だが、今日は違った。長く苦しい週末がようやく明け、ついに電話をかけて多少なりとも安心させてもらうことができるのだ。

ベッドから出てコットンのネグリジェを脱ぎ、ショートパンツとTシャツとサンダルを手早く身につけると、階下に下りていって朝食をとる。しかしトーストもポーチドエッグも砂のように味気なかった。テーブルの上の時計を見て、もっと早く分針が動くよう強く念じる。

十時よ、と心につぶやいた。十時になったら電話していいと彼らは言ったわ。

キッチンを片づけ、家の中をうろうろし、観葉植物の朽ち葉を摘みとり、意味もなく本や置物を並べかえる。

空っぽの家が息苦しくなってくると、リーは爽《さわ》やかな朝日があふれる外に出て、一時間余り雑草をむしったり、シャベルでデイジーのまわりの土を掘りかえしたりした。ようやく室内に戻ると、手を洗い、クロゼットの棚からハンドバッグをとり、戸締まりをして車に乗りこむ。

彼らから公衆電話を使うように言われているし、どんなにささいなことであろうと彼らの指示には絶対従わなければいけないような気になっていた。いちばん近い公衆電話は例のショッピングモールにあるが、モールの駐車場はまだがらがらにあいていた。

リーはびっくりしてがらんとした通りを見渡し、それから明日は七月四日、独立記念日だと思いいたった。仕事のある人以外はみな週末から旅行に出ているか、あるいは自宅でのんびりくつろいでいるのだろう。

モールの入り口近くに車をとめ、急いで中に入って電話に駆け寄る。

番号は暗記しろ、と彼らに言われていた。絶対に書きとめるな、と。

不安と興奮に震えながら、リーは記憶に刻みつけてあった番号をプッシュし、受話器の向こうで呼び出し音が鳴り響くのを聞いた。

「はい？」当惑といらだちがないまぜになった女の声が応答した。「誰？　誰なのか言って」

リーは胸がいっぱいになり、前もって言われていたことをすっかり忘れてしまった。

「わたし……リー・メロンです」ささやくように言う。「あの子は――」

「名前は使わないで！」相手がぴしゃりと封じた。「あなたのコードナンバーを言ってちょうだい」

リーは手の中の電話のコードをひねくりまわし、一連の数字を口にした。「それで、あの子は元気でいるんでしょうか？」

長い沈黙。「こちらでは預かってないわよ」相手の女がようやく言った。

「なんですって？」

「ねえ、いったいどういうゲームをやってるんだか知らないけれど、こっちは面白くもなんともないわ。こんなふうに利用されるのは迷惑千万よ」

「だって……」恐怖に心をのみこまれ、途中で言葉がもつれた。「だって、どういうことなの？　わたしはすべて言われたとおりにやったわよ。あの子をモールに――」

「電話でよけいなことを言わないで！」女の怒声がさえぎった。「わたしたちは計画どおり現場に迎えをやったのに、ターゲットの姿はなかったわ。迎えに行った彼女は怪しまれそうになるまで現場で待ち、結局手ぶらで帰ってきたのよ」

「ターゲットの姿がなかったって……いったいどういうこと？」リーはあえぐように言った。

「ほんとにこういうのは迷惑きわまりないわ。わたしたちのグループはなんの見返りも求めず、他人の幸福のために大きな危険を冒しているんだから」

「でも、わたしは何もかもそちらの指示どおりにやったのよ」リーの声に哀願の響きがまじった。「あの子に着せるものだってちゃんと打ちあわせどおり——」

「こっちでは預かってないわよ」女は繰りかえした。「いまどこにいるかもわからない。だからもう二度と連絡してこないで。今度電話してきても、いっさいとりあわないから」

「待って！」リーは叫んだ。「切らないで！　せめてそちらの——」

耳の中でがちゃんと非情な音がこだました。リーは受話器を握ったまま、その場に立ちつくした。やがて恐怖に麻痺《まひ》した状態で受話器を置き、よろよろと日ざしの中に出ていくと車に向かった。

いま考えられるのは家に帰ることだけだ。安全なわが家に帰り、カミンスキー刑事に電話することだけ。どういうわけか、あの女性警察官にかけるのにモールの電話は使いたくなかった。マイケルのおもちゃや衣類がある自宅からかけたかった。

ひっそりした通りに出てハンドルを握りしめながら、リーははらはらと涙を流した。

「マイケル」声に出してつぶやく。「いったいどこにいるの、ダーリン？　いったいどこに行ってしまったの？」

# 11

朝の打ちあわせが終わりに近づいたとき、アリスが刑事部屋に顔をのぞかせた。「ジャッキー？　いま電話に出られる？　会議中に邪魔したくはないんだけど、急用みたいなのよ」

ジャッキーはうなずいて机上の電話機に手を伸ばし、ミッチェルソン警部補は今日の仕事の分担について、また説明を再開した。

「カミンスキー刑事です」電話の相手に言ったあと、緊張をつのらせながら耳を傾ける。

「待ってください、リー」ようやく言葉を割りこませた。「言ってる意味がわからないんですが」

「いなくなっちゃったのよ！」リーは涙声で叫んだ。「いないって言うの。電話したら、そう言われたの」

「いったいなんの話です？」

リーは嗚咽《おえつ》をもらし、なんとかとぎれとぎれに言った。「マイケルが、あの子がいないの。月曜の朝に電話すればあの子の居場所を教えてくれるって言ってたのに、さっきかけたら、自分たちは預かってないって言うの」

ジャッキーはほかの警官たちの顔をぼんやりと見つめた。「いったい誰のことです？誰に電話をかけたんですか？」

「マイケルを預かっているはずの人たちよ！　お願い、あの子を捜して。彼らが嘘《うそ》をついているのか、それとも何か恐ろしいことが起こったのか、それさえわたしにはわからない。お願いよ、ジャッキー。マイケルを捜してちょうだい。わたしひとりではどうしたらいいのかわからないの。お願いだから――」

「落ち着いてください、リー」ジャッキーはさえぎった。「とにかく深呼吸をして。さあ、早く」泣きながら続けようとするリーにぴしりと言う。

ほかの警官たちはみなしゃべるのをやめ、耳をそばだてている。

リーはようやく落ち着いたらしい。再び口を開いたときには声はまだ震えていたものの、もうパニックはおさまっていた。「すぐに……すぐにうちまで来てくださらない？」彼女は言った。「お願い」

「わかりました。すぐに出ます」

ジャッキーは電話を切り、ファイルを手にしながら一座の警官たちを見まわした。

「なんだかわからないんだけど、これだけは確かだわ」不気味な口調で言う。「彼女、っいに取り乱しはじめたみたい」

　リーの家の前に駐車し、玄関へと急いだ。出迎えたリーは長いブロンドをくしゃくしゃに乱し、蒼白《そうはく》な顔に涙の跡を幾筋もつけていた。目に見えて震えている体を自分で抱きしめ、戸口にぐったり寄りかかる。

　ジャッキーは彼女の腕をとり、中に入ってキッチンに向かった。

　リーは椅子にどさりと腰かけ、焦点の定まらないうつろな目を窓に向けた。

「いまのあなたにはお茶が必要ですね」

　ジャッキーはそう言うと、ケトルの下のスイッチを入れ、缶の中からティーバッグを出した。陶器のポットを探しだし、それからようやくリーを見る。

「さて、いったい全体どういうことです？　身代金を要求する電話があったんですか？」

　リーは深々と息をつき、テーブルの上で両手をねじりあわせた。「じつを言うと、わたしがマイケルの誘拐を仕組んだのよ」

　ジャッキーはじっと彼女を見つめた。

「頼んだ相手は……」リーは口ごもり、しばし沈黙した。「二カ月ほど前、教会の伝言板にお知らせが貼《は》ってあったの。〝危険な状況に置かれている子どもを守るため〟とか書かれていて、電話番号が付記されていた。そこに電話すると、あるグループを紹介されたわ。

子どもを父親に誘拐されそうになっている母親に、力を貸してくれるというグループよ。彼らが子どもをカナダに密入国させてくれるということなの」

「それでマイケルを誘拐するよう頼んだんですか?」ジャッキーは仰天して問いただした。

「見ず知らずの人たちに?」

「よく組織化されたグループだったのよ」リーは声を低めて言った。「わたし自身、何度か会ったわ」

「どこでです?」

「この家で。彼らがここまで出向いてきたの。男と女の二人組だったわ。そのとき話しあって、わたしがショッピングモールでマイケルから離れ、彼らがどこかへ連れ去るということになったの。警察に通報したあと、たとえ嘘発見器にかけられても大丈夫なように」

「ここ以外の場所で彼らと会ったことは?」

「ないわ。でも、彼らの指示で、マイケルを何度かバレーの公園に連れていった。若い女性が待っていて、マイケルと遊んだりおみやげをくれたりしたわ」

「なんのために?」

「彼女があの子を……連れ去るときのためよ。相手が知ってるお姉さんなら、あの子も怖がりはしないだろうから」

ジャッキーは胸の内で怒りがふくれあがるのを感じた。湯がわいたので、向きを変えてポットにつぐ。「なぜそんなことをしたんです？」なんとか平静を保って尋ねた。

「ステファンがマイケルをヨーロッパに連れていくのを防ぐためよ。家庭裁判所が土曜日にマイケルをステファンに預けなくてはならないと判決をくだしてからは、もう手をこまねいてはいられなかったわ」

「なぜご自分でマイケルと姿を隠してしまわなかったんです？　なぜわざわざこんな手間を？」

「ステファンにわたしのしわざではないと印象づけたかったのよ。彼に捜されたくなかったの。マイケルは行方がわからなくなった、あるいは……あるいは殺されてしまったと、ステファンにそう思わせたかった」リーは声を震わせた。「そうすれば彼もあきらめ、わたしたちを捜そうとはしないでしょうから」

「家裁の判決が出たあとでこんな計画を立てたんですか？　たった一日で？」ジャッキーはティーポットとカップをテーブルに並べた。

リーはかぶりをふった。「計画はもっと前から立ててあったわ。もし裁判でわたしが負けたら、土曜の朝が来る前にマイケルを連れ去ってもらえるよう彼らに連絡することになっていたの。土曜にはあの子をステファンに渡さなければならないから」

「それでは、彼らには木曜に電話したんですね？」

リーはぎこちなくうなずき、つややかな木のテーブルに視線を落とした。

「あなたが裁判で負けたことを報告したとき、彼らはなんて言っていましたか？」

「別にたいしたことは言わなかったわ。彼らは誰ひとりとして名前を教えてくれなかった。秘密主義が徹底しているの。ひとつひとつの事例をコードナンバーで呼んでいたわ。木曜の電話では、マイケルを翌日の午後七時十五分におもちゃ屋で置き去りにするよう言われた。わたし、すべて彼らの言ったとおりにしたわ。マイケルをおもちゃ屋に連れていき、五分ほどそばを離れてから店に戻ったの。そうしたらマイケルはいなくなっていた」

この信じがたい話を、ようやくジャッキーは理解しはじめていた。「そのあと警察にお子さんが消えたと通報したんですね？」

「ええ。彼らは月曜の朝になったら電話してきて構わないと言っていた。そのころにはマイケルは無事カナダに着いているって」

「そのあとはどうやってマイケルと会うつもりだったんです？」

「事件から二、三週間たって、マイケルの捜索を誰もがあきらめ、ステファンもわたしやわたしの家族への疑惑を捨てたころに、車でブリティッシュ・コロンビアまで行き、そこからまた電話してマイケルを引き渡してもらうことになっていたわ。わたしとマイケルはそのまましばらくカナダに滞在し、その後の身のふりかたを考える予定だったの」

ジャッキーは心底あきれ果てた。だが、表情を変えることなく静かに尋ねる。「あなたのご家族はこのことを知っていたんですか？」

リーは首をふった。「誰にも言えなかったわ。母にさえも。わたし以外の人には、ほんとうに誘拐されたんだと思わせておきたかったの」

「それで？　彼らがマイケルを預かってないというのはどういうことです？」

「今日の電話に出た女性は、おもちゃ屋に迎えをやったのにマイケルはいなかったと言うの。あの子の姿はなかったと！」

リーはまた泣きだした。ジャッキーは紅茶をカップにつぎ、彼女に飲むよう言った。リーは洟《はな》をかみ、言われたとおり茶をすすった。「あなたがマイケルをひとりにしたのは、ほんとうに五分程度だったんですね？」ジャッキーは念を押した。

「誰か別の人間が……わたしが目を離すが早いかあの子をさらっていったに違いないわ。ああ、マイケル……」

ジャッキーは眉をひそめて考えこんだ。「あなたと組んでいた、そのグループですが……あなたからお金を受けとっているんですか？」

「いいえ」リーは答えた。「彼らがそういう活動をしているのはお金のためではないのよ。ひたすら子どもたちの幸せを願ってのことなの。わたしはマイケルと再会したあとで、かかった経費だけ払えばいいことになっていた」

「実際にはマイケルを連れ去っていながら、もっと経費をつりあげるために身柄を押さえているのかもしれません。今後の連絡方法については、なんと？」

「だからマイケルは彼らのところにはいないのよ！　今日の電話の相手が言うには……」リーの声がひび割れた。ティーカップを指の関節が白くなるほどきつく握りしめている。「彼女、二度と連絡してくるなと言ったわ。彼らの助力を求めたのは本気じゃなかったんだと思ってるみたいで、わたしにすごく……腹を立てていたわ」

「言っておきますが、あなたに腹を立てているのは彼女ひとりではありませんよ」ジャッキーは苦りきって言った。

リーは不思議そうにジャッキーを見る。

「あなたは警察を騙《だま》していた。これはれっきとした犯罪よ。あなたの罪状をあげたら半ダースぐらいにはなるでしょうね」

「わたしのことなんてどうだって構わないのよ！」リーは叫んだ。「まだわからないの？　わたしを逮捕するならすればいい。とにかくマイケルをすぐに捜して！」

ジャッキーはミッチェルソン警部補のオフィスで彼とウォードローが無言で見つめる中、室内を行ったり来たりしていた。

「まったく」と、つぶやく。「腹が立って腹が立って、もう顔も見たくなかったわ。メモをとるだけとって、さっさと帰ってきちゃった」

「きみが捜査の段階でそんなに感情的になるなんて初めてだな」ウォードローが言った。

「いったいどうしたんだよ、カミンスキー」

　ジャッキーは信じられない思いで彼に向き直った。「どうしたって？　ブライアン、この誘拐騒ぎはリー・メロンの狂言だったのよ。あの女、意地でも亭主に息子を会わせまいとして、見ず知らずの連中にわざと誘拐させたんだわ！　ほかのみんなをさんざんふりまわして！　警察や家族、心を痛めている地域の人たちを騙し――」

「だからなんなんだ？」ミッチェルソン警部補は言った。「ブライアンが言うように、少しは冷静になりたまえ。事態は何も変わってないんだから」

「どういう意味です？」ジャッキーは語気荒く詰問した。「これで捜査は一からやり直しですよ」そう言いつつも立ちどまり、椅子のひとつに腰かける。

「何も変わってはいないんだよ」ミッチェルソン警部補は断固たる口調で繰りかえした。「われわれは最初から行方不明になった子どもを捜していた。そしてそれはいまも同じだ。ただ母親が容疑の圏外に出ただけさ」

「そうとはっきり言いきれますか？　前に嘘をついていたなら、今度のだって嘘かもしれない。ひょっとしたらあの母親はほんとに頭がおかしくて、背景にはもっと複雑にゆがんだ思惑があるのかもしれない」

「ウォードローは彼女が嘘を言っているとは考えていない」ミッチェルソン警部補は言った。

ジャッキーは相棒の顔を見た。「どうして?」

「ふたりの目撃者が彼女の話を裏づけている」ウォードローが答えた。「覚えてるだろう? パソコンショップの店長とおもちゃ屋の店員の両方が、子どもが消えた時間帯に若い娘がうろつきまわっているのを目撃しているんだ。おもちゃ屋の店員は誰か捜しているようだったとさえ言っている。しかし結局はひとりで出ていった、とね」

「それじゃあその謎《なぞ》の娘が、マイケルを連れ去るために組織がつかわした人物だっていうの?」

「たぶんね。おそらく彼女はちょっと遅刻しちまったんだろうよ。リー・メロンが子どもを残しておもちゃ屋から出たのも、連れ去る役目の娘が近くまで来ていたのも、すべて計画どおりだったんだ。ただ娘がマイケルを見つける前に、ほかの誰かがさらっていっちまったのさ」

ジャッキーは手もとのファイルを見下ろしたが、まだ胸の中ではリーへの怒りが吹き荒れていた。ふたりの男は彼女が口を開くのを待っている。

「何より腹立たしいのは彼らの態度よ」ようやくジャッキーがつぶやいた。「メロン家の連中ときたら。リーは自分の目的のために小細工を弄《ろう》し、平然と警察を騙し、さんざんふりまわしてきたのよ。それがいざほんとうに子どもが消えてしまうと、すぐに捜しだせとわたしたちをせっつく。ずいぶんと……ずいぶんと身勝手だわ」

「とも言いきれん」ミッチェルソン警部補が静かに言った。「たぶんそれがふつうの親の反応なんだろうよ。母の愛より強いものはないって言うからな。わが子を守るためなら手段は選ばないってわけだ」

ジャッキーは首をふった。「パネシビック家の人たちとも会ったけど、彼らがリーやマイケルにとって脅威になるとは思えない。それはリーにもわかっているはずよ。ただ子どもを別れた夫に会わせたくないだけなのよ」

「なあ、ジャッキー」ミッチェルソン警部補は言った。「きみほど優秀な刑事がそんな態度ではいけないぞ。もっと頭をひやし、客観的な視点を保ってもらいたい。それができないなら、そう言ってくれ。担当からはずして、ほかの刑事にかえるから」

ジャッキーはひとつ深呼吸した。「すみません。警部補のおっしゃるとおりです。つい興奮してしまいましたが、今後は気をつけます。だから捜査を続けさせてください。感情的にならないよう胆《きも》に銘じて取り組みますから」

「よし」ミッチェルソン警部補は眼鏡ごしにちらっと微笑し、机上の書類をのぞきこんだ。「で、これからどうする?」

「問題のグループを捜しだして調べてみます」ジャッキーは言った。「リーの話からすると、かなり組織立った活動をしているようだし」

「リー・メロンの交渉相手の名前はわかっているのか?」

「彼らは名前は使わないそうです。リーも電話をかけるときには、決められたコードナンバーを使っていたと」

「そういう連中とは前にも遭遇したことがある」ミッチェルソン警部補は顔をしかめた。

「大義をかかげて猛進する狂信的な連中だ。警察に情報をもらすぐらいなら刑務所行きを選ぶだろうよ」

「リーもそう言っていました。純粋な気持ちで子どもを助けようとしているんだと」

「どうやって助けるんだ？ 自分たちで誘拐してか？」ウォードローがそっけなく言った。

「まったく世の中狂ってるよ。いたいけな子どもがチェスの駒《こま》みたいにあっちこっちに動かされる」

「リーからは相手の電話番号を聞いてきたんだろうな？」ミッチェルソン警部補が尋ねた。

　ジャッキーはいくつか番号を書いた紙を差しだした。

　ミッチェルソン警部補はそれを一瞥《いちべつ》するとウォードローにまわした。「まずはこの番号の照会だ。直接当たる前に、調べられるかぎりのことを調べておくんだ。この連中が何か手がかりになりそうなことを知っていたら、協力を頼まなければならんからな」

「たぶんブライアンの言うとおりなんでしょう」ジャッキーが言った。「落ち着いて考えてみると、リー・メロンはほんとうに子どもの居所を知らないんだという気がしてきた。それに、この組織がマイケルを隠しているわけでもなさそう」

「同感だね」ミッチェルソン警部補が言う。「連中にそういつまでもかかずらっているわけにはいかん。組織がこの件にどうかかわっていたのか確認をとり、いずれきっちり締めあげる必要はあるだろうがね。親に誘拐を教唆し、手助けするだけでも立派な犯罪だ。たとえ動機は純粋であろうとな」

「すぐに調べて、情報を少年課にまわしますよ」ウォードローはそう言ってジャッキーに目をやった。「きみはどうする、カミンスキー？」

「もう一度家族全員に当たってみるわ。まず最初はステファン・パネシビックね。母親が除外されたからには、父親が最有力容疑者ということになるでしょうから」

「彼にリー・メロンが立てていた計画を教えるつもりか？」ミッチェルソン警部補がきいた。

「まだ決めてません。とりあえず会って、臨機応変に対処するつもりです。リーの計画を知ったら、怒り狂って手がかりになりそうなことをひょいと口走るかもしれない」

「しかし彼自身が子どもの拉致《らち》にかかわっていたら、かたく口をとざしてすべての責任を彼女になすりつけようとするかもしれないぞ」

「ええ、だから彼の反応を見ながら臨機応変にいくつもりです。それと、われらが友人ポール・アーヌセンにももう一度話を聞いてみたいわ」ジャッキーは相棒のほうを向いて言った。「彼、昨日ほんとうにカリスペルに行ったの？」

ウォードローは手帳を見た。「アーヌセンのトラックは昨日の朝七時に大家のところを出発し、高速を東に向かって州外に出た。モンタナのハイウェイ・パトロールがカリスペル付近で彼の車を発見し、また州境に戻ってくるまで尾行を続けた。帰宅は夜中の十二時ごろだった」

「なぜモンタナに行ったんだ?」ミッチェルソン警部補が口をはさむ。

「本人は友人に会って子犬をもらい受けるんだと言っていました。自分が轢《ひ》き殺した犬の飼い主にプレゼントするためだって」

「なかなかいいやつじゃないか」

「ほんと、親切だわ」ジャッキーはひややかに言った。「驚くべき超能力を持った心優しい大工ってわけ」

「彼からもまだ目は離せないな。今日は仕事をしているのか?」

ウォードローがうなずいた。「サウス・ヒルの同じ家に行ってますよ。監視の警官によると、ベランダの床の修繕が終わって、今度は柱と手すりにとりかかっているそうだ」

「午後にでも本人に話を聞きに行きます」ジャッキーは言った。「もしかしたら夕方になるかも。エイドリアン・コルダーにも会ってきたいんです」

「リーの姉貴かい?」ウォードローが尋ねる。

「ええ。事件の翌朝に会ったときには、ずいぶん無遠慮でいやみな口をきいていたわ。ちょっと状況にはそぐわない態度だった。あのときは性格が悪いだけかと思ったけど、ひょっとしたら何かほかに理由があるのかもしれない」

「彼女のアリバイは成立してるのか？」ミッチェルソン警部補が言った。

「ええ、もちろんです」ジャッキーは浮かない顔になった。「アリバイは全員成立しています。ただ、姉のエイドリアンは……」

「彼女がどうした？」

「母親が言うには、エイドリアンは夫とともに何年も前から子どもを作ろうと努力してきたけれど、いまだにできないことでずいぶん苦しんでるそうです」

ウォードローが鼻を鳴らした。「おいおい、カミンスキー、彼女が満たされぬ母性本能を満足させるために妹の子をさらったっていうんじゃないだろうな？」

「あの一族ならどんなことでもやりかねないわ。メロン家の連中は傲岸不遜《ごうがんふそん》な金持ちかもしれないけど、かなりの変人揃《ぞろ》いでもあるのよ」

「ほかにエイドリアンについて気になることは？」ミッチェルソン警部補が言った。

「彼女が子どものときに身代金目的で誘拐されたという話。あれがやっぱり引っかかるんです。本人に直接きいてみますが」

「しかし二十年も前のことだろう？」ウォードローがやんわりと言う。

「いや、無関係ではないかもしれん」ミッチェルソン警部補が助け船を出した。「まだその線からも攻めてみるべきだ。ほかには？」

ジャッキーは首をふりながら言った。「うまく言えませんが……」ふたりの男を交互に見る。「なんというか、感覚的に……」

「なんだ？」

「この二日間で誰かからきわめて重要なことを聞いたような気がするんですが、それがなんだか思い出せなくて」

「自分のメモを見直してみたかい？」

「メモもファイルも見てみたんです。それこそ頭が痛くなるくらい何度も。だけど、わからないんです。誰かの言ったことが、事件の謎を解く鍵《かぎ》になっているような気がして仕方ないのに」

ジャッキーは眉間《みけん》に皺《しわ》を寄せて考えこみ、ふたりの男はじっと待つ。ついに彼女はあきらめ、しょんぼりと首をふった。そして立ちあがり、ウォードローを従えて戸口に向かった。

## 12

昼過ぎ、ジャッキーはゴンザーガ大学の緑涼やかな敷地に車を乗り入れた。今朝リーから驚天動地の告白を受けたあと、ステファンには二度電話をかけたが留守だった。それで伝言を吹きこみ、きっと昼食に出ているのだと見当をつけて直接ここまで来たのだった。

彼の住まいがある宿舎の駐車場は日がさんさんと降りそそぎ、近くの木立で鳴く小鳥のさえずりが聞こえるほど静かだった。休みに入ったためか、キャンパスはほとんど人気がない。駐車場にも車が三台とまっているだけだ。ジャッキーはその三台をつらつら眺め、どれがステファン・パネシビックの車かと考えた。

警察の仕事とは、じつに難儀なものだ。警察は日々奇跡を起こすことを期待されている。命を張って市民を守り、悪人を捕まえ、事件を解決しなければならない。それでいて、どこの警察でも毎年予算の削減や人手不足という厳しい現実に直面させられている。都市の人口は増加する一方だというのに。

さらに困ったことに、犯罪者たちは警官よりもずっと武器に恵まれているし、法律や制度は得てして犯罪者に有利なようにできている。

〝警察の仕事は大がかりなゲームみたいなものだ〟アルバレス警視は毎年警察学校の新入生に向かってそう説明する。〝正義の味方が悪者と戦う。われわれは正義の味方だ。しかし、ここにひとつ問題がある。このゲームには多くのルールがあり、われわれはそのルールを守らなければならない。それに対し、悪者はルールを無視できるんだ〟

ジャッキーがいま携わっているような事件、すなわち幼い子どもの生命が危険にさらされているかもしれないケースでも、刑事は関係者が自発的にしゃべってくれることしか知り得ない。彼らの家庭や私生活をもっと知りたいと思ったなら、逮捕状なり捜査令状なりをとらなければならないのだ。

令状をとるためには、まずもっともらしい理由をひねりだす必要がある。しかし、これもまたリスクを伴う手続きだ。ありとあらゆる種類の法的解釈や法廷での異議申し立てにさらされて、へたをしたら大問題に発展しかねない。

となると、頼むべき手段は人海戦術しか残らない。捜査に大量の人員を投入し、容疑者を絞りこんで監視を続ける一方、彼らに関する情報を法の許す範囲内でこつこつと集めていく。

だが、テレビの刑事ドラマと違い、この国の警察にそういった捜査ができるほどの余裕はない。犯罪は次々と起きるのだから、ひとつの事件にばかりかかずらっているわけにはいかないのだ。最高に平穏なときでさえ、人手が足りているなどということはありえない。たとえばこのマイケル・パネシビックの事件においても、専従の捜査班はごく小規模で、あとはミッチェルソン警部補がほかの部署からどれだけ人数をかき集められるかにかかっている。結果としてマイケルの父親がどんな車に乗っているかということさえ、いまだ調べがついていないのだ。

自分の仕事の限界についてジャッキーが思いをめぐらしていると、当のステファン・パネシビックが駐車場の反対側、丈の高いライラックの生け垣にはさまれた門から入ってきた。

今日のステファンは白いショートパンツにTシャツといういでたちで、首に赤いタオルをかけていた。手にしたダッフルバッグの中からはテニスラケットのグリップが二本突きでている。顔も首も腕も汗でうっすら光っているが、日ざしの中の彼はいっそうハンサムに見える。長身で、エネルギッシュで、黒い髪が陽光にきらめいている。形のいい筋肉質の脚はきれいに日焼けしている。

ジャッキーは近づいてくる彼と目をあわせた瞬間、自分の無遠慮な視線に彼が気づいていたことを悟った。

「年のわりにはまずまずだ」そう言いながらステファンはちらりとほほえんだ。「いま、そう思っていただろう、刑事さん？」

　ジャッキーは平然と彼を見かえした。「あなたの車はこのうちのどれだろうかと考えていたんですが」

「ぼくはこの駐車場にはとめないんだ。キャンパスの近くにある屋根つきの貸しガレージを使ってる」

「車種は？」

「グレーのメルセデスSL。お望みなら登録証を見せてもいい」

　ステファンはダッフルバッグを地面に下ろし、タオルで腕や首をこすった。

「大学講師はずいぶん儲《もう》かるんですね」ジャッキーは言った。「メルセデスは高い車だわ」

「ヨーロッパの企業にちょっと投資をしてるんでね」ステファンはさらりと言ってのけた。

「ここ数年、そっちのほうがびっくりするほど儲かっているんだ」

　ジャッキーは手帳をとりだし、さっそくメモした。それをステファンが面白そうに見守る。

「きみはおしゃれをしないのかな、刑事さん？　その髪や目の色、きれいな輪郭からしたら、シルクっぽい黒のミニドレスを着てハイヒールをはけば見違えるほどシックな感じになると思うよ」

「アドバイスをどうも」ジャッキーは言った。「でも、わたしはそういうおしゃれはしないもので。いま、ちょっとよろしいですか？　お話があるんですが」

「マイケルのこと?」

「ええ」

ステファンの顔がすっと青ざめ、喉が痙攣《けいれん》するようにぴくっと動いた。「何かあったのか?」ささやくような声だ。「ひょっとして……新しい展開が?」

「ここではちょっと……」

彼はうなずいた。その表情からはからかいの色も明るさも消えうせている。ふたりは無言で建物の中に入り、エレベーターに乗った。日ざしにあたためられたコットンのテニスウェアの匂《にお》いがジャッキーの鼻先に漂う。それに、男性用のコロンかアフターシェーブローションが汗とかすかにまじりあった匂いも。

「マイケルは……」

落ち着きのないプードルを連れた年配のカップルが乗りこんできたので、ジャッキーはステファンに向かって首をふってみせた。

エレベーターを降り、自分の部屋に入ると、ステファンはハンサムな顔を苦しげにゆがめて立ちどまった。

「もしかして悪いニュースなのかい?」

「いいえ」ジャッキーは優しく言った。

わが子の行方が知れないというのは途方もない苦痛に違いない。いちばんこたえるのは、子どもの身に何が起きているのかだけでなく、生死すら定かでないということだろう。

「それほど悪いニュースではありません」ジャッキーは言葉をついだ。「ただ、少しこみ入った話だというだけで」

ステファンはほっとしてため息をついた。「それじゃ話を聞く前に、軽くシャワーを浴びてきていいかな？　今日はずいぶん汗をかいたんだ。五分とかからないから」

「どうぞ」

彼はジャッキーの肘に手を添え、居間に案内した。前に来たときと同様、適度に散らかっていて居心地がいい。

「待っているあいだに書棚の本を拝見しても？」

「もちろん」ステファンは廊下のほうに行きながら答えた。「読みたいものがあったらお貸ししよう」

ジャッキーはテーブルに積みあげられた本や書棚の本のタイトルを見ていった。多くは彼女が聞いたこともないテーマに関する学術書だった。だが、現代作家の小説もいいものが揃《そろ》っており、詩集も結構あった。

下のほうの棚には、いかにも読みこんであるといった感じの子ども向けの本が並んでいた。マイケルがここに来たときに、ステファンの腕の中で読んでもらうのだろう。

その中には『ピーターラビット』の絵本もあった。ジャッキーはそれを抜きだし、中の絵を見た。

マイケルは地下の穴ぐらにいる、とポール・アーヌセンは言った。家具やキルトがあって、壁に絵がかかっている穴ぐら……。

体にさーっと鳥肌が立ち、吐き気がしてきた。その場にしゃがみこみ、暗澹《あんたん》たるおももちで絵本を見下ろす。

あれがまたよみがえってきた。ここ数日のあいだに何か重要な手がかりになりそうなことを確かに聞いたという、あの感覚が。

今夜帰宅し、真っ暗な部屋の中で頭を空っぽにしてベッドに横たわっていれば、もしかしたらそれがなんなのか思い出せるかもしれない。この方法が功を奏するときもある。いつもとは限らないが。

「お待たせ」ステファンが戸口に姿を現した。カーキのショートパンツときちんとアイロンがかかった白い綿シャツに着がえ、足には革のサンダルをはいている。「マイケルの絵本を見つけたんだね」

ジャッキーは手帳のあいだからポール・アーヌセンの写真を出し、ステファンに渡した。

「この男性を見たことは？」

ステファンは眉をあげて写真に見入った。「ある」ようやく答える。「確かに見たことがある」

ジャッキーははっとした。「どちらで？」

ステファンはなおもポラロイド写真をにらんでいる。「どこだろう？　いったいどこで……。だめだ！　思い出せない。そう遠くない過去に間違いなく見ているはずなのに、どこだったか思い出せない。こういうのって、気が変になるほどもどかしいんだよな」

「まったくです」ジャッキーはそっけない口調で言った。「ほんとうに、もどかしいったらない」返してもらった写真をしまい、近くの椅子に腰かける。「じつは今朝、リーから少しばかり腹の立つ話を聞いたんですが」

「腹の立つ話？」ステファンは興味と警戒心をかきたてられたらしく、身を乗りだしてきた。「どんな話だい？」

ジャッキーはこの二日間にあったことを順を追って語りだした。リーがポリグラフのテストにパスしたこと、今日になってヒステリックな調子で電話してきたこと、そしてマイケルを得体の知れないグループに拉致《らち》させて国外に連れだす計画を立てていたと告白したこと……。

話を聞くほどにステファンの表情は険しさをましていった。

「なぜなんだ？　なぜわざわざそんなことをしたんだ？」話が終わると、そうつぶやく。

「自分の言うことに信憑《しんぴょう》性を持たせ、警察を騙《だま》し、ポリグラフを欺くため。でも、彼女がいちばん騙したかった相手はあなたです。あなたに自分の身辺を調べられたくなかった。

息子は死んだ、あるいはもう捜しだす望みはない、彼女を問いつめても無駄だ、と思わせたかったんでしょう」

ステファンが怒りに口もとを引きつらせた。「あの女！」吐き捨てるように言う。「なんて卑劣な！　まさかそんな計画を立てていたとは……」

ジャッキーは彼の握り拳《こぶし》を見下ろし、一種の共感を覚えた。彼女自身もリーから話を聞いたときには同じような反応を起こしたのだ。

だがいまは無表情を保ち、ことさら平静に言った。「どうか落ち着いてください。そんな態度をとってもなんの役にも立ちませんよ」

「そんな態度とは？」

ジャッキーはかたく握りしめられたままの彼の手を指さした。「表に飛びだして誰かを殴りつけようなんて思っていませんよね？　そんなことをしたってマイケルは見つかりませんよ」

ステファンはジャッキーをにらみつけ、ジャッキーは彼の中に暴力的な激しさを感じとった。その激しさには一瞬たじろぎ、恐怖すら感じた。

リー・メロンは彼のことをモンスターだと言っていたが、いま彼の顔を黒ずませている荒々しい憤怒《ふんぬ》のパワーを、リーも目の当たりにしたことがあるのかもしれない。

でも、ステファン・パネシビックは時間をさいて学生たちの手助けをしてやったり、書棚にピーターラビットの本を置いて幼い息子が来たときに読んでやったりする男でもあるのだ。

「失礼した」彼はそうつぶやき、拳を開いて憂鬱《ゆううつ》そうに見下ろした。「つい興奮してしまったよ。あの女にあまり腹が立ったものだから。こっちは夜も眠れないほどマイケルのことを心配しているっていうのに」

そう言うと茶色い目に涙を宿して顔をあげ、ぎこちなく手でぐいとぬぐった。

ジャッキーは彼が気を静めるあいだ、さりげなく目をそらしていた。彼の怒りようには驚かなかったが、涙には内心どぎまぎしている。ステファン・パネシビックが涙するなんて、よほどのことに違いない。

「それで今後はどういう対応を?」まだかすれぎみの声で彼は尋ねた。

「捜査を続行します」ジャッキーはミッチェルソン警部補の言葉を思い出しながら言った。「いなくなった子を捜しだすという目的は何も変わっていませんし。ただ、リーがマイケルの居所を知らないってことだけは確実になりましたが」

「リーは知らなくても、リーの家族は知ってるかもしれない」

「どういう意味です?」

ステファンはいらだたしげな仕草をした。「あのお上品なレディ・バーバラにはもう会ったんだろう?」

ジャッキーはうなずく。

「だったら、彼女が目的のためなら法を犯すのもためらわないタイプだってことはわかったんじゃないかな？」

「どうでしょう」ジャッキーは正直に言った。「わたしは第一印象をあまり過大視しないようにしているんです。あなたのお考えは？　バーバラ・メロンがリーに知られないようマイケルを誘拐するなどということが現実にありうると？」

「彼女ならやりかねないね。昔からあの一家は、家族の絆《きずな》のいちばん弱い部分に当たるのがリーだと考えていたんだ。バーバラとエイドリアンは冷酷非情だが、リーは単に未熟で無力なだけだ。もしメロン家がぼくから永久にマイケルをとりあげる計画を立てていたんだとしても、リーには最後の最後まで知らせないんじゃないかな」

「でも、彼女はマイケルをカナダに密入国させる計画のこと、家族にも打ちあけていなかったそうです。母親にさえ言っていないと」

「それを真に受けたのかい、刑事さん？」ステファンは言った。「いままでそれだけ嘘《うそ》八百を並べたててきた人間をそんなに信用していいのかな？」

「確かに、もうどこまで信じるべきか判断が難しくなってはいます。でも、今朝のリーはひどく取り乱してパニック状態に陥っていた。あれが芝居だったとは思えません」

それから少し沈黙が続いた。ジャッキーは手帳にペンを走らせ、ステファンは物思わしげに窓の外を見すえる。

「リーに協力したっていう謎《なぞ》のグループはどうなんだろう？」しばらくしてステファンが言った。「彼らが実際にはマイケルを連れ去っていながら、リーに嘘をついたという可能性はないのかい？」

「彼らについてはいま調べています。わかり次第結果をお知らせします」ジャッキーは立ちあがり、玄関に向かった。「あなたも何か思い出したらご連絡いただけますね？」

「何かって、たとえば？」

「たとえば、写真の男をどこで見たかとか」

「あの男が事件の鍵《かぎ》を握っているのかい？」

「かもしれません」

ステファンは思案顔でじっとジャッキーを見つめた。「なんとか思い出せるように考えてみるよ。今日はこれからどこに？」

「エイドリアン・コルダーに会いに行きます」

ジャッキーは彼の顔を観察し、顎のあたりがかすかに引きつったことに気がついた。

「ミセス・メロンにエイドリアンから話を聞くようすすめられたので」さりげなく言う。

「メロン家でリーの次にあなたと親しかったのがエイドリアンだったからと」

ステファンはわずかに目を見開いたが、言葉はひとことも発しない。

「リーの母親はどういう意味でそんなことを言ったんでしょう?」

　その問いには肩をすくめる。「言葉どおりの意味だろう。エイドリアンとは一時期いい友達だったんだ。メロン家のほかの連中よりは知的だからね。いま考えたらそれだってたいしたものじゃないんだが、それでも彼女としゃべるのは楽しかった」

「でも、いまではもう話をすることもない?」

「きみは結婚したことがないんだろう?」

「ええ」

「それじゃあ、すべては先のお楽しみってわけだ」ステファンは陰鬱な笑みを浮かべた。「離婚というやつは内戦によく似ている。内戦が始まると、友人だった人物も敵陣にいたというだけで友人ではなくなってしまうんだ」

　ジャッキーはイヴァーナ・パネシビックも元妻について同じようなことを言っていたのを思い出した。

　ステファンに別れを告げて宿舎を出ると、急ぎ足で駐車場に向かう。駐車場ではふたりの女の子がジャッキーの車のそばの地面にチョークで線を引き、複雑な石けり遊びをしていた。

　たぶんこの大学の職員の子どもだろう。ひとりは中国人で、黒い頭になめらかな生地のベースボールキャップをかぶっている。もうひとりはブロンドのおさげ髪をピンクのリボンで結んだ小太りの少女だ。ジャッキーは車に寄りかかり、しばらく石けりを見物した。

ふたりの少女は髪を日にきらめかせ、楽しげに笑いながら軽い身のこなしで飛びはねる。

「石けりのやりかた、知ってます？」中国人の少女が礼儀正しい口調で話しかけてきた。

ジャッキーは首をふった。「やったことがないの。でも、とっても面白そうね」

休みの日くらい、ほかの人たちみたいに休めたらいいのに、と残念な気分だ。午後をこの平和な場所で楽しそうな子どもたちを見ながらのんびり過ごせたらどんなにいいだろう。

だが、やがてジャッキーはしぶしぶ車に乗りこみ、大学をあとにして南に向かった。

# 13

エイドリアン・コルダーの家は、彼女の母親が暮らす優雅な邸宅とはずいぶん趣が違っていた。場所は市の南東部の丘の中腹に開発された新興住宅地。シルバーグレーのシダー材の外壁に大きく窓をとった、シャープで現代的な感じの家だ。

岩と石で硬質の景観を演出した庭には、サボテンやビャクシン、常緑樹の小さな灌木《かんぼく》が植えられている。ジャッキーは板石を敷いた小道を玄関まで歩いていった。両開きの大きな玄関扉はオーク材で、手製とおぼしき美しいステンドグラスがはまっている。だが、チャイムを鳴らしても応答はなく、いらだたしい気分でもう一度鳴らした。

エイドリアン・コルダーにはほんの数時間前に約束をとりつけたばかりだ。だが、彼女は断りもなしに約束を破り、はるばる市街地から車を飛ばしてきた多忙な訪問者を平気ですっぽかすタイプらしい。

どうしようかと考えていると、だぶだぶのショートパンツにチェックのシャツを着た十代の少年が家の横手をまわりこんでぶらぶらとやってきた。手には剪定《せんてい》用の植木ばさみを持っている。

「やあ」ジャッキーに気づいて彼は言った。「あんた、デカ?」

「そうよ」むっとしつつも、強いて平静な口調で短く答える。「この家の奥さんは?」

「裏庭にいるよ」少年は家の横手から背の高いシダー材の門の先に続いている小道を植木ばさみでさし示した。「裏庭のプールにね」いやらしくにやりと笑うと、フェンス沿いのビャクシンの木にはさみを入れはじめる。

門を抜けて裏庭にまわると、彼がにやりとした理由がジャッキーにもわかった。エイドリアン・コルダーはプールの向こう端に立って、日焼けした体から赤いつや消しのタイルの上に水滴をしたたらせていた。肩紐《かたひも》のないワンピース型の淡い茶系の水着が、遠目だと何も着ていないように見える。

ジャッキーの見ている前で、エイドリアンは両手で腰から脚にかけてすっと撫《な》で下ろし、背中をかがめると水中に飛びこんだ。力強いクロールでジャッキーのほうまで泳いできて、プールサイドにつかまる。

「こんにちは、刑事さん」短く切った黒髪や顔に水滴を光らせながら、陽気に挨拶《あいさつ》する。

「あなたもその暑苦しい服を脱いでいっしょに泳がない? 水の中は気持ちいいわよ」

「いえ、結構です。少しばかりお時間をとっていただけますか、ミセス・コルダー?」

「時間なら腐るほどあるわ。実際のところわたしには時間以外、何もないのよ。だけど、そうやってしかつめらしくミセス・コルダーと呼ぶのはやめてもらえない？　わたしの名前はエイドリアンよ」

　そう言いながらプールからあがり、ダークグリーンの寝椅子にかけてあったタオルをとる。ジャッキーは大きなパラソルが突きだしているガラスのテーブルの前に腰かけた。

「で、何があったの？」エイドリアンが引きしまった腹部や脚をごしごし拭《ふ》きながら言った。「今日のあなたはことのほか不機嫌な顔をしてるけど」

　ジャッキーはペンと手帳をとりだした。

「いつもその堅苦しいジャケットを着ているの？」エイドリアンが問いかけた。「今日は三十度を超えてるわよ。暑くないの？」

　ジャッキーは白い麻の上着の裾《すそ》をめくり、ベルトに差してある革のホルスターと手錠ケースを見せた。「これを隠しておきたいんです。人目を引いてしまうので」

「そういうところはわたしと逆ね」エイドリアンはサンオイルを脚や腕になすりつけ、そばの寝椅子にころがって目をとじた。「わたしは人目を引きたいわ。目立てば目立つほどいい」

　ジャッキーは興味をそそられて彼女を見た。エイドリアン・コルダーは美しい顔とスリムでしなやかな体を兼ね備えている。見た目は妹と似ているが、性格はまったく正反対のようだ。

まるで昼と夜のように。あるいは月の表側と暗い裏側のように。

「そういうのって、バッグに入れて持ち運ぶわけにはいかないの？」エイドリアンは寝椅子の上でけだるげに体を動かし、太陽のほうに顔を向けた。

「バッグに入れてる刑事もいますが、わたしはどうかと思います」

「なぜ？」

「バッグは奪われやすい。状況次第では重大なピンチを招きかねないので」

エイドリアンはグリーンの寝椅子の上で首をめぐらし、ジャッキーをまじまじと見た。

「危険な職業なんだってわけね、あなたの仕事は。ひとつ間違えたら殺されるとでも言わんばかり」

「実際、危険な仕事です」

「わたしも昔は警官になりたかった」エイドリアンは再び目をとじ、顔をそむけた。「まだ子どもだった暗黒時代、わたしには選択の自由なんていっさいなかったけれど、それでも警察の仕事にあこがれて、大人になったら応募しようかと考えていたわ」

ジャッキーはびっくりしてペンを握りしめた。「ほんとうに？」

「ほんとうよ」

「その気持ちが変わったのはなぜです？」

エイドリアンは短く笑い声をあげた。「わたしが気持ちを変えたわけじゃない、母に変えさせられたのよ。メロン家の娘が警官などという下賤《げせん》な職業につくなんて、想像できないでしょ？　わたしが警官になりたいと言ったら、母は心臓麻痺《まひ》を起こしそうになったわよ」

「あなたは母親の考えに左右されるようなタイプには見えませんが」

「左右されないわよ、たいていの場合はね。でも、わが愛する母上は昔から財布の紐を握っていたし、あのころのわたしは一族の財産から自分にまわってくる分を差し押さえられてもいいとまでは腹をくくれなかったのよ」

ジャッキーは無言で考えこんだ。

「まったく厄介なものだわ」エイドリアンはもぞもぞと動いて、片脚を優雅に曲げた。「お金ってやつは人間を中毒に陥らせ、拘束し、一生がんじがらめにしてしまう。麻薬みたいなものね。お金の支給を管理している人間に、こちらの人生まで支配されてしまうのよ。わかるでしょ？」

「さあ」ジャッキーはぶっきらぼうに言った。「わたしにはお金を支給してくれる人なんていなかったので」

エイドリアンはくすりと笑った。「それは幸せね。つまりは自分で人生を切り開いてきたということ？　裸一貫こつこつとがんばって、ついには銃をベルトに差した本物の警察官になった」

「ええ、そのとおりです」ジャッキーはそう答えながら、なぜこのやりとりがさほど不快ではないのかと考えた。

きっとエイドリアンの態度のおかげだ。エイドリアンは初対面のときから遠慮会釈もなくずけずけものを言っていたが、彼女が自分に寄せる関心は本物だという気がする。

「いまのあなたは誰にも支配されてはいないでしょう、エイドリアン」ジャッキーはようやく口を開き、贅沢《ぜいたく》な家や庭、青くきらめくプールのほうに手をやった。「これはすべてあなたのものなのでは？」

「まさか。ここはハーランの家よ。彼と離婚したら分けあうことになるでしょうけど、いま毎日働いてこの家の維持費を稼ぎだしているのはハーランだわ。わたしはただのお飾り。わたしってあらゆる意味で非生産的な人間なの。耕しもしなければ紡ぎもしない」

「ステファン・パネシビックはあなたのことをメロン家でいちばん知的だと言っていましたが」

寝椅子の肘掛けにかかっていたエイドリアンの手にぎゅっと力がこめられた。「ステファンがそんなことを？」

「ええ」

「やれやれ、ありがたいお言葉だこと」軽い口調だ。

「あなたのお母さんによれば、ステファンとあなたは仲がよかったそうですね」

エイドリアンは近くのバッグから鼈甲縁《べっこう》の大きなサングラスを出してかけた。するとたちまち顔そのものが消えたように、冷たくよそよそしい感じになった。「母はわたしのこと、自分で思っているほどにはわかってないのよ」

ジャッキーは手帳をめくってポール・アーヌセンの写真を出した。「この人物を見たことは?」

エイドリアンは体を乗りだし、サングラスをあげて写真を見た。「あら、ずいぶんおいしそうな男じゃないの。あなたの彼氏?」

「まさか」

「あなたの好きそうなタイプに見えるけど」エイドリアンは再び体を倒し、サングラスをかけ直した。

「どういうところが?」ジャッキーは尋ねる。

「あなたと同じ雰囲気を持ってるわ。慎重そのもので、仕事熱心で、他人にはちょっぴり辛辣《しんらつ》。労働者階級には労働者階級なりの俗物根性があるということかしらね」

ジャッキーはこの女を少しずつ理解しはじめていた。「わたしをなんとか怒らせようとしているみたいね」穏やかに言う。

「あなたとしゃべってると、ついこうなっちゃうのよ」エイドリアンは悪びれもせず、日焼けした顔に白く歯をきらめかせてほほえんだ。「だってあんまりくそ真面目《まじめ》なんだもの」

ジャッキーは微笑を返した。「気をつけたほうがいいわよ。なめてかかると公務執行妨害で逮捕されるから。この男、見たことは？」

エイドリアンはゆるゆると首をふった。「一度も。もしこんな男に会ってたら、家に連れて帰ってそのまま飼っておくわよ。あなただってそうじゃない？」

ハーラン・コルダーはどういう夫なのだろう、とジャッキーは思った。エイドリアンとは結婚して十二年になるそうだが、弁護士として成功しているという以外、彼については何も知らない。休暇が明けたら連絡をとってみよう。

「今日、リーと話をした？」

エイドリアンはまたこっちを見た。「いいえ。元気でやっていた？」

「元気とは言えないわね。ちょっとショッキングなことがあって」

エイドリアンはやにわにサングラスをとり、ジャッキーを凝視した。日焼けした顔からみるみる血の気が引いていく。「まさか……マイケルのこと？　なぜ最初に言ってくれなかったのよ」

「別に急展開があったわけじゃないの」ジャッキーはリーがわが子の誘拐を仕組んでいたこと、それなのにいまマイケルがいるはずのところにいないのを知って取り乱していることを説明してやった。

エイドリアンは茫然《ぼうぜん》とした表情になり、サングラスを両手で握りしめた。「リーにそんな根性があるとは思いもよらなかったわ」

「誰もがリーを過小評価していたみたいね」

「ええ。たぶんステファンに徹底的に押さえつけられていたからだわ。あのろくでもない夫婦ごっこをやめて、ついに人間らしさが出てきたのかもね」

「あなたはいまもそれほどマイケルの身を案じてないように見える」

「どういう意味？」

「マイケルが無事でいるのか、どうしているのか、心配じゃないの？」

「それはもちろん心配よ。ただ、あの子の身に危険が迫っているとは思えないの。きっとパネシビックのお祖父《じい》ちゃんの農場にいるのよ。いまごろは鶏に餌《えさ》でもやっているでしょうよ」

「農場に行ってみたけど、マイケルの姿はなかったわ」

「あの一家はかたい絆《きずな》で結ばれているのよ」エイドリアンはそこで寂しげな笑みを浮かべた。「もっとも家族の絆ってのがどういうものなのか、わたし自身はよく知らないんだけどね。でも、あの一家なら必要とあらば一致団結してマイケルを隠すんじゃないかしら」

ジャッキーは手帳を見た。「お母さんからうかがったの、あなたが子どものころに学校から誘拐されたことがあるって。そのときのことを話してもらえない？」

エイドリアンは低く悪態をつき、立ちあがって歩きだした。「中に入りましょう」ふりむきもせずに言う。「ここは暑すぎるし、喉がかわいたわ」

ジャッキーは手帳をとじてついていった。エイドリアンが痛いところを突かれた様子を見せたことに、いっそう興味をそそられている。彼女は勝手口を入ったところでフックからタオル地の短いローブをとってはおり、細いウエストにベルトを巻きつけた。それからサンダルを突っかけ、階段をのぼりはじめる。

あとに続いたジャッキーは、周囲に目をやってまたびっくりさせられた――今度はこの家のインテリアに。

クロムやガラスを使ったシルバー系のクールな内装を思い描いていたのに、エイドリアンはアンティークやあたたかみのある装飾品のほうが好きらしい。広い家の中に高価な家具が配されているが、全体的には気どりがなく、むしろ雑然としていた。それに、そこかしこに緑が飾られている。

「緑を育てるのがじょうずなのね」

「植物は好きだわ。好きなようにさせてくれて、何も言いかえさない」

通りすがりにジャッキーは男性の書斎と思われる部屋を少しのぞいてみた。格子縞《こうしじま》の布や木の鏡板、色あせた赤いカーディガンがかけられた椅子……。デスクには革のゴルフバッグが立てかけられ、天井からは細いワイヤーで飛行機の模型がいくつも吊《つ》りさげられている。

「これ、どう思う？」エイドリアンが二階のホールに置かれた大きな木製のサイドボードの横で立ちどまった。金色のオーク材に凝った彫刻が施され、幅広の引き出しや面取りした鏡がついている。

「すてきだわ」ジャッキーはエイドリアンに追いつき、サイドボードのつややかな表面を撫でた。

「去年の夏、アイダホの農場のオークションで買ったの。何十年も穀物倉庫に放《ほう》りこまれていたせいで、ひどい状態だったわ。それをわたしがこの細腕できれいによみがえらせたのよ」

「ほんとう？」

エイドリアンは含み笑いをもらした。「そんなに驚かないでよ、刑事さん。わたしだってまるっきり能なしってわけじゃない。ただ怠け者なだけよ。さあキッチンに行きましょう」

キッチンもほかのところと同様あたたかみにあふれて居心地がよかった。ガラスの扉がついたキャビネットやクリーム色のタイルを張った壁、カウンターは寄せ木細工だ。妹の家と同じく、ここの窓辺にも大きなクリスタルのプリズムがさがっている。冷蔵庫にくっつけられたふたつの陶製マグネットは鶏に似た形をしている。

　ジャッキーはテーブルの前の椅子に腰かけ、陶器の鶏の色鮮やかな羽や黄色いくちばしをじっと見た。

「それは母が作ったの」エイドリアンが言った。「母の家のホールにある、大きな絵の鶏をモデルにして」

「どうりで見たような鶏だと思ったわ。とてもきれい」

　エイドリアンは冷蔵庫をあけ、食品が豊富にストックされた内部をのぞきこんだ。「ダイキリを作ってピッチャーでひやしてあるんだけど、四時まではアルコールは口にしないってハーランと約束してるのよね。いま何時かしら?」

　ジャッキーは腕時計を見た。「三時四十五分」

「それじゃあ、もうほとんど四時ね」エイドリアンはピッチャーに手を伸ばした。「冷たくひえたバナナ・ダイキリはいかが、刑事さん?　なかなかいけるわよ」

　ジャッキーは首をふった。「結構よ。勤務中なので」

「ほんとに堅物ね。それならレモネードは?」

「ええ、レモネードなら喜んでいただくわ」ジャッキーはエイドリアンが短いタオル地のローブ姿でグラスや氷を出し、飲み物をつぐのを見ていた。「家のことはあなたが全部自分で?」

「ジェイソンが――さっきあなたが会った男の子よ――週末とか放課後に顔を出して、外の仕事をやってくれるわ。ほかにも週三回、掃除に来てくれる人がいるの」

「でも、料理はあなたが作るんでしょう?」

「料理は好きなのよ」エイドリアンは向かいに腰かけ、グラスを差しだした。「といっても、そう何種類も用意するわけじゃないわ。ハーランは外で食べてくることが多いから、自分の分さえあればいいの。ピーナツバター・サンドを作るのはそう難しいことではないわ」

その声は寒々として寂しそうだった。バーバラ・メロンはエイドリアン夫婦が長いこと子どもを作ろうとしていると言っていたっけ。いまだにできないことにエイドリアンは苦しんでいる、と。

「エイドリアン、さっきわたしが尋ねた、子どものころの誘拐事件の話だけど……」

エイドリアンはうつむき、ダイキリのグラスに刻まれた模様をじっと見つめた。「あんな昔のささいな出来事を母がいまでも覚えているなんて驚きだわ。当時は気づいてすらいないみたいだったのに」

「あなた、誘拐されていたあいだのことをまったくしゃべらなかったそうね?」

「しゃべるわけがないわ。しゃべったら母に殺されていたわよ」

「どうして?」

エイドリアンは立ちあがり、落ち着きなくキッチンの中を移動して窓辺のゼラニウムから朽ち葉を二枚むしりとった。

「狂言だったのよ、あれは。当時わたしはやんちゃな男の子とつきあっていたの。へたをしたら彼は刑務所行きだったかもね。彼がすべての計画を立てたのよ。誘拐を擬装して、うちの親から身代金をふんだくってやろうって。そのときはすごいアイデアだと思ったわ。彼とそのお金でメキシコに逃げ、ふたりで暮らすつもりだった」

「それなら実際に誘拐されたわけではなかったのね？」

「ええ。ふたりでしけたモーテルにこもって、獣みたいにセックスばかりしていたわ」

「そのときあなたは……いくつだったの？」

「十四よ」エイドリアンはジャッキーにぷいと背を向けた。「反抗的な子どもだったのよね、わたし。実際、十代のころに何度か警察と不愉快な接触を持ったくらいでね。だからいまでも警官が大好きってわけにはいかないのよ」

ジャッキーは初めて会ったときのエイドリアンの好戦的な態度を思い出しながらうなずいた。「なのに警官になりたかったとは？」

「わからない。復讐《ふくしゅう》したかったのかもしれないわ。あなたにはショッキングな話だったかしら、刑事さん？」

「ちっとも。わたしも反抗的な子どもだったから。あなたが身代金をあきらめて学校に戻ったのはなぜ？」

エイドリアンはいらだたしげな仕草を見せ、朽ち葉をくずかごに捨てると椅子に戻った。

「父が金策にあまり時間をかけるものだから、わたしも彼氏も不安になっちゃったのよ。お金を払ってまでわたしをとりもどす気はないんじゃないかと本気で疑ったくらい」

ジャッキーは手帳にペンを走らせた。

「あなたも反抗的だったと言ったけど、どんな子ども時代を過ごしたの？」エイドリアンが興味津々といった顔で問いかけてきた。

「育ったのはロサンゼルスのスラムよ。父はわたしが生まれる前に失踪《しっそう》し、母も赤ん坊のわたしを祖母に押しつけたの。わたしはいとこたちといっしょに祖母のもとで育った。母はわたしが四つのとき、麻薬のやりすぎで死んだわ。そしてわたしは、十四のころには不良グループに入っていた」

「嘘《うそ》みたい」エイドリアンは身を乗りだし、目を輝かせて言った。「そのグループでどんなことをやっていたの？」

ジャッキーは肩をすくめた。「子どもっぽいことばかりよ。ベルトにナイフを差して麻薬の売人の手先をやったり、警官にいやがらせをしたり。それが格好いいと思っていたのね。十六のときには窃盗に加わって、その後の二年間を少年院で過ごしたわ」

「驚いたわね。あなたもわたしに劣らぬワルだったんだ」

ジャッキーはしゃれたインテリアを見まわした。「あなたとわたしにそれほど共通点があるとは思えない、エイドリアン。だけどお母さんから昔の誘拐事件の話を聞いたとき、あなたも親に構ってもらえず寂しい子ども時代を送ったんだと感じたの」

「よしてよ」エイドリアンはグラスを見下ろし、暗い顔でつぶやいた。「それでいっぱしの不良少女が警官になったのは、いったいどういう風の吹きまわしなの?」

「少年院を出たあと、何かしなければ坂道をころげ落ちていく一方だと思った。それにその二年のあいだに、ほかの子がこんなところに来ないですむよう手を貸してやりたいって思うようになって」

エイドリアンは驚愕《きようがく》に打たれたようにジャッキーを見つめている。ジャッキーはこんな話をしてしまったことがきまり悪くて、座ったままもじもじした。

咳払《せきばら》いし、手帳に目を落とす。「ご家族について、もう少し質問しても?」改まった口調で問いかけた。

エイドリアンは天井に目をやった。「あらあら、女刑事がまた職務に戻ったのね」

だが、グラスを手に椅子の背もたれに寄りかかって質問を受ける姿勢を示したエイドリアンの顔には、先刻よりもずっと親しみのこもった笑みが浮かんでいた。

## 14

署に戻ったジャッキーはコンピューターの電源を入れ、手帳を見ながら入力を始めたが、やがて椅子にもたれかかり、疲れたようにこめかみをこすった。

少しためらってからバッグの中を引っかきまわし、アドレス帳をとりだす。

「もしもし、ローナ？」最初のコールで相手が出ると、そう呼びかけた。「スポケーンのジャッキーよ。ソーシャルワーカーが連休を楽しめないのは警官と同じみたいね」

「連休？　それ何？」

ローナの声は深みがあってあたたかかった。ジャッキーはデスクの前に座っているローナ・マクフィーの姿を思い浮かべ、ひとりほほえんだ。ローナはチョコレート・ブラウンの肌をした大女で、黒い目にいつも笑みをたたえている。そのおおらかな性格のおかげで、ソーシャルワーカーとしての図抜けた手腕は世間から見過ごされがちだ。

「ロスの天気はどう？」ジャッキーは尋ねた。

「暑くてむしむし、いつもと同じよ。それで今日はなんの用、ハニー？」

「金曜の夜に祖母から電話があったのよ。また飲んでいたわ」

「やれやれ」ローナは言った。「だいぶひどかった？」

「かなりね。牙《きば》と光る目を持った例の蜘蛛《くも》がまた出てきたって」

ローナは吐息をついた。「男の子たちはどこにいるの？」

「ジョーイはそのへんにいると思うわ。翌日電話したら、ジョーイが出たのよ。カーメロは留置所ですって」

「あらまあ。何をやったの？」

「ジョーイの話では駐車違反をやらかしたうえに、大義のために断固たる態度をとったんですってよ」

ローナはおかしそうに声をあげて笑った。「今日にでも顔を出して、様子を見てくるわ。何か深刻なことになっていたら電話する。電話がなかったら心配ないんだと思ってちょうだい」

「ありがとう、ローナ」ジャッキーはほっとして言った。「どうかよろしくね」

電話を切ると、部屋に入ってきていまのやりとりを聞いていたブライアン・ウォードローを見る。

「もうわたしにはどうしたらいいのかわからないわ」

「何が？」ウォードローは言った。

「祖母のことよ。どこまでわたしが責任を負うべきなのか、わからなくて。もうロスに帰って、自分で面倒を見るべきなんだと思うこともあるし」

「ばか言ってるよ。祖母《ばあ》さんはきみのこと、好きですらないんだぜ、カミンスキー。ただきみを利用してるだけだ。酔っ払った祖母さんに毒づかれるために、なぜわざわざロスに帰って平巡査からやり直さなきゃならないんだ？」

「うわ、手厳しいわね」

「愛しあう家族の絆《きずな》だなんて口先だけのたわごとだよ」ウォードローは乱暴な手つきでブリーフケースの蓋《ふた》をあけた。「みんなそういう言葉に惑わされてあるはずもないものを探しつづけ、結局は失意のどん底に突き落とされるんだ」

「ちょっとブライアン、愛しあう幸せな家族なんてこの世に存在しないっていうの？」

「きみは見たことがあるのかい？」

ジャッキーは彼の気分を明るくしてやるためににっこり笑ってみせた。「わたしやあなたはたまたま恵まれなかったってだけだわ。世の中には互いに愛しあい、孤独なんか感じずにすんでいる人たちだってちゃんと存在してるのよ」

ウォードローはコンピューターのスイッチを入れ、ファイルを二冊デスクに放《ほう》った。これでこの話題はおしまいということだ。

「何かわかった？」しばらくしてジャッキーは問いかけた。

「われらが変質者たちのひとりが金曜の夜モールに行っていた」ウォードローがファイルを見ながら答えた。「バルドマー・コジャック、五十七歳。イチモツを露出してさわってみせたり、幼児に対して性的いたずらを働いたりしたかどで七回捕まっている。生活は福祉に頼り、ダウンタウンの安宿で暮らしている。金曜の夜のアリバイはないということだが、六時ごろモールのフードコートでウェイトレスに姿を見られているんだ」

「もう誰かが話を聞きに行ったの？」

「俺《おれ》が一時間ほど前に会ってきたよ。やつはまだ寝ていた。まったくもって気色の悪い変態野郎だったよ」ウォードローは身震いしてみせた。

「で、本人はなんて？」

「バッジを見せたとたん何もしてないとまくしたて、それから弁護士を呼ばなければ何もしゃべらんと言って、だんまりを決めこみやがった。たぶん今回の事件とは無関係だろう。暴行や誘拐に手を出した過去はないが、おそらくやつには警察の目から何かを隠せるほどの頭はないいな」

ジャッキーはため息をもらした。「それじゃあ、この先どうするの？」

「時間の無駄だろうが、いちおう二、三日監視をつけてびびらせ、そのうえで署に引っぱって軽く締めあげてやる。そのときにはきみも立ち会うかい？」

「もちろんよ。ほかには？」

「留守のあいだに本署の広報から電話があった。マスコミがその後の進展を教えろとせっついてきてるから、こっちでマスコミ向けに発表してほしいそうだ。きみが何を言うつもりか、ミッチェルソン警部補が知りたがっていたよ」

「容疑者を絞りこんで鋭意捜査を続けている、引きつづき市民からの情報を歓迎する、とだけ言うわ。それに、追って発表があるまでマイケルの写真と情報受付の電話番号を流しつづけてくれ、とね」

「そうか。アーヌセンはどうする？」

「彼はいまでも一番の容疑者よ。そうは思わない？」

「そうだな。ＦＢＩの記録によれば、アーヌセンが前に住んでいたところで、子どもの遺体が発見されるという事件が二件、未解決になっているそうだ」

ジャッキーははっとして顔をあげた。

「アーヌセンがそこにいたころの事件なの？」

「日付ははっきりしないが、俺が調べたかぎりでは両方とも時期的に一致しそうだ」

「それで？」

「一件はビリングズに住む女の子がトレーラーの駐車指定区域から姿を消し、半年後、郊外の古い納屋の中で死体で発見されたという事件だ」

「殺されていたの？」

「腐乱が進んでて、死亡の原因や時期は特定できなかったらしい」

「もう一件は?」

「こっちはボイズで起きた事件で、被害者は四歳の男の子。行方不明になってから二日後にごみの埋め立て地で発見された。性的暴行を受けた形跡があり、その子自身の靴紐《くつひも》で首を絞められていた。こちらもまだ捜査は続けられている」

ジャッキーは手帳を見ながら考えこんだ。「どちらの事件も、その当時アーヌセンが近くに住んでいたわけね?」

「そのようだ。しかし両方ともかなり大きな町だからね。いまだに解決の見通しはついてない。第一、女の子のほうは事故死だったかもしれないんだ。確たる証拠がないせいで、警察も殺人事件とは断定できないでいる。ふらふら歩きまわっているうちに道に迷い、餓死した可能性も捨てきれないんだ。納屋は廃屋になっていたし、周辺には民家もろくになかった」

「アーヌセンが捜査に介入しようとした形跡はないの?」

「記録には残ってない。もしかしたら匿名で電話を入れていたかもしれんがね」

「今日の夕方、またアーヌセンに会ってくるわ」ジャッキーは腕時計を見て顔をしかめた。

「訂正。こんな時間じゃ、会いに行くのは夕食後になりそう」

「会ってどうするんだ?」

「彼にしゃべらせて反応を見るわ」ジャッキーはぼそぼそと言葉をついだ。「あの男はほんとうに変わってる。何を考えているのかわからない」

「ちょっと調子をあわせてみたらどうだ？」ウォードローはそう言いながらキーボードをたたきはじめた。

ジャッキーはびっくりした。「アーヌセンの霊感だかなんだかに従えっていうの？」

「別に損にはならないさ。本物のサイキックみたいに扱ってやるんだ。事件に関係のありそうな場所に連れていって、子どもの身に何が起きたか感じることはないかときいてみる」

「実際にサイキックに捜査の協力をさせるところなんて見たことがないわ。あなたはあるの？」

「一度だけ、この目でね」ウォードローは答えた。「数年前、若い娘が行方不明になった。年は十九で、勤務先のバーを出たあと消息を絶ったんだ。寒い冬の晩のことで、自宅はバーから七ブロックしか離れていなかった。なのに、家に帰り着くまでに煙のように消えちまったんだよ。容疑者もひとりとして浮かんでこなかった。一カ月後、警察はイリノイのサイキックを呼んだ。全米で捜査に協力している女のサイキックだ」

「それで？」

「このサイキックはどこにでもいそうなおばさんだった。奇矯なところはまったくなかった。ずんぐりした体にジーンズをはいた中年女性で、健康そのものって感じだったよ。俺たちは彼女を娘が勤めていたバーに連れていき、そこからふだん帰宅に使っていたルートをたどった。サイキックの女は歩きながら自分が受けた印象について教えてくれた」

「印象？」

「断片的なイメージがひらめくんだそうだ。娘は体をばらばらに切断されている、と彼女は言った。場所は金属製の円筒形をしたものの中、まわりは石や砂利だらけ、グレーの色が見える、とも言った」

「そりゃたいしたものね。ここらへんの冬は何もかもがグレーだわ」ジャッキーはせせら笑った。「それでどうなったの？」

「彼女がイリノイに帰って二週間ほどたったころ、俺たちは娘を発見した。体をチェーンソーで切り刻まれ、砂利採取場に放置されていたセメントミキサーの中に投げこまれていたんだ。二日後、その採取場のオーナーを逮捕した」

ジャッキーはアドレス帳をしまいながら無言で話を聞いていた。

「あれはほんとに薄気味が悪かった。あの一件で俺はかなり信じるようになっちまったよ」

「それじゃあアーヌセンの言っていることはほんとうだと思うの？」

ウォードローは少し考えてから首をふった。「疑わしいな、この男の場合はね。もしかしたらゲームでもやってるつもりなのかもしれない。だが、アーヌセンが知っていることを探りだすには、真面目《まじめ》に受けとるふりをするのが一番だろう」

「かもしれないわね。やってみるわ」

「おい、どこかへ連れていくときには俺も行くからな。アーヌセンとふたりだけで車に乗っちゃだめだぞ」

「わかった。それじゃあ明日にでもやってみましょうか？」ジャッキーは言った。「アーヌセンが承知したらの話だけど」相棒の顔をちらりとうかがい見る。

「俺は明日で構わないよ」ウォードローはキーボードをにらんだ。「独立記念日だからって、ピクニックを予定しているわけでもないしな」そこでいったん言葉を切る。「そっちは何か出たかい？　家族のほうからは？」

「あの連中の関係はほんとうに複雑だわ。相変わらず誰もが子どもを隠しているのは相手かたの一族だと思いこんでいるみたい。だけど、両家のあいだには何か目に見えない奇妙なつながりがある。アーヌセンとすらつながっているみたいなの。少なくともわたしが話を聞いたうちのふたりが、彼の顔に見覚えがあると言っていたわ。マイケルの父親とベビーシッターのヘレン・フィリップス。なんだか、流砂にどんどん引きずりこまれていくような気分よ」

「今日はリーの姉貴に会ってきたんだろう？」

ジャッキーはうなずく。

「何か出なかったかい？　たしか、扱いにくい女だとか言ってたよな？」

「ええ、だけど見た目ほどではないって気もしてきたわ。たぶん、ただ寂しいだけなのよ。でも、やっぱり……」言いかけてウォードローを見る。「それで思い出した。あなたにちょっと調べてもらいたいことがあるんだけど」

「いいよ」ウォードローは手帳を開いた。「何を知りたいんだ？」

「ハーラン・コルダーのふところ具合。ハーランは地元で開業している弁護士なんだけど、金銭的な問題をかかえていないかどうか、もしやまとまったお金を必要としているんじゃないか、誰かに調べさせてみて」

ウォードローは眉をあげ、手帳にメモした。

「子どもを救う例の組織はどうなった？」ジャッキーが尋ねた。

「きみがリーから聞いた番号に電話してみたよ。休み明けの水曜にわれわれふたりで救いの天使の話を聞きに行くと言っておいた。しかしミッチェルソン警部補が言ったように、連中は俺たちが知っている以上のことはしゃべっちゃくれないだろう」

「彼らがマイケルを隠しているわけではないと？」

「まずあの連中ではないだろうね。連中は使命感に燃えてるんだ。方法は過激だが、子どもたちの幸せを願う気持ちに嘘《うそ》はないんだろうよ。それに連中の犯行だとしたら金以外に動機が考えられないが、その線はすでにきっぱり否定されている」

「リーの言葉を信じるとすればね」ジャッキーの口調が重くなる。

「きみもいまじゃ信じているんじゃなかったのか?」

「ええ、まあ信じていいのかもしれないわね。自分の立てた計画がぶちこわしになってからは、リーもさすがに必死だわ。今度こそほんとのことを言ってるんでしょうよ」

それからふたりは黙りこみ、お互いデータのコンピューター入力に集中した。

と、突然ウォードローがうめき声をあげ、両手で顔をおおった。

ジャッキーはぎょっとして彼を見た。「ブライアン? どうしたの?」

肩が小刻みに震えだしたが、ウォードローは何も答えない。

ジャッキーはキャスターつきの椅子ごと彼に近づいた。腕に手をかけて言う。「ブライアン」

ウォードローは顔をあげ、ジャッキーを見た。その顔はひどくやつれて青ざめ、そばかすがくっきりと浮きあがっている。「なんでもない」つぶやくような声だ。「仕事に戻ってくれ、カミンスキー」

震える手でファイルをとり、ジャッキーに背を向ける。

「ちょっと、ブライアン――」

「大丈夫だ。ほっといてくれ」

「ねえ、わたしはあなたになんでも話しているわ」ジャッキーは言った。「祖母のこと、いとこたちのこと、去年大家ともめたことだって話したわ。あなたもせめて悩みぐらいは打ちあけてくれてもいいんじゃない？」

ウォードローは顔をそむけたまま、聞きとれないほどの小声で何か言った。

「え？」ジャッキーがききかえす。「聞こえなかったわ」

「セーラが俺を裏切ってた、と言ったんだよ」

ジャッキーは言葉を失って彼の肩をつかんだ。

「最近彼女のバッグの中味をチェックしてるんだ」ウォードローはいかにもしぶしぶといった感じで続けた。「今朝ものぞいてみたら……そこに手紙が……」

「まあ、ブライアン……」ジャッキーは片手を彼の体にまわしてぎこちなく抱いた。「きっと、あなたが考えているようなこととは違うのよ」

「セーラとは何カ月も前からうまくいってなかったんだ。しかし休暇をとって二週間ほどいっしょに旅行すれば、もとに戻ると思ってた。子どもを作ろうって彼女を説得するつもりだったんだ。だが、もう手遅れだったみたいだ」

「とればいいじゃないの、休暇を」ジャッキーは言った。「なんだったら、わたしがミッチェルソン警部補にかけあってあげるわ。特例で認めてもらえるかもしれない」

「誘拐事件の捜査の真っ最中にか？」

「でも、交渉次第では少なくとも――」

「彼女を尾行するつもりなんだ」ウォードローはコンピューターの画面を見すえて唐突に言った。「相手といっしょのところをつかまえてやる」

「つかまえてどうするの？」

「わからない」彼の両手がぎゅっと握りしめられた。「自分でも何をしでかすかわからない」

ジャッキーは思わず彼のショルダー・ホルスターの中の銃を見た。

その視線をたどり、ウォードローは陰気な笑い声を響かせた。「なんだい？　銃をとりあげるつもりか、カミンスキー？　俺を丸腰にするのが俺自身のためだと思ってるのかい？」

「そんなことは思ってないわ」ジャッキーは強いて穏やかに言ったが、心臓はどきどきしていた。「あなたほど頭のいい人が、そんなばかなまねをするわけはないわ」

ウォードローはまたスクリーンに視線を戻す。

「そうでしょう？」ジャッキーは言った。

「もちろんだ」ウォードローは苦々しげに答えた。「俺ほどの男がそんなばかなまねをするわけはないよ」

そう言うと暗い決意を秘めた表情で、仕事の続きにとりかかった。

二時間後、ジャッキーは食料品の入った袋をふたつかかえたまま部屋の鍵《かぎ》を捜していた。カルメンの部屋のドアが開き、ピンクのリボンに飾られたつややかな黒い頭がひょいと現れた。

「あら、こんにちは、ティフ」ジャッキーは袋を足もとに置き、本格的に鍵を捜しはじめた。

ティファニーはドアノブにつかまって、廊下に身を乗りだしている。ひとりで部屋の外に出てはいけないと言われているため、外界へのささやかな進出を試みるときにはたいていドアのどこかに体を触れているのだ。

「トニーがお食事に来るの」彼女は宣言した。

ジャッキーは鍵を見つけだし、顔をあげた。「トニーのこと、好き?」

ティファニーは大きくうなずいた。「トニーって面白いの。こんなふうに笑うのよ」そう言うとおなかに小さな手を当てて、わっはっはと豪快に笑うまねをする。

ジャッキーは顔をほころばせた。「そういう笑いかたをする人ならわたしも好きだわ。こっちまで笑いたくなってきちゃう」

「いつもあたしにお店のパンやお菓子を持ってきてくれるの」ティファニーはドアから手を離し、廊下に立って両手を広げてみせた。「見て、ジャッキー。今日はおしゃれしてるのよ」イチゴの模様がプリントされた白いコットンのシャツに、ピンクのコーデュロイのオーバーオールという格好だ。

「まるであなたのほうがお菓子みたいよ」ジャッキーはにっこり笑って歯をむきだした。「あまりおいしそうだから、いまそっちに行って、肩についてるイチゴをがぶっと食べちゃおうっと」

幼い少女は甲高い声で笑い、またドアにつかまってぶらさがるように体を揺らしながら、ジャッキーが近づいてくるのを待った。「ママが今夜はジャッキーもうちで食べましょうって。ねえ来るでしょ、ジャッキー？」

ジャッキーはティファニーを両手に抱きあげ、柔らかな頬に頬をこすりつけた。「今夜は無理だわ。食事のあと、また仕事に戻らなくちゃならないのよ。ママにはまた今度って言っておいて」

「それじゃあいっしょにピクニックに行く？」

「ピクニック？」小さな子どものぬくもりや抱き心地を楽しみながらききかえす。

「独立記念日のピクニックを川でやるのよ」ティファニーが言った。「明日トニーが連れてってくれるの。花火も見られるって。ママもトニーも、ジャッキーを誘うんだって言ってた」

ジャッキーはほほえんだ。「ふたりとも優しいのね。わたしも独立記念日は大好きよ。

特にピクニックと花火はね。だけど、明日もたぶんお仕事なの」

ティファニーは彼女の腕の中でそっくりかえり、顔をしかめた。「いっつもお仕事してるのね。つまんないよ」

「ほんとよね。さあ、そろそろ中に戻りなさい。どこに行っちゃったのかしらってママが心配するわよ」

床に下ろしてもらうと、ティファニーはピンクと白の残像を残して元気よくアパートメントの中に戻っていった。

〝どこに行っちゃったのかしらってママが心配するわよ〟

ベストにボウタイでおめかしさせられたマイケル・パネシビックが黄色いアヒルのぬいぐるみを抱きしめている姿を思い浮かべ、ジャッキーは微笑を引っこめた。

食料品の袋を中に運んで冷蔵庫にしまってから、寝室で古いグレーのジョギングスーツに着がえる。仕事着を脱ぐとほっとして、思わずため息がこぼれでた。

エイドリアン・コルダーにこのジャケットとスラックスをからかわれたことが思い出される。でも、銃を見せたらエイドリアンは感動したようだった。

今回の事件の関係者には銃に感動する人が多いみたい。ヘレンの老いた母親グレース・フィリップスでさえ銃のことをきいてきたっけ。

ジャッキーはキッチンに戻り、マッシュルームのオムレツとサラダを作りはじめた。機械的に手を動かしながら、事件の詳細を思いかえす。関係者の顔をまぶたに浮かべ、これまでに聞いた話を検討する。

またもや何か重要なことを見落としているという漠然とした感覚がよみがえり、なんとか思い出そうと記憶を探った。だが、記憶は夜明けとともに霧のかなたに消えてしまう夢の断片のように、相も変わらずつかみどころがなかった。

茶色い麻のランチョンマットとナプキンをテーブルに置き、料理の皿をのせて腰かける。ひとりぼっちの食事はひっそりと静かで、ティファニーからの夕食の誘いを受ければよかったと悔やみたい気持ちになった。

だが、カルメンとトニーはつきあいだしてまだ日が浅い。なるべくふたりだけで、いや、ティファニーもまじえ、三人水入らずの時間を過ごすべきだ。家族らしい雰囲気を育てていくために。

家族……。

ジャッキーは金曜日に祖母からかかった不穏な電話を思い出し、エイドリアン・コルダーの瀟洒《しょうしゃ》な家や心の孤独を思い、人生を無駄にしている若いいとこたちのことを考え、妻の不倫に悩む相棒の苦しげな顔を脳裏によみがえらせた。

人はみな心を結びあわせられる相手をがむしゃらに探し求めるが、いっしょになるが早いか互いに傷つけあってしまう。

ウォードローは幸せな人間などいない、人間同士の結びつきなんて当てにはならないのだと懐疑的になっている。

ジャッキーはこれまで自分の人生に他人との愛情あふれるあたたかな結びつきがあっただろうかと考えてみた。生涯変わることのない、本物の結びつき……。

もしかしてカーク・アルバソンとならそういう関係になれたかもしれない。ロサンゼルス市警で新人時代にわたしと組んでいた若き警察官。彼とはいつの間にか友達になり、やがて恋人同士になった。あのまま行ったらきっと結婚していただろうが、カークはある暑い夏の晩、暴力団の抗争に巻きこまれて殉死した。

あれからすでに七年以上たつ。いまではもう顔さえ思い出せない。でも、カークとの関係はあたたかく幸せなものではあったけれど、その関係の主たる基盤は共通のライフスタイルと性的牽引力《けんいん》でしかなかった。彼と結婚していたら、いまごろは喧嘩《けんか》ばかりしていたかもしれない。いや、それどころか離婚して、不幸な子どもがひとりやふたり、両親のあいだを行ったり来たりさせられていたかもしれない。

ジャッキーはまたマイケル・パネシビックと彼の両親のことを考えた。リーもステファンも高学歴で知性も教養もあるのに、子どもに対する責任を分かちあう方法については合意にこぎつけられず、あからさまに反目しあっている。

そして例によって、子どもがその最大の犠牲者になっているのだ。

いったいどこにいるの、マイケル？　無事でいるの？　生きているの？

ふとポール・アーヌセンの姿が目の前に立ち現れてきた。筋肉を盛りあがらせ、古いベランダの床板にバールをふるう姿が。ジャッキーはしかめっつらで考えこみながら、ランチョンマットにフォークで線を引いた。

状況が違っていたら、わたしはあの大工に心惹《ひ》かれていたかもしれない。自分と同様いくつもの民族の血が入りまじった顔だちに、大きな魅力を感じている。信じがたいほど遠く離れた国や人種からなる人々が、あの特異な男を作りあげるために寄り集まったかのようだ。それが彼の、並の男にはない謎《なぞ》めいた雰囲気の秘密なのだろう。だがジャッキーは、人間が途方もない判断ミスを犯すものだということを職業がら身にしみて知っている。特に女が男を見る目は狂いがちなものだ。

それに、アーヌセンが持っているという超能力とやらはどうなのだ？　ジャッキーの身についた習性は、ことごとくそういう能力の存在を否定している。これまでだって人の言うことをうのみにせず、常にその真偽に疑問を投げかけてきたのだ。ポール・アーヌセンが本物のサイキックだとは、一瞬たりとも信じていない。

最大限好意的に解釈したとしても、彼は警察の捜査に関与したがるのぞき趣味の野次馬でしかあるまい。むろん捜査だけでなく、想像するだにおぞましい残虐非道な行為にも――あどけない子どもをいたぶって殺すといった行為にも――関与している可能性だって捨てきれないのだ。

ジャッキーはさっきティファニーを抱っこしたときのことを思いかえした。小さな体が発する甘い匂《にお》いや笑い声、そしてはにかんだような仕草……。ティファニーはどんなに怖がるか知れない、もしも知らない男が……。

そこまで考えてうめき声をもらし、気を取り直して立ちあがる。

食器やフライパンを洗って片づけ、腕時計を見た。

ちょうど六時をまわったところだが、まだポール・アーヌセンに会いに行くには早すぎる。仕事から帰宅したアーヌセンにシャワーを浴びて食事するぐらいの時間は与えてやるべきだろう。

ジャッキーはバルコニーのドアをあけ、網戸だけにした。そしてその前の足のせ台に座ってあぐらをかき、緑化区域になっている外を見下ろした。

十代の男の子たちがだぶだぶのショートパンツにTシャツという格好で賑《にぎ》やかにタッチフットボールをやっている。

しばらく彼らを眺めたあと、ジャッキーは足のせ台のそばに置いてあった革のケースからフルートをとりだした。部品を組みたて、《グリーンスリーブス》の譜面を思い出しながら、おもむろに演奏を始める。

だが、暗譜で吹くのはすぐにあきらめ、楽譜を出すと膝にのせてもう一度最初から吹くことにした。

彼女の演奏はぎこちなくつかえがちで、気持ちよくきれいに吹けるのは数小節だけだった。そもそも練習時間をとれないのが問題なのだ。もう習いに行くのもやめている。二回に一回は休まなくてはならず、とうとう教師に匙《さじ》を投げられてしまったのだ。

いまは数日おきに短い時間でも手にとって、なんとか練習するよう心がけているが、それを習慣づけるのはやはり難しい。だが、それでも音楽は喜びをもたらしてくれる。フルートの吹奏は一種の精神的浄化《カタルシス》になっているのだ。澄んだ美しい音色が寂しさや不安を吸いとって窓の向こうの空に押し流し、やすらぎと慰めを与えてくれるかのようだ。

〝いったい何さまのつもり？〟

再びフルートを構えると、夕べの静けさを打ち破って祖母のとげとげしい声が聞こえてきた。

〝あんたったら、ジャッキー・カミンスキーはフルートが吹けるような上流階級のお嬢さまだと思ってるの？　フルートを習えば、自分もリー・メロンやバーバラ・メロン、エイドリアン・コルダーみたいなエレガントな女になれると思っているわけ？　何をしようがあんたはあんた、何も変わりはしないんだよ。まったくあわれな女だね、ジャッキー。ほんとにあわれを催すよ〟

ジャッキーはフルートを膝に下ろし、空を見つめた。

わたしは何にだってなりたいものになれるのよ。心の中で祖母に向かってそう言いかえす。お祖母ちゃんはいつだってそうやってわたしを嘲《あざけ》り、傷つけたものだけど、もうその手には乗らないわ。

口もとを引きしめ、またフルートを構えて吹きはじめる。だが、その調べは弱々しく不安定だった。

ジャッキーはそれから長いこと練習した。祖母の冷笑的な顔が遠ざかり、《グリーンスリーブス》がそこそこ吹けるようになるまで練習した。

そして七時前にようやくジーンズと赤いチェックのシャツに着がえ、薄手のデニムのジャケットをはおった。どれも着古され、何回も洗濯したせいで色があせている。銃と手錠を腰につけ、ジャケットでそれがちゃんと隠れるのを確かめると、ジャッキーはアパートメントを出た。

# 15

玄関口に出てきたのは小柄でぽっちゃりした皺《しわ》だらけの女だった。油断のない青い目、髪は目の覚めるような黄色がかったオレンジに染めている。ブルーのベロアのジョギングスーツに身を包み、プラスチックの花がついたサンダルをはいている。

「ミセス・レドラーですね？」

ジャッキーは身分証明書のフォルダーを見せた。

「スポケーン市警のカミンスキー刑事です。ミスター・アーヌセンにお会いしたいんですが」

女は敵意のみなぎる目でじろりとジャッキーをねめつけた。「あんたたちはなんでいつまでもあの人を追いかけまわすのよ。ポールは何もしちゃいないわよ」

「わかってます」ジャッキーは警察の決まり文句を口にした。「ミスター・アーヌセンには捜査にご協力いただいているだけです」

ミセス・レドラーはドアフレームにつかまったまま、重心を片足からもう一方の足に移した。

「しょうがないわね」ようやく言い、不承不承わきによける。「彼は地下よ。さっき帰ってきたところ」

玄関の中に足を踏み入れると料理とワックスの匂《にお》いがした。あけっぱなしのドアの向こうは大家の住まいらしく、地階には階段を下りていくようになっている。

「そっちよ」ミセス・レドラーは階段を指さした。「右側の最初のドアが彼の部屋」

「ほかにもふたつ、ドアがありますね」ジャッキーは言った。「間借り人は彼だけではないんですか？」

ミセス・レドラーはかぶりをふった。「ポールだけよ。あのドアは浴室と洗濯室」

「どうも」ジャッキーは機械的に笑顔を作り、狭い階段をくだりはじめた。大家の女はその場に立って、じっとジャッキーを見ていた。

薄暗い地下に下りると、ジャッキーはノックして応答を待った。間もなくドアが開かれ、ポール・アーヌセンが現れた。足は裸足《はだし》だが、ジーンズに白いランニングシャツを着て、胸毛や筋肉の発達した肩をあらわにしている。シャワーを浴びたばかりなのか、濡《ぬ》れたブロンドの髪にはきちんと櫛《くし》目が入っていた。

ジャッキーを見ると、彼は目をまるくした。「やあ、刑事さん。近くまで来たんで寄ってみたってことかな？」

「まあね。入れていただける？」

「断ることもできるのかい？」

「もちろん」ジャッキーは落ち着き払って言った。「もういい加減にやめましょう。わたしは協力を頼んでいるだけなんだから」

ポール・アーヌセンは体を引き、中に入るよう手ぶりで示した。ジャッキーが入ると、彼はドアを閉めた。そのとたんジャッキーは彼とふたりきりになったことを強く意識させられた。彼の大きさ、たくましさ、あらけずりな力強い雰囲気がひしひしと感じられるようだ。

遅ればせながら、ポール・アーヌセンとふたりだけになるなというウォードローの忠告が思い出された。

でも、このケースは違う。ジャッキーは自分自身にそう言い訳した。ここは車の中ではない。すぐ階上には人がいるのだ。

「緊張してるのかい？」アーヌセンがジャッキーを見つめて言った。

「まさか」ジャッキーは椅子のひとつに腰かけ、室内を見まわした。

キッチンは彼女の家のキッチンと同じくらい片づいていた。レンジにかけられた鍋《なべ》の中で何かがぐつぐつ煮えており、テーブルにはひとり分の食器がきちんとセットされている。水のグラスや折りたたんだペーパーナプキン、揃《そろ》いのパン皿まで出ている。

「ずいぶんきちんとしてるのね」ジャッキーはびっくりして言った。

「ひとり住まいの人間は常にきちんとしてないと、じきに豚みたいな暮らしぶりになっちまうからね。ちょっと失礼」

彼がキッチンから出ていき、別の部屋でごそごそ動きまわる音、引き出しを開閉する音が聞こえた。ジャッキーはそのあいだにさらに室内を観察した。

キッチンの床は黄色いリノリウムで、真ん中あたりがすり切れかかっている。キャビネットは白。調度品も装飾品もない簡素なキッチンで、壁にかかっているカレンダーが唯一の飾りだ。カレンダーの写真の中では、馬の群れが夕日の沈む空をバックに、たてがみや尾をなびかせて走っている。

「すてきな写真」白いソックスと清潔な白いシャツを身につけて戻ってきたアーヌセンに、ジャッキーは言った。

「馬は好きかい？」彼はテーブルにもう一枚ランチョンマットを敷いた。

「どうぞお構いなく。食事はすませてきたわ」

「それじゃあコーヒーでも？」

「ありがとう」

彼は自分の皿にシチューをよそい、パン皿にパンをのせてからコーヒーのマグと砂糖とクリームを出した。

「馬のことはあまり知らないの」ジャッキーは言った。「じつのところ、ロスで暴動の警戒にあたったときを別にすれば、近くで見たこともなくて」

アーヌセンは物思わしげにジャッキーを見つめた。その暗く鋭い目はこちらの心を射抜かんばかりだ。彼の超能力には疑問があるにせよ、わたしの心の奥底をのぞきこむ能力はありそうだ、とジャッキーは落ち着かない気分になる。

実際、これまで彼女が遭遇した殺人犯の大多数がこういう目をしていたものだ。こんなふうに値踏みするような冷たいまなざしを他人に向けられるのは、怜悧《れいり》な頭脳に良心の欠如が結びついた結果だろう。

ジャッキーはテーブルの下で銃のホルスターに触れ、それから目の前の男に威圧されまいと両手の指をかたく組みあわせた。

「捜査のほうはどうなってる？」テーブルにつき、食事を始めながらアーヌセンが言った。労働者階級らしい外見に似あわず、彼のテーブルマナーは驚くほど洗練されている。

「たいした進展はないわ」ジャッキーは彼がパンにバターを塗るのを見ながら答えた。「どの線を追っていっても空ぶりに終わってしまう」

アーヌセンは彼女のほうに砂糖壺《つぼ》を押しやった。クリーム入れと同様淡いブルーの陶器の壺だが、縁に一箇所ひびが入っているのを接着剤で巧みにくっつけてある。

「砂糖は？」

「ブラックで結構よ。この壺、すてきね」

「母のものだったんだ。母の形見はもういくらも残ってない。このティーセットと皿ぐらいだ」

「お母さんはあなたが子どものころに亡くなっているのよね？」

彼の表情が厳しくなった。「ぼくのこと、ずいぶん調べあげたようだな」

「まあね。不愉快？」

アーヌセンは立ちあがり、冷蔵庫からラップのかかったトマト・スライスの皿をとりだした。「ああ、不愉快だね」

「なぜ？」

「プライバシーを大事にしたいんだ。知らない人間に過去のことをかぎまわられるのは好きじゃない。それがそんなに不思議なことかい？」

ジャッキーは彼がトマトをシチューの皿の端に並べるのを見守った。「わたし、あなたの霊能力に関心があるの」つとめてさりげなく言う。「どんなふうにその能力が働くのか教えてもらえない？」

アーヌセンの肩に力が入り、顎がこわばった。「悪いが、その話は忘れてくれないか？警察相手によけいなことを言ったと後悔してるんだ。だからもう何もきかないでくれ。頼む」

彼の顎から絆創膏《ばんそうこう》が消えていることにジャッキーは突如気がついた。絆創膏が貼《は》られていたところには、二センチもありそうな赤黒いかさぶたができている。

「すごい傷だわ」ジャッキーは言った。「ずいぶんざっくりやったものね」

「血がだらだら出たよ。あのときはほんとうに往生した」

ジャッキーはコーヒーをすすり、アーヌセンは立ちあがってシチューのおかわりをよそった。「おいしそうだわ。自家製?」緊張をやわらげようとして問いかける。

「コーラが週末に作ったんだ。大きな鍋にたっぷり作り、ぼくのために数皿分を冷凍してくれた。ミセス・レドラー。彼女の料理は絶品だよ」

「ミセス・レドラーのことね?」

「そうだ」

「それも賃貸契約に含まれてるの?　部屋だけでなく、食事も提供してもらうことになってるとか?」

「正式に取り決めてあるわけじゃない。ぼくがこの家の修繕をやってあげてるから、ときどき料理を差し入れてくれるんだ。なかなかいいあんばいだよ」

「ミセス・レドラーはあなたが気に入ってるみたいね」

「友達だからね」アーヌセンはまたパンをひと切れとった。

ジャッキーは咳払《せきばら》いした。「あなたの能力についてなんだけど、わたしが立場上いろいろ質問しなければならないのは理解してもらえるでしょう？　知らん顔していたら職務怠慢になってしまうのよ。マイケル発見の手がかりになりそうなものには片っ端から当たってみなければならないの」

「マイケルの母親はどんな様子だい？」アーヌセンは尋ねた。

「どういう意味？」

「あれからどうしてる？　だいぶ参っているのかな？」

ジャッキーの胸の中で怒りが熱くたぎりだした。

ポール・アーヌセンがマイケルの誘拐にかかわっているのだとしたら、リー・メロンの苦悩を語って彼を喜ばせるなんてもってのほかだと思う。だが、いまはまずマイケルの安全を第一に考えるべきであり、自分自身の感情は抑制しなければならない。

「ええ、そうとう参っているようだわ。事件が起きてからはろくに寝てないんじゃないかしら。いつ会っても泣いてばかりだし、すっかりやつれてしまったわ」

アーヌセンの顔がすっと遠のき、何を考えているのかわからなくなった。「ぼくの能力がどのように働くのかは自分でもわからないんだ」唐突に語りはじめる。「とにかく出てくるとしか言いようがない」

「イメージが？　瞬間的イメージとか言ってたわよね？」

「そうだ」彼はしぶしぶ言う。

「知らない人物に関するイメージが出てくるの？」

「そういうときもある。自分ではもうなるべく考えないようにしてるんだ。今回警察にわざわざ言いに行ったのは、ぼくが……ぼく自身が動揺してしまったからなんだ。あの子はひどく怖がっているようだった」

「ねえ、ひとつあなたに協力してもらいたいことがあるんだけど」ジャッキーは砂糖壺のひびを指先でなぞった。

「どんなこと？」

「明日、市の南部の農場に行く予定なの。マイケルのお祖父《じい》ちゃんとお祖母《ばあ》ちゃんが住んでいる農場なんだけど、参考までにその農場内を捜させてもらうことになってるのよ。それにあなたもつきあってもらえない？」

アーヌセンは驚きの表情を浮かべた。「ぼくも？　なんのために？」

ジャッキーは彼の視線をしっかりと受けとめた。「ひょっとして何か手がかりになりそうな……イメージがひらめくかもしれないでしょう？」

アーヌセンはまた不穏な険しい表情になった。「ひょっとしてぼくをあちこち引っぱりまわすつもりなのかい、刑事さん？　だとしたら迷惑な話だ」

ジャッキーは彼の節くれ立ったたくましい手や顎のかさぶた、シャツの袖《そで》からのぞく盛りあがった筋肉を見た。

「最近ではあちこちの警察がサイキックの協力をあおいでいるわ」強いて平静に言う。「じつのところ、かなり日常的なことになっている。だからあなたにも協力してもらえないかと思ったの。だって……」

彼はバターナイフを握りしめたまま、ひたとジャッキーを見すえている。

「ひとつには――」ばかばかしさを感じつつもジャッキーは続けた。「あなたはマイケルが連れこまれた場所に何やら……鶏みたいなものがあるって言ってたわ。明日行く農場にはまさに鶏がいるのよ」

「鶏を見せるため、ぼくをわざわざ田舎に連れていこうっていうのかい?」

ジャッキーはここで別の手に賭《か》けてみることにした。「ねえ、わたしがこの先出世するためには、この事件を解決しなければならないのよ。刑事になってからこんな大事件を手がけるのは初めてなの。いままでは家出少年や盗難車の捜索がほとんどだったわ。だからあなたが協力してくれると、ほんとうに助かるの」

どうやらこれが正しいアプローチだったようだ。アーヌセンにとって、他人の人生に影響をおよぼす重要人物になれるのは快感なのだ。

それもまた性犯罪者の特徴と合致する。

ともあれ彼は同意のしるしにうなずくと、食事の続きにとりかかった。「わかった」口の中のシチューをのみこんで言う。「時間は?」

「よかったら明日の九時ごろ、わたしたちがここまで迎えに来るわ」

「わたしたち？」

「わたしの相棒のウォードロー刑事も同行するのよ」

「なるほど」アーヌセンは謎《なぞ》めいた表情で言った。「きみもウォードロー刑事も休みをとらないのかい？　明日は独立記念日だよ」

「大事件の捜査の真っ最中よ、祝日だからって休むわけにはいかないわ」

「だろうな」

ジャッキーは立ちあがって椅子を引いた。アーヌセンもすかさず立ちあがり、テーブルの横にたたずむ。初対面のときと同様、古風と言ってもいいような礼儀正しさだ。

「もう失礼するわね」ジャッキーは言った。「まだいろいろとやることがあるもので」

「どんなこと？」アーヌセンが尋ねた。

ジャッキーは彼の顔を見た。

「今度は何をやろうっていうんだい？　婦人警官が夏の夜八時にどんな用事があるんだい？」

「署に戻らなければならないのよ」ジャッキーは言った。「メモをタイプし直して、書類を作成し、捜査資料に新たな情報を書き加える」

アーヌセンはじっとジャッキーを見た。そのまなざしに、ジャッキーはまたもや魂の奥底までのぞきこまれているような気がし、子どもみたいにもじもじしたいのをぐっとこらえなければならなかった。

と、彼の表情がやわらいだ。

「きみもぼくと同じく孤独なんだね、カミンスキー刑事？　この世で親しくしている相手がひとりもいない」

「そんなことはないわ」ジャッキーは静かに言った。「職場にも私生活においても、いい友達がいるわ。それに家族も……」

言葉が尻すぼみになったのは、面白がっているような彼の顔に気づいたからだ。

ジャッキーはバッグをつかみ、「それじゃあ明日の九時に」とつぶやきながら戸口に向かった。部屋の外に出ると逃げるように階段をのぼり、まだ明るい夕べの戸外に出ていく。

乱暴にギアを入れて車を発進させながら、彼女は心の中でつぶやいた。まったく我慢ならないわ。ポール・アーヌセンみたいに非情なまでに不気味な洞察力を持った男には、とてもじゃないが耐えられない。だが、最悪なのは彼の冷笑的な態度や威圧的な雰囲気ではない。何より耐えられないのは、彼女の生活がいかにむなしいものかを知ったときの、驚きといたわりに満ちた表情なのだ。

市には北西分署に一日二十四時間職員をつめさせておくだけの予算がないため、勤務時間後の電話は本署が受けるようになっていた。おかげで夜に仕事する分には、分署は快適な場所となる。いまジャッキーは、同僚の会話やマッチョ警官のからかい半分の誘いかけにわずらわされることもなく、刑事部屋をひとりで占領していた。ランチルームでポットにコーヒーを作り、戸棚を引っかきまわしてかびくさいクッキーのパックを探しだすと、彼女はデスクの前に腰を落ち着けて今日の聞き込みの成果をコンピューターに入力しはじめた。

マイケル・パネシビックが姿を消してまだ三日しかたっていないなんて信じられない気がする。それ以上に信じられないのは、リー・メロンが自分の仕組んだ計画につまずいてヒステリックに電話してきたのがつい今朝方だったということだ。

一日一日がまるで一週間ほどにも長く感じられる。しかも、担当者がなんらかの事故にあうなり病気になるなりした場合でも捜査が支障なく続けられるように、情報はすべて細部にいたるまで記録にとどめておかなければならない。

キーボードをたたきながら、ジャッキーはまたしてもすべての謎を解いてくれるはずのつむじ曲がりな情報の断片をなんとかつかまえようと四苦八苦した。だが、それは相変わらずとらえどころがなく、ただいらいらがつのるばかりだった。

とうとう窓の外が暗くなり、コーヒーポットも空になると、デスクの上を片づけ、椅子の背もたれに寄りかかって凝った筋肉を伸ばした。それからバッグとジャケットをとり、戸締まりを確認したうえで署の建物を出た。

警察車輌《しゃりょう》ではなく自分の車に乗りこんだものの、まだ帰宅する気分ではない。ジャッキーは二時間ほどかけ、マイケル・パネシビックが黄色いアヒルのぬいぐるみを持ったまま姿を消したショッピングモールからポール・アーヌセンが犬を轢《ひ》いた町はずれのほうまで車を走らせた。

その後はゴンザーガ大学のひっそりした構内を通りぬけ、川を渡ってサウス・ヒルに向かった。メロン邸は高価な分厚いカーテンの向こう側にうっすら明かりがともっていた。最後にイースト・スプレーグにまわり、翌日ポール・アーヌセンを連れていくルートをたどってパネシビック家の農場をめざした。

明日のことを考えると、なぜか気持ちが落ち着かなくなる。ウォードローも同行するのだからアーヌセンを恐れる理由はないはずだが、覆面パトカーの後部座席に彼を乗せるなんて、大きな猛獣を同乗させるみたいで、なんともおかしな気分になってくる。

ミロスラブ・パネシビックがアーヌセンに対してどんな反応を示すかは予測がつかない。ましてや、孫の事件にアーヌセンがかかわっていると疑いを抱いた場合には。

しかし、警察としてはなんとか突破口を開かなければならない。通常の捜査方法ではこの事件は解決できないのだ。ここまで来たら少しばかり鍋を揺さぶって、何が浮かびあがってくるのか確かめるべきだというのが捜査員の一致した考えだった。

パネシビック家の農場まで行くと、ジャッキーはようやく市の中心部に戻りはじめた。ハンドルを握りしめ、前方を注視しながらも、頭の中で今後やるべきことを確認する。

まずバーバラ・メロンにもう一度会わなければならない。あの老婦人には何かある。特に家政婦のモニカとの関係が気になる。

モニカ本人からも話を聞くべきだろう。雇い主のいないところでなら、彼女ももっと気楽にしゃべってくれるかもしれない。

あの気の毒なオールデン・メロンだって、口を開かせれば何か参考になることを知っているかもしれない。それを聞くためにはまず妻のバーバラを、彼とふたりだけで話をさせてくれるよう説得しなければならないが。

それからリーとステファンにもそれぞれもう一度、前回の話のおさらいをさせてみたい。ひょっとしたら食い違いや矛盾が出てくるかもしれない。

水曜にはウォードローとともに、リーが接触した組織の連中に揺さぶりをかけに行く予定だが、たぶんこの線からは何も出てこないだろう。

あとは波乱に富んだ過去と金持ちの夫を持つエイドリアン・コルダーがいる。この夫ハーラン・コルダーにはまだ会っていないから、水曜には是が非でも連絡をつけなければならない。

それからステファンの弟ザーンとその妻ミーラ。あの政治狂のミーラはリー・メロンに反感と敵意を抱いているようだし……。

ジャッキーは赤信号でブレーキをかけ、なにげなく窓の外を見た。そして次の瞬間はっとした。

このあたりはストリップクラブやマッサージパーラーなど、いかがわしい店の多い地域だ。もう日はとっぷりと暮れ、ひび割れた舗道をどぎついネオンの光が照らしだしている。

近くの曲がり角の街灯の下に立っていた女が、廃屋になっている暗い店の中にさっと引っこんだ。

興味を引かれたジャッキーは次のブロックに車を進めると路肩で停止し、化粧を直すふりをしてバックミラーを見た。

女はまたおずおずと店から出てきて、街灯の下にたたずんだ。ジャッキーはその姿を観察し、最初の勘が当たっていたことを確かめた。二日ほど前、ガソリンスタンドのそばで見かけた娘に間違いない。

黒い革のミニスカートとホルタートップにハイヒールというセクシーな格好をしているけれど、あれはまだほんの小娘だ。せいぜい十五、六といったところか。

暗めのブロンドの髪は逆毛を立ててくしゃくしゃとふくらませている。ホルタートップは幼い胸のふくらみがのぞけるように、スカートのウエストにぎゅっとたくしこんである。全体の印象はみだらで挑発的だが、すねたような口もとやぎくしゃくしたぎこちない体の動きがいかにも子どもっぽい。

街灯の下で背伸びしたポーズをとりつつも、通りかかった車がスピードを落とすと、あたふたと暗がりに引っこんでしまう。

怖がっているんだわ、とジャッキーは胸を締めつけられる思いがした。自分を買ってくれる男を引っかけようとしながら、車がとまりかかるたびに慌てて身を隠す。

ジャッキーがそのブロックを二度ほどゆっくりと流して観察するあいだ、少女はよろよろと街灯の下に出てはまた店の中に逃げこんだ。

ついにジャッキーは車をとめ、暗い店のほうに歩いていった。

「あなた、名前は？」と声をかける。

闇《やみ》の中で見えるのはくしゃくしゃの髪と恐怖を宿して光る目だけだ。

「なんなんだよ、あっちに行けよ」

「あまりお行儀のいい口のききかたじゃないわね」ジャッキーは穏やかに言った。「いらっしゃい。車に乗りましょう」

「なんだっていうんだよ。あんた、レズビアン？」

「わたしは警官よ」ジャッキーはバッジを見せた。「さあ、こっちに来なさい」

「ちきしょう」少女はうんざりしたようにつぶやいて店から出てきた。ばかみたいに高いハイヒールに足をよろめかせ、ころびそうになるのをジャッキーが腕をつかんで支えてやる。

「薬をやってるの？」ジャッキーは尋ねた。

「やってないよ。何も悪いことはしてないんだから、逮捕なんてできないからね」若すぎる娼婦《しょうふ》はホルタートップを直して胸もとを隠すと、スカートの裾《すそ》を神経質に引っぱった。

「逮捕はしないわ。ただ話を聞きたいだけ」

ジャッキーは車のドアをあけてやり、中に乗りこんだ少女はふくれっつらでフロントガラスをにらみつけた。

ジャッキーは車の前をまわりこんで運転席に身をすべりこませ、車内灯をつけて助手席の少女に向き直った。

「あら」思わずつぶやく。「年はいくつなの？」

「十九だよ」

ジャッキーは世の男たちに対し、いや、こんな子どもを町に立たせて身を売らせている社会全体に対し、激しい憤りが胸を焦がすのを感じた。少女が声をもらすほどの力で、そのむきだしの腕を強くつかむ。

「もう一度きくわ」食いしばった歯のあいだから言葉を押しだして詰問する。「年はいくつ？」

少女はジャッキーの手をふりほどき、両手で顔をおおって泣きだした。幼児のような泣きじゃくりかただ。

ジャッキーは車内灯を消し、しばらくのあいだ無言で少女を泣かせておいた。

「さあ、最初からやり直しましょう」さっきよりは優しい口調で言う。「年はいくつなの、ハニー？」

「じゅ、十四」少女は小声で答えた。

# 16

「名前は?」ジャッキーは尋ねた。

またかたくなな沈黙。明滅する赤とグリーンのネオンに繊細な横顔をさらしながら、少女はフロントガラスをじっとにらんでいる。

ジャッキーはため息をついた。「それじゃあ本名じゃなくてもいいから。ね? 何か適当な名前を考えて。このままじゃ、なんて呼んだらいいのかわからないわ」

「サンディ」少女はジャッキーを見ようともせずに言った。

「ほら、簡単なことでしょ? わたしの名前はジャッキーよ。さっきはあそこで何をしていたの?」

反応なし。

「ねえ、あなた、この一角では働けないわよ」

「あたしは何もしてないよ」

「そりゃよかったわ。ここらの地区はちゃんと受け持ちが決まってるんだもの。つまりプロの縄張りなの。あなた、客引きはついているの？」

とたんに少女がジャッキーのほうを向いた。アイラインやシャドーをこってり塗った青い目が、驚きと恐怖をたたえて見開かれている。

「やっぱり知らなかったのね。このあたりじゃフリーでは働けないのよ、サンディ。そんなことをしたら袋だたきにあっちゃうわ」

「フリーでは働けないって……？」

ジャッキーはまた吐息をもらした。「客引きと組まなければ商売はできないということ。怖いお兄さんが客からお金をとって、そのうちのごく一部を娼婦《しょうふ》に払うのよ。あなたひとりで勝手に商売したら、ほかの娼婦にたたきのめされちゃうわ。彼女たちのリンチが手ぬるい場合には、客引き連中が最後の仕上げをするでしょうよ」

サンディは助手席のドアに体を押しつけ、顔をそむけた。

むきだしの肩が震えているのを見ると、ジャッキーはデニムのジャケットを脱いで放《ほう》ってやった。

「着なさい。そんな格好じゃ風邪を引くわ」

サンディは少し躊躇《ちゅうちょ》してからジャケットをとり、そのあたたかさにひたるように両手で抱きしめた。「あたしは……娼婦じゃないわ」ようやくぽつりと言う。「あたしはまだ……」言葉を切り、顔をしかめ、唾《つば》をごくりとのみこんでジャケットを抱きしめる。「まだ二回しかやってない。先週始めたばかりだから」

「いったいどうしてこんなことを始めたの？」

「おなかがすいてたのよ。だから仕方なく」

ジャッキーはギアを入れ、車をスタートさせた。

「どこに行くの？」サンディがぎょっとしたように言った。

「うちよ」

「なんのために？」

「さあね。あなた、家出してきたの？」

返事はないが、少女は口もとをこわばらせ、またジャケットを抱きしめた。

「いいわ」ジャッキーは言った。「言いたくないなら、その話はやめておきましょう」

「あたしをどうするつもり？　うちには帰らないよ。うちに帰るくらいなら死んだほうがましだわ」

「今夜みたいなことを続けていたら、ほんとうに死んじゃうわよ」

「死んだっていい」

「よくない。まだ生きていたいでしょう、サンディ？　現に今夜だって、飢え死にしたくなかったからそのへんの変態男に体を売ろうとしてたんでしょう？」

サンディはまた身を震わせて泣きだした。マスカラが流れて頰を汚し、顎からしたたり落ちる。

ジャッキーはサイド・コンパートメントからポケットティッシュを出し、少女のほうに突きつけた。「顔を拭《ふ》きなさい。わたしのジャケットをしみだらけにしないでよね」

サンディはしゃくりあげながらやみくもに手を伸ばしてティッシュをとり、顔を拭きはじめた。「最低だったわ」涙がおさまると、つぶやくように言う。「あの男たち……最低だった」

「そりゃ最低に決まってるわ。金で子どもの体を買おうなどというやからは最低の豚野郎よ。でもね――」ジャッキーは洟《はな》をかんでなおも顔を拭きつづける少女を見ながら、語調をやわらげた。「世の中の男がすべてそうだってわけじゃないのよ、サンディ。あなたみたいな子どもを傷つけるくらいなら死を選ぶって男だってたくさんいるわ。ただ、あんなところに立ってても、そういう男は見つからない。ただそれだけのことよ」

少女はまた身をちぢめて黙りこみ、ジャッキーは車頭を北にめぐらしてアパートメントに向かった。

二度ほど助手席に目をやると、サンディは疲労困憊《こんぱい》しているのか目をあけているのもつらそうだった。ドアに寄りかかり、口を半開きにして、荒く息をついている。

「夜はどこで寝ていたの？」

「どこでも眠れるところで。ゆうべは近くにあった段ボールのトンネルみたいなところで過ごしたけど、怖くて全然眠れなかった。お金はちゃんと持ってたんだよ。前の晩に……その……」

「いいのよ」ジャッキーはさえぎった。「で、そのお金はどうしたの?」

「ナイフを持った男が……金を出さないと殺すって……」サンディの唇がまたわななきだした。

「やめなさい。もう泣かないの」ジャッキーはそう言ってアパートメントの下の屋根つき駐車場に車を入れた。「ここがうちよ。食事とお風呂の用意をしてあげるから、今夜はゆっくり休みなさい。あとのことは明日考えましょう」

サンディは言いかえす気力もないようだ。ジャッキーのあとから中に入ってエレベーターに向かう。肩にデニムのジャケットをかけ、ハイヒールは脱いで裸足《はだし》になっていた。

「何か作ってあげるわ」部屋に入るとジャッキーは言った。「そのあいだにお風呂に入りなさい。着がえはわたしのを貸すわ。丈は長すぎるでしょうけど、それ以外はちょうどいいと思うわ」

少女の緊張をほぐしてやるためにしゃべりつづけながら浴室に案内し、湯のコックをひねる。それからストロベリーの匂《にお》いのバブルバス用入浴剤をバスタブにたっぷり振り入れ、タオルを出すと、寝室からジョギングスーツとコットンのショーツとソックスをとってきて脱衣かごに入れた。

サンディはバスタブのそばで体をふらつかせながら、熱い湯が渦を巻いてふわふわと泡立っていくのを見下ろしていた。

「いい匂い」

逆毛を立ててかためた髪や滑稽《こっけい》なほど厚化粧を施した幼い顔、そして悲しくも挑発的な服装を天井の照明が容赦なく照らしだしている。

この少女はおぞましい地獄をくぐりぬけてきたのだ。だが、それでも客引きや麻薬の売人の魔手からはなんとか逃げおおせ、精いっぱい虚勢を張ってふてぶてしい態度を保っている。

自分自身の少女時代がいやおうなく思い出され、ジャッキーは彼女を抱きしめてやりたいのを必死にこらえなければならなかった。

「化粧もきれいに落としなさい」きびきびと言う。「あなたの顔、まだタヌキみたいよ。だけどうちのタオルで拭くんじゃなく、ちゃんと洗って落としてよね」

そう念を押し、シャンプーとハンドローションとドライヤーを揃《そろ》えてやってからキッチンに行った。冷蔵庫の中を引っかきまわすとチリの残りがあったので、マカロニをゆで、サラダを作る。テーブルに料理を並べていると、サンディがおずおずとキッチンに入ってきた。その姿は先刻までとは別人のようだった。

洗って乾かした髪はきちんとくしけずられて横分けにされ、つややかな金色の流れとなって肩にかかっている。化粧も落とされているし、ジャッキーの紺のスウェットパンツは足首のまわりでだぶついている。まるでお兄さんの服を拝借した女子中学生だ。

ジャッキーはまた世の中全般に激しい憤りを感じた。

「座って食べなさい」無表情に言う。「ソファーにあなたの寝床を作ってくるわ」

少女が見られているという意識を持たずに食事できるよう、さっさとキッチンから出ていって、折りたたみ式のソファーを広げ、毛布と枕《まくら》の用意をする。やがてキッチンに戻ると、汚れ物を片づけはじめた。

すでに皿は空で、まるで拭きとったようにきれいになっていた。サンディはミルクを飲み干すところだった。

「ごちそうさま」しつけのいい子どもみたいな口調で言うと、グラスをテーブルに置く。

「とってもおいしかった」

「それだけおなかがすいていれば、なんでもおいしく感じられるんでしょうよ」

少女はうつむき、テーブルに目を落とした。豊かな髪が顔の両側でカーテンのようにしだれ落ちる。「ほんとうに警察官なの?」彼女は言った。

「ええ、そうよ」

「でも、制服を着てないよ」

「わたしは刑事なのよ。仕事のときも私服なの。じつは――」ジャッキーはつとめてさりげなく続けた。「明日も早くから仕事に出なくちゃならないの。その時間にはあなたはまだ眠っているかもしれないし、わたしの帰りは何時になるかわからないから、鍵《かぎ》をテーブルの上に置いていく。そうすればあなたも散歩とかに出られるでしょう？」

疲れきっているにもかかわらず、サンディは目をまるくして茫然《ぼうぜん》とジャッキーを見つめた。

「あたしをここに残して出かけるの？　心配じゃないの？」

「何が？」

「あたしが……あたしが何か盗むんじゃないかとか、悪い仲間を引っぱりこんでこの部屋をめちゃめちゃにしちゃうんじゃないかとか――」

「あなたがそんなことをするわけはないわ」ジャッキーは言った。「さあ、もう寝なさい。もう半分死んだような顔をしてるわよ」

サンディはジャッキーのあとから居間に入り、寝心地よく整えられたソファーを見下ろした。その目がみるみるうるみだす。「あたし……なんて言ったらいいのか……」すがりつくような目でジャッキーを見る。「こんなに……よくしてもらって」

「何も言わなくていいのよ」ジャッキーは毛布をめくって少女をそっと横たわらせた。「ぐっすり眠りなさい。テレビのリモコンはコーヒーテーブルの上よ。冷蔵庫には食べ物が入ってるし、本棚には本もある。明日出かけるときには、着るものももう少し出しておいてあげるわ。食事は適当に作って食べてね」

「あたしがここから逃げだしたら、外を捜しまわる?」少女は顎まで毛布にうずめて言った。ブロンドの髪を枕に広げ、疲労のにじんだ青い顔でジャッキーを見つめる。

「いいえ」ジャッキーは答えた。「ここから逃げだしたら、あなたはまたひとりぼっちになるのよ、ハニー」

「あたしが逃げなかったらどうするの?」

「まだわからないわ。今後のことについてはあとで話しましょう。家に帰りたくないんなら、住むところも探さなければならないし」

「家になんか帰らないわ!」サンディは興奮して顔を引きつらせた。「あんな家、もう絶対帰らない。だってママの再婚相手が――」

「わかったわ」ジャッキーは優しく言って、サンディの髪を額からかきあげてやった。「その話はやめましょう。それに、あなたに黙って今後のことを勝手に決めたりはしないわ。約束する。それならいいでしょ?」

サンディはうなずき、目をとじた。まぶたは薄く、幼児みたいに静脈が青く透けている。

ジャッキーは彼女の髪を撫《な》でつづけた。「ぐっすり眠るのよ、お嬢ちゃん」

やがて立ちあがり、明かりを消すと、忍び足で寝室に向かった。

「それできみが今朝家を出たときには、その子はまだ眠ってたのか？」ウォードローがあきれたようにジャッキーをまじまじと見た。

ジャッキーはうなずき、ハンドルを握りしめて前方に視線を戻した。彼女が運転する車はいま高速道路の下を通り、ポール・アーヌセンが住んでいる地域に向かって走っていた。

「熟睡していたわ。きっとこの八時間、寝返りひとつ打たなかったでしょうね」

「どうかしてるよ」ウォードローはシートに体を沈め、頭をヘッドレストにもたせかけて突き放すように言った。「ほんとにどうかしているよ、カミンスキー」

「どうして？」

「どこの馬の骨とも知れない子どもをアパートメントに置いてくるなんてむちゃくちゃだ。名前も知らないんだろう？」

「本人が名乗った名前以外はね。だけど今朝、署で行方不明の子どものファイルに目を通してみたら、どういう名前でも彼女に該当しそうな子の届けはなかったわ」

「ほら見ろ。家族さえ届けを出してないんだ。ひょっとしたらプロのこそ泥かもしれないぜ」

「だとしても心配することはないわ」ジャッキーは快活に言った。「あのアパートメントにとられて困るようなものはないし」

ウォードローは助手席に体を沈め、いらだったようにアームレストを指でたたいた。

ジャッキーはちらりと彼を見てから、再び運転に集中した。

ふたりを乗せた車はまばゆい朝日の中、パトカーを一台従えてひた走っている。そのパトカーに乗っているふたりの制服警官は、表向き農場の捜索チームの一員ということになっているが、じつはパネシビック一族の目にポール・アーヌセンの同行がなるべく奇異に映らないようにという配慮から連れてきたのだ。

ジャッキーはコーラ・レドラーの家の前で車をとめ、腕時計を見た。「彼、時間までには支度しておくと言っていたわ」まだ仏頂づらのウォードローに言う。

ウォードローは大儀そうに体を起こした。「俺《おれ》がチャイムを鳴らして連れてくる」

「いや、もうちょっと待って――」ジャッキーが言いかけたとき、玄関のドアが開いてアーヌセンが出てきた。

チェックのシャツを着てジーンズとブーツをはき、ベースボールキャップを目深にかぶっている。

「こんにちは」ジャッキーは近づいてきた彼に声をかけた。彼は後部座席のドアをあけて乗りこんだ。「ミスター・アーヌセン、こちらはウォードロー刑事よ」

アーヌセンは無表情にウォードローを一瞥《いちべつ》し、それからふりかえって後ろのパトカーを見た。

ジャッキーは車を出し、角を曲がって高速道路の入り口に向かった。アーヌセンは後部座席でくつろいでおり、ウォードローは石のように黙りこくって窓の外を眺めている。ジャッキーがバックミラーに目をやると、アーヌセンはじっと彼女を見ていた。キャップのつばの下の黒っぽい目はなんとも読みとりがたい表情をたたえている。ジャッキーは長いことその視線に耐えてから、何も言わずに目をそらした。気持ちが波立って、どうにも落ち着かなかった。

パネシビック家の農場の光景は、前回来たときとほとんど変わらなかった。休日の朝ということで、今日も家族全員が外に出ている。男たちは鍬《くわ》や熊手《くまで》をふるい、女たちは野菜の収穫に余念がない。

ステファン・パネシビックさえもが弟や父親とともに畑仕事に精を出している。今日の彼はジーンズにTシャツという格好で、足は裸足だ。黒い髪が朝日にきらめいている。デボラも庭に出ており、人形用の乳母車を押して門に通じる小道を近づいてきた。

「ハーイ」ジャッキーは声をかけた。「元気？」

「わたしの猫を見て」デボラが乳母車の中を誇らしげに見せた。

黒い子猫が人形のボンネットをかぶせられ、毛布の上にうずくまっていた。子猫はボンネットのフリルの下から恨めしげにジャッキーを見あげ、乳母車から這《は》いだそうともがいた。それをデボラが小さな手でしっかりと押さえつける。

「いまスターにドライブさせてあげてるの」デボラは不機嫌な子猫をいとおしげに見た。

「この子、ドライブが大好きなのよ」

ジャッキーはくすりと笑い、ジャガイモ畑の中を近づいてきたステファンに目をやった。

「どういうことかな、刑事さん。親父《おやじ》から今日ここに来るとは聞いてたけど」

「こちらの農場を捜索したいのよ」ジャッキーは言った。

「なぜ?」

「何か手がかりになりそうなものが見つかるかもしれないから」

「手がかりになりそうなものって? ぼくの息子がこの農場にかくまわれていると思ってるのかい?」

「そんなふうに思っていたら、とっくに捜索していたわ」ジャッキーは穏やかに言った。

「今日は捜査の参考になりそうなものを探しに来ただけ。お父さまは快く承知してくださったわよ」

「それはわかってる。わからないのはここを捜索する理由だよ。警察が追及すべきはぼくの親ではなくメロン家のほうだ」

「先日のあなたの話によれば、メロン家を捜索しても無駄だということになるわ。あなたはメロン家がすでにマイケルを遠くにやってしまったと思ってる。だったらあの家を捜しても何も出てはこないんじゃない?」

「捜してどうにかなるとは言ってない。ただ、ここでだらだら時間をつぶすよりはよっぽど有意義だと思うね」ステファンはひょいと顎をしゃくった。「あの男は？」

ふたりの警官と離れたところにアーヌセンが立っていた。フェンスにもたれかかり、毛むくじゃらの子馬が二頭近づいてくると手すりごしに片手を伸ばした。子馬の頭を軽くたたいて何かささやき、耳のあたりを撫でてやる。

「彼はサイキックなの」ジャッキーは言ってみた。

ステファンの目が大きく見開かれた。鍬を握った手に力がこめられる。

「冗談だろう？」

「言っておきますけど、わたしたちの捜査に冗談が入りこむ余地はないのよ、ミスター・パネシビック」

「ばかばかしい。茶番もいいとこだ」ステファンは腹立たしげに言った。「ぼくの息子がいなくなって四日になるっていうのに、警察はサイキックと称するカウボーイか何かをあちこちに案内してまわっている」

そのときミロスラブ・パネシビックが近づいてきた。麦わら帽子をうやうやしくとり、ジャッキーの手に向かって身をかがめる。「刑事さん」彼は言った。「朝からご苦労さまです。お元気でしたか？」

「ええ、おかげさまで」ジャッキーはあたたかさと誠意にあふれたこの年配の男に改めて好感を抱き、にこやかに言った。「さっそくですけど始めてよろしいですか、ミスター・

パネシビック?」

「もちろん。地下室や根菜貯蔵室もごらんになりたいということでしたな?」

「ええ。地下にあるものはひととおり見せていただきます」

ステファンが小ばかにしたような顔でふんと鼻を鳴らしたが、ジャッキーは素知らぬ顔をした。彼は向きを変え、何も言わずに弟のそばに戻ると、ジャガイモ畑の雑草に怒りをたたきつけるように鍬をふるいはじめた。

ミロスラブの案内で、ジャッキーとウォードローとアーヌセンとふたりの制服警官はぞろぞろ歩きだし、家の中や地下室はもとより、納屋などの離れ屋も見てまわった。戸外から地下の暗い根菜貯蔵室へと階段を下りていくと、天井の梁《はり》から鎖状につなげたタマネギがたくさん吊《つ》るされていた。

アーヌセンはむっつりと黙りこくって、最後まで口をきかなかった。納屋のそばの日なたまで戻ってくると、ようやくジャッキーの肘をつかみ、ほかのメンバーとは離れたところに引っぱっていった。

「ここを捜しても時間の無駄だ。この農場には何もない」

「ほんとうに?」

「間違いない。ぼくが見た光景とは似ても似つかないんだ。あの子はまだ地下にいるが、ここの地下ではない」

ジャッキーはかたい表情でうかがうように彼を見た。「マイケルはまだ地下にいるの?」

「そうだ」アーヌセンは馬が駆けまわっている牧場に目をやった。

ジャッキーの胸が音高く鼓動を刻みだした。「まだ生きているの?」

「たぶん。生きていなかったら、何も伝わってこないはずだ」

「いまでもあなたに……何かが伝わってくるの?」

「かなり弱まっているが、まだつながってはいる。でも、あの子がいるのはここじゃない」

「わかったわ。それじゃあ、よそを当たりましょう」

ジャッキーはウォードローを手招きし、ふたりの制服警官を帰すように言った。警官たちはパトカーに乗りこんで走り去っていった。

「なぜお供を帰してしまったんだい?」アーヌセンがパトカーを見送りながら言った。

「ここ以外の家からは捜索の許可をもらってないのよ。ほかの家を調べたかったら、今夜にでも電話で協力を求めなければならないわ。だから今日はただ前を車で通りすぎるだけにして、あなたが何か感じるかどうか確かめてみましょう。いいわね?」

ジャッキーはミロスラブに礼を言って車に乗った。パネシビック一族は乳母車を押しているデボラも含め、庭の入り口に寄り集まって彼らを見送った。

車の中でアーヌセンとウォードローはともに押し黙り、窓の外を行きすぎる風景にむっつりと目をやっていた。

ジャッキーは前方を見すえ、ポール・アーヌセンのことを考えていた。アーヌセンという男は何を考えているのかわからない。彼がじつはマイケル・パネシビックをどこかに隠しているのか、それともただ警察を引っぱりまわして喜んでいるだけなのか、それすら判断しがたかった。

だが、いまの彼は断じて喜んでいるようには見えない。後部座席で腕組みをし、窓外を流れていく田園風景をにらんでいる。ウォードローも彼に劣らず暗い顔をしているが、彼の場合は、休みをとれなかったことも影響しているのだろう。

それから三人は昼近くまで、市内のあちこちをまわった。エイドリアン・コルダーの家に始まり、メロン夫妻の邸宅やベビーシッターの家、さらにはステファンが暮らす大学の宿舎の前も通った。

最後の二箇所に差しかかったとき、ジャッキーはルームミラーでじっとアーヌセンを観察した。ヘレン・フィリップスもステファン・パネシビックも、アーヌセンの写真に見覚えがあると言っていたのだ。だが、アーヌセンはどちらの住まいにもなんの反応も示さなかった。彼が関心を示したのは、リー・メロンの白い家の前で徐行したときだけだった。ダークグリーンの縁どりがある白い小ぎれいな家は、今朝は打ち捨てられたように寂しげに見えた。

「そこが母親の家」ジャッキーは言った。「その白い家よ」

「わかってる。住所を見た。今日は彼女、何をしているんだい？」アーヌセンは背筋を伸ばし、窓に顔を寄せて家を見た。

「ここ数日、お姉さんの家に行ってるわ」ジャッキーは答えた。「心身ともに参っているから、家族も彼女ひとりにはしておけないのよ」

アーヌセンはうなずき、またシートに寄りかかった。

「何かぴんとくるものはなかった？　いままで通ったところで何かひらめいたことは？」

アーヌセンはかぶりをふる。

「そう。それじゃあ今日はこのぐらいにして、お宅まで送るわ」ジャッキーはハンドルを切り、彼が地階に住むキャノン・ヒルのコーラ・レドラー宅に向かった。

ウォードローはまたアームレストを指でたたいている。どこかいらだっているような、不愉快そうな顔だ。

ジャッキーが警告の意をこめて鋭い視線を投げかけると、指の動きはとまったが、窓に向けられている目は依然として暗い。降りそそぐ陽光が路面にかげろうを立ちのぼらせる中、彼らは無言で車に揺られていった。

# 17

アーヌセンを自宅前で降ろしてやったあと、ジャッキーとウォードローはサンドイッチやサラダを買って署に戻った。祝日だというのに、署内はいつもと変わらずざわざわしていた。

ウォードローは雷雲さながらの不穏さをはらんだ表情で、自分の席にどさりと腰かけた。「無駄骨だ」不機嫌につぶやく。「まったくの無駄骨だった。何をやっても実りがない。やることなすこと空まわりだよ、カミンスキー」

ジャッキーは卵サラダサンドとコールスローの箱を袋からとりだし、彼に渡してやった。「話してみなさいよ」

「え？」

「あなたをいらいらさせているものについて。話せば少しは楽になるわ」

「ああ、最高だね」ウォードローは皮肉たっぷりに言った。「また素人カウンセラーの精神分析かい？　俺《おれ》のことより、きみの悩みについて話しあおうじゃないか。きみの家族関係とか、酔っ払って存分に八つ当たりできるとき以外は電話もかけてこない祖母《ばあ》さんのことか」

その辛辣《しんらつ》な言葉には思いのほか傷ついたが、ジャッキーはぴしゃりと言いかえしたいのをなんとか我慢した。言いかえしたら彼の思うつぼだ。ウォードローはむしゃくしゃして喧嘩《けんか》を売らずにはいられなくなっているのだ。たとえその結果、親身になって話を聞いてくれる唯一の人間を自ら遠ざけることになろうとも。

「まったくだわ」ようやくジャッキーは言った。「わたしは他人のカウンセリングなんかできる立場じゃなかった。これまで誰ともほんとうの意味で親密な関係を築いたことがない。親密な関係というやつがどんなものかも知らないんだもの。だけど、あなたが話したくなったら、いつでも聞いてあげるわよ」

「ああ、わかってる」ウォードローは肩を落とし、両手で顔をおおった。「すまなかった、カミンスキー。俺ってどうしようもないばか野郎だな。だが……」

ジャッキーはプラスチックのフォークをポテトサラダに突き刺して続きを待った。

しかし、ウォードローは私生活の悩みをこれ以上話すつもりはないらしい。「あの子のことを思うと、いても立ってもいられないよ」彼は言った。「頭が変になりそうだ。まだ生きているとしても、いったいどこでどうしているのやら。腹をへらして泣いているか、乱暴され、痛めつけられているかもしれないのに、俺たちは何もしないで無為に時間をつぶしている」

ジャッキーはびっくりして相棒を見つめた。「よしてよ、ブライアン。わたしたちが何もしてないなんて、冗談じゃないわ」

「ああ、そうだった」ウォードローは苦々しげに言った。「忘れていたよ。俺たちは休日を返上し、サイキックの大工をあちこち連れまわして、鶏やら乾燥タマネギやらを見学してきたんだよな」

「ちょっとブライアン、わたしたちはできるかぎりのことをしているわ。それこそありとあらゆることをね」ジャッキーは両手をあげ、一本ずつ指を折りながら続けた。「警察がこの事件の捜査にかけた時間はすでにのべ何百時間にも達している。十七人の警官があらゆる情報や手がかりを追って、週末も休まずにフルタイムで働いているのよ。マイケルの写真がのったビラを州全土に何千枚も貼《は》ってきた。FBIを通じてほかの州の警察とも連絡をとっている。リー・メロンをポリグラフにかけ、二度めの予定も組んである。ステファン・パネシビックも自分からポリグラフにかけてくれと言っているわ」

「あの父親が？　聞いてないぞ」

「明日の打ちあわせで言うつもりだったのよ。昨日電話をかけてきたの。クラビッツ警部補の休みが明け次第、やってもらうことになったわ」

ウォードローはうなずき、コンピューターのモニターに目をやった。

ジャッキーはファイルをめくって言葉をついだ。「メロン家の別荘があるパームビーチとカボサンルーカスにも地元の警官をやって、付近一帯の聞き込みをしてもらったわ。金曜の夜モールにいた人たちにも、関係者全員の写真を見せてまわっている」

「なのに何も出てこない」ウォードローが沈んだ声で言った。

「少なくとも調べられるかぎりのことは調べているわ。明日はあなたとわたしでリーが接触した組織を探りに行くことになってるし、そのあともわたしは週末までまたあちこちに話を聞きに行くのよ。実際、わたしひとりでこの事件の事情聴取や事務処理に少なくとも五十時間は費やしているし、それはあなただって同じだわ。これ以上わたしたちに何ができるっていうの？」

「わかってる」ウォードローはサンドイッチをつまんでじっと見下ろした。「確かに俺たちは忙しい。だが、それでも事件のまわりをうろちょろしているだけのような気がするんだ。ほんとうに大事なことには全然手をつけてないような」

「ほんとうに大事なことって？」

「たとえばメロン邸の捜索だよ。誰もがマイケルはあの屋敷にいるんじゃないかと疑っているのに」

「あの家の捜索なんて百パーセント不可能よ。バーバラ・メロンが承知するはずはないし、令状だって絶対下りないわ」

「そうとは言いきれないさ、マイケルがあの家にいることをみんなが確信しているなら」

「みんなって誰？　ステファン・パネシビックのこと？　彼はバーバラを憎んでいるし、バーバラはバーバラでステファンを疑っているのよ。結局令状が下りるかどうかは緊急性の問題だわ」ジャッキーは口調をやわらげて続けた。「あなたにだってわかっているはずよ。たとえマイケルがメロン邸のどこかに閉じこめられているとしても、あの子の身に危険が迫っているとは証明できないのよ。リーがあの子を守るため、自ら親に預けたんだと言いだすかもしれない。もしそうなら彼らは当然なんらかの罪には問われるでしょうけど――司法妨害罪とかね――でも、それだってあの家を無理やり引っかきまわす令状がとれるほど重大な罪ではないわ。まして彼らの娘がマイケルの親権者なんだから。こんな状況で令状を出してくれる裁判官がいると思う？」

「令状をとるのはほんとうに無理なのかな？」

「かつての州検事総長に孫が隠れていないかどうか家を捜索するって令状を突きつけるの？　不可能でしょうね」ジャッキーは探るように相棒を見た。「あなた寝言を言ってるの？　それともマイケルがメロン邸にいると本気で疑っているの？」

ウォードローはサンドイッチを下ろした。「確かに信じがたい話ではあるんだよな。もし彼らがマイケルをさらったんなら、少なくとも娘のリーには打ちあけるだろうしな。ところが現実には、リー・メロンは地獄の苦しみを味わっているようだ。あの様子だと、息子が祖父《じい》ちゃん祖母ちゃんのところで元気にしてるなんて、夢にも思っちゃいないんだろう。もしメロン邸にいるとしたら、あんなに心配はしないだろうよ」

「とも限らないわ。誰が言ったことかは手帳を見ないとわからないけど、リーはメロン一族を結ぶ絆《きずな》の一番の弱点であって、もしあの一族がなんらかの違法行為を計画したとしても、リーにはぎりぎりまで黙っているだろうって聞いた覚えがあるの」

「ひゃあ、なんて一家だ。きみの家族に劣らず手ごわそうだな、カミンスキー」

「そのようね」ジャッキーは苦笑した。たとえネタにされたのが自分であろうと、ウォードローが冗談を言う気力をとりもどしてくれたことには内心ほっとしていた。「ただし、あのお上品なメロン一族はお金を武器にしてるけど、わたしの家族はそのときどきに近くにころがっているかたいものなら手当たり次第につかんじゃうのよ」

ジャッキーはスピーカーホンのスイッチを入れ、自宅の電話番号をプッシュした。呼び出し音がむなしく響いたあと、録音された声がメッセージを吹きこむようにと告げた。

「サンディ？」ジャッキーは不安を覚えて呼びかけた。「いないの？　ジャッキーよ。いるんなら出てちょうだい」

そう言ってしばし応答を待つが、向かいのデスクからウォードローが嘲《あざけ》るような目で見ていることには気づかないふりをした。

「いいわ、まだ眠っているか、散歩にでも出てるのね」と語りかける。「別に用はないの。

午後からは外に出てしまうけど、六時ぐらいには帰れそうだと伝えたかっただけ。それじゃあね」

受話器を置き、興味津々で聞いていたウォードローのほうを見る。

「彼女、電話に出なかったんだな」

「だからって、なぜあなたがそんなに喜ばなくちゃならないの?」

ウォードローは椅子の背にもたれかかり、両手の指を組みあわせて伸びをした。「きみが人並みにへまをすると嬉《うれ》しくなるのさ。きみもやっぱり人間だってことだからね」

「ずいぶんな言いかたね」ジャッキーは彼をにらんだ。「そんなことを言うんなら、この残り少ないポテトサラダは分けてあげないわ。いくらあなたが鼻を鳴らして懇願してもね」

「仕事の途中で家に寄ってみたほうがいいぞ。食器類か何かがなくなっているかもしれない」

「家紋を彫りこんだ純金のスプーンとか? 野球バットを二本交差させた図柄に、後ろ足で立ちあがったゴキブリと花文字のKを組みあわせた家紋入りのやつ?」

ウォードローはおかしそうに笑いだした。久しぶりに聞く彼の笑い声だ。「そうそう、それのことだ」

「あれは昔から気に入らなかったのよ。それにお客をもてなす機会が多すぎて、オイスターフォークとデミタススプーンはもうちびているの。あれを盗んでいってもらえるんなら大歓迎だわ」

だが、その冗談もジャッキーの不安を隠しきれてはいなかった。あの少女が物を盗むことはないと本心から信じていたのだ。その信頼が裏切られた可能性も出てきたいまは、帰宅するのが怖いくらいだった。

「真面目《まじめ》な話、いちおう寄ってみたほうがいいぜ、カミンスキー」ウォードローがさっきよりは優しい口調で言った。「その子がどうしているか確かめたほうがいい」

「そんな暇はないわ」ジャッキーはファイルと手帳を手にとった。

「午後からはどこをまわるんだい？」

「もう一度パネシビックの農場に行ってみる。ザーンとミーラも夕方までいるってミロスラブが言ってたわ。あといくつか、彼ら全員にききたいことがあるのよ。そのあとザーンとミーラの家に寄り、ほかの人がいないところでふたりの話を聞いてみる」

「彼らの家ってどこなんだ？」

「バレーの小さなコンドミニアムよ。昨日行った警官の話では、壁は紙みたいに薄いし、体の向きを変えるのがやっとという狭さなんだけど、インテリアはとてもしゃれていたそうだわ。ミーラは優秀なインテリアデザイナーなのね」

「黒髪の小柄な女だよな？　猫を連れてた子の母親だろう？」

ジャッキーはくすりと笑った。「あの猫、ボンネットをかぶらされていたわね。わたしのいとこ、アンジェラの子どもみたいだったわ。かわいいんだけど情けない」

ウォードローも含み笑いをもらし、それから真顔で言った。「ミーラ・パネシビックはきみが言っていたほど扱いにくい女には見えなかったな。俺はむしろ好感を持ったよ。庭でちょこっとしゃべったんだ」

ジャッキーはステファンの美しい義妹の顔を思い浮かべた。「今日は前回よりずっとましだったわ。ひとつには、誰も政治の話をしなかったおかげよ。それに彼女、最初のうちはリーが苦しんでいるのをいい気味だと思っていたんだわ。ところがいまではマイケルのことがいよいよ心配になってきた。今回の事件はリーのこととは別問題だから」

ウォードローはコンピューターの電源を入れ、キーボードをたたきはじめた。ジャッキーは立ちあがって彼を見つめた。

「あなたは午後からどこに行くの？」

「ここにいるよ。本署の連中が四人、新たな手がかりをどっさり持ってきてくれるんだと。だから午後は、彼らと車のナンバーや人相を照合したり、何かを見たと称する連中に電話をかけたりしてるだろう。今日の午後ならみんな自宅にいる確率が高いだろうと、ミッチエルソン警部補も言っていた」

「ひとつひとつつぶしていくなんて辛気くさい作業だけど、ささいな情報が重大な手がかりになるかもしれないんだしね」

「ああ。しかしなあ……」

「何？」

「いや、なんでもない」

ジャッキーはホルスターをチェックし、手帳をバッグに入れた。「何よ。言いなさいよ」

「俺はやはりアーヌセンだと思うんだ」

「そうなの？」

ウォードローは画面を見すえたままうなずいた。「やつがマイケルを拉致《らち》し、どこかに隠したんだ。そしていまは、なんとか罪を逃れようって気持ちと、この機にもっとスリルを味わいたいって気持ちの板ばさみになっているんだよ」

「そんふうに思う根拠は？」

「なんだろうな」ウォードローは顔をしかめた。「とにかくあの男には何か不気味なところがあるんだ。彼の目に気づいているかい、カミンスキー？」

ジャッキーはあの射るような目を思いかえした。「気づいていたわ」

「あの男に怖さを感じることはないか？　ほら、正直に言えよ」

「そうね」ジャッキーはようやく答えた。「確かに不気味な男ではあるわね。でも、彼が犯人かどうかはまだわからないわよ。いまの時点では彼をしょっぴけるだけの証拠もないし」

「だが、監視を怠るべきではないよ。一瞬たりともね」

「大丈夫よ。アーヌセンの特徴や車の種類については市内およびバレー近辺をパトロールする警官全員に周知徹底してあるわ。アーヌセンが動いたら、必ず誰かが尾行につく」

「そうだな」ジャッキーが戸口へと歩きだすと、ウォードローは顔をあげた。「カミンスキー、真面目な話、俺がきみのアパートメントを見に行ってやろうか？　まだ本署の連中が来るまで何分かある」

ジャッキーはためらったのちに首をふった。「せっかくだけど心配いらないわ、ブライアン。うちはほんとに大丈夫。ほんとうよ」


ジャッキーがパネシビック家の農場やザーン夫婦のコンドミニアムをまわり終えたときには六時近くになっていた。どちらの場所からもマイケルを隠していそうな気配はまったく感じられなかった。それにパネシビック家の人々は全員が全員、本心からメロン家側のしわざと信じ、心配しているようだった。ジャッキーはウォードローの仕事がどの程度はかどったかを確かめに署に寄ってから、六時過ぎに帰路についた。わが家がどうなっているか考えながら。

着いてみると、建物の外から見たかぎりでは何も異常はなさそうだった。ジャッキーの部屋の窓はカーテンが全開していたが、下からでは室内は見えない。

ジャッキーはエレベーターで階上にあがり、鍵《かぎ》を出しながら足早に廊下を進んで、そっとドアをあけた。入り口からはキッチンの一角とテーブルの一部しか見えないが、そのテーブルには二名分の食器がきちんとセットされているようだった。ランチョンマットの上にフォークや水のグラスが並び、バスケットの中には赤いギンガムチェックのナプキンが敷かれてパンがおさまっている。

安堵《あんど》が胸に押し寄せた。そうしてただいまと声をかけようとした瞬間、奥から聞こえてきた音楽にはっとなった。

ジャッキーがよくかけるフルート・コンチェルトの一節だ。ビバルディの流れるようなメロディに、彼女は立ったまま聞きほれた。サンディがひとりのときにこういう音楽を好んで聞くとは意外だった。

いや、きっとそろそろ帰ってくるころだと思って、わたしを喜ばせるため適当にかけたのだろう。

だが、ジャッキーがドアを閉め、ジャケットをハンガーにかけたとき、音楽は唐突にやんだ。居間に入っていくと、隅のステレオはスイッチが切られており、サンディは足のせ台に座ってあぐらをかいていた。膝の上で両手をかたく握りあわせ、ばつの悪そうな赤い顔をしている。ジャッキーのフルートケースが足のせ台の下から少しはみでていた。

「おかえりなさい」サンディは無理に作ったような明るい声で言った。「お仕事はどうだった？」

「ええ、まあまあ」ジャッキーは少女をじっと見つめた。耳にはまだフルートの調べが残っている。「あなたのほうはどうだった？」

「いい一日だったよ」サンディは立ちあがり、キッチンに向かった。「夕食にサラダを作ったんだ」ふりかえって言う。「それにニンジンを電子レンジにかけて、冷凍庫の中のステーキ肉を解凍しておいた。構わなかったかな？」

「もちろんよ。電話のメッセージを聞いた？」

「うん。あのときは外出してたの。外をぶらっと歩いてきたわ」サンディは恥ずかしそうに続ける。「外をぶらついてても帰るところがあるっていいものだね」

その言葉にジャッキーは胸をつかれた。顔をそむけ、寝室に向かう。「いま着がえてくるわ。ステーキの焼きかたはわかる？」

「当然よ」サンディはキッチンから答えた。

小生意気なその口調にジャッキーの顔がほころんだ。銃をベッドわきの戸棚にしまって鍵をかけ、手と顔を洗ってカーキのショートパンツにはきかえる。キッチンに入っていくと、サンディがサラダとステーキの皿をテーブルに並べているところだった。

「最高だわ」ジャッキーは料理を見て食欲をそそられた。「うちに帰ったら料理ができてたなんて、いままで一度でもあったかしら」

サンディは彼女の向かいに腰かけ、サラダを取り分けた。「今日、同じ階に住んでる感じのいい女の人とおしゃべりしたわ。ティファニーっていう女の子がいる人」

「ああ、カルメンのことね。彼女、なぜあなたがわたしのうちにいるのか不思議がらなかった?」

サンディは顔を赤らめた。「あたし、あなたのいとこだって言ったの。いけなかった?」

「わたしにいとこが大勢いるのはカルメンも知ってるわ。ひとりぐらいふえたって、どうということはないわよ」

サンディはほっとしたようにうなずき、サラダを食べはじめた。

ジャッキーはさりげなくサンディを観察し、この少女の変わりように内心舌を巻いた。ゆうべの彼女は厚化粧をして町に立ち、口ぎたなく悪態をついていたのだ。それがいまはしつけのいい子どもに返り、完璧《かんぺき》なマナーで食事をとっている。きっとほかにもいろいろな能力を隠しているに違いない。

「カルメンはよくベビーシッターを頼むんだって言ってたわ」サンディは話を続けた。「それであたし、考えたの。あたしがティファニーやほかの部屋に住む子どもたちのベビーシッターをやって、そのお金を家賃としてあなたに渡したらいいんじゃないかって。ただで置いてもらうのは心苦しいから」

ジャッキーはじんとすると同時に困惑した。「あなたにここに住んでもらうわけにはいかないわ、ハニー」優しく言う。

「なぜ？」

「わたしには家庭らしい家庭を提供してあげることができないからよ。仕事で家をあけてばかりだし、あなたにはもっと安定した環境が必要だわ。そばに話し相手のいる環境がね」

「そんなものいらない。自分の面倒は自分で見られるよ」

「ゆうべみたいに？」

サンディは黙りこんで食事を続ける。

「あなたのおうちのことを聞かせて」ジャッキーは言った。「なぜ帰りたくないの？」

だが彼女に見えるのは、カーテンのようにさがった髪とフォークをぎゅっと握りしめた指だけだった。

「お父さんの職業は？」ジャッキーは彼女を見つめて問いかけた。「あなたにフルートを習わせられるぐらいだから、いい暮らしをしてるんじゃない？」

サンディはぱっと顔をあげた。頬がみるみる染まっていく。「あの、ほんとうにごめんなさい。勝手にさわっては悪いと思ったんだけど、あれを見たらつい――」

「いいのよ」ジャッキーはにっこりした。「あのおんぼろフルートはびっくりしたでしょうけどね。あんなにじょうずに吹いてもらえることなんてめったにないもの」

サンディが嬉しそうに顔を輝かせた。「あたしの演奏、気に入ってくれたの?」

「CDをかけてるのかと思ったくらいよ。あなたには才能があるんだわ。わたしもあんなふうに吹けるようになりたくて、何年も練習してるんだけどね」

ぎこちない沈黙が落ちた。

「それでお父さんの仕事は?」ジャッキーは再び尋ねた。

「あいつはお父さんじゃない、ママの再婚相手にすぎないわ」少女は皿に目を落としてつぶやくように言った。「職業は医者よ」

「実のお父さんはどうしたの?」

「五年前に船の事故で死んじゃった」

「そう。で、新しいお父さんとはうまくいってないの?」

返事はない。

「サンディ?」

「あんなやつ、大嫌い!」サンディは顔をゆがめて叫んだ。「殺してやりたいくらいよ。あなたの銃を持っていって、顔面をぶち抜いてやりたい」

ジャッキーは思案するように彼女を見つめた。「お母さんは?」ようやく言う。「お母さんが恋しくないの?　あなたにとっては生みの――」

少女はだしぬけに立ちあがり、玄関へと走った。ジャッキーはドアがばたんと閉まる音を聞いた。慌てて部屋を飛びだすと、ちょうど階段に出るドアが閉まったところだった。ジャッキーは人気のない廊下にぼんやりたたずんだ。

やがて部屋に戻り、ひとりで食事をすませた。

一時間たってもサンディは帰ってこなかった。ジャッキーはテーブルを片づけ、食器を洗った。

それからてきぱきと家じゅうのくずかごを調べ、さらには階下に下りていって、駐車場にあるくさい大型ごみ容器の中まであさった。

そしてようやく目的のものを捜しだした。茶色い紙袋の中に、ゆうべサンディが身につけていたミニスカートとホルタートップとハイヒールが入っていた。スカートのポケットには赤い革の財布が突っこまれていたが、その中に入っていたのは身分証明書だけだ。

ジャッキーは衣類をごみ容器に戻し、身分証明書を持って部屋に帰った。

名前はアレクサンドラ・ジェラード、年齢は十四歳五カ月、住所はシアトルになっている。

ジャッキーは手を洗ってソファーに腰かけると、ひとつ深呼吸し、身分証明書に書かれた電話番号を打ちこんだ。女の声が応答した。

「ミセス・ジェラードですか?」

「いえ、こちらはコリンズですけど」

「アレクサンドラ・ジェラードという女の子をご存じではありませんか？」

沈黙が長く続いた。「ええ」ようやく相手が答えた。「アレックスはわたしの娘ですけど、いまは留守にしています。この夏はお友達のところに泊まりに行ってるんです」

「わたしはスポケーン市警のカミンスキー刑事です。お嬢さんはお友達のところではありませんよ。じつはわたしのうちに泊まってるんです」

そう告げたあとは、もう切られてしまったのかと思ったくらい長い間があいた。

「あの子は……あの子は元気にしてるんでしょうか？」やっと相手が警戒しているような、不本意そうな口調で言った。

「あまり元気とはいえませんね」ジャッキーは答えた。「じつのところ、かなり自暴自棄になってます。いったいどういう事情なんでしょう？　なぜ彼女は家を出たんですか？」

「あの子、素行が悪いんです」ミセス・コリンズはひややかに言った。「手のつけられない不良なんです。もうわたしの手には負えないわ」

ジャッキーは電話のコードをひねりながら言った。「そんなふうには見えませんけど。彼女がお宅に帰ったら、もう一度よく話しあってみてはいかがですか？」

「もう帰ってきてもらいたくないわ！」ミセス・コリンズはぎょっとしたように言った。

「もうあの子の面倒は見きれません！」

「どうして？」

「アレックスは……わたしの結婚生活をめちゃくちゃにしようとしてるんです。わたしの夫を誘惑して」

「どうして？」

ジャッキーはさっきのサンディの激昂《げっこう》ぶりを思い出した。サンディは継父を殺してやりたいとまで言ったのだ。

ミセス・コリンズは哀願するような口調で続けた。「デイビッドとは結婚してまだ間がないんです。しばらくはふたりきりの時間が必要なの。なのにアレックスは……あの顔で……」

「彼女がどんな顔であろうと、それは彼女自身の責任ではありませんよ」ジャッキーは静かに言った。「それに彼女はまだ十四歳でしょう？」

「でも、主人は……主人があの子を見るんです。それに先月のある晩、わたしがブリッジ・クラブから帰ってきたら、彼があの子の部屋にいたんです。アレックスは悲鳴をあげ、彼に襲われたようなふりをしたけれど、デイビッドがそんなことをするはずはないわ。アレックスが……あの子のほうが色目を使い、気のあるそぶりを見せたから、彼もついふらっとなっただけのことで……。だからもうあの子には帰ってきてほしくないんです！」ミセス・コリンズはヒステリックに叫んだ。「もう二度とこの家に入れたくないの！」

ジャッキーは受話器を握りしめて激しい怒りをねじ伏せた。「それでは今後、お嬢さんをどうなさるおつもりですか、ミセス・コリンズ？」

「どうって……。そちらで……施設か何かに入れていただけません？　お金は必要なだけ送ります。お金のことならご心配なく。あの子が帰ってこないようにしていただけるなら、いくらでも払いますから」

「あなたがそういうお考えでは、サンディも……アレックスのほうも帰りたがりはしないでしょうね」

「それではお願いできますか？　施設を探してあの子を入れ、もうシアトルに戻ってこないようにしていただけます？」

ジャッキーはため息をついた。「そうする以外になさそうですね」

「住所を教えてください。お金を送りますから」

これ以上この女と話していたら、あとで悔やむような発言をしてしまうに違いない。

「こちらでお宅の電話番号を控えておきます。スポケーンの児童福祉局のほうからそちらに連絡をとってもらうようにしますから」ジャッキーはそっけなく言った。「それではさようなら、ミセス・コリンズ」

こんな母親のそばにいたら子どもの将来は真っ暗だ。そう心につぶやきながら電話を切る。

暗くなりはじめた窓の外を憂いに沈んだ目で見つめたあと、ジャッキーはアパートメントを出て近所を歩きまわった。夜目にも鮮やかなブロンドや黄色いシャツを捜して長いこと歩きつづけたが、少女の姿はどこにもなかった。

ジャッキーはとぼとぼ家に戻った。車を出して町をまわってみようかとも考えたが、どうせ無駄だと思いとどまった。あきらめて風呂に入り、ベッドに横たわって本を開いた。十二時をはるかにまわってから明かりを消し、天井に映る影を見すえた。

二時少し前、玄関のほうで物音がし、ジャッキーはがばっと起きあがった。銃をしまってある戸棚の鍵に、とっさに手を伸ばす。

足音が近づいてきた。暗がりの中で、寝室の戸口に少女のほっそりしたシルエットが現れた。髪が銀色の後光のように浮かびあがっている。

「眠っているの?」少女はささやいた。

「いいえ、まだ。中に入りなさい、アレックス」ジャッキーはベッドわきのランプをつけた。

少女は目におびえの色を浮かべてジャッキーを見た。「あたしの名前をどうして知ったの?」

「ごみ容器をあさって財布と身分証明書を見つけたのよ。お母さんにも電話したわ」

アレクサンドラ・ジェラードは室内に入ってくると、ベッドの端に座って両手を握りしめた。「ママに? ママはなんて言ってた?」

「あなたが新しいお父さんを誘惑したって」

少女は両手に顔をうずめて泣きだした。ジャッキーは激しく波打つ肩や長くて細い指を見やった。

「ほんとうにそんなことをしたの？」

アレックスはかぶりをふり、顔をそむけた。「ママはあの男に夢中だけど、あいつは最低よ。いつも……あたしのことばかり見て。だからママに怖いって言ったんだけど、ママはとりあってくれなかった。まるであたしのほうが悪いみたいな言いかたをするの。ある晩ママが留守のときに、あいつはあたしの部屋に入ってきて、そして……そして……」

「いいのよ、言わなくて」ジャッキーは胸を引き裂かれる思いで優しく言った。「そのあとはどうしたの？」

「帰ってきたママが部屋をのぞきに来たの。ママは狂ったように怒りだし、口をきわめてあたしをののしったわ。ほんとうにひどい言いかたで」

「それであなたは？」

「自分の口座からお金を下ろしてバスに飛びのったわ。こっちに来れば何か仕事があるだろうと思ったの。だけど、そう簡単にはいかなくて……」アレックスはまた泣きだした。

ジャッキーは彼女の体に両手をまわした。「もう大丈夫よ、ハニー」そっとささやく。

「もう大丈夫」

「あの家には帰りたくないよ」アレックスは涙声で言った。「もう二度と帰りたくない」

「わかってるわ。帰らずにすむ方法を考えましょう」

「ど、どうするの？」

「まだわからない」ジャッキーはアレックスの体を放し、もつれた髪を撫《な》でてやった。

「今夜はもう寝なさい。今後のことは明日話しあいましょう」

「あたしを家に送りかえさないでくれる？」

「もちろんよ」少女の顔を両手にはさみ、涙に濡《ぬ》れた目をじっと見つめる。「もう帰る必要はないわ。あなたのような子はあの家にはもったいないのよ、アレクサンドラ・ジェラード。それを忘れちゃだめ。あの人たちにあなたみたいないい子と暮らす資格はないんだわ」

アレックスは長いことジャッキーの目を見つめていたが、やがて涙をぬぐい、のろのろと立ちあがると居間にあるソファーへと歩いていった。

## 18

祝日の翌日で朝もまだ早いというのに、青物市場はばたばたと忙しそうだった。野菜を積んだトラックが次々と到着し、荷降ろしのためにバックで傾斜路をあがっていく。作業員たちは金属の波板でできた屋根の下で、クリップボードを持った監督の指示を受けながら、タマネギやキュウリやジャガイモの山を仕分けしていた。

ジャッキーとウォードローは駐車した覆面パトカーの中から、ヘアネットをかぶった女たちがトマトを段ボール箱につめるのを見守った。今日はウォードローが運転席に座って、ハンドルに指をとんとん打ちつけていた。

「それ、やめてよ」ジャッキーが手帳をめくりながら言った。

「何をやめろって？」

「その指よ。いつも何かをたたいてる。聞いてるだけでいらいらしてくるわ」

「だけど近ごろじゃ、俺《おれ》のほうがいらいらしてるってきみは言いつづけている」ウォードローは言った。「もっとも俺のほうはいらついて当然なんだよな。自分の世界ががらがらと崩壊していくのを見てなくちゃならないんだから」

ジャッキーは思わず彼に向き直った。「何かあった——」

「セーラが朝まで帰ってこなかったんだ。俺は四時まで起きて待っていた。テレビでやってた古い映画を見ながらね。セーラは夜明け前にようやくこそこそ帰ってきた」

ジャッキーは彼の青白い顔や黒ずんだ下まぶたをいたわりのこもった目で見つめた。

「それで彼女を問いつめたの？」

「もちろんだ。あいつはいま友達のコニーに悩み事があるんで、そばについててやったんだと言った。湖の近くにあるコニーの別荘にいたんだが、そこには電話がないんだとさ」

「その言葉、信じてあげられないの？」

ウォードローは鼻を鳴らし、顔をそむけて窓の外をにらんだ。

「でも、かえっていい兆候なのかもしれないわよ、ブライアン」ジャッキーは思いきってそう言った。

「どこが？」

「彼女がまだ開き直らずに嘘《うそ》をついたってところが。いま何をやっているにせよ、あなたとの生活を捨てるつもりはないということだもの」

ウォードローは苦い笑いを浮かべてみせた。「きみはたいした人間だよ、カミンスキー。自分でわかってるかい？」

「わたしがどうしてたいした人間なの？」

「どんなに不幸な出来事にも必ずどこか明るい面を見つけだす。手錠と銃を持った愛少女ポリアンナってとこだな」

ジャッキーは彼の言葉に考えこんだ。「わたしも昔は苦労したから」ようやく言う。「きっとニーチェが喝破したとおりなんでしょうよ。死をもたらすもの以外は、いかなるものも人間を強くする」

「ニーチェ？　変な名前だな」

ジャッキーはにっと笑って彼の腕にパンチを入れた。「ドイツの有名な哲学者よ。すごくいかした男なんだから。今度本を貸してあげる。さて、そろそろ行きましょうか。もう八時半を過ぎたわ」

ウォードローは吐息をついた。「そうだな。また袋小路に入りこんで勤務時間を無駄につぶすとするか」

「ねえ、わたし考えたんだけど……」

ウォードローはドアハンドルを放し、またシートにもたれかかった。「なんだい？」

「アーヌセンはマイケルが地下にいると言いつづけてきたわ。そしてこの組織は――」ジャッキーは野菜をつめている市場のほうに手をやった。「非合法に子どもを出国させている地下組織だわ。ひょっとしたら彼らがマイケルの身柄を押さえているのかもしれない」

ウォードローはくるりと目玉をまわしてみせた。「居候の非行少女に麻薬でもやらされたか？　サイキックの言うことを真に受けるなんて」

ジャッキーは顔を紅潮させて反駁《はんばく》した。「あら、そういう言いかたはないでしょ？　アーヌセンに調子をあわせてみようって言ったのはあなたのほうよ」

「確かに調子をあわせてみようとは言ったさ」ウォードローは車から降り、朝日を浴びて光っているキュウリの山をにらみつけた。「だが、やつの言うことを信じようとは言ってない」

「ほんとうに誰かの言うことが信じられたらいいのに。そうすれば手遅れになる前にマイケルを見つけだせるかもしれないわ」

目的の人物は、市場の裏手の雑然とした事務所にいた。ポリエステルのパンツスーツを着てメタルフレームの眼鏡をかけたいかつい中年女性で、グレーの髪は自分で切ったらしく不揃《ふぞろ》いでぼさぼさだ。

ジャッキーはバッジを提示し、自分たちの身分と名前を言った。「座ってもよろしいですか、ミセス・オルブライト？」

「お話しすることなど何もありませんよ」彼女は壁の近くの二脚の椅子をすすめ、再び仕事に戻った。落ち着き払って、数字をコンピューターに打ちこんでいる。

「リー・メロンから聞いた電話番号をたどったらここに行き着いたんです」ウォードロー

が言った。「彼女はここだけでなく、あなたの自宅にも電話している。あなたが彼女に対する窓口となっていたのは間違いないはずだ」

ジェラルディン・オルブライトは眼鏡のレンズに蛍光灯の明かりを反射させて顔をあげた。「リー・メロンなんて名前は聞いたこともありませんね」

ジャッキーは相棒と目を見かわした。「いま質問に答えてくだされば、あなたの今回の事件への関与については不問に付します」

「見逃してくれるということかしら？」

「今回の事件に関してはね。この先も子どもたちを不法に出国させるようであれば、いずれ警察が出ていかねばならないでしょう。しかし今回のマイケル・パネシビックの件については、解決の手がかりとなるような情報を提供していただけたら免責する用意があります」

「情報なんて提供できませんよ。わたしは何も知らないんだから」

ジャッキーはウォードローがいらだちをつのらせて口もとをこわばらせるのを感じとった。そっと足を蹴《け》り、警告するようにちらっと見やる。

「お気持ちはわかります」ジャッキーはさらに言葉をついだ。「リー・メロンがあなたたち組織の哲学について話してくれました。あなたたちは別れた夫に子どもをさらわれる悲劇から母親を守ってやることに心血をそそいでいる。それに、実際さらわれる危険があると判断したとき以外はめったに手を出さない」

「親権を持った親から子どもを奪いとるなんて許されざる犯罪だわ」ミセス・オルブライトが言った。「わたしも昔、別れた夫に娘をさらわれ、娘と過ごすはずだった貴重な数年間を奪われた経験があるの。あの苦しみをほかの母親には味わわせたくないわ」

「それで子どもを拉致《らち》し、カナダに連れていってるんですね？　カナダなら入国させるのにパスポートは必要ない、ただ身分証明書のようなものさえあればいいのだから。そしてカナダで母親と再会させ、父親を恐れることなく安全に暮らせるようにしてやっている」

「わたしは何もしてませんよ」ミセス・オルブライトはキーをたたきつづけた。「ここで働き、善良な市民として暮らしているのよ」

「ちょっと、あんた――」ウォードローが腹立たしげに言いかけた。

「あなたの心意気には頭がさがります」ジャッキーはまた相棒をにらんでから、なだめるように言った。

　ウォードローは黙りこみ、渋い顔で手の中のボールペンをかちかちと鳴らした。

「あなたはひたすら母親と子どもたちのためを思って活動している。リーもあなたのことをひたむきな善意の人だと言っていたわ。だけど、わたしたちはリーの坊やがいなくなった事件を調べるうえで、あの子がまだあなたの組織の誰かといっしょにいる可能性はないのかどうかをどうしても確かめなければならないんです」

「わたしだったら子どもを預かっておきながら親に言わずにいるようなことは決してしないわ。そんなことをするぐらいなら死んだほうがましですよ。母親の心からそういう苦しみをとりのぞくことこそ、わたしの一番の願いなんだから」

分厚い眼鏡の向こう側にきらめく目は真剣そのものだ。ミッチェルソン警部補が言っていたとおり、ジェラルディン・オルブライトは狂信的な過激派ではあっても、子どもたちの幸せを願う気持ちに嘘はないのだろう。

「それでは、あなたがリーに説明したとおりの事情だったということですか？　おもちゃ屋まで迎えをやったけれど、その人が着いたときにはマイケルはいなくなっていた。そういうことですか？」

ミセス・オルブライトの表情が険しくなった。「わたしは今度の事件とはなんの関係もありません」

「わかりました。それではとりあえず話を進めるためということで、架空のシナリオを作ってみましょう」ジャッキーは言った。「まずあなたは、ステファン・パネシビックが息子をリー・メロンから奪ってヨーロッパに連れていく確率が高いと考えた。そこでリーと話しあい、あなたの知人が七時におもちゃ屋からマイケルを連れてくることになった。こうしたことが現実にあったと仮定しましょう。いいですね？」

ジェラルディン・オルブライトは顔もあげずに入力を続けている。前髪がはらりと目にかかると、それをかきあげ、またキーボードに指を躍らせる。

「そして当日、あなたの知人はおもちゃ屋で実際にマイケルを保護したとしましょう。その人物がマイケルを預かったまま、母親に黙っているのはどういう理由があってのことなんでしょう?」

ミセス・オルブライトは手を休めてジャッキーを見た。眼鏡をとり、思いのほか優しいブラウンの目を見せる。

「刑事さん」静かな声だ。「わたしの目を見てちょうだい。もしわたしがマイケル・パネシビックの居所を知っていたら、すぐに母親に知らせてやりますよ。何があろうが、まず真っ先に母親を安心させてやります。たとえそのために自分が罪に問われ、刑務所行きになろうともね」

ジャッキーは彼女の目をじっと見つめかえした。

「信じてくれますか?」オルブライトは言った。

「ええ」ジャッキーは答える。「あなたがマイケルの居所をご存じないのはほんとうだと思います。でも、何か心当たりはありませんか? 組織内の別の人物がこっそりマイケルを預かってるということは考えられませんか?」

「そんなことがあったら、わたしが気づかないはずはないわ」そこでオルブライトはふと苦笑を浮かべた。「別にそういう組織が実在するとは言ってませんよ。ただ、もし実在するとしたら、うんと小さな組織のはずです」

「それでは要するに――」

「もう何も申しあげることはありません」再び眼鏡をかけると、たちまちとりつく島のない表情に戻った。「あなたたちが捜査している事件についても、ほかの事件についても、わたしは何も知らないんです。それに今後何かきかれても、わたしは今日しゃべったことを全部否定しますよ」

そう言い捨て、彼女はキャスターつきの椅子ごと移動してファイルの棚を調べはじめた。もうふたりの警官には目もくれない。ふたりは立ちあがり、ぼそぼそ挨拶《あいさつ》すると事務所を出た。

「彼女の言い分をほんとうに信じるのか？」新鮮な野菜の山のあいだを通りぬけながら、ウォードローが言った。

「信じていいと思うわ。あなたはどう？」

ウォードローはうなずいた。「確かに嘘は言ってないんだろうよ。マイケルはあの連中のところにはいない。しかし気になるのは……」

「何？」ジャッキーは車の助手席に、ウォードローは運転席に乗りこんだ。

「気になるのは、マイケルがほんとうにステファンにさらわれかねないなんて、あの連中がどうして判断したのかだ。リーの話をうのみにしたのか、それとも彼ら自身も何か根拠となるものをつかんでいたのか」

「いいところに目をつけたわね」ジャッキーは手帳にメモした。「でも、ミセス・オルブライトからはこれ以上何も聞きだせないでしょうよ。またリーやステファンに連絡して、話を聞きに行くわ」

「ステファン・パネシビックはポリグラフのテストを受けることに同意したんだろう?」

「ええ。結果は真っ白だったわ。何度確かめても、きれいさっぱり何も出てこない」

「ちくしょう」ウォードローはうんざりしたように言った。「やっぱり何をどう調べても、あのくそいまいましいサイキックに逆戻りしちまうんだ。あいつを締めあげ、吐かせてやれたらどんなにいいかと思うよ」

「残念ながら、この国では警察の古きよき時代はとっくに幕を降ろしたのよ」ジャッキーはそっけなく言った。


「それじゃあ、マイケルとはモールで初めて会ったのね?」

「そうだ。モール内の店で会ったんだ」

「なんの店?」

「忘れた。あの子はほんとうにかわいかった。かわいくてきれいな子だったよ」バルドマー・コジャックは唇をなめ、片手で目をこすった。

ジャッキーとウォードローは顔を見あわせ、それからまた変質者の前科者に視線を戻した。マイケルが姿を消した晩、この男はノースタウン・モールにいたのだ。これまでに彼が犯した罪とは、ポルノ写真を子どもに見せるとか公園で性器を露出するという程度のものがほとんどだが、実際に幼い男の子にいたずらしたことも何度かあり、一度は近所に住む五歳の男の子をさらってもいた。その子は数時間後、自力でなんとか家に逃げ帰ったが。

コジャックは五十七歳という実年齢よりずっと老けて見える。灰色の無精ひげが目立つ皺《しわ》だらけの顔、たるんだ顎、しまりのない口もと、薄いブルーの目。全体に清潔さを欠き、アルコールの臭《にお》いをぷんぷんさせている。

ドーナツ屋で制服警官に声をかけられて急に取り乱し、自分がマイケル・パネシビックを誘拐したと言いだしたため、本署に連行されてきたのだ。

いまジャッキーは相棒とふたり、狭い取調室で彼の尋問にあたっていた。この部屋には木のテーブルと椅子、そして天井近くにとりつけられた監視カメラ以外何もない。

「コーヒーをもう一杯いかが、ミスター・コジャック？」ジャッキーが嫌悪感をこらえて椅子ごと彼に近づいた。「それとも、たばこでも？」

「たばこがほしいな」

ウォードローがテーブルの上のパックから一本、振りだしてやり、さらに灰皿を押しやった。

コジャックは震える手でたばこに火をつけ、神経質にまばたきしながら室内を見まわした。

「マイケルと会ったのはなんの店だった?」ジャッキーがもう一度尋ねた。

「覚えてない。モールのどっかだ」

「それであなたがマイケルを連れだしたの?」

「そうだ。手をつないで、いっしょにモールを出た。あの子は俺のことが大好きだったんだ」

「モールを出てどこに行ったの?」

「うちだ。バスでうちに連れて帰った。ほんとうにいい子だったよ」

「それからどうした?」ウォードローが言った。

コジャックはふわりと煙を吐き、困惑したように天井を見あげた。「思い出せない」

「また別の場所に連れていったのか?」

「いや、あの子のほうが出ていっちまったんだと思う。よく覚えてないが、いなくなったときは悲しかった」

ジャッキーはウォードローに合図し、ウォードローはテーブルの上のファイルを開いた。

「ここに何枚か写真がある。よく見て、あんたがモールから連れだしたのがどの子だったか言ってみろ」

そう言いながら、子どもの写真を八枚並べてみせる。うち一枚は、ベストにボウタイ姿のマイケル・パネシビックだ。

コジャックはよだれを垂らさんばかりのにやけた顔で、じっくりと写真を見た。そして青い目にブロンドの巻き毛の、八歳ぐらいのかわいい少年の写真を指さした。

「これだ。この子だよ」

ジャッキーとウォードローはまた目を見かわした。「間違いない？」

「間違いない」コジャックは汚れた人さし指で写真に触れ、頬の線をなぞった。「どこにいたって見ればわかる。目は空のように青く、髪は淡い金色をしていた。すごく柔らかな髪だったよ」

ウォードローはジャッキーに向かって小さくうなずいてから写真をしまった。「以上でおしまいだ。うちまで誰かに送らせるから、ここでしばらく待ってろ」

「留置しないのか？」

「ああ、今日はな。だが、今後子どもには近づかないことだ」ウォードローは冷たく脅しつけるように言った。「今度子どもに手を触れたら、即座にしょっぴいてやるからな」

コジャックは身をちぢめ、おびえのにじんだ目でふたりが出ていくのを見ていた。

廊下に出るとジャッキーは立ちどまり、心配そうに相棒を見た。「ほんとうに嘘だと思う？」

「嘘ではないんだろうよ」ウォードローは不気味な声音で言った。「あれはやつの妄想だ。本人はほんとうに自分が供述したとおりの出来事があったと思いこんでいるのさ。しかし俺は三度話を聞いてみたが、まるで一貫性がなかった。やつにかかずらうのは時間の無駄だよ」

「そうかもしれないわね」ジャッキーは身震いした。「だけど、社会にとっては危険な存在だわ。何か口実をつけて、隔離してやれたらいいのに」

「あいにく社会の仕組みがそうなってはいないんだよ、カミンスキー。現実にあいつが何かしでかすまでは、野放しにしておくしかないんだ。どこかの子どもに危害を加えるなり殺すなりしたら、そのときは堂々とぶちこんでやれる。ほんの数年間だがね」

ジャッキーはうなずいた。「次はどうする、ブライアン?」

ウォードローは肩をすくめた。「俺は署に戻って、また電話だな。アリバイのない要チェックの変質者が少なくともまだ三人残っているんだ。それから、この休みのあいだに寄せられた情報の確認もとらなきゃならない。きみはどうする?」

「アポなしでバーバラ・メロンの家に行ってみるわ。不意を突けば、何かぽろっと口走るかもしれない。それからアーヌセンが働いている現場に寄ってみるつもりよ。署まで車に乗っていく?」

「いや、いい。パトカーにでも送ってもらうよ。おい、カミンスキー……」

ジャッキーは立ちどまってふりかえった。「何？」

「背後に気をつけろよ」

その言葉に軽く笑ってみせ、外に出て車に乗りこむ。そしてサウス・ヒルの並木道へと運転していった。

だが、メロン邸には誰もいなかった。大きな邸宅は午後の日ざしを浴び、煉瓦《れんが》の正面《ファサード》をバラ色に輝かせて静まりかえっていた。門扉のチャイムを鳴らしても応答はなく、窓の中でカーテンが動いたり人影が横切ったりもしなかった。

ジャッキーは車に戻り、しばらく屋敷をにらんで考えこんでいた。それからようやく車を出し、ポール・アーヌセンが働いている家のほうに向かった。

彼は修繕したベランダの最後の仕上げをしているようだった。

車を通りの角にとめ、彼の作品を見ながら近づいていく。新しいベランダには、黄色い松材に透かし彫りを施した装飾的な手すりがつけられようとしていた。

この透かし彫りは、彼がどこかよそで細工してここに運びこんだのだろう。あんな複雑な彫刻をわずか数日で仕上げられる人間がいるはずはない。その部分だけペンキを塗っていないということを別にすれば、その手すりもほかの部分に違和感なく溶けこんでいた。

アーヌセンは手すりの端に木ねじをはめこんでいるところで、近づいてきたジャッキーには気づかなかった。

「なかなかいいわね」その言葉にふりかえり、ジャッキーを見ると驚いた顔になった。

「あなたのその作品のことだけど」

「ああ、ありがとう」アーヌセンはハンマーを腰の工具ベルトに差した。「午後のドライブかい、刑事さん？」

「ミセス・メロンに会いに来たんだけど、留守だったのよ」

「そうか」アーヌセンはまた木ねじを手にとり、目で長さを測ってから小さな卓上のこぎりのところに持っていった。「捜査は進んでいるのかい？」

「たいした進展はないわ。また自首してきたのがいたけど、それは毎日のことだしね」

アーヌセンは慎重に長さを測って木ねじを切った。

「次は何をするの？」ジャッキーは尋ねた。

アーヌセンはキャップのつばの下からちらりと彼女を見た。「どういう意味だい？」

ジャッキーはベランダを手でさし示した。「もうここはほとんど完成でしょう？　次の仕事は入ってるの？」

「いくつか見当はつけている。だが、しばらく休みをとろうかと思ってるんだ」

「いいわね」

彼はあたたかみのかけらもない笑みを浮かべた。「そうかい？」

「誰だって休みは嬉《うれ》しいわ」

「どうしてわかるんだい、刑事さん？　きみは週末も夏も休むことなく働きつづけている。そんなきみに休みがどういうものか、どうしてわかるんだ？」

ジャッキーはまっすぐ見つめてくる目に心をかき乱され、つんと顔をそむけた。「世間の人たちが休みを楽しんでいることぐらい知ってるわ」

「きみはもうひとりではないな」ジャッキーを見つめたまま、だしぬけにアーヌセンは言った。「だが、ひとりでなくなっても孤独であることには変わりない」

ジャッキーは顔をこわばらせた。「いったいなんの話？」

「いま誰かがきみといっしょに暮らしている。きみの家に誰かがいる」

「なぜわかるの？」

アーヌセンは肩をすくめ、また仕事に戻った。「きみの孤独は前から見えていた。頭のまわりに、雲みたいにね。だが、いまきみの生活には別の人間が入りこんでいて、きみはどうしたらいいのかわからない。その人間はきみの慰めにはならず、かえって心配の種になってるんだ」

ジャッキーは気色ばんで彼をにらみつけた。「これはいったいなんのゲーム？」低く震える声で難詰する。「わたしのあとをつけていたの？　わたしの家を見張っていたの？」

「見張るまでもないよ、ジャッキー」彼は静かに答えた。「きみのことは顔を見ただけでいろいろわかってしまうんだ」

「嘘よ！　そんなくだらない話は信じないわ！　あなたがサイキックなら、この柱だってサイキックなんでしょうよ！」ジャッキーはベランダの支柱をぴしゃりとたたいて吐き捨てた。「ひとつ警告しておくけどね、アーヌセン――」

アーヌセンの表情が険しくなった。「ぼくに警告なんかするな。きみにはずいぶん脅しをかけられたが、もううんざりだよ。黙ってとっとと消えうせろ」

「マイケル・パネシビックが見つかったら消えてあげるわよ。それまではとことんあなたにつきまとってやるわ」

アーヌセンは木ねじを持ってジャッキーの前をかすめるように通りすぎた。ジャッキーは慌てて体を引いたが、彼の筋肉質の体や妙に張りつめたパワーをいやでも意識しないわけにはいかなかった。

彼女は動揺し、家から離れて歩きだした。車まで戻ったときには、ポール・アーヌセンはこちらに背を向け、悠然と手すりに木ねじをはめこんでいた。

## 19

日の光が水面《みなも》に躍り、幾千もの小さなダイヤとなってきらめいている。リーはプールにたたえられたターコイズブルーの水を見つめ、できるものならその中で溺《おぼ》れてしまいたいと思った。

あの水に身を沈めていくことなど簡単だ。少しずつ、少しずつ……輝く水から永遠に頭が出なくなるまで……。何秒かは苦しいだろうが、そのあとは思考も感情もとぎれ、この苦悩もまたたく間に消えうせる。

この苦悩が消えうせる……。

リーはうめき声をもらして寝椅子に丸くなり、ぬいぐるみのクマを抱きしめた。このクマはアヒルの次にマイケルが気に入っていたものだ。あまりかわいがりすぎたせいで上着のボタンがふたつとれ、生地がところどころ薄くなっている。

エイドリアンが家の中からレモネードとクッキーを運んできて、パラソルつきのテーブルにトレイを置いた。

「あなたも泳がない?」リーに言いながらラップスカートをとり、サンダルを脱ぐ。「水の中は気持ちいいわよ」

リーはプールに飛びこむ構えをとった小麦色の体を見あげた。「今日は何曜日?」

「木曜よ。レモネードを飲みなさい」

リーはかぶりをふり、まぶしい日ざしに目を細めた。「わたしがここに来て何日になる?」

「まだ二日よ。あなた大丈夫?」

「もう何も思い出せないわ。頭の中に綿がつまっているみたい」

エイドリアンは近づいてきて、リーの額に手を当てた。「きっと医者からもらった薬が強すぎるんだわ」軽い口調で言う。「わたしの薬を分けてあげる」

「あの子は死んだのよね? もう死んでるんだわ」

「死んでるわけがないじゃないの。どこかに閉じこめられているだけよ。じきに警察が見つけてくれるわ」

リーは姉の言葉を無視した。「マイケルが死んだら、わたしももう生きていたくないわ。こんな苦しみをかかえて生きていける人がいるなんて、とても信じられない」

「そんな話はおよしなさい」エイドリアンは寝椅子の横にひざまずいた。「もっと強くならなくちゃ。マイケルのためにもね。あの子、きっとおびえきった不安定な状態で帰ってくるわ。そのときにはあなたが優しく受けとめ、慰めてあげなくちゃならないのよ」

「あの子が帰ってきたときのこと、わたしも想像しようとはしているの」リーはまたプールに目をやった。「どんな感じか思い描こうとするんだけど、どうしても想像できないのよ。何も思い浮かばないの」

「まあ、リー……」エイドリアンは妹の体を抱きしめた。

リーは姉にすがって泣きだした。体をすりつぶし、喉を焼き焦がす、狂おしいまでに悲痛なむせび泣きだった。


ジャッキーが家の横手をまわりこむと、ふたりの女が裏庭にいた。エイドリアンは彼女に気づくとさっと立ちあがり、怖い顔でにらみつけてきた。

「来るときには前もって電話をするんじゃなかったの？」

「とも限らないわ」ジャッキーはリーを見下ろした。ぬいぐるみのクマを抱きしめ、すすり泣いている。「こんにちは、リー」彼女の肩にそっと手を置いて言った。

リーは袖《そで》で涙をぬぐい、寝椅子の上で姿勢を正した。ジャッキーは彼女のやつれように胸をつかれた。繊細な美しい顔はげっそりとこけ、目は傷を負ったように赤く腫《は》れている。

「何かわかったの？」ジャッキーの腕をつかんでリーは言った。「何か新しい展開が？」

「いいえ、まだ」ジャッキーは隣の椅子に腰かけた。あたたかな陽光を顔に受けながら、膝の上で手帳を開く。

　エイドリアンはプールに飛びこんで、いま猛然と泳いでいた。ジャッキーとリーはつややかな黒い頭や引きしまった体が水を切るのを眺めた。

「リー」しばらくしてジャッキーが言った。「今日ご両親がどこにいるか、ご存じない？」

　リーは大儀そうに寝椅子の上で首をめぐらした。「わたしの親？」

　エイドリアンがプールからあがり、タオルをとってタイルの上を歩いてきた。

「いったい何事？　リーに何をきいてるの？」

「ご両親のことよ。どこかに行っているのかと思って」

「なぜ？」

「昨日の午後お宅にうかがったら誰もいなかったの。今朝連絡したときにも留守番電話になっていたし、ここに来る途中で寄ったときにも相変わらず留守だったわ」

「ここ二日ほど出かけているのよ」エイドリアンはタオルで体を拭《ふ》き、デッキチェアーに腰かけた。「火曜の午後に出発したの」

　ジャッキーは眉をあげた。「妙な時期に旅行に出たのね」

「リー」エイドリアンが無造作に呼びかけた。「悪いけど、うちの中からサングラスをとってきてくれない？　玄関ホールのサイドボードの上だと思うわ」

　リーはのろのろと立ちあがり、家の中に入っていった。

「別に妙な時期ということはないわ」リーがいなくなると、エイドリアンは言った。「母はいつも父のことを気づかってるの。父はしょっちゅう来ていたマイケルが急に顔を見せなくなったんで、途方に暮れているのよ。それで母が外に連れだして、気持ちをそらしてやろうと考えたわけ」

「どちらに行っているの？」

「カリスペルよ。フラットヘッド湖のリゾート地に行ってるわ」

ジャッキーはマイケルが姿を消した直後、ポール・アーヌセンがカリスペルまで行っていることを思い出し、首筋の産毛が逆立つのを感じた。

「ご両親はカリスペルに別荘を持っているのね？」

「いえ、昔は持っていたんだけど、いまはね。父が……病気になってからは、維持していけなくなったのよ。いまあっちに行くときにはコンドミニアムを借りてるわ」

「そう。で、帰りはいつ？」

「今夜よ。母は日に二度も電話してくるわ。もうこれ以上うちを離れてはいられないみたい。マイケルのことが心配で。だからもう帰ってくるって」

「モニカもご両親といっしょに？」

「もちろんよ。母はどこに行くにもモニカを連れていくわ」

「なるほど」ジャッキーは手帳にペンを走らせた。

リーがサングラスを持って戻ってきた。小わきにまだ熊をかかえている。姉にサングラスを手渡すと、また寝椅子に横たわってプールの水面に視線をすえる。

「リー」ジャッキーは呼びかけた。「少し質問に答えてもらえますか？」

リーは無言のまま、緩慢な動作でクマの頭に顎をこすりつけている。

「あなたがマイケルを国外に出すために接触した組織のことですが、あなたは彼らに、ステファンのことをどんなふうに伝えたんです？」

エイドリアンがぎょっとしたようにジャッキーを見たが、リーはまったく反応しない。

「つまり――」ジャッキーは言葉をついだ。「ステファンがマイケルをさらいかねないということを、どうやって彼らに納得させたのかききたいんです。何かわたしに言ってないことを彼らに話したんじゃないですか？　彼がはっきりとマイケルを奪ってやると脅してきたとか、何かやったとか……」

語尾が曖昧《あいまい》にとぎれた。リーは相変わらず無反応だ。ぬいぐるみを抱きしめ、うつろな目でぼんやりとプールを見ている。

エイドリアンがまたジャッキーに視線を投げかけ、門のほうに顎をしゃくった。ジャッキーは立ちあがり、彼女のあとから家の横手にまわった。

「ごめんなさい、あんな調子で」エイドリアンはビャクシンの茂みのそばで立ちどまった。「でも、リーには耐えがたい試練なのよ。このままではほんとうに頭がおかしくなっちゃうわ」

「わかってる。なるべく彼女にしゃべらせるようにして、エイドリアン。ひとりでくよくよ思い悩ませておくよりは、なんでもいいからしゃべらせたほうがいい。それからもし彼女が何か参考になりそうなことを言ったら、すぐに連絡して。いいわね？」

「あらまあ。このわたしが警察の捜査に協力するわけ？」エイドリアンは皮肉るような笑みを浮かべた。

「そう願いたいわ」ジャッキーは微笑を返さなかった。「この事件の捜査には、得られるかぎりの協力が必要なのよ」

そして門を抜け、エイドリアンの視線を感じながら車に乗りこんだ。

二時間後、ジャッキーはエイドリアンの夫が経営者のひとりとして名を連ねている〈ソーン・ブレーク・アンド・コルダー法律事務所〉を訪れた。

待合室で座っているあいだ、ジャッキーはハーラン・コルダーの風貌《ふうぼう》をあれこれ想像した。これは彼女がよくやるゲームだ。まだ見ぬ相手を、その人物を知る人々の話からイメージしてみる。これから会う相手は働き盛りの少し尊大な男、おそらく食べすぎ飲みすぎの証拠が歴然と出はじめているタイプと見た。

だが、彼のオフィスに通されると、そのイメージは見事にくつがえされた。

ハーラン・コルダーは長身でやせ型、頭ははげているが、銀色の顎ひげはきれいに手入れされていた。目尻の皺《しわ》も感じがよく、顔だちも優しいけれど、目だけは鋭く光っている。カーキのスラックスに白いスポーツシャツ、肘に革のパッチがついたゆったりめのカーディガンを着た姿は、ステファン・パネシビックよりもよほど大学教授らしい。

年齢は妻より十五は上だろう。エイドリアンとの取り合わせがひどく奇異に感じられ、ジャッキーは一瞬言葉につまってしまった。

「お待たせしました、刑事さん」彼は礼儀正しく立ちあがって握手を求め、それからデスクの向かいの革張りの椅子をすすめた。「休みのあいだも世間の人たちは忙しかったらしく、約束してあったクライアントが遅刻してきたんですよ」

「ご心配なく」ジャッキーは答えた。「ほんの数分待っただけですから」

ハーラン・コルダーは両手の指で三角形を作り、にこやかに彼女を見つめた。

「今朝お宅にお邪魔してきました」ジャッキーは切りだしながら、相手の人となりを判断するのにどこから話を始めたら効率的かを考えた。「リーはずいぶん憔悴《しょうすい》しているようですね」

「まったく気の毒ですよ。わが子の行方が知れないなんて、親にしてみれば地獄でしょう。ましてリーは、絶好調のときでも精神的にそう強いわけではない」

「あの姉妹を比べたら、エイドリアンのほうが強そうですね」

コルダーは少し驚いた顔をした。「どうしてそう思うんです？」

「さあ。なんとなく自信がありそうに見えるので」

「これも人は見かけによらぬものという、ひとつの例ですな」

ジャッキーは興味を引かれて彼の顔を見た。「ほんとうのエイドリアンは、自信に満ちた強い人間ではないということですか？」

「鼻っ柱は強いが、精神的な強さとなると話は違ってきます。彼女はきわめて複雑な人間だ」

ジャッキーはその言葉に考えこみ、どこまでこの話に突っこむべきか思案した。「エイドリアンとミセス・メロンの親子関係は昔からあんなふうにぴりぴりしていたんでしょうか？」ようやくそう問いかける。

コルダーは椅子の背もたれに寄りかかって微笑したが、そのまなざしには相変わらず隙《すき》がなかった。「たいした洞察力ですね」

「いいえ。人から話を聞くのがわたしの仕事ですから」

「その話の嘘《うそ》を見破るのも？」

ジャッキーはひるむことなく彼を見かえした。「ええ。それも仕事のうちです」

コルダーは窓から見える町並みに目をやった。「わたしが初めて会ったときから、義母《はは》はエイドリアンに根の深い怒りを抱いていました。ふだんはそれを隠して、一族の結束の強さを印象づけようとしていますが、ときには本音がぽろりと出る」

「怒り？　それはまたどうして？」

「バーバラ・メロンは支配者だが、エイドリアンは支配を受けまいとしているんですよ。リーのほうはずっと……従順だったけどね」

「エイドリアンがそんなに反抗的になったのはどうしてなんですか？」

コルダーは遠くに視線をすえたままだ。「たぶん性格もあるんでしょう。子どものころから母親との関係がしっくりいかず、結局悪循環に陥ってしまったんですよ。エイドリアンが初めての子どもだったせいか、バーバラは彼女の一挙手一投足まで干渉し、思いどおりにしようとしたんです。思いどおりにならないときには、ひどく邪険に突き放した。だからエイドリアンは母親の関心を引くためにいい子を演じるしかなくなり、それがどんどんエスカレートしていったわけです」

「いまでも続いているんですか？　つまり、いまだにいい子を演じている？」

「いや、いまはもうやめているでしょう。母親に拒絶される悲しみを乗り越え、逆に反抗するようになったんですよ」彼はジャッキーに向き直り、不意にひややかな口調で詰問した。「そんなことがマイケルの事件に関係あるんですか、刑事さん？」

「あるかもしれません、家族の誰かがこの事件にかかわっているのなら」

「そんなことがありうると本気で思っているんですか？」

「もちろんです。統計を見ても、誘拐犯が家族以外の第三者だったというケースはきわめて少ないので」

「それは知ってます。わたしもこの数日でいろいろデータを調べてみたんでね」コルダーはそう言ってジャッキーを驚かせた。「しかし、なぜリーの側の家族を疑うんです？　リーは親権者なんだから、誘拐するとしたらステファンのほうだ。それは明々白々でしょう？」

ジャッキーはリーがマイケルをひそかに国外に連れだそうとしていたことに思いをはせた。「現段階では明々白々な動機のない人たちのことも視野に入れておかねばならないんです。あらゆる可能性を検討しないと」

コルダーは少し押し黙ってからうなずいた。「まあわたしとしては、エイドリアンの無実だけは保証しますよ。彼女は何も悪いことはやってない」

ジャッキーは手帳に目をやり、大胆な質問をぶつけてみることにした。「ミセス・メロンの話だと、ステファンについてはエイドリアンがメロン家のほかの誰より詳しいということでしたが？」

ハーラン・コルダーはペンを手にとり、力いっぱい握りしめた。「義母がそれを言ったのはいつのことです？」

「マイケルが行方不明になって間もなく。わたしがお宅に話を聞きに行ったときです」

「あの女！」

彼らしくもない憎々しげな言いかたに、ジャッキーはまじまじと顔を見た。

コルダーは物思いに沈んだように黙りこくってペンをもてあそび、それからやっと目をあわせた。「家内は数年前の一時期、ステファンと関係を持っていたんです」静かに言う。「だが、バーバラが知っているとは思わなかった」

ジャッキーはあんぐり口をあけ、慌てて表情を引きしめた。「エイドリアンが妹の夫と関係を持っていたというんですか？」

「そんなに驚かないでくださいよ、刑事さん。姦淫《かんいん》の罪は、たとえ家族のあいだでもそれほど珍しくはない」

「それはそうでしょうけど、でも、それに対するあなたの寛容さはかなり珍しいのでは。奥さんを許したんでしょう？」

「愛していますからね」

簡潔な説明だが、そのひとことにはずっしりと重みがあった。

ジャッキーは彼の目を見つめ、強く心を動かされた。コルダーの顔は苦悩とあきらめ、そして言葉では言いあらわせないほどの深い愛を語っている。

「ふたりはいったいどういういきさつでそんな関係になったんです？」

「あれはマイケルが生まれる前後のことでした。ステファンはリーの妊娠で夫婦生活がとだえ、欲求不満に陥っていたんでしょう。かたやエイドリアンのほうも、リーの妊娠を知って以来みじめな思いに打ちひしがれていた」

「彼女自身に子どもができなかったから？」

「ずっとほしがっていましたからね。自分より五つも下の妹が新婚早々身ごもり、どんどんおなかが大きくなっていくのを見ているうちに、矛盾した感情に悩まされるようになったんですよ。むろん妹を心から祝福していたが、その一方でわたしたち夫婦に子どもができないのをそれまで以上に気に病むようになった」

彼はそこでまた窓の外に視線を移し、ジャッキーは無言で続きを待った。

「わたしが思うに――」コルダーは言葉をついだ。「あのころのエイドリアンには、ステファンに対する強い思いこみがあったんでしょう。新しい命を授けてくれる強い男と見ていたんだ。そういう事情と感情とがいっしょくたになり、どちらもこらえきれなくなって突っ走ってしまったんですよ」

「あなたはどうして知ったんです？」

「エイドリアンに打ちあけられたんです。彼女は罪悪感に苦しんでいました。わたしが離婚を望むのなら、それも致しかたないと言ってきた」

「でも、あなたは離婚は望まなかった」

「わたしの望みは彼女がステファンと別れることでした。わたしがそう言うと、彼女も同意したんですよ。それで許してもらえるのなら、もう二度と彼とはふたりきりにならないと約束して」

「その約束は守られているんですね？」

「ええ。別れた直後の何カ月かはわたしもエイドリアンもぎくしゃくしていたが、そのうち過去のことだと割りきれるようになったんです。以来その話はいっさいしていません。だからバーバラが知っていたとは夢にも思わなかった」

「エイドリアンが母親にも打ちあけていたということはありませんか？」

コルダーは首をふった。「どんなことであれ、彼女は五つのとき以来、母親に打ちあけ話なんかしてないでしょう。バーバラがどうして知ったのかわからないが、家内が話したはずはない。きっと単なる当て推量じゃないかな。義母は勘の鋭い人ですからね」

「リーは知っているんですか？」

「まさか。メロン家では、リーをあらゆる不安から守ってやるのが長年の習慣になっているんです。それにあの当時、彼女はステファンにぞっこんだった。彼の浮気を知ったら、まして相手が自分の姉だなんてわかったら……打撃が大きすぎて再起不能になっていたでしょうよ」

「ステファンはほかの女性とも浮気したことがあるんでしょうか？」

「そこまでは知りません」コルダーは冷たい表情で言った。「その種のゴシップには関心がないんでね」

　ジャッキーはうなずいた。「リーとステファンの結婚生活の実情がもっときっちりつかめたらいいんですが。なんだかはっきりしたイメージがわいてこないんです。違う人から話を聞くごとに、ころころ印象が変わってしまう」

「夫婦の関係なんて多かれ少なかれそんなものでしょう」弁護士は言った。「結婚生活とは鎖国状態の国みたいなものだ。中で何が起きているのか、ほんとうのところは住んでる者にしかわからないんですよ」

　ジャッキーはハーラン・コルダーと彼の若く美しく生意気な妻の結婚生活に思いをめぐらした。彼の愛は妻の裏切りにあってもさめることはなかったのだ。

　不意に羨望《せんぼう》と深い孤独が胸に広がりだす。

「今日お話ししたことは他言しないでいただけるでしょうね？」コルダーは用心深く言った。「マイケルを捜しだす助けになればと思って、内々のことまでお話ししたんですから」

「心得ています」ジャッキーはポール・アーヌセンの写真を手帳のあいだから出し、彼のほうに差しだした。「この人物に見覚えはありませんか、ミスター・コルダー？」

　コルダーは写真をじっと見てから首をふった。「知りませんね」

　ジャッキーは写真をしまい、立ちあがってデスクごしに握手を求めた。「ご協力ありがとうございました。たいへん参考になりました」

コルダーはデスクをまわりこみ、戸口まで送ってくれた。「わたしで役に立てることがあったら、遠慮なく言ってください」

「ありがとうございます」ジャッキーはドアをあけ、廊下に出てからふりかえった。「今朝、奥さまにも申しあげたんですが、この事件の捜査には得られるかぎりの協力が必要なんです」

ステファン・パネシビックは荷造りをしていた。ジャッキーは部屋に入ったところにたたずんで、本や段ボールの山をしげしげと眺めた。

ステファンが居間に入っていき、本を段ボール箱の中に次々とつめはじめた。ジャッキーが呼び鈴を鳴らしたときには、その作業の途中だったらしい。

「ちょっと生活を変えてみるつもりなんだ」唐突に彼が口を開いた。「何かしないではいられないんだよ。じっとしてると気が狂ってしまいそうだ」

ジャッキーは彼の顔を見て同情した。ハンサムな顔はげっそりやつれている。体重も落ちたらしく、最初に会ったときよりも細身になったような印象を受ける。「どこに引っ越すんです?」

「いま一戸建てを探している。この荷物は落ち着く先が決まるまで貸し倉庫に預けておくんだ」

「ちょっと順序が違うんじゃないでしょうか？」

彼は手にした本を素早くめくると、顔をしかめて別の箱に放《ほう》りこんだ。「どういう意味だい？」

「ふつうは引っ越す前に新しい住まいを決めておくものでは？」

「ここはもう出なくちゃならないんだよ。賃貸契約の今度の更新はしないと告げた時点で、今月なかばまでに部屋をあけるよう言われたんだ」

「それで一軒家を探しているというわけですか？」

「マイケルにはもっと広い空間が必要だからね。フェンスのある庭や、彼自身の部屋が」

「マイケルのために家を？」ジャッキーはびっくりした。

ステファンはまたひとかかえの本を箱につめ、やっと顔をあげた。「マイケルは必ず帰ってくる。たとえ警察には見つけられなくても、ぼくが自分の力で捜しだしてみせる。そして捜しだしたら、そのまま手もとに置いておくつもりだ。リーに親権者の資格がないことはもはや明らかだからね」

「リーとの結婚生活は最初のうちはよかったけれど、だんだんおかしくなったと言っていましたね？　おかしくなったのはあなたのほうに飽きがきたからでは？」

ステファンは鋭い目でジャッキーを見た。「その質問は捜査の範囲を逸脱してるんじゃないかい、刑事さん？」

「どんな事件でも解決の鍵《かぎ》は人間関係にある。そして今度の事件においては、あなたとリーの結婚がすべての中心に位置しているんです」

「そんなことはない。ぼくたちの結婚生活はとうに終わっているんだ。いや、最初から存在しなかったも同然だよ」

「どういう意味です?」

「リーの頭にはロマンチックなおとぎ話しかなかったのさ。若くて、世間知らずで、ふたりして夕日に向かって走っていけば、死ぬまで幸せに暮らせると思っていたんだ。人生の真実など何もわかっちゃいなかったんだよ」

「そんな彼女の単純さが物足りなくなったと?」

ステファンはむっとしたように顔をそむけた。どうやらこれ以上この線で質問を重ねても益はなさそうだ。

「リーがあなたを恐れるのはどうしてです?」ジャッキーはきいてみた。

「彼女がぼくを恐れているなんて信じられないね。ぼくは手をあげたことなど一度もない」

「別に暴力がどうこう言ってるわけじゃありません。彼女はあなたをマイケルに近づけまいとしていた。だからあなたも法廷に持ちこまざるを得なかったんでしょう? 彼女があなたにマイケルを奪われるんじゃないかと恐れるようになったのは、いったいどうしてなんです？」

「たぶん母親のせいだろう。バーバラ・メロンがリーをぼくと敵対させるために、何かたきつけたに違いない。あの母親は昔からぼくを嫌っていたからね」

「あなたがマイケルをさらいかねないとリーに吹きこんだのはバーバラ・メロンだということですか？」

「まず間違いないだろうね。いかにもバーバラらしいやりかたさ。リーは執念深いタイプではないけれど、メロン家のほかの連中は完膚なきまでに敵をたたきつぶしたい口なんだよ」

彼は部屋から出て、ティッシュの束をとってきた。書棚に並んだ日本の根付けのコレクションをひとつひとつティッシュでくるみ、箱の隅につめていく。

ジャッキーはポール・アーヌセンの写真をとりだし、ステファンに近づいていってよく見えるようにかかげた。「この男をどこで見たのか、まだ思い出せませんか？」

ステファンは写真を一瞥《いちべつ》してからジャッキーを見た。「なぜいつまでもこの男にこだわるんだい？」

「この男が重要な手がかりを握っているかもしれないので」

ステファンはため息をつき、頭をかきむしりながら写真を見た。「これは先日、きみがうちの親の農場に連れてきた男じゃないかい？　たしかサイキックだとか言っていた」

「ええ、そうです。でも、それ以前からあなたは見覚えがあると言っていた。この写真を見て、どこかで見たような顔だと言ってましたね」

彼はジャッキーとの距離をつめ、探るように見つめてきた。「いったい何が言いたいんだ、刑事さん?」

「農場で会う以前に、どこかで見た記憶があるのでは?」

「だとしても、思い出せないものは思い出せないんだ。きっとぼくの勘違いだったんだろう」

「そう」ジャッキーは写真と手帳をバッグにしまった。「もし思い出したらご連絡いただけますね?」

ステファンは彼女の腕をつかみ、怒りに燃える目でにらみつけた。「もう時間の無駄づかいはやめるんだ」やんわりと言う。「さっさとマイケルを捜しに行け。ぼくの忍耐もそろそろ限界だ。いつまでもこんな調子で待たされたら、もう自分の行動に責任が持てなくなるぞ」

# 20

ジャッキーは浅い眠りから覚め、朝の静寂の中で自分が見ていた夢を思い出そうとした。だが、はっきりした場面は何ひとつ再現できず、ただポール・アーヌセンがどこかで出てきたという以外何もわからなかった。

そのうちアパートメントの静けさを破る声が徐々に意識にしみとおってきた。アレックスがソファーの寝床で泣いているのだ。枕《まくら》に顔をうずめても押し殺しきれないくぐもった泣き声が、せつせつと胸に響いてくる。

ジャッキーはベッドで身をかたくして、あいたままのドアを見すえた。少女の泣き声には、じつのところ少しほっとしていた。これまでアレックスはある程度の平静を保っていたが、彼女がくぐりぬけてきた地獄を思ったら、そのほうがかえって不自然で気がかりだった。だからジャッキーはなんらかの感情的な暴発を待ちつづけてきたのだが、いざこうなってみるとどうしたらいいのかわからない。

居間に行って抱きしめてやるのはやめたほうがいいだろう。アレックスは慰めなど求めてはいない。けなげに耐えて、ジャッキーに強い娘と思わせておきたいはずだ。

　やがてすすり泣きがやみ、アレックスが起きだしてバスルームを使う音がした。ジャッキーは彼女がバスルームを出てキッチンに入るまで待ち、それからいつものようにシャワーを浴びに行った。

　仕事着を身につけ、ストッキングをはいただけの足でキッチンに入っていくと、いれたてのコーヒーの芳しい香りが立ちこめていた。

　アレックスが顔をあげ、弱々しくほほえんだ。テーブルに出されたシリアルの箱の横に、ジャムと蜂蜜《はちみつ》の瓶を置く。

　今日はジャッキーのカットオフジーンズをはき、たっぷりしたコットンのシャツを着て、髪をポニーテールにしていた。顔は青いが表情は落ち着いており、涙の跡もきれいに洗い落とされている。

　ジャッキーはテーブルの前に座り、皿からトーストをとっていちごジャムを塗った。

「今日は何をする予定？」

「シンクの下のキャビネットを整理するわ。中のものを全部出して棚を拭《ふ》き、それから使いやすいように整理してしまうの」

　ジャッキーはしかめっつらになってコーヒーを飲んだ。「気持ちのいい夏の日をそんなことでつぶすなんてもったいないわ。ほかの若い子みたいに公園にでも行って、たばこを吸ったりぶらついたりしてみたら？」

「家事が好きなのよ。時間があったら窓ガラスも拭くつもり。来週には収納クロゼットの整理をするわ」

ジャッキーは先刻の泣き声を思い出し、深い悲しみに胸をつまらせた。「ハニー」優しく呼びかける。「あなたがこの家にいてくれるのはほんとうに嬉《うれ》しいわ。だけど、家のことをどんなによくやってくれても、あなたを置いてあげるわけにはいかないのよ」

「なぜ？　迷惑はかけないわ、ジャッキー。約束する。だからお願い」

「あなたにこういう生活はさせられないのよ。あなたにはごくふつうの家庭が必要なの。一日何時間かは会話のできる相手や、もっと安定した環境が必要なのよ」

「あたしはここで十分だわ」アレックスは熱っぽく言った。「ほんとうよ。じきに夏が終わればまた学校が始まるし、そうなればあたしも一日忙しくなるし」

ジャッキーはそれでいったんあきらめ、朝食を食べはじめた。アパートメントを出るときには、アレックスはもうキッチンの床にしゃがみこんで、シンクの下のキャビネットを空にしていた。

署に向かう車の中で朝のラッシュに顔をしかめながら、ジャッキーはアレックスをどうすべきか考えた。あの可憐《かれん》で賢く気だてのいい少女には、ふつうの家出少女に警察がとる措置は適さないような気がした。

車を駐車場にとめると、ジャッキーは毎朝恒例の捜査会議に出た。その場の雰囲気が妙に気まずいのは、ミッチェルソン警部補とウォードローのあいだに肌で感じられるほどの緊張感がみなぎっていたせいだった。どうやら口論でもしたらしく、ふたりともぴりぴりして不機嫌だった。

もっとも最近では誰もがぴりぴりと神経を逆立てている。難航する捜査にみんないらだっているのだ。そのうえミッチェルソン警部補から配られたローカル新聞の記事のコピーは、子どもの命がかかっているのに警察は〝真剣みが足りず〟、捜査は〝拙劣きわまりない〟と非難していた。

ジャッキーはむっつりと押し黙って記事を読みながら、この報道の背後にメロン家がいるのだろうかと考えた。会議が終わると、ウォードローと今日の予定を打ちあわせ、署を出てサウス・ヒルに向かった。

メロン夫妻はエイドリアンが言っていたとおり、ゆうべのうちに帰宅したようだった。チャイムを押すとすぐに応答があり、門が開かれた。ジャッキーは車から降りて玄関に急ぎ、待っていたモニカに中に入れてもらった。

「カリスペルはどうでした?」ジャッキーはさりげなく尋ねた。「いまの時期は湖がきれいでしょうね」

モニカはなんともはかりがたい無表情な目でちらりとジャッキーを見た。「わたしたちみんな、気持ちがふさいで景色を楽しむどころじゃありませんでしたよ」かすかになまりのある英語で答える。「奥さまはマイケル坊っちゃまのことで頭がいっぱいのようでした」

ジャッキーは彼女の案内でしゃれた部屋を次々と通りぬけ、窓の大きな例の部屋に行った。だが、バーバラ・メロンはこのうららかな金曜の朝に機織りはしていなかった。ベージュのシルクのガウンをまとって窓辺に座り、膝にコーヒーの入ったマグをのせて温室のそばのシダレヤナギの木を見ていた。

モニカは戸口でジャッキーに警告するような流し目をくれてから、廊下を遠ざかっていった。ジャッキーは室内に足を踏みだした。

「おはようございます、ミセス・メロン。お元気でしたか？」

バーバラははっとしたように顔をあげ、その拍子にコーヒーをこぼしそうになった。ジャッキーは彼女のやつれようにぎょっとした。この前に会ってからまだ数日しかたっていないのに、まるで二十も年をとったように見える。頬がこけて青ざめ、目の下には疲労が色濃くにじんでいる。

これは間違いなく耐えがたい苦悩にさいなまれている人間の顔だ。ジャッキーの胸に同情が波となって押し寄せた。

「申し訳ありません、まだマイケルを見つけられなくて」つぶやくように言う。「さぞご心配でしょうね」

「ええ」バーバラの声も小さかった。「警察は全力を尽くしてくれてるんだと信じていますよ、刑事さん。でも……とにかく心配で……」

声がとぎれ、ジャッキーは泣きだすのではないかと内心たじろいだ。だが、バーバラははた目にも明らかなほどに厳しく自制心を働かせ、マグを近くのテーブルに置くと膝の上で両手を組みあわせた。

「オールデンはわたし以上につらいと思うわ」再び窓の外に目をやって言う。温室の向こうの花壇で動いている人影がジャッキーにも見えた。「彼には何がなんだかわからないんだから。なぜマイケルが来ないのか理解できないし、わたしもなんと説明したらいいのかわからない」

ジャッキーの頭からは前もって用意しておいた質問の数々がすべて吹きとんでしまった。目の前の老婦人が芝居をしているとは思えない。憔悴《しょうすい》しきったバーバラを前にすると、突然のカリスペル行きやかつての義理の息子との関係について問いただすのがいかにも無神経な行為のように感じられた。

「ご心痛はお察しします」ジャッキーは彼女の隣の椅子に腰かけ、ようやく口を開いた。「でも、最初のころはそんなに心配なさっているようには見えませんでした。さらったのはステファンなのだから、危害を加えられることはないと信じておいでのようでしたが」

「ええ、そのとおりですよ。でも、ステファンはいまだに……いまだにこの地にとどまっているし、マイケルはいまなお見つかっていない。きっとステファンがさらったというのはわたしの考え違いだったんでしょう」バーバラは引きつった顔でジャッキーに向き直った。「だとすると、残る可能性は……残る可能性については考えたくもないわ」

ジャッキーは手帳に目を落とした。かつてバーバラ・メロンがこれほどまでに苦悩したことがあっただろうか？　孫に対する彼女の愛情は、娘たちに対するそれよりもさらに深いもののようだ。

あるいは日々のストレスや夫の病気でようやく角がとれ、ふつうの人並みに傷つきやすくなったのかもしれない。

ジャッキーはポール・アーヌセンの写真をとりだし、バーバラに渡した。「この男性に見覚えはありませんか？」

バーバラはつかの間でも気持ちをそらすものができたことにほっとしたような顔で、じっと写真に見入った。「いいえ」長い沈黙の末にようやく答える。「見た覚えはないわ」

それっきり彼女のエネルギーは尽きてしまったらしい。また窓のほうに視線を泳がせ、シルクのガウンに包まれた肩を細かく震わせはじめた。ジャッキーは椅子ごと彼女に近づいて、そっと腕に手をかけた。ふたりはその姿勢のまま、芝生のスプリンクラーが空中に美しい虹《にじ》を散らすのを黙然と見つめていた。

車に戻ったジャッキーは、ハンドルを握りしめ、次はどうしようかと思案した。そしてとりあえずメロン邸の門の外まで車を進め、バックミラーで門がするすると閉まるのを見た。外の通りに停車し、深刻な表情で手帳を開く。

新聞記事に書かれていた言葉が頭の中でこだました。真剣みが足りず、拙劣きわまりない……。

世間はほんとうにそういう目で警察を見ているのだろうか？　何十人もの警官が長い時間を費やし、家族と過ごすはずの休日まで犠牲にし、ほかの事件の捜査をあとまわしにして、行方不明になった子どもの捜索に全精力を傾けているというのに、世の人々にはわかってもらえないのだろうか？　そう、たぶんわからないのだろう。ジャッキーは苦々しい思いで手帳をとじ、ハンドルに指を打ちつけながら考えた。

彼女の勘は最初から事件を解く鍵《かぎ》が二家族のどこかにあると告げていた。それに、ポール・アーヌセンもおそらくなんらかの形でかかわっている、と。だが調べれば調べるほど、すべての確信が揺らいでくる。

そのうえ何か決定的に重要なことを見逃しているという、あのなんとももどかしい感覚がいまも頭の中でもやもやしていた。それは日がたつごとに強まって、潜在意識のすぐ下にある薄ぼんやりとした領域からしきりにちょっかいをかけてきた。ときにはいらだちのあまり、金切り声をあげたくなるほどだ。

ジャッキーはぶるっと頭をふり、ようやく車を出した。ヘレン・フィリップスの家の前を通るつもりで、木陰になった通りを走りだす。そのほうが市の北部に戻るには近道なのだ。

しかし角を曲がって通りの先に目をやったとき、ハンドルを持つ手に思わず力が入って、心臓が音高くとどろきだした。

ポール・アーヌセンのダークブルーのトラックが、ヘレン・フィリップスの家の前にとまっていた。

ジャッキーはそろそろと車を進め、アーヌセンのトラックから半ブロックほど離れた大きな楡《にれ》の木のそばでとめた。手帳を出し、ナンバーを照合して間違いなくアーヌセンのトラックだと確認すると、サングラスをかけてシートにもたれかかる。

十五分ほど待つと、アーヌセンが家から出てきてトラックの後ろにまわり、後尾扉をあけた。こちらを見てはいないけれど、もしふりむいても顔を見られないよう、ジャッキーはシートにあずけた体を下にずらした。

アーヌセンは仕事のための服装をしていた。ジーンズにどっしりした編み上げブーツをはき、デニムのシャツを着て、例の色あせたベースボールキャップをかぶっている。荷台に半身を入れて道具か何かをごそごそ動かしてから、後尾扉を閉め、周囲をさっと見まわす。

その目が一瞬後ろの覆面パトカーにとまったが、警察車輌《しゃりょう》と気づいた様子はない。前にまわって運転席に乗りこむと、彼はそのまま走り去っていった。

ジャッキーは車を前進させ、アーヌセンがあけたばかりのスペースに駐車した。この状況にいったいどう対処したらいいのかわからない。アーヌセンがここに現れたということ自体、何を意味しているのか見当もつかないのだ。

とにかくサングラスをはずしてダッシュボードに置き、車から降りると家のほうに歩きだした。そしてとうとう覚悟を決め、勝手口のある裏庭にまわった。

裏庭は前に来たときと同じく、心やすらぐ美しい風景を作りだしていた。真鍮《しんちゅう》の風向計がそよ風にゆったりとまわっている。フェンスにはおびただしい花がからみつき、芝生は水に濡《ぬ》れてすがすがしい匂《にお》いをふりまいている。ヘレンは大きな麦わら帽子をかぶり、だぶだぶのショートパンツからそばかすの散った細い脚を出して庭仕事をしていた。トマトの蔓《つる》を支柱に巻きつかせようとしているのだ。

「おはようございます」ジャッキーは手を額にやってひさしを作りながら、まぶしい庭のほうをのぞきこんだ。「お元気ですか、ミズ・フィリップス?」

ヘレンは体を起こし、軍手をはずして裏庭の門のところまでやってきた。「おはようございます、刑事さん。わたしのことはヘレンと呼んでくださいな。すばらしいお天気ですね」

だが、その言葉とは裏腹に、彼女の表情は暗く沈んでいた。ほかの関係者と同様、見るも無残な顔をしている。そばかすの散った顔はこわばって引きつり、恐怖におののいているようにさえ見える。目のまわりは黒ずんでくまになっている。

麦わら帽子をとると、長いおさげ髪が背中に垂れさがった。「赤毛の宿命ね。常に帽子をかぶってないと、ゆでたロブスターみたいに真っ赤になってしまうの」

ジャッキーは同情をこめてうなずいた。

「マイケルのこと、何かわかりました？」

「多少は進展しています。ちょっとお邪魔して構いませんか？」

「もちろん。レモネードでも作りますわ」

「どうぞお構いなく」ジャッキーは彼女のあとからキッチンに入った。「二、三質問させていただくだけですから、何もなさらないで」

ヘレンはその言葉に従い、シンクで手を洗うとテーブルをはさんでジャッキーの向かいに腰かけた。

「ついさっきここに着いたんですけど、ちょうど男の人が出てきたところでした。彼と話をなさったんですか？」

「ミスター・アーヌセンのことかしら？」

「そうです」ジャッキーは写真をとりだした。「前回お邪魔したときにこの写真を見ていただきました。あなたは見覚えがあるけれど、名前は思い出せないとおっしゃいましたね」

ヘレンはびっくりしたように写真を見た。「ほんと、同じ人だわ」ちらりとジャッキーを見やる。「この写真のことはすっかり忘れていたわ」そう言うと、もう一度写真を見つめた。

「今日彼がこちらに来たのは……？」

「うちの屋根を直してもらうことになったんです。二、三日前に彼が来て、屋根板がずいぶん傷んでいる、よかったら見積もりを出すがどうだろうかって」

「それでさっそく頼むことにしたわけですか？」

「いえ、まさか。彼はこの近所に自分が修繕を請け負った家が何軒かあると言って、その人たちの名前を教えてくれました。そのほとんどがわたしも知っている人たちだったんで、実際に修繕したところを見せてもらいに行ったんです。彼のことはみんなほめていました。料金も妥当だし、確かにうちの屋根はもう葺《ふ》きかえなきゃならないから、さっき正式に契約をかわしたんですよ」

ジャッキーはメモをとった。「葺きかえはいつから始めてもらうんです？」

「明日からです」

「そんな大がかりな仕事を土曜の朝から始めるんですか？」

ヘレンはうなずいた。「週末に働くのは構わないって言うし、この仕事が終わったら長い休暇をとるんですって」

「なるほどね」

ヘレンはジャッキーのひややかな口調に驚いたらしく、ぱっと顔をあげた。

だが、どちらか一方が口を開く前に玄関のチャイムが鳴らされた。ヘレンはびくっとし、時計に目を走らせた。

「新聞屋さんだわ。いつもこのくらいの時間に集金を……あら、やだ。小銭が切れてるわ」気もそぞろといった表情で椅子を引く。「ちょっと失礼しますね」

「ええ、どうぞ」ジャッキーは言った。「ここで待ってますから」

彼女がキッチンのテーブルで手帳に新情報を書き加えていると、グレース・フィリップスが入ってきた。花柄のコットンのワンピースにカーディガンを着て、革のモカシンをはいている。木の床に足を引きずるようにして冷蔵庫に向かい、ジャッキーに気づくと立ちどまった。

「このあいだの刑事さんね？」

「ええ、そうです」

「え、なんですって？」

ジャッキーが大声を張りあげて自己紹介すると、老婦人はうなずいた。

「まだ銃は持っている?」ジャッキーに身を寄せて尋ねる。薬用クリームと何かの香水の入りまじった匂いがかすかに鼻先に漂った。

ジャッキーはジャケットの裾《すそ》をめくってホルスターを見せた。グレース・フィリップスはうっとりと銃を見つめ、満足げにうなずいた。

「できるものならその銃であの男を撃ち殺してもらいたいわ」玄関のほうをふりかえりながらささやく。「狂犬を撃ち殺すみたいに、あの男も射殺すべきなのよ」

「誰のことです?」ジャッキーは階段を駆けおりる足音を聞きながら言った。どうやらヘレンが小銭をとりに二階まで行っていたらしい。

「あの男よ」グレースはしゃがれ声でささやいた。「あの男がまた来たのよ」

「屋根の修理に来る男のことですか?」

「あれは悪党だわ」グレースは構わず続けた。「暗くなってからここに来て、ヘレンの部屋に忍びこむなんて、悪い男のすることよ。それが罪悪だということはヘレンも知ってるはずなのに」

ジャッキーの頭の中がぐるぐるまわりだした。「あの男が夜ここに来る?」

「邪悪なことが起こっているのよ」老婦人は顔をしかめ、皺《しわ》だらけの頬に涙をこぼした。

「わたし、恐ろしくて」

「ちょっとわたしの車まで来てください。詳しい話をうかがいます」

「だめよ!」グレースはぎょっとしたように身をすくめ、ジャッキーをにらみつけた。「あなたには何も話したくないわ」

「ですが、もしも――」

「だめ!」グレースは怒りに顔を紅潮させた。

ジャッキーは上着のポケットから名刺をとりだした。玄関のほうをうかがいながら、静脈の浮いたグレースの手に名刺を押しつけ、耳もとで言う。「もしも何か恐ろしいことが起きたら、この番号に電話してください。すぐに駆けつけます」老婦人によく聞こえるよう、はきはきと続ける。「わかりましたか?」

グレースはうなずいて名刺を握りしめ、ぼんやりとジャッキーを見つめた。

「単に話がしたいだけでも、電話してくださっていいんですよ」ジャッキーは近づいてくる足音に少しばかり焦りを感じながらつけ加えた。「いいですね、ミセス・フィリップス?」

「お母さん?」ヘレンのとがった声がした。「ここで何をしているの? テレビのクイズ番組を見てたんじゃなかったの?」

「あの番組はくだらないわ」グレースはふくれっつらになってそう言った。「テレビなんてどれもこれもくだらない。わたしはおなかがすいたのよ。なのに、この家にはろくな食べ物がないんだから」

ヘレンの顔がいらだちの色を浮かべて険しくなった。ひとつ吐息をつき、冷蔵庫に向かう。彼女が背を向けているあいだに、グレースは名刺をカーディガンのポケットにすべりこませた。

ジャッキーは古めかしい広いキッチンで言い争う母と娘をじっと見ていた。グレースのふわふわした白い頭を見ながら、先刻の話はこの老婦人の妄想だろうかと考える。ポール・アーヌセンが夜へレン・フィリップスの寝室に忍んでくるなんて、とうてい信じがたい話だ。

だが、信じがたいというのなら、この事件の周辺は信じがたい話ばかりなのだ。

# 21

土曜の朝、ジャッキーは早めに署に着いて、コーヒーをカップについだ。デスクの前に腰かけ、一心不乱にファイルをめくりはじめる。細かな情報のひとつひとつを再検討し、あちこちで聞いた相矛盾する話を整理したかった。

「十一日だ」ブライアン・ウォードローが自分の席でつぶやいた。

「え?」ジャッキーは難しい顔でリー・メロンの供述を読んでいた。

「もう十一日になるんだよ、この前に非番で俺《おれ》たちが休んでから」

「それに、マイケルが行方不明になってから一週間を超えたわ」ジャッキーは言った。「調子はどう、ブライアン?」

ウォードローは苦々しげな笑みを浮かべた。「仕事のことかい、それとも私生活のほうか?」

ジャッキーは椅子の背にもたれ、両手をあげて伸びをした。「両方よ」

「わが家のほうは相変わらずだ。ろくに女房の顔も見ていない」

「まだ彼女と話しあってないの？」

「たとえ話しあう時間があったとしても、何を言ったらいいのかわからないよ」

「ブライアン――」

「それにこのいまいましい事件」ウォードローは目の前の机をにらんで言葉をついだ。「もう頭が変になりそうだ。手がかりらしい手がかりもないのに、誰もが早急に解決しろと声高にわめく。マスコミに本署の連中、ミッチェルソン警部補までもがやいのやいのとせっつく」

「ミッチェルソン警部補と気まずくなってるみたいね。いったい何があったの？」

ウォードローはいらだたしげな仕草でコンピューターのスイッチを入れた。

「ミッチェルソン警部補もつらい立場なのよ、上のほうから圧力をかけられて」

「だからといって――」

「ジャッキー？」事務員のアリスが刑事部屋に顔をのぞかせ、ジャッキーの席までやってきた。「あなたあての電話のメッセージよ」

「ありがとう」

ジャッキーはメモの束を受けとった。ぱらぱらとめくってみたが、急ぎのものはなさそうだ。ただ、電話番号と〝電話乞《こ》う〟としか書かれていないものが一件あった。

「これは何、アリス？」

ジャッキーは尋ねたが、アリスはもういなくなっていた。

ジャッキーはそのメモを置き、まずはロサンゼルスの番号をプッシュした。

いつものように一コールめでローナ・マクフィーが出た。「ただの一日も休みをとらずに働いてるの？」ジャッキーは言った。

「そう言うあなたはいま自宅からかけているんでしょうね？　バスローブ姿でチョコレートを食べながら」

ジャッキーは笑い声をあげ、それから真面目《まじめ》な口調で尋ねた。「祖母のところに行ってみてくれた？」

「木曜にね。みんな元気だったわよ」

「ほんとうに？」

「変わりないって意味ではね」ソーシャルワーカーは答えた。「ジョーイは裏の空き地に古い車ばかり半ダースも集めていたわ。ばらばらに解体するつもりなんですってよ」

「まさか盗難車じゃないでしょうね？」ジャッキーはどきりとして言った。

「詳しくはきかなかったわ。だけど周囲から丸見えのところに堂々と置いてるんだから、合法的ではあるんでしょうよ。少なくとも半合法的ってとこかしら」

「カーメロはどうしてた？」

「家に帰ってきて、いまは仕事を探してるわ。あまり身を入れて探しているようには見えなかったけどね。最近お祖母《ばあ》ちゃんと一点五セントで賭《か》けクリベッジをやってるんだって。わたしが行ったときにはお祖母ちゃんのほうが四ドル近く勝ってたわ」

「祖母の様子はどうだった？」

「少しふらついていたけど大丈夫。彼女も若返っていくわけではないのよ、ジャッキー。がぶ飲みすれば体にこたえて当然だわ」

ジャッキーは良心の呵責《かしゃく》にさいなまれた。「わたしがこっちに引きとるべきなのよね。そして――」

「そんな考えは捨てなさい。あなたに彼女を変えることはできないわ。彼女が自分で変わる努力をしなければ」

「でも、このままじゃ命をちぢめるだけだわ」

「だとしても、それが彼女の選んだ道なのよ。あなたは一度は同居を申し出、彼女はそれを蹴《け》った。となったら、もう放《ほう》っておくしかないわ。いまボールは彼女のコートに行っているんであって、あなたが打つ番ではないんだから」

「祖母はわたしのこと……何か言っていた？」ジャッキーは半分祈るような気持ちで問いかけた。「最後に電話したとき、ずいぶん怒らせてしまったのよ」

「いいえ、スイーティ」ローナは優しく言った。「何も言ってなかったわ」

ジャッキーは少し黙りこんだ。「じつは、今日はもうひとつ話があるの」ようやく言う。

「どうぞ。聞いてるわよ」

ジャッキーはアレックスの話をした。町で彼女を拾ったことや彼女の母親に電話したこと、今後どうすべきか考えあぐねていることを。

「それで、いまの状況は？」ローナは言った。

「いま言ったとおり、とりあえずはうちに居候させてるわ。でも、この先どうしたらいいのか決めかねてるの。彼女、いまのところは落ち着いてるし明るくふるまっているけれど、まだほんとうに立ち直ったわけではないのよね。あの年で地獄を見てきたんだもの」

「カウンセリングを受けさせるか、せめて誰か話を聞きだせる人間が必要ね」

「わかってるわ。でも、わたしには〝いってきます〟と〝ただいま〟を言うぐらいの時間しかない。彼女は毎日ひとりぼっちで、家政婦みたいにわたしの部屋を磨きたててるの。こんな状態でいいわけはないわ」

「かといって家に送りかえすわけにもいかない。それは問題外よね。二十四時間以内にまた飛びだすに決まってる。そういうケースはいやというほど見てきたわ」

「だけど、いつまでもうちに置いておくこともできないわ。寝室がひとつしかないから、いま彼女はソファーで寝ているのよ。まったく信じられない状況だわ」

「とるべき道はあなたにもわかっているはずよ、ジャッキー。仕事柄、そういう子どもたちをたくさん保護してきたんでしょう？」

「グループホームとか養育ホームといった施設に預けろということ?」

「施設だってそう悪いものでもないわよ。本人の家よりはよっぽどましだわ」ローナは暗い声で言う。

「それはそうでしょうけど、アレックスは……」ジャッキーはアレックスの内気さや優しさや才能、それにやすらげる居場所を求めるいじらしい心情を思った。「わたし、あの子にはふつうの家庭で人並みの生活をさせてやりたいの。あの子にふさわしい環境を与えてやりたいのよ。それが無理なら、あなたのほうから別の方法を提案してやってもらえない?」

「別の方法って?」

「あの母親なら、アレックスを追い払うためとあらば、どこかの寄宿学校に入れるお金ぐらい出すと思うの」

「だけど、学校が長い休みに入ったときはどうするの? 学校だけが人生ではないのよ」

「それはわかってるけど」ジャッキーは電話のコードを指に巻きつけた。

「とにかく、わたしのほうで少し調べてからまた電話するわ。それでいい?」ローナは言った。「きっと何か方法があるはずだわ」

「ありがとう」ジャッキーは声に感謝をこめて言った。「あなたは天使だわ、ローナ」

「ええ、そのとおりよ」

ジャッキーはすまして応じたローナの言葉に笑い声をあげた。それからさよならを言いあって電話を切ったときには、多少なりとも気持ちが軽くなっていた。

再びメモの束をめくって電話連絡を片づけ、最後に例の名なしの相手にかけることにした。

メモに記された番号にかけると、四度めのコールで女が出た。

「もしもし?」息を切らしたいらだたしげな声だ。

「ヘレン?」ジャッキーは混乱した。

「どちらさま?」

「カミンスキー刑事です。お電話をいただいたようですが?」

「いいえ」ヘレン・フィリップスは言った。「なぜわたしが電話なんか」

「ですが……」ジャッキーは黄色いメモ用紙を見下ろし、ヘレンの母グレース・フィリップスに名刺を渡したことを思い出した。

「何かの間違いじゃないかしら」ヘレンはそそくさと言葉をついだ。「あの、申し訳ないんだけど、いまお話ししている暇がないんです。もう時間に遅れそうなの。ちょうど玄関を出るところだったもので。ミスター・アーヌセンが今日から屋根の葺《ふ》きかえに来る予定だから、一時間以内に戻ってこなくちゃならないし」

「それは失礼しました」ジャッキーは言った。「お時間をとらせてしまいすみません」

「だけど、どうして電話をくださったの？」ヘレンは怪しむような口調になった。

「それがつまらないミスをしてしまったようで」ジャッキーは堂々と嘘《うそ》をついた。「電話番号リストを見ながらあちこちに電話していたんですが、そちらの番号の下の番号にかけるつもりだったんです。ほんとうにすみませんでした」

「いえ、いいんですよ」ヘレンの声に安堵《あんど》の響きがまじった。「わたしで力になれることがあったら、いつでもかけてくださいね」

「ありがとうございます。ではまた近いうちに」

受話器を置き、ファイルをめくりながら、ヘレンが確実に家を出るまで二十分ほど待つ。再び同じ番号をダイヤルしたときには、グレース・フィリップスの聴力が電話の音を聞きとれる程度には残っているよう、ひたすら祈った。

なかばあきらめ、彼女の家まで行ってみようと思いかけたとき、ようやく震えがちな声が応答した。

「グレース？」ジャッキーは呼びかけた。「カミンスキー刑事です。お電話をいただきましたね？」

「わたし、怖いのよ」グレース・フィリップスは前置き抜きで言った。「うちまで来てもらえないかしら？」

こちらの声はちゃんと聞こえているようだ。耳の遠いグレースでもふつうに通話ができるよう、電話機にアンプのようなものがとりつけられているのだろう。

「すぐに行きます」ジャッキーは肩と顎で受話器をはさみ、ファイルをまとめはじめた。

「今日はだめ」グレースは言った。「今日は来ないで。もうじきヘレンが帰ってきちゃうから」

「それでは、いつ？」

「明日。ヘレンは毎週日曜の朝には教会に行くの。行くとしばらく帰ってこないわ」

「ですが、何か怖いことがおありなら――」

「今日はだめなのよ」老婦人はきっぱりと言った。「ヘレンは日曜学校で教えているし、聖歌隊にも入ってる。九時半に家を出て、十二時過ぎまで帰らない。だから明日の午前中に来てちょうだい」そこでいったん言葉を切る。「ヘレンのことで話があるの。恐ろしい話よ」陰気な声で締めくくる。

ひょっとしてぼけているのか、それともこれも単に母子《おやこ》の確執の表れにすぎないのだろうか？

「わかりました」ジャッキーは言った。「明朝、九時半過ぎにうかがいます」

「結構。それじゃ、待ってますよ」グレースはそう言って電話を切った。

ジャッキーは受話器を下ろし、相棒を見た。「フィリップス家について何かわかっていることはない？」

「何かって?」ウォードローはファイルを開いた。

「そうね、経歴とか金銭問題とか、その他なんでも」

「たいしたことはないよ」ウォードローはファイルを見ながら言った。「きみだって、あのベビーシッターは事件とは無関係だと言ってたじゃないか」

「ええ、だけどいまではそうとも言いきれなくなってきたの」ジャッキーはいまのグレースからの電話について説明した。

ウォードローは肩をすくめた。「ヘレンの父親は会社経営に携わるまっとうな市民だった。二十年前、莫大《ばくだい》な資産を遺《のこ》して他界。以来母親と娘が家を守りつづけている。金銭問題はいっさいないなし。ヘレン・フィリップスはいまでも毎年二千ドルを地元の美術協会に寄付してるぐらいだ。ファイルの記録によればこんなものだね。あと近所の住人は、あの家と母親に死ぬまで縛りつけられているヘレンに同情しているようだ。母親はもう認知症が始まってると、みんな思っている」

ジャッキーはため息をついた。「この線もやっぱり袋小路に入ってしまいそうね」

それからパソコンの電源を入れ、相棒の隣で黙々とデータを入力しはじめた。

土曜の午後、地平線上には灰色の雲が厚く垂れこめていた。夜の十一時半には冷たい雨が古い家の傷んだ屋根板を勢いよくたたき、樋《とい》から濁流となって流れ落ちていた。

ヘレン・フィリップスはベッドに横たわり、ひさしに吹きつける恨めしげな風の泣き声や窓ガラスを打つ激しい雨音を聞いていた。デジタルクロックの赤い数字を見つめ、毛布の下で両手を神経質に握りしめる。

十一時五十分、彼女はそっとベッドから下り、バスローブをはおるとスリッパを突っかけて廊下に出た。母親の部屋の前でいったん立ちどまり、物音がしないかと耳をすます。グレースの部屋からはなんの音も聞こえなかった。ヘレンはそっとドアをあけ、中をうかがった。

廊下のぼんやりとした明かりが手編みのカバーのかかった四柱式の大きなベッドを照らしだしている。グレース・フィリップスの体はひどく小さく、大きなベッドに横たわる寝姿もしかとは見分けられないほどだ。口をあけ、軽くいびきをかいている。ベッドサイド・テーブルの上の水差しの中では、入れ歯がにっと笑っている。

ヘレンはドアを閉め、廊下に敷いたトルコ絨毯《じゅうたん》の上に立ちつくして自分の体を抱きしめた。

やがてカーブした階段を、磨きぬかれたオーク材の手すりにしっかりつかまりながら下りていき、静まりかえった家の中を勝手口まで走った。ドアをあけたのは十二時ちょうどだった。

彼は勝手口のステップに立って待っていた。雨と男の匂《にお》いをさせ、肩に水滴を光らせている。ヘレンは彼を引っぱり入れ、コートの雨粒を払ってやると、夢中で抱きついて熱いキスをした。

「ああ、すてき」ささやくように言いながら彼の髪や顔、胸や腿をしきりに撫《な》でる。「すてきな感触だわ。死ぬほどあなたを待ち焦がれていたのよ」

彼はキスを返した。ヘレンの髪をつかんで口をあけさせ、深く舌を入れながらバスローブの下の胸に手を這《は》わせる。

ヘレンはあえぐような声をもらし、体をよろめかせた。彼の股間《こかん》に手を伸ばし、かたく屹立《きつりつ》したものを夢中で愛撫《あいぶ》する。「あなたがほしいわ」彼の頬に唇をつけてささやいた。「いますぐ、あなたがほしい」

彼は低く笑い、ヘレンを引きずるようにして階段に向かった。彼女の部屋をめざし、息を荒らげながら互いにもつれあうようにして階段をのぼっていく。

「静かにね」ヘレンがささやいた。「最近すぐに目を覚ましてしまうのよ」

「あれをのませなかったのか?」

「怖くてのませられなかったのよ。ここのところ、やけに気難しくなってるの。昨日なんかね……」

ふたりはヘレンの部屋に入ってドアを閉めた。彼がヘレンのバスローブを脱がせ、顔を見下ろす。彼自身の顔は、ベッドわきのランプの明かりを背負って陰になっている。

「昨日どうしたって?」彼はレースのネグリジェの中に手を入れ、ヘレンが喜びに身を震わせるまで指先で乳首をゆっくりと愛撫した。

「昨日……あの女刑事に話をするなんて言いだしたの」

彼の手がぴたりととまり、表情が恐ろしいほど険しくなった。「カミンスキーのことか?」

ヘレンは彼の手をつかみ、じれたように自分の胸の上で動かしはじめた。「でも、ふたりきりにはさせなかったわ。だから何もしゃべってはいないのよ」

「何をしゃべるっていうんだ?」彼は言った。「おふくろさんは何も知らないんだろう? 知られないようくれぐれも注意しろと言っておいたはずだぞ」

そして彼女から離れ、窓辺に行った。ヘレンは慌てて追いすがり、彼の腕をつかんだ。シャツの下のかたい筋肉が手に心地よい感触を伝える。

「あなたってほんとうにきれいだわ」シャツの袖《そで》に唇をつけ、たくましい肩から首のあたかなくぼみへとキスをしるしながらささやいた。「ほんとうにきれいな男」

彼は身じろぎもせず、目に怒りを燃やして窓の外を見ている。「おふくろさん、何か感づいているのか?」

「まさか。あなたのことさえ感づいてはいないわ。よくよく気をつけてきたもの。ほんとうよ」

「確かだな?」

「ええ。だから、そんな怖い顔をしないで。わたしがどれほど愛しているか、わかっているでしょう？」

彼は頬をゆるめ、ヘレンを抱き寄せた。彼女が喜ぶように、荒々しいまでの力でがっちりと抱きすくめる。やがて抱擁が解かれ、ヘレンは彼の服を脱がせはじめた。彼はおとなしくされるがままになっている。シャツが肩から落とされ、ジーンズのファスナーが引き下ろされる。

彼がジーンズから足を抜き、ヘレンの前に仁王立ちになって男の肉体美を誇示した。ヘレンは彼の下着を足首までゆっくりと下ろし、陶然としたおももちでひざまずいた。「ああ」彼女が自分を見あげてため息をつくのを、彼は謎《なぞ》めいた表情で見守る。「なんて美しい体なの。なんてすばらしい……」

ヘレンはいとおしげに彼を両手にはさみ、口に含んでいつくしんだ。彼の全身にぶるっと震えが走った。ヘレンは彼の下半身に顔をうずめて男らしい匂いを吸いこみ、熱くなめらかな感触を味わう。

ようやく彼がヘレンを抱きあげ、ベッドに運んで放りだすと、その上にのしかかった。ヘレンは彼にしがみついて、うめき声をあげた。

「変わった女だ」彼は面白そうに言った。「乱暴にされるのが好きだなんてね」

ヘレンは彼の肩に爪を立てて歓喜の声をもらした。彼に攻めたてられ、容赦なくいたぶられてうっとりする。痛みは彼女を荒々しい野蛮な世界に導き、あらゆるしがらみから解放してくれるのだ。その世界では、ずっとなりたかった自分になれる。

やがてふたりはすっかり満足し、汗まみれで抱きあったまま枕《まくら》に頭を落とした。

「きみはほんとうにすごい女だ」彼が暗闇《くらやみ》の中で目をきらめかせてささやいた。「驚くべき女だよ。別れるのが惜しいくらいだ」

ヘレンははっとなり、片肘をついて体を起こした。「どういう意味？」

「きみを連れていくことはできないんだよ」彼は言った。「わかっているだろう？」

「だって、あなたは――」

「もう話はついているはずだ。ぼくを怒らせるな」

ヘレンは彼の不興を買うのが怖かった。過去に何度か見せつけられた計算ずくの悪意が怖かった。だが、いまは彼を失うことのほうがもっと恐ろしい。

「わたしもあなたといっしょに行きたいわ」不安のあまり涙声になる。「わたしも行けるように手配してくれるって言ったでしょう？　ねえ、お願いだから置いていかないで。あなたに捨てられたら死んじゃうわ」

彼は顔をこわばらせ、あおむけになって天井をにらんだ。

「足手まといにはならないわ」ヘレンは言いつのった。「あなたの邪魔は決してしない。

連れていってくれさえしたら、なんでも言うとおりにする。ねえ、これまでだってずっと協力してきたでしょう?」

彼の中で怒りがふくれあがっていくのを感じて恐怖を覚えたが、哀願の言葉はとめどなく口からこぼれでた。

「あなたに言われたこと、なんでもやってきたでしょう? すべてあなたが望んだとおりにしてきたわ。そうでしょう?」声が高くなって震えを帯びた。

「感情的になるなよ」彼はひややかに言った。「だめなものはだめなんだ。今回は連れていくわけにはいかない。全部片がついたら改めて迎えに来るよ」

そしてベッドから下り、窓辺に行って衣類を身につけはじめた。

ヘレンは不安におののきながら彼を見つめ、それからあたふたと起きだすと、裸のまま彼の前にひざまずいた。

脚にすがりつこうとすると、彼はすげなく体を引いた。「お願いよ」ヘレンは泣きながら訴えた。「お願い、ダーリン……」

闇の中でも彼のうんざりした顔が見えた。ヘレンは唇をなめ、彼をじっと見あげた。

「しゃべっちゃうわよ」低い声で言う。「わたしを置いていったら、洗いざらいしゃべってやるから」

彼は身をかたくし、ジーンズのジッパーをあげる手をぴたりととめた。「いま、なんて言った？」

「警察に話すわよ」ヘレンは向こう見ずに言いはなった。「あなたのやったことをばらしてやる」

彼が乱暴にヘレンの髪をつかんで引っぱった。「よく聞け、このあばずれめ」身をかがめ、脅しつけるようにささやく。「ひとことでもしゃべったらただじゃおかない。わかったな？」

ヘレンは床に膝をついたまま哀れっぽく訴えた。「ちょっと、痛いわ」なんとか彼の手から逃れようと首をふる。「お願い、放して」

彼はまた乱暴にぐいと髪を引っぱり、ヘレンは痛さに悲鳴をあげた。

と、不意に彼が手の力を抜き、戸口のほうに目をやった。ドアが開いて、廊下の明かりの中にグレース・フィリップスがシルエットとなって浮かびあがっていた。ネルのネグリジェに包まれた細い体が小刻みに震え、白いふわふわした髪が後光のように輝いている。

「いったい何事？」ヘレンの母は声を震わせて言った。「これはなんの騒ぎなの？」

母の目が彼のむきだしの肩ごしに、裸でうずくまっているヘレンをとらえる。

彼が近づいていくと、グレースは彼をにらみつけた。「この家から出ていって」鋭い声音だ。「わたしに近づかないで」

だが、彼は構わず近づいていった。母の毅然《きぜん》とした表情が不安げなものに変わったかと思うと、またたく間に恐怖に塗りこめられた。

彼の大きな体がヘレンの視界をさえぎり、母の姿を隠した。最後に見えたのは、ドアフレームに倒れかかりながら宙をかきむしる老母の手だった。

## 22

夜明けとともに雨脚が弱まり、町は灰色にけぶる小ぬか雨の中で静かな日曜の朝を迎えた。ジャッキーはアレックスとゆっくり朝食をとった。アレックスは、今日は居間の掃除をし、CDをアルファベット順に並べかえて整理するのだと言った。アパートメントの中は居心地よく整えられ、ジャッキーが昨日の約束どおりグレース・フィリップスの家まで出かけていくには、重い腰をあげて自分を叱咤《しった》しなければならなかった。

ちょうど九時半を過ぎたころに覆面パトカーを裏道に進め、フィリップス邸の裏に目立たないよう駐車した。車のドアをあけ、古いデニムのジャケットをはおると、肩をすぼめて小雨の降るうそ寒い外に出ていく。

裏庭から勝手口へと歩きながら、ジャッキーはポール・アーヌセンがガレージの横に積みあげていった屋根板の山にちらりと目を走らせた。

勝手口のポーチで立ちどまり、まじまじとドアを見る。ドアは少しあいており、隙間《すきま》から中のキッチンが見えた。ヘレンが教会に行くのに、この勝手口から出ていったのだろう。

呼び鈴を鳴らしてからふりかえり、花や灌木《かんぼく》の上に降りている霧のカーテンを眺める。

もう一度呼び鈴を鳴らしたが応答がないため、ジャッキーはドアを押して中に入った。テーブルのそばで足をとめ、物音がしないかと耳をそばだてる。何も聞こえない。人の気配もなく、しんとしている。

ジャッキーは落ち着かなくなって、どうすべきか考えた。結局声をかけながら、廊下を進んでいった。

だが、グレース・フィリップスの姿はどこにもなかった。ジャッキーは腕時計を見て顔をしかめた。九時半、とグレースは確かに言っていた。だが、いまはもう九時四十五分になろうとしている。

ジャッキーは階段の下にたたずんで上を見あげた。家の中は相変わらず森閑としている。ホールのアンティークの箱時計が時を刻む音や、窓ガラスに当たるひそやかな雨の音が聞きとれるほどの静けさだ。

「グレース?」階上を見あげて再度呼びかけた。「いないの?」

静寂は重苦しく威圧的なくらいだ。ジャッキーは階段をのぼりはじめたが、途中で立ちどまってジャケットの下から銃を抜いた。いちばん上まで来ると、彫刻を施した手すりの柱を握りしめ、廊下の先をそっとうかがい見た。とたんにその場に凍りついた。

ドアのひとつがあけはなたれ、女の脚がトルコ絨毯《じゅうたん》を敷いた廊下に投げだされていた。

ジャッキーは銃の撃鉄を起こし、急ぎ足で廊下を進んだ。女の脚をまたいで、さっと部屋の前に立った。

「ああ……」吐き気をこらえて銃を下ろす。「なんてことを……」

倒れていたのはグレース・フィリップスで、目はかっと見開かれ、首はグロテスクな角度で曲がっていた。ネルのネグリジェが腿のあたりまでまくれあがっている。まるで怒りに任せてひねり殺され、無造作に捨てられた白い野良猫のようだ。

彼女の娘はベッドの上だった。ヘレン・フィリップスは首を絞められたようだが、絶命する前に激しく抵抗したらしく、かなりのダメージを負っていた。髪はくしゃくしゃに乱れ、青みがかった白い顔は幽鬼さながらだ。幾筋もついている血はすでに凝固している。口からは舌がだらりと垂れ、喉には青黒いあざができている。ベッドカバーの上に投げだされた全裸の体が見るだに痛ましい。

ジャッキーはとっさに毛布をかけてやりたくなったが、手を触れるべきでないことはむろん心得ていた。

再び銃を構え、廊下に出てじりじりと慎重に歩を進めながら、ドアをひとつひとつあけて中をのぞいていく。

二階には死体にせよ生きているにせよ、ほかに誰もいなかった。それを確認したジャッキーは階段を下り、一階の各部屋を見ていった。キッチンの突き当たりの木のドアをあけると、そこから暗い地下に階段が伸びていた。

ジャッキーはいったんドアを閉め、キッチンテーブルのそばで気を落ち着けようと深呼吸した。銃をしまい、ショルダーバッグから携帯電話をとりだしてウォードローの番号をプッシュする。ウォードローは今日、バルドマー・コジャックの知りあいに話を聞くため、ダウンタウンのホームレス用収容施設に行っているはずだ。

ジャッキーに援護が必要になった場合すぐに駆けつけられるよう、ウォードローは携帯電話を持っていくと言っていた。

ジャッキーは呼び出し音が鳴りつづけるのを息をこらして聞いていた。応答なし。思わず悪態をつき、もう一度かけ直す。だが、結局あきらめて本署にかけた。

オペレーターが出ると、つとめて落ち着いた口調で現場の住所や状況を告げた。ただちに応援をよこしてくれるよう要請し、震える手で電話をしまった。

そのとき、不意にかすかな物音がした。足の下のどこかで何かがぶつかったような低い音。ジャッキーはすかさず銃を抜き、地下室のドアを見すえた。地下室の窓が地面の高さに作られていることには、すでに気がついていた。殺人犯はいま地下室にいるのかもしれない。ジャッキーが応援の到着を待っているあいだに、窓から這《は》いだして逃走するかもしれない。ここでこうしているあいだにも、貴重な時間が刻一刻と過ぎていく……。

ジャッキーはもう一度深呼吸すると、強力な小型懐中電灯をバッグから出してポケットに移した。そして銃を構え、地下室のドアをあけた。両手で銃を持ち、慎重に、十分警戒しながら階段をくだりはじめる。

　下りていくにつれ、かびくさい静寂が彼女を包みこんだ。耳に聞こえるのは小窓の外で地面を打つ雨の音と、樋《とい》を流れ落ちる水の音だけ。

　下まで来ると立ちどまり、頭上の汚れた窓から差しこむ薄明かりに目を慣らした。地下室の壁は建築用ブロックと未加工の粗石でできていた。長い年月を経て薄黄色の膜が張り、ところどころゆがんでいる。床はそこらじゅうがらくただらけだ。古い缶や瓶がころがり、ぱんぱんにふくらんだ段ボール箱が紐《ひも》でくくられて置かれている。木材の切れ端は昔改築したときの余りだろう。

　近代的な暖房炉のほか、壁際の暗がりには巨大なボイラーがたくさんの腕を持った怪物のようにどっかりと居座っていた。縦横に走るパイプから、ぼろぼろになった断熱材がはがれて垂れさがっている。

　ボイラーの向こうには、重そうな梁《はり》や中途半端に突きでている古びた板の壁に隠れ、もうひとつ部屋があるようだ。

　あたりは不気味なほど静まりかえっているが、ジャッキーは何者かが息を殺して待ち構えているのをひしひしと感じた。根元的な恐怖に五感がとぎすまされ、鋭くなっている。近くに隠れた危険の匂《にお》いや闇《やみ》の中にひそむ野獣の動悸《どうき》さえ感知できそうだ。

頭上にのしかかる古い家の重さや二階の寝室のむごたらしい光景を意識しながら、がらくたを踏まないようゆっくりと進む。

「警察よ」声を励まして叫んだ。「両手をあげて出てきなさい。部屋の真ん中に出てきて、姿を見せるのよ」

静寂がその声をはねかえした。頭上では雨が窓をたたき、花壇に泥水を散らしている。窓のひとつから差しこむおぼろな光で、壁の近くに黒い蜘蛛《くも》が巣を作っているのが見えた。汗が首筋を伝い、襟の中へとしたたり落ちる。

「出てきなさい」ジャッキーは繰りかえした。

ゆっくりとボイラーをまわりこみ、奥の暗い部屋に向かう。銃を片手に持ちかえ、懐中電灯を出して壁や床を照らすと、床の真ん中に木箱が山をなしていた。

ジャッキーははっとして立ちどまった。この箱の山はどうも変だ。地下室内のほかのものはどれも厚く埃《ほこり》をかぶっているのに、これらの木箱はつい最近動かしたかのようにきれいだ。

もう一度室内を見まわしてから、右手に銃を持ったまま、左手と足を使ってずるずると木箱を移動させる。

と、彼女の動きがとまった。

「何、これ」床をじっと見下ろす。

コンクリートの床に、およそ一メートル四方の板がはめこまれていた。ハッチの引き戸だ。ひびの入ったしみだらけの板に、金属製の輪がとりつけられている。

ジャッキーは身をかがめ、その金属製の取っ手を引っぱった。蝶番《ちょうつがい》にたっぷり油を差してあるのか、引き戸は難なく持ちあがり、木のはしごが下りている空洞がぽっかり口をあけた。

用心深くかがみこみ、懐中電灯の光を中に向ける。そこにあったのは旧式の円形貯水槽だった。直径三メートル、深さは二メートル半といったところか。この家が建てられた時点で、雨水を屋根から引いて備蓄しておくために作られたに違いない。原始的な配管はもうとっくに分断されているが、かつては貯水槽の上にのたくるパイプが家の外の樋とつながっていたのだろう。床のそばのパイプはキッチンの手押しポンプに通じていたはずだ。

ジャッキーは片手で銃を穴ぐらの中に突きだしながら、もう片方の手で懐中電灯の光を丸くへこんだ壁に這わせていった。

壁は夏の空を思わせる青い発泡断熱材で厚くコーティングしてあった。床には組み紐を巻いて作った敷物がぴったりと敷きつめられている。その上にはキルトと毛布がかかった小さな寝椅子や、子ども向けの本を積みあげた小型の揺り椅子が置かれている。さらに白いプラスチックの蓋《ふた》つき室内便器と、棚いっぱいに並んだおもちゃ……。

「これは……」小さな寝椅子や便器やおもちゃを見下ろし、ジャッキーは思わずつぶやいた。

貯水槽の中はそれらのものがあるだけで、人の姿はなかった。ジャッキーは立ちあがり、また地下室の奥のほうに懐中電灯を向けた。

次の瞬間ぎくりとする。また物音が、かすかな音が聞こえたのだ。

すかさず懐中電灯をポケットに入れ、両手で銃を構える。

それからそろそろと移動しはじめた。目は地下室の奥、突きだした壁の向こうの暗いくぼみに釘《くぎ》づけになっている。くぼみの上の壁に、ヒューズボックスと並んでさびついた配電盤がとりつけられているのがわかった。電気のコードがからまりあって、だらりと垂れさがっている。

「出てきなさい」厳しい口調で命じた。

返事はない。ジャッキーは身をかがめ、そっと前進した。目が地下室の薄闇に慣れてきて、もつれたコードの向こうに人影が見分けられた。壁にぴったり張りついた人間の体だ。

「そこにいることはわかっている」落ち着き払ったひややかな口調で言ったが、心臓は激しく高鳴っている。「銃口はそっちに向けている。前に出てきてとまりなさい。両手はこちらに見えるよう前に出したままで」

人影が動いた。ねじれて垂れさがったコードをくぐり、壁のくぼみから出てきて、ジャッキーと向きあう形で立ちどまる。

それがポール・アーヌセンだと気づくと、ジャッキーは思わず息をのんだ。デニムのジャケットにジーンズという格好だが、ベースボールキャップはかぶっていない。貯水槽のへりのそばに立ち、無表情な平然とした顔でジャッキーを見ている。

「床にひざまずきなさい」ジャッキーは言った。「手は頭につけて」

アーヌセンは身動きひとつせずに、こちらを見つめるばかりだ。

「早く！」

「きみには撃てないよ、ジャッキー」彼は言った。「きみが自分の身を守るためにその引き金を引くわけはない」

「そう思うのは間違いよ、ミスター・アーヌセン」ジャッキーは銃を突きつけたまま冷たい声で言った。「床にひざまずきなさい」

「これまで人を撃ったことがあるのかい？」

「ひざまずきなさい！」

アーヌセンはようやく従った。何を考えているのかわからないひえびえとした目でジャッキーを見つめながら、ひび割れたコンクリートの床にひざまずき、両手を頭につける。

「あなたには黙秘する権利があるわ」ジャッキーは銃を下ろさずに近づいていった。「その権利を放棄したら、あなたがしゃべることはあなたに不利な証拠となりうる。また、尋問の際には弁護士の立ち会いを求める権利もある。あなたが望むなら――」

「ぼくを逮捕するのかい？」

「そうよ」ジャッキーは権利の告知を終え、銃を彼に向けたまま、ベルトにつけたケースから手錠をとった。

「なんの容疑で？　なんの容疑で逮捕するんだい？」

「とりあえずは不法侵入で。殺人についてはあとでじっくり話しあいましょう」そう言いながら彼の背後にまわり、腕を引っぱって両手首に手錠をかける。

「殺人？」彼は立ちあがり、首をねじってジャッキーを見た。「なんの話だ？」

「なんの話かはわかっているはずよ。マイケル・パネシビックはどこ？」

「わからない」

「もう白状してもいいんじゃない？　ゲームは終わったんだから」

後ろ手に手錠をかけられたアーヌセンは肘で貯水槽を示した。「いまマイケルがどこにいるかはわからないが、しばらくはこの穴ぐらに閉じこめられていたんだ。きみもそう思うだろう？」

「質問するのはわたしのほうなのよ、アーヌセン。マイケルをどうしたのか言いなさい」

頭上でドアのあく音が響き、人の声や重い足音が聞こえてきた。「警察だ！　誰かいるか？」

「下よ！」ジャッキーは叫んだ。安堵《あんど》のあまり膝から力が抜けていく。「下の地下室よ！」

制服姿の警官がふたり、階段を下りてきて、貯水槽の近くでアーヌセンに銃を突きつけているジャッキーを見つけた。

「わたしがここに下りてきたときには、そこの壁のくぼみに隠れていたの」ジャッキーは陰になったくぼみのほうをさし示した。「二階の寝室には死体がふたつころがってるわ」

「死体だって？」アーヌセンがびっくりしてジャッキーとほかの警官の顔を見比べた。

「いったいなんの話だ？　死体ってどういうことなんだ？」

ジャッキーは彼を無視した。「そしてここが――」ふたりの警官に向かい、貯水槽を指さす。「マイケル・パネシビックがこの一週間監禁されていた場所」

若いほうの警官がとまどったようにジャッキーを見つめ、それから貯水槽の入り口に近づいて下をのぞきこんだ。「子どもはまだこの中に？」

「いいえ。だけど、いまいる場所もミスター・アーヌセンが教えてくれるはずよ」

もうひとりの警官が進みでてアーヌセンの肩に手をかけた。「権利の告知はしましたか？」

「ええ。でも、連行する前にもう一度やったほうがいいわ」

ジャッキーはふたりがアーヌセンを連れて階段に向かうのを見送った。アーヌセンはふたりよりも背が高い。両手を後ろでくくられていてさえ、なお力強くたくましい。

彼らが行ってしまうと、ジャッキーは暗がりの中でひとりきりになった。手が震え、全身が熱病にかかったようにわななきだした。銃を置き、木箱に腰かけ、荒く息をついて動悸を静める。

やがて銃をホルスターにおさめ、もう一度無人の貯水槽を見下ろしてから、キッチンに通じる階段をのぼっていった。

制服警官が数人に殺人係の刑事がふたり、すでに到着してカメラや指紋採取の道具を広げていた。

キッチンの窓からは、ふたりの警官にはさまれたアーヌセンの広い肩が見える。色あせたブルーのデニムのジャケットが雨に濡《ぬ》れて黒ずんでいる。警官のひとりが敷地のはずれにとまっているパトカーの後部座席のドアをあけ、頭をぶつけないよう片手で押さえてやりながらアーヌセンを乗りこませた。間もなくパトカーは動きだした。

ジャッキーはカーテンをあけて身を乗りだし、雨の中を遠ざかっていくパトカーを見送った。それからテーブルの上のバッグと手帳を手にとった。

「お手柄だったな」刑事のひとりが戸口から声をかけた。「きみが死体を発見し、容疑者を逮捕したんだって?」

「彼、地下室に隠れていたんです」

「ひとりで地下室に下りていくのは度胸がいっただろう」年配の刑事は感心したように言った。「きみは優秀だよ、カミンスキー」

ジャッキーはぐったりした気分でうなずいた。「わたしの供述が必要なんでしょう？　さっきはメモをとる時間もなかったわ」

彼はジャッキーの全身をちらりと見た。「ちょっと外に出て、新鮮な空気を吸ってきたらどうかね？」いたわりのこもった口調だ。「話を聞くのはそのあとでいいよ」

ジャッキーは感謝のしるしに微笑を浮かべ、勝手口から裏庭に出た。花々は雨に打たれて首を揺らし、芝生はエメラルドのカーペットのように輝いていた。わずかに風が出て、古い厩舎《きゅうしゃ》の上の風向計をゆるゆるとまわしている。その風向計も濡れてきらめいている。

ジャッキーは愕然《がくぜん》としてそれを見あげた。なぜいままで気づかなかったのだろう？　ポール・アーヌセンから鶏の姿がひらめいたと聞いていたのに。

大きな真鍮《しんちゅう》の風向計は、金色の羽を彫りこまれ、誇らしげに頭をもたげた鶏の形をしていた。

# 23

「いったい全体どこにいたのよ」ジャッキーは怒気を含んだ低い声で言った。背後をふりかえり、ミッチェルソン警部補のオフィスのドアが少しあいているのを見ると、デスクの前でぐったりしている相棒に再び視線を戻す。

ヘレン・フィリップス宅の埃《ほこり》っぽい地下室でポール・アーヌセンを逮捕してからもう二十時間以上が経過しているが、二体の死体を発見したときの衝撃や暗がりにひそむ男と対決したときの恐怖からは、月曜の朝を迎えたいまでもまだ完全に立ち直ってはいなかった。

逆にその反動が出て、感情はよけい制御しがたくなっている。

それにポール・アーヌセンを逮捕し、マイケルの監禁場所を見つけたにもかかわらず、自分たちの捜査が事実上ストップをかけられたことにもむしょうに腹が立っていた。いまは本署の重犯罪課がフィリップス母子《おやこ》殺人事件の初動捜査にあたっているのだ。

この分では、ジャッキーの班が誘拐事件の捜査を継続できるかどうかさえ疑問だった。

昨日の午後ミッチェルソン警部補から電話があり、追って指示があるまで何もするなと警告されている。

「ウォードロー」ジャッキーは相棒に向かって言った。「二階に死体がころがり、地下室に殺人犯が隠れていたあの家で、わたしはあなたに連絡さえつけられなかったのよ。いったいどんな気持ちがしたと思う？」

ウォードローは頭をかかえ、こめかみをさすった。「悪かったよ」

「悪かったですって？　ちゃんと釈明したほうが身のためよ。あなたが援護に来てくれなかったこと、職務怠慢だとミッチェルソン警部補に報告しますからね」

ウォードローはやつれた顔をあげてジャッキーを見た。「頼むから、そいつは勘弁してくれ」

「なぜ勘弁してあげなきゃならないの？」

「俺《おれ》にはこの仕事が必要なんだ。いままでがむしゃらに働いてきたんだよ。いまさら懲戒処分を食らって交通巡査に逆戻りしたくない。約束するよ、ジャッキー。もうあんなことは二度としない」

「いったいどこにいたの？　ほんとうなら携帯電話を持ってダウンタウンに行ってたはずよ」

「わかってる」

「なのに、どこに雲隠れしていたの？」

「ホームレスの収容施設に向かっているとき、一台の車を見かけたんだ。白のシボレーのコンバーティブルだった。俺は方向転換し、あとをつけた」

「なぜ？」

「セーラが乗っていたんだ。男といっしょだった」

「奥さんが？」

「そうだ、俺のかみさんがだ」ウォードローは苦りきった。

「それでどうしたの？」

「シボレーは幹線道路沿いのあるホテルでとまった。セーラと男は車を降りてトランクからスーツケースを出し、ホテルに入ってチェックインした。俺はふたりがエレベーターを待っているときに出ていって、彼らと対決した。だが興奮していたせいで、車の中に電話を置いていっちまったんだ。ほんとうに悪かったよ」

ジャッキーは茫然《ぼうぜん》として彼を見つめた。「そういう状況で対決するって、いったい何をどうするわけ？」

「俺の場合は、同僚として誇りに思ってもらっていいだろうね」ウォードローは自嘲《じちょう》的に続けた。「冷静そのものだったんだから。セーラにハローと声をかけ、男のほうにはセーラの亭主だと自己紹介した。握手までかわして、天気の話なんかもしたんだぜ」

「まあ、ブライアン」

「そしたらセーラは――」

「カミンスキー、ウォードロー」ミッチェルソン警部補がガラス張りのオフィスの戸口から呼びかけた。「ちょっとこっちに来てくれないか？」

ジャッキーとウォードローは顔を見あわせ、それからミッチェルソン警部補の部屋に入って腰かけた。ミッチェルソン警部補はドアを閉め、デスクの前にどっかり座ってふたりをひややかに見た。

「ついさっき、昨日のことについておおよその報告を受けた」ようやく口を切る。「カミンスキー、きみはどうしようもない愚か者だ」

ジャッキーは目を見開いた。「わたしが？　どうしてです？」

「犯行間もない無人の現場でたったひとり、援護もなく地下室に下りていった。こんなばかげた暴挙があるか」

「あの状況ではそれが適切な行動でした、マニュアルどおりのね」ジャッキーは言いかえした。「実際、服務規定の手引きにはこう書かれています。〝犯行現場に到着したら、容疑者が逃走する前に無理のない範囲内で逮捕に尽力すること。容疑者の逮捕は、負傷者に対する早急の処置が必要とされていないかぎり、常に初動捜査に優先する〟」

「なるほど。で、その一節の中でポイントとなる言葉は？」

ジャッキーは自分の手を見下ろした。

「〝無理のない範囲内で〟という言葉だ、カミンスキー。いったい全体どうして援護を待たなかったんだ？」ミッチェルソン警部補は彼女の相棒に視線を移した。「それにきみもだ、ウォードロー。カミンスキーが現場で血気にはやってヒーローを演じているときに、きみはどこで遊んでたんだ？」

ウォードローは椅子に座ったままもじもじした。

「ブライアンはダウンタウンに聞き込みに行ってたんです」ジャッキーが答えた。「お互い携帯電話を持っていました。応援がすぐに来るのがわかっていたから、わたしも地下室をひとりで調べるのにさほど危険を感じなかったんです。それに、一階で応援の到着を待ってぐずぐずしているあいだに、容疑者が地下室の窓から逃げだすかもしれなかったし」

隣でウォードローが肩の力を抜いたのがわかった。ありがとうと言うようにちらりと笑いかけてきたが、ジャッキーは知らん顔をした。

ミッチェルソン警部補は机上のファイルに目を落とした。「ともあれ――」ようやく言う。「これで事件はふたつになった。誘拐と殺し、このふたつは明らかにつながっている。殺しは本署が担当しているが、誘拐のほうは今後もわれわれが捜査することになった。そこで今後の方針について話しあいたい」

「捜査を継続できるということは、わたしたちがアーヌセンに尋問することもできるわけですか？」ジャッキーは尋ねた。

「アーヌセンは黙秘してるんだ。昨日から留置所に入っているが、誰が何をきいてもひとこともしゃべらない」

「弁護士は呼んだんですか？」

「いま言ったように、誰とも口をきかないんだよ。寝台に座って、ひたすら壁を見つめている」

ジャッキーはポール・アーヌセンが留置所で超然と座っている姿を想像し、なぜか心をかき乱された。勝利の実感はまるでなく、ただ悲しみだけが胸をふさいでいる。

「これまでにわかったことは？」ウォードローが尋ねた。

ミッチェルソン警部補はまたファイルを見た。

「便器に残っていた尿はまだ一日とたっていないものだった。だから少なくとも前の晩までは、マイケルは生きていたと思われる」

「でも、いまはもう生きてはいないでしょうね」ジャッキーは低くつぶやいた。「きっとすでに殺されてるわ」

「なぜ？」ウォードローが問いかけた。

「それが子どもの誘拐事件の典型的パターンなんだよ」ミッチェルソン警部補が言った。

「子どもに顔を覚えられたり、最初の監禁場所から移す必要が生じてきたりすると、犯人は必ずと言っていいほど殺してしまう。わたしもカミンスキーと同じ考えだ。マイケルが昨日の朝を生きて迎えられた確率はきわめて低いと思う」

「生かしておいたらマイケルに犯人だと名指しされちまうってわけですか？　だけど、まだこの事件のシナリオさえわかってないんでしょ？」

「シナリオはふたつ考えられる。アーヌセンは前々からヘレン・フィリップスと深い関係にあった。ヘレンの体には情交の痕跡《こんせき》が残っていたんだ。おそらくアーヌセンが小さな男の子をほしがり、ヘレンが子どもと隠し場所の両方を提供したんだろう。言ってみれば、情人を喜ばせるための贈り物だな。貯水槽は音を通さないから、アーヌセンは子どもの悲鳴を聞かれることなく心ゆくまで楽しめたんだろうよ」

「ひでえ話だ」ウォードローがぞっとしたように言った。

「ヘレンならモールからマイケルを連れ去るのもわけなかったでしょうしね」ジャッキーが言う。「なにしろマイケルのベビーシッターだったんだから」

「もうひとつのシナリオは？」

ミッチェルソン警部補は胃酸を抑える薬を二錠口に放《ほう》りこみ、ジャッキーのほうに顎をしゃくった。「話してやれ、カミンスキー。きみの報告書は読んだだよ」

「ヘレン・フィリップスは母親の世話をすることに疲れ果て、精神的に追いつめられていたのかもしれないわ。わたしが見たかぎりでは、グレースはかなり手のかかる扱いにくい母親だったから。ヘレンはリー・メロンをねたんで、マイケルを独占したくなったのかもしれない。あるいは時機を見て身代金を要求し、将来に備えようとしたのかもしれない。フィリップス家の財布は母親が握っていたのよ。メロン家から巨額の身代金を奪って、母親から逃げるつもりでいたって線も十分考えられるわ」

ミッチェルソン警部補がいぶかしげに言った。「その場合、アーヌセンはどうかかわってくるんだ？」

「アーヌセンはヘレンと肉体関係があり、彼女のしていることに気がついた。グレースと違って耳は遠くないから、夜ヘレンのもとに忍んできたときにマイケルの悲鳴を聞いたのかもしれない。アーヌセンは彼女が動転してマイケルに危害を加えるのではないかと不安になったものの、共犯と見られるのが怖くてかかわりあいになりたくなかった。それでサイキックを装って鶏とか地下の穴ぐらといったヒントをよこし、わたしたちがそれを真鍮《しんちゅう》の風見鶏《かざみどり》と結びつけてあの家の地下室を捜索するのを期待した。パネシビックの農場を捜索したときみたいに」

「それだとすっきりまとまるな」ミッチェルソン警部補は言った。「しかし子どもは再び消え、おまけに死体がふたつ出てきた」

「殺害方法は特定できたんですか？」ウォードローが尋ねた。

「母親のほうはひねり殺されていたよ。じつのところ首がねじ切られそうになっていたよ。

たいした怪力だ。娘も扼殺《やくさつ》されているが、こと切れるまでそうとう抵抗したようだ。死亡推定時刻は深夜十二時プラスマイナス数時間」

「アーヌセンの顔や手には抵抗された痕跡がまったくなかった」ジャッキーは考えこむように言った。

ミッチェルソン警部補はじろりと彼女を見た。「きみはアーヌセンに会っている。ヘレン・フィリップスのことも知っている。どれほど激しく抵抗しようと、彼女があの男の体にそんな痕跡を残せると思うかね？」

「犯行現場で何があったのか、詳しく教えてください」ウォードローが言った。

「犯行の手順ということかね？」ミッチェルソン警部補は眼鏡の縁の上からふたりを見やり、再びファイルに目を向けた。「死体は両方とも娘の部屋で見つかった。殺人係の刑事たちの考えでは、アーヌセンがヘレンと性交渉におよんでいるか、あるいはヘレンの息の根をとめようとしているところに、物音を聞きつけた母親が何事かと顔を出した。それが文字どおり命とりになったわけだな」

「それではアーヌセンが十二時前後に相次いでふたりを殺害し、その後地下室からマイケルを連れだしてマイケルをも殺し、その死体はどこかに捨てたということですか？」ジャッキーが尋ねる。

「おそらくな。当夜車が出入りする音を聞かなかったかどうか、いま近隣に聞き込みに行っている」

「だとしたら、なぜアーヌセンは日曜の朝になってまた現場に戻ってきたんです？　ずいぶんばかなまねをしたものじゃないですか。ひょっとしたら、もう二階の死体が発見されていたかもしれないのに」

「戻るのに格好の口実があったんだよ」ミッチェルソン警部補は答えた。「アーヌセンはあそこの屋根の修繕を頼まれていたからな。きっと何かのっぴきならない証拠を残しちまったため、急いで回収しようと考えたんだろう。だが、まさかきみが地下室に下りてくるとは思わなかった」

「とにかくマイケルを捜しださなくては。ポール・アーヌセンに関係した場所をすべて調べてみるべきだわ。彼が間借りしている家の捜索令状ももうとれるはずです。それから、彼がよくハイキングに行く渓谷にも誰か調べにやらなければ」

「あのあたりは藪《やぶ》や灌木《かんぼく》だらけだからな」ミッチェルソン警部補がファイルに書きこみながら言った。「死体を遺棄する場所としては悪くない。特に小さい死体はな」

「フィリップス母子が殺されたこと、マイケルの家族にはいつ話すんです？」

「そういつまでも黙っているわけにはいかんだろう。あと二十四時間が限度だろうな。マスコミの取材攻勢は相変わらず激しいが、いまわれわれの通信手段は携帯電話のみに制限しているから、フィリップス母子の事件はまだ知られていない——いまのところはな。アルバレス警視はマイケルの家族に知らせる前にアーヌセンの供述を引きだしたがっているが、あの野郎、ひとこともしゃべらないんだ」

「だったら――」

電話が鳴った。「はい？」ミッチェルソン警部補が受話器をとってつっけんどんに言う。

彼はしばらく耳を傾けてから電話を切り、ふたりの刑事に向き直った。

「きみたちの出番だ。アーヌセンがしゃべる気になったそうだが、きみの立ち会いを求めているんだ、カミンスキー。きみが来るまでは供述しないと言っている」


「それで、これからどうするつもり？」アーヌセンが勾留《こうりゅう》されているダウンタウンの本署へと、月曜の午前中の混《こ》みあった通りに巧みに車を進めながらジャッキーは言った。

「なんのことだい？」

「セーラのことよ。例の男性のこととか、今後のこととか……いろいろ」ぎこちなく締めくくる。「彼女と話しあうんでしょう？」

「もう話しあいの時期はとうに過ぎてるよ」ウォードローは助手席側の窓の外に目をやった。ジャッキーには横顔と、青白い肌にやけに目立つそばかすしか見えない。「ゆうべ荷物をまとめて家を出たんだ」

「ああ、ブライアン」ジャッキーはつぶやくように言った。「そうだったの。で、いまはどこに？」

「兄貴の家だ。居間のソファーベッドで寝ている」

「引っ越し先を探すつもり？」

「いつまでも兄貴の家にはいられないからね」ウォードローはげっそりした顔に笑みを浮かべた。「こっちが寝てるっていうのに、甥《おい》っ子が腹の上に乗っかってビデオゲームをやるんだ。これはかなり寝苦しいぜ」

ジャッキーは彼の笑顔に短く笑みを返した。せつない冗談ではあっても、彼の口から冗談が出たというだけで少しばかり救われた思いがする。

「そういやあ、きみのところにもソファーベッドぐらいはあるよな？」

「悪いけど、うちのはもうふさがってるのよ」ジャッキーはそっけなく言った。「ブライアン……」

「うん？」

ジャッキーは駐車場で車をとめ、サングラスをダッシュボードに置くと後部座席から荷物をとった。「マイケルはもう死んでると思う？」

「そいつはきみの友達、アーヌセンにきこうじゃないか」ウォードローは怒りに顔をゆがめた。「やつにきけばわかることだ」

ジャッキーはうなずき、ウォードローとともに本署の建物に入っていった。人が多く行きかう廊下を進み、取調室のマジックミラーごしに中をのぞく。

ポール・アーヌセンがテーブルの上でたこだらけの手を組みあわせて座っていた。彼の向かいには、フィリップス母子殺害事件を担当しているデイブ・ケラーマンとオージー・ライターが腰かけている。

ジャッキーはノックしてからそっとドアをあけた。

「カミンスキーとウォードローです」ふりかえったケラーマンに告げる。「入ってよろしいですか？」

「どうぞ」ケラーマンが疲れたように片手をあげた。「待ってたよ」

ジャッキーとウォードローは中に入ってドアを閉め、テーブルの両端に分かれて座った。

ジャッキーはポール・アーヌセンを見て、その様子に胸をつかれた。

アーヌセンは昨日の朝彼女が逮捕したときの、ジーンズにチェックのシャツという服装のままだった。ブロンドの髪は乱れ、顎には無精ひげがびっしり生え、顔全体に疲労が色濃くにじんでいる。腰を下ろしたジャッキーのほうを暗い目でちらっと見たが、すぐにまた目をそらし、壁の一点、ちょうどふたりの殺人担当刑事の頭の上あたりをじっと見すえる。

なぜかジャッキーは、彼の部屋にかかっていたカレンダーを思い出した。夕日の中、たてがみや尾をなびかせて疾走する馬たちの写真を……。

「さあ彼女が来たぞ、アーヌセン」ライター刑事が言った。「さっそく始めようか」

アーヌセンはうなずいたが、その表情はかたい。

「まず、あんたには供述のあいだ弁護士を立ち会わせる権利があるということや、言いたくないことは言わなくていいということは承知してるな？」

「わかってる。わかったうえで黙秘権も弁護士を立ち会わせる権利も放棄してるんだ」

室内の様子は監視カメラでモニタリングされているが、ケラーマンはテーブルにICレコーダーを置き、その上に身をかがめて時刻や日付、取り調べの状況を吹きこんだ。

「最初の質問だ」ライターが切りだした。「あの地下室でいったい何をしていたのかな、ミスター・アーヌセン？」

アーヌセンは視線を彼にあわせた。「質問はカミンスキー刑事から受ける。そう言ったはずだ」

「では、ささやかな取引をしよう。ケラーマン刑事とわたしは事件を別の側面から調べている」ライターがよどみなく言った。「まずわれわれの質問に答えてくれたら、あとはカミンスキー刑事に引きつごう。いいかな？」

アーヌセンはその提案の意味を推しはかるように、おもむろにふたりの刑事の顔を見比べた。

そしてようやくうなずいた。「わかった」

「それじゃあきこう。地下室で何をしていたんだ？」

「中を見てまわっていた。地下がどうなっているか見たかったんだ」

「なぜ？」

「怪しいと感じたからだ」

「地下室の何がどう怪しいんだ？」

アーヌセンはジャッキーにさっと目を走らせただけで黙りこくっている。

ケラーマン刑事はテーブルに身を乗りだし、励ますように笑いかけた。「なぜヘレン・フィリップスと彼女の母親を殺したのかね、ミスター・アーヌセン？」

「ぼくは誰も殺してない。ミス・フィリップスには一度会っただけだし、母親のほうとは会ったこともない」

「それじゃ、あの家の地下室で何をしていた？」

「さっき答えた。あるものを探していたんだ」

「あるものって？」

「貯水槽だ。貯水槽を探していたんだ」

「なぜ？」

アーヌセンはまたジャッキーを見た。「車であの家の前を通ったときのこと、覚えているかい？」

ジャッキーはうなずいた。「ええ」録音のために、声にも出して言う。「覚えているわ」

「あのとき、あの家が妙に気になったんだ。理由はわからない。とにかくあの家を……興味深いと感じた」

「興味深い？　どういうところが？」ライターが笑顔で問いかける。

アーヌセンは彼を無視し、あくまでジャッキーに向かって言葉をついだ。「ちょうどあそこの屋根がところどころひどく傷んでいることに気がつき、ぼく自身も前の家のベランダが終わって次の仕事が必要だったから、これは中に入りこんでじっくり観察するいいチャンスだと思った。それで翌日、彼女に屋根の葺《ふ》きかえをやらせてくれないかと持ちかけたんだ」

「ヘレン・フィリップスに？」ケラーマンが言った。「彼女に葺きかえをやらせてくれと持ちかけたんだね？」

「そうだ」

「それ以前に彼女と会ったことはなかった？」

「それ以前には顔も名前も知らなかった」

「屋根の話を持ちかけたとき、彼女はなんて答えた？」

「ぼくが手がけた近所の家で話を聞いてから電話する、と言った」

「そしてその言葉どおり、電話してきたんだね？」

「そうだ。その日の晩にかけてきた」

「何か飲み物はどうだい、ミスター・アーヌセン?」ライターが機嫌をとるように尋ねた。

「それとも、たばこでも?」

「たばこは吸わない」

「それじゃコーヒーは?」

アーヌセンはいらだたしげなジェスチャーをした。「それよりさっさと終わらせてしまおうじゃないか」

「わかった」ケラーマンが穏やかに言った。「それで、彼女が電話で葺きかえを頼むと言ってきたあとはどうなった?」

「金曜の朝、車で下見に行って見積書を書いた。彼女はその料金で手を打ち、ぼくはいったん戻って午後にまた契約書を持っていった」

「それは事実よ」ジャッキーは言った。「金曜の午後、わたしがヘレンに会いに行った折りに、彼があの家から出てくるのを見ているわ」

アーヌセンは無表情にまたジャッキーを一瞥《いちべつ》した。

「契約書をとりかわしたあとにもミズ・フィリップスとは会ったんだろう?」ライターが質問した。

「ほんの短い時間だがね。土曜の午後、屋根葺きの資材を運びこんだんだ。そのとき彼女が出てきて、ちょっと言葉をかわした」

「時間は何時ごろだった？」

「覚えてない。たぶん二時ごろだ」

「彼女はなんて言った？」

「たいしたことは言わなかった。なんとなく緊張しているみたいだった。ぼくは機械を使えるだけの電力が来ているかどうか確かめたいので、家の中に入れてもらえないかと頼んでみた」

「彼女の返事は？」

「ノーだった」

「ヘレン・フィリップスは家の中に入れてくれなかったんだね？」

「そうだ」

「なぜ？」

「昼寝している母親が目を覚ますといけないからというようなことを言っていた。階下《した》で電力を確認するのがなぜミセス・フィリップスを起こすことになるのか、ぼくにはわからなかったけどね」

「それで、そのあとはどうした？」

「それまで以上に地下室に行ってみたくなった。まして裏庭を見たあとでは」

「どういうことかな？　裏庭の何がそんなに気になったんだ？」

アーヌセンはジャッキーを正面から見た。「屋根板にするための木材を裏庭に運んだとき、風向計に気がついたんだ。きみも気づいただろう？」

ジャッキーはゆっくりとうなずく。

「風向計がどうしたんだ、ポール？」ケラーマンが尋ねた。

「前にそれと同じものが……見えたことがあったんだ。その風向計が誘拐された子どもに関係していることはわかっていた。それに、マイケルが地下にいるということも強く感じていた。だからあの家の地下に下りて、調べてみたかったんだ」

担当の刑事ふたりは顔を見あわせた。「つまりあんたは超能力でそれを見てたということかな？」ライターが優しげな表情で言った。「あんたがサイキックだということはカミンスキー刑事から聞いてるよ」

「サイキックではない。ただ……ときどきひょいと見えてしまうんだ。でも、その話はしたくない」

「だからこれまではその……何かが見えたとしても、警察に言ってきたことはなかったんだね？」

「そうだ」アーヌセンはテーブルを囲んでいる刑事たちを暗い目で見まわした。「もう二度と警察には言わないだろう」

「ほかに誰かを殺したことはないかい？」ライターが静かに問いかけた。「ビリングズの女の子とか、ボイズの男の子とか」

アーヌセンは日焼けした顔を蒼白《そうはく》にしてライターを見すえた。「いったい全体なんの話だ？」

「そのことはいまは置いておこう」ケラーマンが割って入った。「あんたはフィリップス邸の地下室に入りたかった。そうだな？」

「そうだ」

「で、そのために何をやった？」

「何も。土曜はそのまま帰ってひと晩棚あげすることにした。日曜に行ったときにもまだ例の感覚が強かったら、カミンスキー刑事に電話して風向計のことを話し、地下室の捜索をすすめてみるつもりだった」

「だが、実際には電話しなかった」

「そのとおりだ。日曜の朝、資材が雨に濡《ぬ》れていないかどうか確かめに行ったら、勝手口のドアがあいていたんだ。とっさに中に忍びこもうと思った」

「要するにこういうことだな、ミスター・アーヌセン。あんたは雨の残る日曜の朝、お客さんの家に行ってちょっとした好奇心から勝手に中に侵入した」

「彼女に頼んでも地下室は見せてもらえなかっただろう。だが、ぼくはどうしても地下に行きたかったんだ。もし誰かに見つかったら、配線の具合を見る必要があったんだと言うつもりだった」

「つまり最初から嘘《うそ》をつくつもりでいた」

「そうだ」アーヌセンはひややかに言った。「最初から嘘をつくつもりでいた。子どもの命がかかっているんだから、そのくらいの嘘は許されるはずだ」

ケラーマンは書類にペンを走らせた。「それからどうした？」

「勝手口のドアから中をのぞくと、キッチンには誰もいなかった。それで、これなら忍びこんでも大丈夫だと判断した」

「それまで家の中に入ったことはなかったんだろう？」

「キッチンまでは入っていた。契約書をとりかわすときに、キッチンのテーブルでサインしたんだ」

「地下室に下りる階段がどこにあるか、どうしてわかったんだ？」

「これまでにもああいう古い家の修繕を数多く手がけている。古い家はどれも似たようなものだ。だいたいキッチンの奥のドアが地下室に通じている」

「二階には行かなかったのかね？」

「もちろんだ。へたに動いて家の人に見られたくなかったからね。忍び足でキッチンを通りぬけ、地下室に下りていった」

「地下室には何があった?」

「がらくたが山ほど。暖房炉や石炭を燃やすタイプの古いボイラー。ボイラーは天然ガスに切りかわってから使われなくなったんだろう。床の真ん中には木箱がいくつも積まれていた」

「あんたが下りていったときにも、カミンスキー刑事が見たときと同じような形で木箱が置かれていたということかな?」

「まあね。上で足音が聞こえたから急いでもとの位置に戻し、そのあと配電盤のそばの暗がりに隠れたんだ」

「ちょっと話を戻そう」ライターがファイルを見ながら言った。「そもそも木箱を動かしたのはなんのためだったんだ? それまで家の中に入ったことがなく、フィリップス母子とも面識がなかったんなら、どうして地下室の床下に貯水槽があることを知っていたんだ?」

「さっきも言ったように、ああいう古い家は何軒も見ているんだ。ぼくが修繕するのは古い家ばかりなんでね。この地方は乾燥しているし、昔は水道管も通っていなかった。少なくともサウス・ヒルの家の四軒に一軒はあのタイプの地下貯水槽を備えているはずだ」

ジャッキーは彼の顔をじっと観察した。その精悍《せいかん》な輪郭や高い頬、謎《なぞ》めいた暗い目や金色の無精ひげにおおわれた顎の向こうには、いったい何が隠されているのだろう?

「それで木箱を動かし、貯水槽の中をのぞいてみたわけだ」ケラーマンが先を促すように言った。

「そうだ。そして予想どおりのものを見つけた」

「予想どおりのものとは？」

「地下の小さな部屋。マイケルがそういうところに閉じこめられているのはわかっていたんだ」

「それで、そのあとはどうするつもりだったんだ？」

「わからない。カミンスキー刑事に教えるべきだとは思ったが、どうしたらいいのかわからなかった」

「電話をかければよかったじゃないか」

「ぼくはミス・フィリップスの許可を得て地下に下りたわけじゃない。それに、カミンスキー刑事はぼくを誘拐犯と疑っていた。だからこれ以上疑惑を招くことなく貯水槽の存在を知らせる方法をなんとか考えださなければならなかったんだ」

「つまり、こう言って差しつかえないわけかな？　あんたはマイケルのことよりも自分の身に災いがふりかかるのを心配した、と」

「そうじゃない。ぼくは自分が誘拐犯でないことを知っているが、警察はぼくがやったと思いこんだら真犯人を突きとめようとはしなくなるだろう。マイケルが危険な状態にあることはわかっても、自分がどうすべきかはわからなかったんだ」

「それで、どういう結論を出した？」

「結論を出す時間はなかった。あの地下室から出る間もなく、カミンスキー刑事が家に入ってきたんだ。ぼくは暗がりに隠れ、彼女がぼくに気づかずに去ってくれるよう祈った。だが――」またもやジャッキーに視線を投げかける。「結局彼女に見つかった」

「ヘレン・フィリップスを殺したのはなぜだい、ミスター・アーヌセン？」

「ぼくが殺したんじゃない」

「彼女とは恋人同士だったのか？」

「言っただろう？　屋根の話を持ちかけるまでは会ったこともなかった」

「彼女の体から精液が採取されているんだ」ケラーマンの口調が不意に厳しくなった。「いまそれを鑑定に出している。もう言い逃れはできないぞ。鑑定結果が出ればわかることなんだから、いまのうちに全部吐いたほうが身のためだ」

「あの人には指一本触れてない」

「それじゃ土曜の晩に何をしていたか話してもらおうか」

「話すならカミンスキー刑事に話したい」アーヌセンは言った。「彼女と話をするまで、もうあんたたちの質問には答えない」

ライターとケラーマンは身を寄せあってひそひそと話しあった。それからケラーマンがジャッキーに向かって言った。「始めてくれ、カミンスキー刑事」

ジャッキーはアーヌセンの右側に座っていた。まっすぐに彼を見て切りだす。「マイケル・パネシビックをあの貯水槽に閉じこめたのはあなたなの、ミスター・アーヌセン？」

「違う。ぼくではない。それはきみにもわかっているはずだ」

ジャッキーは不本意ながらも魅入られたように彼と目をあわせた。突如、自分の意識が引き寄せられ、彼の心の奥深くに吸いこまれそうになるのを感じた。それは不穏な、恐怖さえ感じさせる感覚だった。

「マイケルがいまどこにいるか知っている？」

「知っていたらきみに話している。ただ……」

ジャッキーは暗い目に引きこまれるように体を乗りだした。

彼女の中から持ち前の警戒心や刑事としての心得、さらには合理的な思考力さえもが失われていった。もう目の前の男が放射するパワーしか感じられない。

彼はジャッキーに何かを伝えようとしている。それは心から心にじかに伝わってくる安心のメッセージだ。この室内でおこなわれていることを考えたら、こんな感覚に見舞われるなんて奇妙というほかないが、まず彼女が感じたのはやすらぎと喜びだった。だが、そのあたたかな感じとともに、痺《しび》れるほど強烈な切迫感も伝わってきた。

ジャッキーはなじみのない感覚に動揺しつつも、彼の目を見つめ、伝わってくるメッセージをなんとか理解しようとした。

「教えて。いま何か見えているわね？」ささやくように言う。「わたしにはわかるの」

ウォードローが困惑し、ケラーマンが冷笑を浮かべ、ライターがうさんくさげに顔をしかめたのが意識の片隅にとらえられたが、ジャッキーは彼ら全員を無視した。

「ああ、見えている」アーヌセンは答えた。

ジャッキーは両手をかたく握りしめた。「何が見える？」

アーヌセンの表情が微妙に変化した。遠くを見るようなまなざしに不安がたたえられている。声さえもいっそう低く、かすれぎみになった。

「マイケルが黄色いアヒルのぬいぐるみを抱いて、ベッドに腰かけている。おびえて泣いている。かわいそうに。誰かがスーツケースに荷物をつめている」

室内はしんと静まりかえった。ジャッキーはペンを手にとり、指が痛くなるほど強く握りしめてささやいた。「生きているのね？　マイケルはまだ生きてるのね？」

アーヌセンの顔がこわばり、目に焦点が戻った。穏やかな表情をすべて消し去り、険しい顔でうなずく。

「急いでくれ」ジャッキーに言う。「急がないと間にあわない。もうあまり時間がないんだ」

「ミスター・アーヌセン――」ケラーマンが言いかけた。

すかさずジャッキーが手ぶりで黙らせた。

「どこに行ったらいいの、ポール？　いったいどこを捜したらいいのかわからないわ」

「農場だ。農場に行くんだ」

「どこの？」

「このあいだいっしょに行った農場だ。牧場に子馬がいて、天井からタマネギがさがっていた農場」

「そこにマイケルがいるの？」

「いや」アーヌセンは椅子の背もたれに身をあずけ、震える手で髪をかきあげた。顔はそれまで以上に青ざめ、疲労のかげりを深めている。「マイケルがその農場にいるわけではないが、そこが出発点なんだ。そこに行けば、次にどうすべきかわかるはずだ」

「ばかばかしい」ライターがたたきつけるように言った。「こんなばかげた話は聞いたことがないよ。あんたはわれわれがほんとうにそんなたわごとを信じると――」

「わからないのか？」アーヌセンがジャッキーから目をそらし、向かいの席の刑事を見た。「あんたが何を信じようが関係ないんだ。そんなことはどうだっていい。肝心なのはあの子を見つけだすことであって、もうぐずぐずしている時間はないんだ」

そしてジャッキーの手をつかみ、強く握りしめた。

「早く行ってくれ！」

ジャッキーは無言でうなずき、立ちあがると取調室から飛びだした。テーブルを囲んだ三人の刑事は唖然《あぜん》として彼女を見送った。

# 24

ジャッキーがパネシビック家の農場めざして車を走らせているあいだに、気まぐれな太陽は厚い雲の陰に姿を隠してしまった。空は暗くなり、フロントガラスに雨粒が落ちてきて、道路わきの水たまりに泥水を飛び散らせた。

農場に着くと、今回は初めて誰も庭に出ていなかった。車をとめ、ぬかるんだ庭を勝手口に向かって歩いていく。

ドアをノックすると、ミロスラブが出てきた。ジャッキーを見て驚きと恐怖に目を見開きつつも、機械的な礼儀正しさで片手を差しだし、がっちりと握手する。だが、銀色の口ひげになかば隠れた顔は緊張のあまり引きつったままだ。

「違います」無言の問いかけに、ジャッキーはそう答えた。「どうしてらっしゃるか見に寄っただけです」

ミロスラブはほっとしたように、彼女の手をぎゅっと握りしめてから放した。

「中にどうぞ。家内に会ってやってください」

ジャッキーは靴を脱ぎ、戸口のそばのマットの上に揃《そろ》えた。

イヴァーナはキッチンでオーブンからクッキーのトレイをとりだそうとしていた。背を伸ばし、額にかかった髪をかきあげてジャッキーを見る。その目が救いを求めるように夫に向けられた。

「別に悪いニュースがあるわけではないそうだよ」ミロスラブは優しく言ってイヴァーナに近づき、その体を優しく抱きしめた。「わたしたちがどうしているか、様子を見に来てくださったんだ。おまえのクッキーを召しあがっていただこう」

イヴァーナは涙をのみこみ、ミロスラブの胸に顔をうずめてしっかりしがみついた。ふたりの愛と苦悩を目の当たりにしたジャッキーは、気のきかない邪魔者になったような気がした。

目をそらすと、キッチンの片隅に座りこんだ幼いデボラがきょとんとした顔でこちらを見ていた。

「こんにちは、ハニー」ジャッキーは言った。近寄っていってしゃがみこむ。「今朝は何をしているの？」

「おうちを作ってるの。ほら。お祖父《じい》ちゃんが手伝ってくれたのよ」

段ボール箱がいくつか積みあげられ、ガムテープでとめられていた。デボラは色とりどりのマーカーが入った箱を手に、段ボールの外側にゆがんだ四角形を書いていた。

「これはなあに？」

「窓。このおうちには窓がたくさんあるの。こっちは玄関よ」

「ほんとうだ」ジャッキーはにっこりした。玄関のドアは開閉ができるようきれいに切れ目が入っており、画鋲《がびょう》のノブまでついていた。いちばん下の大きな箱は、下のほうにピンクや黄色の点々が書かれている。

「この色がついているのは？」

「お花。おうちの横はお庭になってるの」

「よくできているのね。このおうちには誰が住んでいるのかな？」

「わたしの猫よ。ほらね」

嬉《うれ》しそうに顔を輝かせ、デボラは段ボールのドアをあけた。ジャッキーがのぞきこむと中にはタオルが敷かれ、奥のほうに例の辛抱強い黒い子猫が丸くなっていた。子猫は頭をもたげ、黄色い目を暗がりの中でかすかにきらめかせた。

ジャッキーは二階に死体がころがった家の地下室で、暗がりに身をひそめていたポール・アーヌセンを思い出し、その記憶に思わず身震いした。

「とっても住み心地がよさそうね」デボラのしなやかな髪に手を触れて言う。「今日みたいな雨の日におうちの中にいられるなんて、この子も嬉しいでしょうね」

「お姉さんはマイケルがどこにいるか知ってるの？」デボラが言った。

ジャッキーはびっくりしてデボラを見下ろした。

デボラは真剣な顔で段ボールの家にまた窓を書き足した。「マイケルは迷子になったんだけど、お姉さんたちが一生懸命捜してるってお祖父ちゃんが言ってたの」

「マイケルに会いたい？」ジャッキーは胸を締めつけられる思いで尋ねた。

デボラは目に涙をためてうなずいた。「マイケルと遊びたい。マイケルに猫のおうちを見せたいの」

「いらっしゃい、デボラ」イヴァーナが寄ってきた孫娘を膝に抱きあげた。「ほら、ミルクとクッキーを召しあがれ」

「お姉さんもクッキーを食べる？」

「もちろんよ」イヴァーナが答える。「お姉さんにはホイップクリームを浮かべたおいしいホットチョコレートも飲んでいただきましょうね」

ジャッキーは構わないでくれと言おうとしたが、イヴァーナの顔を見て思いとどまった。

イヴァーナの心労はそうとうなものだ。やせてきたし、きれいな茶色い目は不眠と不安を物語るくまに縁どられている。イヴァーナ・パネシビックには誰かにものを食べさせるという仕事で絶えず気をまぎらわせる以外、この悪夢を乗り切るすべがないのだろう。

ジャッキーはまたあのかびくさい地下室に思いをはせた。床下の穴ぐらに置かれた子どもサイズの家具や、二階で殺されていたふたりの女、そしてそれらとマイケルとの不吉なつながりを。

あの殺人事件のことを知ったら、イヴァーナ・パネシビックはどうにかなってしまうのではないか。むろん警察の上層部がなんと言おうが、パネシビック夫妻には新聞で報じられる前に直接知らせなければならない。ミッチェルソン警部補は、今日じゅうにでもマスコミがフィリップス母子《おやこ》の事件をすっぱ抜くだろうと考えている。

ジャッキーは農場をあとにする前に、ミロスラブにだけこっそり事件のことを伝えるつもりだ。イヴァーナにどう話すかは、彼に任せようと思っている。

ステファン・パネシビックやリー・メロン、そしてリーの両親にも、昼までには話さなければならない。殺人事件のことだけでなく、地下の貯水槽のことも……。

「どうも恐れ入ります」ジャッキーはうわの空で言うと大きなキッチンテーブルの前に座り、たっぷりとホイップクリームを浮かべたホットチョコレートのマグを受けとった。

「おいしそうだわ」

デボラは向かいの高い椅子に座らされ、祖母がテーブルに置いたあたたかなクッキーの皿を嬉しそうに見た。

ジャッキーは微笑を浮かべた。「あなたは幸せね、デボラ。こんなふうにお祖父ちゃんとお祖母《ばあ》ちゃんのところにちょくちょく遊びに来られて。わたしも一日ここにいたいくらいよ」

「今回はこの子、しばらくここに泊まっていくんですよ」イヴァーナがデボラのそばで立ちどまり、孫娘のつややかな頭を撫《な》でた。「ママとパパがお留守のあいだ、二週間近くもお祖母ちゃんのところにお泊まりするのよね、デボラ？」

「そうなんですか。デボラのご両親はどちらに？」

「ザーンとミーラは今日国外に発《た》つんですよ」ミロスラブが自分のホットチョコレートをかきまぜながら言った。「こんな天気だから、空港で足止めを食わなければいいんだが」腕時計に目をやり、イヴァーナに笑顔を向ける。「あと三十分で出発だよ、イヴァーナ。まずロンドンまで飛び、ロンドンからザグレブ行きに乗りつぐんだ」

ジャッキーは眉をひそめながらカップを持ちあげた。「でも、まだ……」

そのときだしぬけに頭の中で警報が鳴り響いた。

「当初はデボラも連れていく予定だったんですよ」イヴァーナが言った。「だけど土壇場になって、子どもの体には負担が大きすぎると言いだしましてね。ゆうべザーンが留守のあいだ預かってくれと、うちにデボラを連れてきたんです」

ジャッキーの口の中がからからにかわき、喉が苦しくなってきた。

不意に目もくらむばかりの鮮明さで、一週間以上も思い出そうとしていたつかみどころのない情報の断片が浮かびあがってきた。

「ああ、たいへん」不安におののきながらつぶやく。

ジャッキーは椅子を引き、勢いよく立ちあがった。

「あの……すみませんが、もう失礼します。急ぎの用ができたので」

靴をはき、まだもごもごとわびを言いながら雨の中に飛びだす。

ミロスラブとイヴァーナは流れる霧にその姿をかすませながら勝手口にたたずみ、ジャッキーは車に乗りこむと水しぶきをあげて道路のほうへと加速していった。

手探りで携帯電話をとるあいだにも、頭の中ではさまざまな考えや記憶がめちゃくちゃに乱れとんでいた。ザーン・パネシビックがポーチで話をしたときに、クロアチアに旅行する予定だと語ったことが思い出される。デボラを連れていって、ミーラの親戚《しんせき》に会わせるのだと言っていた。

その記憶が潜在意識の一枚下にひそみ、ずっとジャッキーをつついて悩ませていたのだ。その理由はいまとなっては明々白々だ。計画の全体像がいまならはっきり見てとれる。むしろいままで気づかなかったのが不思議なくらいだ。

ジャッキーは携帯電話に短縮ダイヤルの番号を打ちこんだ。「アリス？　ブライアンはどこ？」

「まだ本署よ」

「至急彼に連絡して、電話のそばで待機するよう伝えて。あと何分かしたら彼の援護が必要になりそうなの。それと無線室のほうにも連絡を入れて、誰でもいいからふたりばかり空港に行かせてちょうだい。空港近辺にいる車を急行させるのよ」

「わかったわ。ほかには?」

「空港の管理事務所の電話番号を調べて。いますぐによ。大至急かけたいの」

電話番号を聞くと、ジャッキーはいったん切ってからまたかけた。運転しながら片手で電話機を握りしめる。田舎道は、ほとんど車が通らない。スピードメーターが時速百三十キロを記録するまでアクセルを踏みこみ、霧と雨の中をすっとばしていく。

「もしもし、ジョン・シェパードをお願いしたいんですが」空港管理事務所が出ると、そう切りだした。「警察の緊急事態なんです。カミンスキー刑事からだと伝えてください」

シェパードが席にいてくれるよう祈りながら待つ。シェパードは空港の上級管理官であり、ジャッキーは一、二年前に彼の十代の息子を苦境から救いだしてやったことがあった。

「ジャッキー?」彼の声がした。「どうしたんだ?」

「よかったわ、いてくれて」ジャッキーは幹線道路に出ると一時停止し、一台のトラックをやり過ごしてからフリーウェイに乗るため西に向かった。「いま、そっちに向かっているの。ロンドン行きの次のフライトについて知りたいのよ。出発が遅れてるとありがたいんだけど」

シェパードが運行表を調べるあいだ、沈黙が続いた。「ユナイテッド・エアラインだな。

定刻どおり十一時四十五分の出発となっている」

ジャッキーは腕時計を見て、心臓がとどろきだすのを感じた。「どうしよう、あと数分しかない」

高速道路に乗り、さらにスピードをあげて車線を左右に変えながら走りつづける。用心のためサイレンのスイッチを入れ、屋根に非常灯をつけて雨の中で明滅させた。

「コンピューターで搭乗者リストを呼びだしてみて、ジョン。ザーン・パネシビックとミーラという夫婦が乗ってない？」

「ああ」短い沈黙ののちに彼は言った。「娘といっしょだな」

「その飛行機、とめられない？」

ふたつめの出口で高速を降り、空港めざして間道をひた走る。

「おいおい、ジャッキー」シェパードは言った。「そんなむちゃが通らないことはきみにもわかっているはずだぞ」

「せめて何分か出発を遅らせられない？」ジャッキーは哀願するように言った。「何か理由をつけて待たせといてよ」

「無理を言わないでくれよ。いかにきみのためといえども、そんなことはできっこない。もう搭乗を完了し、離陸の許可も出ているんだ。あと……六分で出発する」

ジャッキーは低く悪態をつき、ハンドルを握りしめてさらに加速した。

警察に世間の人たちが考えているような絶対的な権限があったらいいのに！　だが、ジャッキーには問題の飛行機をとめさせることはできないのだ。それどころか、もっと確たる証拠がないかぎりは、ロンドン行きの便をとめるための法的手続きをとることさえままならないだろう。

「もう切るわ、ジョン。あと三、四分でターミナル・ビルの正面玄関に乗りつけるから、通り道をあけといて。それと問題の飛行機が何番ゲートから出るのかをそこで教えてちょうだい」

「わかった」

ジャッキーは携帯電話をシートに放《ほう》り、運転に集中した。空港のターミナル・ビルが霧の中からぬっと現れた。高く突きでた塔が雨模様の空に気まぐれに光線を投げかけている。

ジャッキーは玄関前に車をつけ、中に駆けこんだ。そこでシェパードが待っていた。

「二十六番ゲートだ」ジャッキーと並んで走りながら言う。「あと二分ある」

ジャッキーは税関の係官や警備員たちにバッジを見せながら搭乗ゲートまでダッシュし、搭乗受付のデスクを通りすぎて、機内に通じる長いトンネルを駆けぬけた。

搭乗口にたどり着くと、ちょうど男性の客室乗務員が扉を閉めようとしていた。「警察よ」ジャッキーは息をあえがせながら言った。「中に入れてもらうわ。ほんの数分でいいの。いいわね？」

乗務員はびっくりしたようにわきにどいた。ジャッキーはカーテンのかかったファーストクラスの客室に入りこみ、乗客たちの好奇のまなざしを浴びながら、呼吸を整えるために少し立ちどまった。それからこぢんまりした客室内を進んでいってカーテンを分け、エコノミークラスの客席を見渡した。

ザーン・パネシビックの姿がすぐに目にとまった。がっしりした長身の体を妻の隣の席に押しこめている。反対側の隣は空席だ。

ジャッキーはその空席を見つめ、当惑と失望に押しつぶされそうになった。だが、何歩か通路を歩いていくと、急激に脈が速くなった。

ミーラ・パネシビックが両手に小さな子どもを抱いていた。子どもは彼女の腕の中で、毛布にくるまっていた。

# 25

ザーン・パネシビックが妻の肩に腕をまわした。ミーラは毛布にくるんだ子どもを胸深く抱き寄せ、ふてぶてしい目つきでジャッキーをにらんだ。

「静かに立って、わたしといっしょに降りてもらうわ」ジャッキーは彼らに顔を近づけ、小声でささやいた。「ここで騒ぎを起こすのはやめましょう。いいわね？」

中年の乗務員が渋い顔をして、後ろの調理室からつかつかと通路を歩いてきた。

「お客さま」彼女はジャッキーに言った。「申し訳ありませんが、ただちに当機から降りていただかねばなりません。もう離陸の許可が出ていますので」

ジャッキーはほかの乗客には見えないよう、バッジを手のひらで囲いながら見せた。

「この人たちもわたしといっしょに降ります。いますぐにね」

「わたしたちを降ろすことはできないわよ」ミーラが言った。「あなたにそんな権利はないわ！」

「一方、あなたたちにはアメリカ国民としてのあらゆる権利がある」ジャッキーは皮肉るような笑みを浮かべてみせた。「この公衆の面前で被疑者の権利を告知してあげましょうか、ミーラ？　あなたには黙秘する権利が――」

「わたしたちを逮捕するの？」ミーラが真っ青になって言った。

「そのつもりよ」

乗務員が操縦席のほうを神経質に見やりながら、さらにジャッキーに近づいた。「すみませんけど、もうほんとうに――」

「なんの容疑で逮捕するの？」ミーラが言った。

「まず手始めに誘拐ね。ほかにもおいおい出てくるでしょうけど」

「これはわたしの娘よ」ミーラは毛布の包みをひしと抱きしめた。「デボラのパスポートはちゃんと審査を通ってるわ。親戚《しんせき》に会いに、ヨーロッパに行くところなのよ」

ジャッキーは首をふった。「あなたのガッツには敬意を表するわ、ミーラ。だけど、わたしは二十分ほど前までパネシビックご夫妻の農場にいたのよ。あなたの娘はキッチンで遊んでいたわ。クッキーを食べたり、子猫のために段ボールで家を作ったり」

ザーンが広い肩をがっくりと落とした。立ちあがり、頭上のコンパートメントから手荷物を下ろす。ミーラはそんな夫を仏頂づらで見つめている。

「行こう、ミーラ」彼は言った。「ほかの乗客に迷惑だ」

ミーラは子どもを抱きかかえたまま立ちあがり、昂然《こうぜん》と顔をあげて通路を歩きだした。

「お預かりした荷物はもうどうしようもありませんが」乗務員がジャッキーに言った。「いまになって降ろすことはできませんから」

「構いません。こちらでロンドンから送りかえしてもらう手続きをします。ご協力ありがとうございました」

搭乗口を出ると、彼らは黙りこくってトンネルの中を戻りはじめた。

「ちょっと待って」途中でジャッキーが言い、立ちどまったミーラにずいと近寄った。

ミーラは体を引きかけてすぐにあきらめ、ジャッキーが毛布の端をめくるに任せた。

マイケル・パネシビックは叔母の腕の中でぐっすり眠っていた。頬は赤らみ、額は汗ばんで巻き毛を張りつかせている。顔だちの整ったかわいい子で、怖い思いをしてきただろうに、見た目はしごく健康そうだ。

ジャッキーは長いことマイケルを見つめてから、深く息をついて毛布を戻した。

「結構。先に進んで。わたしはすぐ後ろを歩くわ」

搭乗ゲートではジョン・シェパードが待っていたが、彼らが戻ってきたことに気づいた人はほかにいなかった。ターミナル・ビルの中をシェパードのオフィスまで行くあいだも、誰も彼らに関心を払わなかった。

歩きながら、ジャッキーはミーラが抱いている毛布のかたまりを見て、奇妙なむなしさを感じた。この輝かしい勝利の瞬間を、手放しで喜ぶ気にはとてもなれなかった。捜査陣は事件の解決に全力をあげてきた。だが、それでもタッチの差で敗北を喫するところだったのだ。

ほんとうにあと数分遅かったら、マイケルは永久に見つからなかっただろう。この子の家族が一生涯続く苦しみを味わわずにすんだのは、ただただ運がよかったと言うほかない。運とポール・アーヌセンのおかげだ、と心の中でつけ加える。

彼らのあとから、ジャッキーはジョン・シェパードのオフィスに入った。

「冷蔵庫の中にソーダとフルーツジュースがある」シェパードは言った。「ほかに必要なものがあったら、インターコムで秘書に言えばいい」

「ありがとうございます」ジャッキーはドアのそばで立ちどまった。「じきにもう何人か警察官が到着します。ひょっとしたらもう着いてるかもしれない。来たらこの部屋の前の廊下で待ってるように伝えてくださいますか？　それと、電話を使わせていただきたいのですが」

「なんなりとご自由に」

シェパードはそう言って立ち去り、ジャッキーはドアを閉めると室内にいる夫婦に向き直った。マイケルは革張りのソファーに寝かされ、ぬいぐるみのアヒルとともに毛布をかけられていた。

「この子、病気なの？」ジャッキーは尋ねた。「こんな時間まで熟睡しているのはどういうわけ？」

ミーラはかたい表情のまま押し黙っている。

「鎮静剤をのませたんだ」ザーンが言った。「長旅になるから、眠らせてやったほうが本人も楽だろうと思ってね」

「あなたたちも安心できるしね」ジャッキーはひややかに言った。「マイケルがほかの乗客に話しかけて、自分の本名を言ったりしたらことだから」

ザーンは足もとに視線を落とした。

「いったいどういうこと？　あなたたちがリーのあとをつけ、マイケルをおもちゃ屋から連れ去ったの？」

「違う！　連れ去ったのはぼくたちじゃない。ぼくたちはマイケルの居所なんてまったく知らなかったんだ。行方不明になったと聞いたときには、ほんとうに心配したし、そのあとだってずっと心を痛めてた」

「わたしも彼もメロン家のしわざだと思いこんでいたのよ」ミーラがようやく口を開いた。

「ステファンやお祖母《ばあ》ちゃんの気持ちを思うと、いたたまれなかったわ」

「それがどうしてマイケルといっしょに飛行機に乗ることに？　計画的ではなかったってわけ？　ただのなりゆきでこうなったんだと？」

ミーラとザーンはおびえたように顔を見あわせ、またジャッキーに視線を戻した。

「ある意味ではそのとおりよ」ミーラが答えた。「わたしたちは当初この旅行にデボラを連れていくつもりだった。新しい服や、機内で遊ぶためのおもちゃまで買っておいたわ。ところが昨日になって……」

「昨日の夕方のことだった」ザーンが話を引きとった。「ステファンがうちに来て、たいへんなことになったと言うんだ。いまマイケルが自分のところにいるんだが、すぐに国外に連れださなければならないとね。ぼくたちが今日クロアチアに行くことは誰もが知っていた。それでステファンは、デボラのパスポートでマイケルを連れていってくれと言いに来たんだ」

ジャッキーは思案しながらうなずいた。むろんこのパスポートの問題こそが、長いこと意識の底から彼女をつついて悩ませながら、どうしても特定できなかった情報だったのだ。パネシビックという姓を持つふたりの子どもは互いによく似ている。ともに金褐色の髪に茶色い目をしている。三歳という幼さでは、男の子も女の子も顔だちにそう大きな違いはない。出国審査の係官も、親に連れられた子どもの性別をいちいち調べはしないだろう。

「ステファンにそう言われて、あなたはなんと答えたの？」

「ぼくはかかわりあいになりたくなかった」

ジャッキーはザーンの汚れない青い目を見て、その言葉に嘘《うそ》はないと感じた。

「法に触れる行為だということはわかっていたからね」ザーンは言葉をついだ。「だが、ステファンは必死だった。ぼくたちが拒んだら、もうマイケルには一生会えなくなってしまうと訴えた」

「ほんとうに必死だったのよ」ミーラが言った。「彼はメロン家が自分を窮地に陥れようとしているんだと言ったわ。重大な犯罪を犯したと、彼を告発しようとしてるって。だからこの機会に、どうしてもマイケルを国外に連れださなければならなかったのよ。アメリカの地を飛びたってしまえばもう大丈夫だと彼は言ったわ。二、三日のうちに自分も必ずザグレブに行くって」そこで夫にちらりと目を走らせる。「だけどザーンは協力を渋った。わたしたちは何時間もかけて説得したわ。そしてついに彼も、家族のためステファンの言うとおりにしてあげようって気になったのよ」

ジャッキーはその話を頭の中で整理しながら、しばしふたりを見つめていた。「ステファンはその窮地とやらについて具体的に説明した？」

「詳しい事情はきく時間がなかったわ。お祖父《じい》ちゃんたちに怪しまれないよう口実をつけてデボラを預けに行かなければならなかったし、あれやこれやと準備があったから」

「それじゃあマイケルがこの十日間どこに閉じこめられていたか、あなたたちは知らないのね？」

「全然」ザーンが答えた。「ぼくたちもきかなかったし、ステファンも言わなかった」

この言葉にも嘘はない、とジャッキーは思った。

ステファンはこの人たちをうまく操ったのだ。ほかのみんなを操ったように。彼らの優しさや家族思いの心につけこみ、メロン家に対するミーラの敵愾《てきがい》心を利用して、忌まわしい計画を完遂しようとしたのだ。むろん最初から、デボラのかわりにマイケルをクロアチアに行かせるつもりでいたのだ。

そして、もう少しでまんまとやりおおせるところだった……。

「マイケルはベビーシッターの家の地下室の床下に閉じこめられていたのよ。空の貯水槽にね」ジャッキーは告げた。「こんな小さな子が、一週間以上も獣みたいに地下の穴ぐらに押しこめられていたのよ」

ザーンとミーラはぎょっとしたように子どもの寝顔を見た。マイケルは柔らかな黄色いぬいぐるみに頰をくっつけている。

「土曜の夜遅く、ベビーシッターは母親ともども殺害され、マイケルは貯水槽からよそに移されたわ」ジャッキーは言葉をついだ。「ステファンが窮地に陥ってると言ったのは誇張ではなかった。おそらくは彼がふたりを殺害したのよ」

ミーラとザーンの顔をまじりっけのない衝撃と恐怖がおおった。

ザーンの目が涙でうるみだした。「かわいそうな母さん」打ちのめされた表情でつぶやく。「母さんも父さんもどれほどショックを受けることか」

ミーラは目を伏せ、自分の手を見下ろしている。

ジャッキーは電話機に向かい、本署にかけるとウォードローを呼んでもらった。

「いったい何事だ？」ウォードローが即座に出た。「ここでずっと電話を待っていたんだぞ」

「ミッチェルソン警部補に連絡して、いろいろやってほしいことがあるのよ」

「なんだ？」

「まずリー・メロンの居所を突きとめて。彼女にいいニュースがあるのよ。実家か、エイドリアン・コルダーの家か、そこにもいなかったらハーラン・コルダーのオフィスに電話してみて。わたしもできるだけ早く戻るから、彼女をうちの署に来させておいてほしいの」

「いいニュースと言ったね？」

「とてもいいニュースよ。最高のニュースだわ」ジャッキーは眠っている子どもを見ながらほほえんだ。「それとね、ブライアン……」

「うん？」

「ライターとケラーマンに、たぶんステファン・パネシビックが彼らの捜している相手だと伝えてちょうだい。ステファンの前の住所は、引っ越し先とともにコンピューターに入っているわ。なるべく急げと言ってやって。彼、ここ二、三日のうちに、いいえ、ひょっとしたら今日じゅうにでも、ヨーロッパに飛ぶつもりだから。近くの空港を片っ端から当たってみろと伝えてやって」

「わかった。ところでカミンスキー」

「何?」

「ケラーマンのところにさっきFBIからの回答が来た。アーヌセンの指紋を全米のコンピューターでチェックしてもらったんだ。彼はまっさらのシロだって。警察の記録を見るかぎり、駐車違反の切符を切られたことさえなかった」

ジャッキーは胸にこみあげてきた喜びのあたたかさにわれながらびっくりした。

「それはわかってるわ」そっと言う。「最初からわかってなきゃいけなかったのよ。とにかく急いで、ブライアン。いま言ったことをミッチェルソン警部補に報告して、動きだしてちょうだい。わたしもあと一、二時間で署に戻るわ」

「よくやった、カミンスキー。きみは最高だよ」

「ありがとう、相棒」ジャッキーは電話を切り、廊下に出た。制服姿の警官がふたり、革張りの長椅子に腰かけて待っていた。

「この中にふたり、人がいるわ」ジャッキーは言った。「彼らを幼児誘拐の従犯として連行してほしいの」

警官たちは中に入り、暗い顔で悄然《しょうぜん》と座りこんでいるザーンとミーラを見た。

「子どもはどうします?」警官のひとりが眠っているマイケルを指さして言った。「われわれが署まで連れていきましょうか？」

「とんでもない」ジャッキーは両手でマイケルを抱きあげた。「この子の面倒はわたしが見る。母親に引き渡すまで、わたしの目の届かないところには絶対やらないわ」

ジャッキーが署の駐車場で車をとめたときには、雨がしとしと降っていた。車を降り、後部座席に半身を入れて、まだ熟睡しているマイケルの体からシートベルトをはずす。そして毛布にくるまれた小さな体を抱きあげ、ぬいぐるみが落ちないよう位置を直してやってから、建物の中に入っていった。

アリス・ポルソンが席を立ち、受付ロビーを突っきって駆け寄ってきた。丸い顔を涙で濡《ぬ》らしながらジャッキーとともに廊下を進み、古いソファーや自動販売機が置かれたコーナーまでついてくる。

「ああ、かわいそうに。この子、大丈夫なの？」毛布をずらし、マイケルの赤い頬を見て言う。

「鎮静剤をのまされたのよ。でも、呼吸は正常みたい」ジャッキーはそう答え、マイケルのとじられたまぶたや愛くるしく突きだされた唇を見下ろした。「アリス、マイケルのかかりつけの小児科医をファイルで調べてくれない？　電話をかけて、すぐに往診を頼むのよ。検査も受けさせずに母親に返したくないわ。かといって、この状態でこれ以上連れまわすのもどうかと思うし」

「わかった。すぐに電話するわ」

「マイケルの母親はいまこっちに向かっているの？」

「まだだと思うわ」アリスは立ちどまった。「まだ連絡がつかないのよ」

「なんですって？　どうして連絡がつかないの？」

「ミッチェルソン警部補から説明があると思うわ。オフィスであなたを待ってるわよ」

アリスはまた戻ってきてマイケルの頬をいとおしげに撫《な》で、それから受付のほうに立ち去った。

ジャッキーはマイケルを抱いて刑事部屋を横切り、ミッチェルソン警部補のオフィスに入った。書棚のそばのビニールの長椅子にマイケルを寝かせ、隣に自分も腰かける。

「やったな、ジャッキー」ミッチェルソン警部補は満面に笑みをたたえて言った。マイケルのそばまで来ると、顔をのぞきこんで巻き毛に手を触れる。「もうこの子の顔は永久に見られないかと思っていたよ」

「わたしも」ジャッキーはマイケルの紅潮した顔を見下ろした。「母親はどこなんです、警部補？」

「姉さんとドライブに行ったそうだ。ウォードローがかわりに義兄《あに》を連れてくる」

「そうですか。ほかには何か？」

「つい先刻、マスコミがフィリップス母子《おやこ》のニュースを流した。残虐な殺人事件と報じ、行方不明の子どもとの関連を取り沙汰《ざた》している」

「地下貯水槽のことは、まだマスコミには明かしてないんですよね？」

「ああ、ひとこともね。だが、もれるのは時間の問題だろう」ミッチェルソン警部補は憂《ゆう》鬱《うつ》そうに言った。「そうなる前に、なんとか母親をつかまえたいものだ」

「ステファン・パネシビックの身柄は確保できたんですか？」

「まだだ。だが、ＦＢＩの協力で近隣の州のハイウェイ・パトロールが警戒態勢を敷いている。もう逃げられやしないよ」

「だといいんですが」そのときウォードローがハーラン・コルダーを伴って入ってきた。

コルダー弁護士は長椅子に近づき、甥《おい》の寝顔をじっと見下ろした。目に光る涙を人目もはばからずにぐいとぬぐい、マイケルのふっくらした頬を手の甲で優しく撫でる。ジャッキーは見ているだけで胸がいっぱいになった。

コルダーがジャッキーに向き直り、心のこもった口調で言った。「ありがとうございました、刑事さん」

「わたしひとりの力ではありません。大勢の人の協力で保護できたんです」ジャッキーはそう言ったあと、正直につけ加えた。「それに運もよかった」

「リーはまだつかまらないんだ」ウォードローがジャッキーに言った。「ちょっと遠出しててね」

「どこに行ってるの?」

「エイドリアンがリーのことを心配しましてね」コルダーが口をはさんだ。「リーが悲嘆に暮れてふさぎこむ一方だったんで、町を離れ、ドライブでもすれば気がまぎれるんじゃないかとアイダホ方面に連れだしたんですよ。四時ごろには帰ってくると言ってました」

ジャッキーは腕時計を見た。「まだ二時間近くあるわ。なんとか連絡をつけられないんですか?」

コルダーはかぶりをふった。「エイドリアンは携帯電話が嫌いでね。帰ってくるまでじっと待つより仕方ないんですよ」

「カーラジオは聞かないでもらいたいものだね」ミッチェルソン警部補が言った。

「どうしてです?」コルダーは三人の警察官の顔を見まわした。「ラジオで何をやってるんです?」

ミッチェルソン警部補はヘレン・フィリップス宅で起きた殺人事件や地下の貯水槽のこと、現在ステファン・パネシビックを追っていることを手短に説明した。

「なんてことだ」弁護士は動揺をあらわにして言った。手近な椅子にどさりと腰かけ、片手で顔をこするとジャッキーを見る。

ジャッキーは彼の視線をしっかり受けとめた。彼が何を考えているかはわかっていた。

この男性が熱愛している妻は、一時期ステファン・パネシビックと関係を結んでいたのだ。彼女が寝た相手は、幼い子どもを拉致《らち》、監禁しただけでなく、ふたりの人間を残忍に殺すこともできる冷血漢だったのだ。

ジャッキーは目に同情をにじませてコルダーを見た。コルダーはまだ衝撃のさめやらぬぼんやりした顔のまま首をふり、それからミッチェルソン警部補のほうを向いた。「高飛びする前に逮捕できるんでしょうか?」

「できると思います」電話が鳴った。ミッチェルソン警部補が受話器をとり、短い受け答えのあとにすぐ切った。「医者が到着した」

「ずいぶん早いんですね」ジャッキーはびっくりした。

「診療所がすぐそこなんだよ。ここから数ブロックしか離れてない。アリスによると、マイケル保護の知らせにかなり興奮してたらしい。何もかも放《ほう》りだして、すっとんで来たんだろう」

長身の若い男が入ってきた。ジーンズにツイードのスポーツジャケットを着て、黒革の鞄《かばん》を持っている。ほかの四人の顔に目をやってぶつぶつと挨拶《あいさつ》しながら、長椅子の子どもに足早に近づいていく。

「やあやあ」毛布をさげ、つぶやくように言う。「確かにわれらがマイケルだ。ほんとうにマイケルが見つかったんだ」

それから鞄をあけて聴診器と血圧計をとりだし、マイケルのシャツのボタンをはずすと心音や目や耳を調べはじめた。

「そうとう鎮静剤をのまされていますね」ようやく医師は言った。「それに体重も落ちたようだ。連れ去られて以来、ほとんど薬で眠らされていたんでしょう」

ジャッキーは地下室の床下の暗い穴ぐらを思い浮かべた。あそこに監禁されているあいだ、マイケルは騒がないよう眠らされていたに違いない。それでもグレース・フィリップスは、あの家で何か〝邪悪なこと〟が起こっていると怪しんでいたのだ。

考えてみたら、初めてヘレン・フィリップスに会いに行ったときにも、マイケルは足の下にいたに違いない。ジャッキーがヘレンとキッチンでお菓子を食べているあいだも、マイケルはずっとあそこで――。

「完全に回復するでしょうか？」ミッチェルソン警部補が問いかけた。

「と思いますよ」医師はまだ診察を続けている。「ほかに虐待を受けたような形跡はありませんね。目が覚めたら吐き気を訴えるかもしれないし、二、三日はひもじがるでしょうが、後遺症は残らないはずです」

「精神的にはどうですか？」

「ああ、心の傷はまた別問題ですね。様子を見ながら対処するしかないでしょう」

「母親のもとに返して構いませんか？」

「もちろん」

若い医師は顔をほころばせた。

「それが母子双方にとって何よりの薬ですよ」

マイケルの服を直し、毛布を肩にかけてやると、彼は部屋から出ていった。

机上の電話がまた鳴った。ミッチェルソン警部補はてきぱきと応答して受話器を置き、満足げにジャッキーとウォードローを見た。

「ハイウェイ・パトロールが市から八十キロほど西の地点でメルセデスに乗ったステファン・パネシビックを逮捕した。シアトルを今夜七時に発《た》つパリ行きの便に乗るつもりで、空港に向かっていたんだ」

ジャッキーは腰かけたまま全身の力を抜いた。安堵《あんど》のあまり胸がむかついたほどだった。

「よかった」

「いま本署に移送中だ」ミッチェルソン警部補がウォードローに向かって続けた。「きみも本署に行ってこい。供述する気になってるそうだから」

ウォードローは勢いよく立ちあがったが、ふとジャッキーの顔を見た。「きみはどうする、カミンスキー？」

ジャッキーは微笑を浮かべ、マイケルの脚を軽くたたいた。「わたしは子守りをしているわ。パネシビックはもうライターとケラーマンのものだもの、わたしたち両方が取り調べに立ち会う必要もないでしょう。行ってきて、ブライアン。何かあったらここに電話をくれればいいわ」

ウォードローはうなずいて戸口に向かったが、途中で足をとめ、ジャッキーの肩にぎこちなく手を触れた。

その表情は久しぶりに明るくなっている。まだ妻の裏切りから立ち直ってはいないけれど、それでも多少は落ち着いたらしく、もう打ちひしがれているようには見えない。

人間とは強いものだ、とジャッキーは思った。信じがたい回復力を持っている。それに現実が立ちふさがってきたときにも、無限大の適応力を発揮する。必要なのは時間だけなのだ。

そして勇気。人生には大きな勇気が必要だ……。

「ブライアン」彼女は声をかけた。

「うん？」ウォードローは戸口でふりかえった。

「もうポール・アーヌセンは釈放されたと思うけど、もしまだ本署にいたら、伝えてもらいたいの……」

そこで言葉を切ったのは、ふたりの警察官が興味津々といったおももちで自分を見つめていることに気づいたからだ。

「いいえ、いいわ」慌てて言う。「なんでもない」

ミッチェルソン警部補が立ちあがった。「わたしはちょっとウォードロー刑事と打ちあわせをしてくる」ジャッキーとコルダーに言う。「すぐに戻ってくるよ」

警部補が出ていくと、ハーラン・コルダーはジャッキーに向かって言った。「ステファンは極悪非道なモンスターだったんですね。前々から虫が好かない男ではあったが、まさかこんな恐ろしいことをしでかすとは思わなかった」

「わたしもです。わたしが最初から彼の本性を見抜いていれば、もっと早くに解決できたんだわ」ジャッキーは眠っている子どもを見下ろした。「リーがわたしに彼の恐ろしさをなんとかわからせようとしていたのに、わたしは聞く耳を持たなかった」

ふたりは少し黙りこんだ。

「かわいそうに、リーがあんな芝居を打ってまでマイケルを守ろうとしたのも無理はなかったのね。ステファンならどんなことでもやりかねない。きっと気も狂わんばかりに心配していたんだわ」

コルダーは立ちあがり、咳払《せきばら》いをした。「エイドリアンとリーが帰ってきたら、すぐに電話しますよ」

「ええ、よろしく」ジャッキーは言った。

コルダーはマイケルの顔をまた見下ろした。

「母親が戻ってくるまで、このまま寝かせておいて構いませんか？　なんだったら、わたしが連れて帰りますが」

ジャッキーはほほえんだ。

「しばらくはわたしが見ていますよ。マイケルを捜すよりは、こうして見ているほうがずっと楽しいわ」

コルダーは握手を求めて片手を差しだした。「ほんとうにありがとうございました。親族全員を代表して、心からお礼申しあげます」

ジャッキーは立ちあがって彼を戸口の外まで送り、そしてふと躊躇《ちゅうちょ》した。

「ミスター・コルダー」衝動的に言う。「今夜はご在宅ですか？　あなたもエイドリアンも？」

「もちろん。今夜はわが家で祝杯をあげますよ」

「それではちょっとお邪魔しても構わないでしょうか？　おふたりにお話ししたいことがあるんです」

「事件に関係したことですか？」

「いえ、ちょっと……個人的に解決をつけたいことがありまして」

「もちろん構いませんよ。わたしたちにできることならなんでも協力しましょう」

「それでは八時ごろうかがっていいですか？　その時間で構いません？」

「ええ、お待ちしています」

「では、またそのときに」

ジャッキーは彼が角を曲がってしまうまで、その細身の体やはげた頭を見送っていた。そして室内に戻り、マイケルの横にすとんと腰を落として脚を伸ばした。

不意に脱力感に襲われ、息をするのも難儀なほど重苦しい疲労にとらわれた。片手を少年の足に軽く添え、ジャッキーは壁に寄りかかって目をとじた。

# 26

エイドリアンはフロントガラスごしに雨を見ていた。町に近づくにつれ、小ぬか雨がまた激しい土砂降りに変わっていた。

「こんな天気で残念だったわね、ハニー」妹に声をかける。「郊外をドライブして景色でも楽しもうと思っていたのに、見えたのはフロントガラスを往復するワイパーだけ。ほんとうにつまらない一日になっちゃったわ」

リーは助手席のシートに身を沈め、雨がたたきつける窓を見つめていた。「いいのよ、景色なんて。出かけただけで気分転換になったわ」

「ほんとうに?」エイドリアンはハンドルを握りしめた。「少しは気がまぎれた?」

リーはクマのぬいぐるみを両手に抱き、大儀そうにうなずいた。「もう一生帰りたくないくらい。電話が鳴るのをむなしく待つだけの毎日にはこれ以上耐えられそうにないわ。もう限界よ」

「ねえ、そんなに悲観しちゃだめよ」

エイドリアンは霧の中に見えてきたトレーラーに目をこらした。

「まだ一週間を過ぎたばかりじゃないの。もうじききっと見つかるわ。ひょっとしたら今日、わたしたちが出かけているあいだにも、ジャッキーが保護してくれてるかもしれないわよ」

リーは吐息をつき、目をとじて革張りのヘッドレストに頭をもたせかけた。

エイドリアンは急に心配になった。「ほんとうに大丈夫？」

「何が？」

「家に帰って大丈夫かってこと。もう二、三日、うちに泊まったら？」

リーは目をとじたまま首をふった。「もういい加減に帰らなくちゃ。そろそろふだんの生活に戻るべきなのよ。これ以上隠れているわけにはいかないわ。あなたの家にころがりこんでから、もう六日になるんだもの」

「誰も数えちゃいないわよ」エイドリアンは静かに言った。「あなたは夏休み中なんだし、あと一週間やそこらうちに泊まったって、どうってことはないわ。ハーランもわたしも、あなたをひとりにするのが心配なのよ」

「わたしなら大丈夫。ふたりにはほんとうにお世話になったけど、もう家に帰る潮時だわ」

「二、三日ママのところに泊まって、パパのランの世話を手伝ってあげたらどう？　いい考えだと思わない？」

リーはまたヘッドレストの上に頭をころがした。「ママはわたし以上に参ってるわ。いっしょにいても、お互いのためにならないわよ」

エイドリアンはそこで議論をあきらめたが、その目はまだ妹の青白い顔や震える手にさまよっていた。

降りしきる雨の中で、町が灰色にぼんやりと見えてきた。

「帰ってきたわね」エイドリアンは明るい声を作って言った。「ハーランに四時には帰るって言ってきたんだけど、時間ぴったりに着けそう。うちに寄って荷物をとっていく？」

「いいわ。荷物といってもローブと歯ブラシぐらいのものだし、明日になったら捨ててくれて構わないわ。今日はまっすぐ帰りたい」

エイドリアンは口を開きかけたものの、言いかえすのは思いとどまった。仕方なく車を北に走らせ、グリーンと白の家の前でとめた。

「コーヒーでもいれていってあげましょうか？　ハーランには、リーのうちまで帰ってきたって電話すればいいんだから」

リーは微笑しながら姉の腕に手を触れた。「もう、ひとりになりたいのよ。わかってくれるでしょう？　何かとお世話になったことにはほんとうに感謝しているけど」笑顔をかすかにゆがめて締めくくる。

「ああ、スイーティ……」エイドリアンは彼女を抱きしめた。リーも抱擁にこたえたが、やがて体を引いた。

「また電話するわ」そう言いながら、ハンドバッグやマイケルのぬいぐるみを持ってドアハンドルに手をかける。「たぶん今夜にでもね。送ってくれてありがとう」

「どういたしまして」エイドリアンは妹が車を降りるのを見守った。「リー、あなた、ほんとうにひとりで――」

「大丈夫よ」リーはまた作り笑いを浮かべた。「いろいろありがとう」そして鍵《かぎ》を捜しながら、雨の中を玄関へと駆けていった。

エイドリアンは彼女が無事に中に入るのを見届けてから、ギアを入れて車を発進させた。

最初の数分間の苦痛はとうてい耐えがたかった。胸が痛み、頭と肺が締めつけられ、考えることはおろか呼吸もままならないほどだった。リーにできるのは空っぽの家の中に立ちつくし、自分自身がばらばらに崩れ落ちないようこらえることだけだった。

静寂に少しずつ慣れてくると、家の中をふらふらと動きまわった。コーヒーをいれ、しばらく放置されていた観葉植物に水をやり、本や装飾品に手を触れた。昔から気に入っていたダイニングの椅子に手を伸ばし、クッション部分のクロスステッチをそっと撫《な》でた。

やがてなんとか気力を奮い起こし、マイケルのぬいぐるみを抱いたまま、階段をあがって自分の寝室に入った。不気味な薄明かりが満たされた室内は、きれいに整頓《せいとん》されてがらんとしていた。窓ガラスを雨粒が伝い、この部屋を洞窟《どうくつ》のように見せている。

リーはセーターをクロゼットのハンガーにかけ、ジーンズを脱ぐとジョギングスーツを着た。髪をとかしてポニーテールにまとめ、鏡の中の見知らぬ女をうつろな目でじっと見つめた。

それからようやく廊下に出て、マイケルの部屋に行った。小さなベッドに腰かけ、クマのぬいぐるみを抱きしめる。また涙があふれだした。自分でもどこだかわからない体の奥深いところ、悲しみの暗い底なし沼から、涙が絶えることなくわきあがってきた。

腕がわが子を抱きたがって痛いほどうずき、ぬいぐるみをかかえた手に思わず力が入る。立ちあがるとたんすをあけ、毛布でできたジッパーつきのおくるみを捜しだした。手早く、ほとんど無我夢中の状態でクマをその中に寝かせ、ジッパーをあげると抱きしめる。

「ああ、マイケル」柔らかなフリース素材に包まれたクマの肩に顔を押しつけ、泣きながらつぶやいた。「マイケル、ダーリン……」

遠くで何か鋭い音がして、家じゅうにこだました。リーは顔をあげ、涙をぬぐいながら耳をすませた。また音がして、電話だと思いいたった。

リーはぬいぐるみをベッドに下ろすと自分の寝室に戻り、そこが他人の部屋であるかのように電話を捜してきょろきょろした。

「もしもし」ようやく応答する。

「リー？　ジャッキー・カミンスキーです。お子さんを保護しました。これから――」

「なんですって？」リーは受話器を握りしめた。

「保護したんですよ、マイケルを」女刑事の声は遠くとぎれがちだった。接続が悪いのだ。

「いま車でそちらに向かっているところです。あと数分で着きます。いいですね？」

リーは胸が騒いで口がきけなかった。わたしの聞き違いじゃない？　ほんとうにマイケルが保護されたの？

ジャッキーはまだほかにも何か言っているが、雑音がうるさくてまるで聞きとれない。

「ジャッキー！」リーは叫んだ。

だが、電話は切れた。

リーは受話器を下ろし、階下に駆けおりた。居間に入ったときには全身ががたがた震え、ろくに歩けないようなありさまだった。窓際に立ち、リーは待った。

一台のパトカーが入ってきて停止した。フードつきの長いレインコートを着たジャッキー・カミンスキーが降りてきて、後部座席にまわった。ドアをあけると、ジャッキーは何かをかかえあげた。

リーは目を皿のようにして見ていた。窓ガラスの曇りをとろうとごしごしこすり、また顔をくっつけて外を見る。心臓はどきどきと早鐘を打っていた。

女刑事は毛布に包まれた小さなものを運んできた。子どもを運んでいるのだ。

リーは声をあげ、玄関に走って雨の中に飛びだした。

ジャッキーがフードの下からにっこりした。その頬を濡《ぬ》らしているのが雨なのか涙なのかはわからない。

「連れてきました」ジャッキーは短く言った。「マイケルを連れてきましたよ」

リーはジャッキーに駆け寄って毛布をめくり、息子の顔を見ると泣きそうな声で言った。「ああ、わたしのベイビー」マイケルの頬をさわる。「ああ、ダーリン……」

「中に入りましょう」ジャッキーが言った。「こんなところに立ってたらずぶ濡れになっちゃうわ」

家の中に入ると彼女の手から幼い息子を抱きとり、リーは夢見心地でわが子の顔に見入った。

「いったいどうやって……」ジャッキーに視線を移すと、彼女は水滴のしたたるレインコートを脱いで笑みを浮かべていた。「どこで見つけたの？」

ジャッキーはフィリップス邸の貯水槽について語り、ステファンがマイケルをひそかに出国させるつもりでいたことを説明した。

リーはジャッキーの言葉に意識を集中しようとした。だが、わが子を抱けた感動があまりに大きくて、そのいとおしい顔や小さな体の重みについ心を引き寄せられてしまう。

ジャッキーの話にまだ何か恐ろしい裏がありそうだということは、なんとなく察知できた。いずれわたしにそれを聞くだけの余裕ができたら、すべて話してくれるのだろう。

でも、いまはただこの古い揺り椅子に座って、マイケルにキスしたり、なつかしい匂《にお》いをかいだり、肌のぬくもりにひたったりしていたい。

「この子、なぜこんなに熟睡しているの？」リーは眉をひそめてそう尋ねながら、毛布をどけてマイケルの体を調べた。腕や腿を撫で、指に触れ、足先を握りしめる。

「飛行機に乗る前に強い鎮静剤をのまされたのよ。もう切れかけているけどね」ジャッキーは言った。「三十分ほど前から数分おきに目を覚まし、ここはどこって言いだしたわ」

「ああ、マイケル……」

マイケルは丸い頬に扇のようにかかる、長く濃いまつげをしていた。そのまつげがかすかに震え、やがてゆっくりとあがった。大きな茶色い目で、最初はぼんやりと、やがて驚きの表情をいっぱいにたたえ、じっとリーを見た。

「ママ？」信じられないという思いが声をかすれさせている。「ママなの？」

リーは声を嬉《うれ》し涙でうるませた。「そうよ、ママよ」泣きながら言う。「ママがあなたを力いっぱい抱きしめているのよ。もう決して離さないわ、ダーリン」

マイケルはなおも母親を見つめてから身をよじるようにして起きあがり、小さな体を震わせながら、母の首に両手でしがみついた。リーは息子の体をそっと揺すりながら背中を撫で、小声で優しくあやしてやった。

ジャッキーはそんなふたりをしばらく見守っていた。そしてポケットからティッシュを出して洟《はな》をかむと、廊下の奥のほうに姿を消した。リーの耳に、キッチンで動きまわる音が聞こえた。ケトルに水を入れ、カップを出しているようだ。ときどき楽しげな歌の一節を口ずさむ声が、キッチンのほうからあたたかく流れてくる。

リーは微笑を浮かべ、腕の中の小さな体をうっとりとさすりつづけた。

毎晩食事の支度をしておこうという気構えは、アレックスの料理の腕ばかりか工夫の才にも過大な負担をかけているようだった。今宵《こよい》のアレックスはマカロニとチーズとウインナソーセージをあえたものを用意していた。この間に合わせのキャセロールをしかめっつらで出しながら、アレックスはもごもごとわびの言葉を口にした。

「あら、おいしそうじゃないの」ジャッキーは言った。「マカロニもチーズも大好きよ」

アレックスは曖昧《あいまい》にほほえみ、エプロンをはずしてジャッキーの向かいに腰かけた。

ジャッキーは彼女の青白い顔を見て心配になった。「今日は一日何をしていたの？　ずっと雨だったけど、外には出なかったの？」

「午後に少しやんだとき、ティファニーを連れて公園に行ったわ。あの子、ぶらんこが好きなのよね」

「あら、今日はカルメンがうちにいたの？　仕事はどうしたのかしら？」

「毎週月曜は休みなのよ」アレックスは辛抱強く言った。「美容院の定休日だから」

「今日ってまだ月曜だっけ？」ジャッキーは首をふりながら続けた。「わたしったら曜日の感覚がなくなってるわ」

「カルメンは夕食のあと、あたしたちに遊びに来いって言ってたわ。トニーが新しいゲーム盤を持ってきてくれるんですって」

「それは楽しそうね。だけど、あなたひとりで行ってもらわなくちゃならないわ。わたしは先約があるの」ジャッキーは腕時計に目をやった。「おっと、のんびりしてたら遅刻しちゃうわ」

アレックスは落胆したように顔を曇らせた。「また仕事なの？　行方不明になってた男の子が見つかれば、少しは休めるかと思ってたのに」

「わたしはたいてい仕事しているのよ」ジャッキーはアレックスを正面から見た。「それは最初に言っておいたはずよ。実際、今週はこれまで以上に忙しくなるわ。マイケルの事件の捜査をしているあいだに、ほかの仕事がたまってしまったから」

アレックスは小さなソーセージのかけらをフォークで突き刺し、皿の横にきれいに並べている。ソーセージをキャセロールに入れたのはもっぱらジャッキーのためなのだ。「休暇は全然とれないの？」

「年に四週間とれるわ。じつは来週から十日ほど休もうと思ってるのよ」

アレックスの目がぱっと輝いた。「すてき！　それなら、ふたりでいっしょに――」

ジャッキーが少女の手に手を重ねてさえぎった。「わたしはロスに行かなければならないの」優しく言う。「祖母の顔を見に、年に一度ロスに行ってるのよ」

アレックスは自分の皿を見下ろし、それから強いてにっこりしてみせた。「それじゃ、あたしはここにいて、観葉植物にお水をやってあげるわ」陽気に言う。「留守番がいれば安心でしょ？」

ジャッキーは胸が痛んだが、もう来週からの休暇のことは何も言わず、そそくさと食事を終えた。それからジーンズとスウェットに着がえ、コルダー邸まで車を飛ばした。

コルダー夫妻は居間で本を読んだり音楽を聞いたりして、静かな夜を過ごしていた。ハーランが玄関のドアをあけ、ジャッキーを居心地のいい部屋に案内した。暖炉のそばのソファーでは、エイドリアンが丸くなっていた。

ジャッキーが入っていくと起きあがり、近づいてきてぎゅっと抱きしめる。ジャッキーは彼女がこんなふうに感情をあらわにしたことに驚きながらも抗《あらが》いはせず、ほっそりした背中をそっとたたいてやった。やがて体を離し、エイドリアンの紅潮した頬や赤い目を見る。

「あらあら」ジャッキーはからかうように笑いかけた。「知らない人が見たら、泣いてたんだと思うわよ」

エイドリアンはジャッキーの腕をつかみ、ソファーのほうに引っぱっていった。「だって、ほんとうに嬉しいんだもの。リーは喜びに酔いしれてるわ。完全に夢見心地よ。それを思っただけで、わたしも胸がいっぱいになっちゃうの」

「リーのところに行ってきたの？」

エイドリアンはかぶりをふった。「マイケルがまだぐったりして、薬のせいで吐き気もあるんですって。今夜は母子《おやこ》水入らずで過ごしたいって言うから、明日の夜、母のうちで盛大にお祝いをやることになったの。モニカがもう料理にかかってるわ」

「ほんとうによかったわ」ジャッキーはソファーに腰かけ、脚を投げだした。

「飲み物でもいかがかな、ジャッキー？」ハーランが言った。

「いただきます。白ワインはあるかしら？」

「シャブリとシャルドネ、どっちがいい？」

ジャッキーはにっと笑った。「白だったらなんでも。お任せするわ」

ハーランは微笑を返して居間から出ていった。

「リーはまだ知らないのかしら？」ジャッキーは言った。「つまり、実際にマイケルがどんな目にあわされていたかってこと」

エイドリアンは真剣な表情で首をふった。「まだ詳しくは知らないわ。まったくひどい事件だったわね」

「わたしも考えるのがつらいくらい。あんな小さい子が、かわいそうに。グレース・フィリップスはあの家に何かあるってわたしに教えようとしてたんだけど、言うことにとりとめがなくて、わたしには理解できなかったのよ」

「ステファンは昔から……」エイドリアンはそこで言葉を切り、暗然とした表情で暖炉の火を見つめた。「ヘレンが彼に引きずられてしまった気持ちはわかるような気がするわ」

「彼、午後に詳しい供述をしたそうだわ」ジャッキーは言った。「ほんとうにぞっとするような計画だったのよ。その計画にヘレンの協力が必要だったから、何カ月も前から彼女を狙《ねら》っていたんだわ」

「それでヘレンを誘惑したってこと?」

「リーがマイケルと会わせるのを拒むようになったあと、ヘレンのところに行って、会わせてほしいと泣きついたのよ。同情したヘレンは、マイケルを預かっているときに彼を来させるようになった。そこまでこぎつければ、自分こそが親権者にふさわしいんだと言いくるめるのは簡単だったんでしょうよ」

「だけど、どうやって誘拐に協力させたの?」

「まずヘレンと肉体関係を結んだのよ。気の毒に、ヘレンは彼のとりこになってしまったんだわ。ステファンは彼女をヨーロッパに連れていって、いっしょに暮らすと約束した。ヘレンは母親というお荷物を放《ほう》りだしたかったし、ステファンを失いたくなかったから、彼の言うがままに協力したのよ」

「なのに、なぜ殺されてしまったの？」

「ステファンが彼女を連れていけないと言うと、ヘレンは感情的になって警察にすべてぶちまけると脅したそうだわ。だから殺す以外になかったんだとステファンは言っている。ネズミを二匹処分するのと変わらない冷酷さで、ふたりの女を手にかけたのよ」

エイドリアンは身震いして自分の両手を見下ろした。「ハーランから聞いているんでしょう？」ささやくように言う。

「なんのこと？」

ジャッキーは用心深く問いかえした。

「わたしとステファンのことよ。とぼけなくていいの、ハーランが話したことはわかっているんだから。かわいそうに、あの人、わたしを愛しすぎてて、隠しごとなんかできやしないのよ」

ジャッキーは暖炉の中で揺らめく炎に目をやり、どう答えようかと考えた。

「あなたになら話したって構わないの」

エイドリアンは膝をかかえ、悲しげに続けた。

「あなたは誰にも言わないでしょうから。まったく信じられないわ、自分がああも愚かになれたなんて。でも、あの男には女心をとろかす強烈な魔力みたいなものがあるのよ。それに、当時のわたしは子どもができないことに悩んで落ちこんでいた。一時的に頭がおかしくなっていたのね、きっと。いまでも思い出すたびに自己嫌悪に陥ってしまうわ」

唇を震わせ、エイドリアンは深くうなだれた。

ジャッキーは彼女の肩に腕をまわした。「だけど、あなたはご主人に打ちあけ、ステファンとの関係をすっぱり断ち切ったじゃないの。誰にだって間違いはあるわ。あなたも生身の人間だったというだけのことよ」

エイドリアンは首をふりながらつぶやいた。「あなたってたいした人だわ、ジャッキー。自分でわかってる?」

ジャッキーはエイドリアンから手を離し、ワインボトルとグラスののったトレイを持って戸口に現れたハーランにほほえみかけた。

「ありがとう」

グラスを受けとり、居心地のいい部屋を羨《うらや》ましげに見まわす。あたたかそうな火、わが家でくつろぐ夫婦……。

「ここはほんとうにすてきだわ」

エイドリアンが黄色い陶器のボウルを差しだした。「どうぞ。このポップコーン、あなたが来るちょっと前にハーランが作ったのよ」

ジャッキーはひとつかみポップコーンをとり、流れている音楽に耳を傾けた。「わたし、この曲のフルートのソロが大好きなの」うっとりと言う。「ほら、すごくきれいでしょ?」

エイドリアンは噴きだした。「わたし、この人が好きだわ」夫に向かって言う。「ほんとうに好きだわ」

「それはよかった」ジャッキーは言った。「今日はおふたりにお願いがあってお邪魔したの。わたしにとっては大事なお願いよ」

「何かな?」ハーランが言った。「わたしたちでできることなら、喜んで協力しますよ」

ジャッキーは首をふってみせた。「話を聞いたら、そう簡単には言えなくなるかもしれないわ」

エイドリアンはポップコーンを食べ、ワインを飲んだ。「早く話してよ。じりじりしちゃうわ」

ジャッキーがアレクサンドラ・ジェラードの話をするうちに、ふたりは当惑を深めていった。ジャッキーはダウンタウンでの出会いから少女の本名を知ったいきさつ、母親に電話したときの模様やアレックスがジャッキーに追いだされないようけなげな心配りをしていることまで、包み隠さず話して聞かせた。

アレックスの母親とのやりとりについて話したときには、エイドリアンが両手をぎゅっと握りしめ、つらそうに顔を引きつらせた。ハーランはそんな妻を心配そうにちらりと見た。

「というわけなの」ジャッキーは最後にそう言った。「わたしは来週から何日かロスの家族に会いに行くつもり。だけどアレックスを連れていけるほどの余裕はないし、かといってあのアパートメントにひとり残していくわけにもいかない。いままでだって、ひとりぼっちにしてばかりだったから」

「それで留守のあいだ、彼女を預かってほしいということかな？」ハーランが言った。

「じつを言えば――」ジャッキーは静かに言った。「あなたたちに彼女の保護者になっていただきたいの、正式にね」

エイドリアンがびっくりしたように目をまるくした。「保護者ですって？　ちょっとジャッキー、わたしは十代の子の育てかたなんて何も知らないのよ」

「あなたもかつては十代だったわ」ジャッキーは言った。「それもかなり扱いにくい子だったのよね。そのころの気持ちはいまも覚えているんじゃない？」

「そりゃ忘れられないわよ、娘のことより自分の生活にばかりかまけている母親を持った子どもの気持ちはね」エイドリアンが沈んだ声で言った。

「だからあなたにはあの子の気持ちがわかってやれると思うの。アレックスはいい子だわ」ジャッキーは熱っぽく言いながらハーランのほうを見た。「気だてがよくて、おとなしくて、不平ひとつ言わない。いい子でいようと一生懸命なのよ。それはもういじらしいくらいにね」

「だけど彼女、つらい経験をしてきたわけでしょう?」エイドリアンが言う。「いまいい子でいるのは、単なる自衛手段なのかもしれないわ。遅かれ早かれ、マイナスの感情が噴きだしてくるはずよ。すぐにカウンセラーにかかるべきだわ。専門家に過去のことやいまの気持ちを聞いてもらうのよ」

「ほらね?」ジャッキーは言った。「あなた、もうやるべきことがわかっているじゃない?」

エイドリアンは困り果てたように夫の顔を見た。ハーランは穏やかに彼女を見つめかえしている。

「ちょっとハーラン」エイドリアンはすがりつくような口調になった。「まさかあなたまでわたしにそんなことができるなんて――」

「きみならちゃんとできると思うよ。その気の毒な女の子の力になってやれるだろう」

エイドリアンは両手をあげ、それから力なく膝に落とした。

「子どもは昔からほしかったわ。でも、十代の家出少女の養母になろうなんて、考えたこともなかった」

ほかのふたりは彼女の顔にさまざまな思いがよぎるのを見守った。

「あなたの協力も必要になるのよ、ハーラン」ようやくエイドリアンが言った。「いままでみたいに外で食べてきたり、遅く帰ったりするわけにはいかなくなるわ。本物の家族らしく、バーベキューをやったり、ドライブしたり、週末には湖で過ごしたりしなくちゃいけないのよ」

「望むところだよ」ハーランはあっさり言った。「家族で出かけるなんて楽しいじゃないか」

「二対一じゃ勝ち目はないわね」エイドリアンはしょんぼりと言った。「これは陰謀だわ。陰謀以外の何物でもないわよ」

ジャッキーは笑い声をあげ、彼女の手を握りしめた。「明日、出勤の途中で彼女を預けていくわ。楽しみに待っててね」

エイドリアンは青ざめた。「何か準備しておくことはない？　わたし、どうしたらいいのか——」

「自然体でいればいいのよ。あなたとアレックスなら、きっとうまくいく」

「書類を揃《そろ》えないといけないな。法的な後見人か、せめて里親になるためのね」ハーランが言った。

「当分はただの泊まり客みたいに扱ってもらったほうがいいわ」ジャッキーは言った。

「それでほんとうにうまくやっていけそうかどうか様子を見るの。大丈夫となったら、法的な手続きを始めてちょうだい。秋からは学校に行かせなければならないし、いろいろたいへんだと思うけど、児童福祉局の人たちの電話番号を教えるから、わからないことがあったら助けてもらえばいいわ。焦らないで一歩一歩進めていきましょう」

エイドリアンは神経質に両手をねじりあわせた。

「信じられないわ」小さな声で言う。「わたしがそんなことをするなんて」

ジャッキーは彼女の肩をたたいた。

「心配いらないわ。あなたならちゃんとできる」

# 27

アレックスをコルダー家に預けてから五日間、ジャッキーは毎日署で残務整理に精を出した。報告書を書き、何本も電話をかけ、ほかのこまごまとした事件の処理にもあたった。それから二週間の有給休暇をとり、週末ロサンゼルスに飛んだ。休暇のほとんどを祖母のそばで過ごすつもりだった。

だが実際には、ちょうど一週間で早々と帰ってきた。あと一週間、やることもなくアパートメントの壁をにらんで時間をつぶすのかと、憂鬱《ゆううつ》な気分ではあったけれども。

帰ってきて最初の朝を迎えた月曜日、ジャッキーは二時間ほど日ざしの中を無目的にぶらつき、それから車に乗って署のほうに顔を出してみた。刑事部屋はいつにもまして忙しそうだが、彼女のデスクには電話の伝言メモが二枚置かれているだけだった。

それを手にとって読むと、胸の内に不安が渦巻きだした。どちらもエイドリアン・コルダーからで、早急に連絡をとりたがっているようだった。

さっそくコルダー家にかけてみると、二度鳴らしただけでエイドリアンが出た。

「エイドリアン？　ジャッキー・カミンスキーよ。何かあったの？」

「ジャッキー！　こんなに早く帰ってくるとは思わなかったわ。ひょっとしてロスから電話を入れるんじゃないかと思って、伝言を頼んだのよ」

「ええ、もう少しあっちにいるつもりだったんだけど……いろいろあってね」

「ジャッキー……」

「何？」

「今夜うちに来てもらえない？　話があるのよ」

その口調がどこかおろおろしているので、ジャッキーはいっそう気が重くなった。「アレックスのこと？」

「まあね」

「アレックスが何かやったの？　まさかまた家出したんじゃないでしょうね？」

「詳しい話はうちでするわ。できたら食事に来てほしいの。家族も何人か来ることになってるから」

「わかった、喜んでうかがうわ。時間は？」

「六時ごろでは早すぎるかしら？　プールサイドに出ているわ。ショートパンツをはいて、よかったら水着も持ってきてね」

「オーケー。それじゃ六時に」

ジャッキーが電話機をぼんやり見つめていると、ウォードローが両手いっぱいにファイルをかかえてミッチェルソン警部補のオフィスから出てきた。ジャッキーを見て驚きの表情を浮かべる。

「あれ、どうしたんだい？　あと一週間は休みじゃなかったのか？」

「まだ休暇中は休暇中よ。ロスから帰るのを少し早めただけ」

「何でだ？　カリフォルニアの太陽を楽しめなかったのかい？」

ジャッキーはコンピューターのキーボードにいたずらに指を這《は》わせた。「太陽は結構だったんだけどね」

「また祖母《ばあ》さんと喧嘩《けんか》したんだな？」

ジャッキーは顔をしかめて横を向いた。ウォードローが近づいてきて、いたわるように肩に手を置く。

ジャッキーは気を落ち着け、なんとかほほえんでみせた。「あなたのほうはどうだった？　前よりは元気そうね」

「ダウンタウンのアパートメントに部屋を借りたんだ。昨日移ったばかりだけど、元気でやってるよ」

「もう気持ちは落ち着いた？」

ウォードローは手の中のファイルに目を落とした。「セーラともうおしまいだってことは認められるようになってきた。あいつもいずれ変わるんじゃないかと期待してたんだが、人間なんてそうそう変わるもんじゃない。はたの人間がどんなに変えたがってもね」

「そうかもしれないわね。悲しいことだけど」ジャッキーは電話のコードをひねくりまわした。「ほかはどんな具合？　仕事のほうは？」

「大忙しだよ。例によって暑い季節のトラブルがあふれかえっている。おかげでこっちはてんてこまいだ」

「パネシビックの件はどうなってる？」

「ステファンの保釈申請が却下された。州南部の拘置所に身柄を移され、裁判が始まるまでそこにとめ置かれる予定だ。彼の弁護士は誘拐に関しては罪を認めるが、殺人については無罪を主張する方針らしい」

「どうして？」ジャッキーはびっくりした。「本人が自白しているのよ、ブライアン。DNA鑑定の結果に自白と、証拠は揃《そろ》ってる。なのにどうして無罪なの？」

「ヘレン・フィリップスがマイケルを渡すまいとしたものだから、一時的に錯乱状態に陥ったってことだそうだ。世界じゅうの何よりも息子を大事に思っているのに、ヘレンに誘拐のことをばらすと脅され、かっとなってコントロールがきかなくなった。つまりは心神喪失により無罪ってわけだ」

「ばかばかしい。ま、陪審員にその言い訳が通用するかどうか、やってみればいいんだわ。

ザーンとミーラはどうなった？」

「あのふたりはまだ保釈中の身だが、捜査に全面的に協力したから、たぶん刑は軽くなるだろう。ひょっとしたら保護観察処分ですむかもしれない」

「よかったわ」

「よかった？」ウォードローが驚いてききかえす。

「この事件でミロスラブとイヴァーナが家族全員を失うことになっては気の毒だもの。彼らはもう十分苦しんでる。それにザーンとミーラはステファンの計画には関与していなかった。ただ彼の狂気の巻き添えになっただけ。ほかの関係者と同じくね」ジャッキーはリー・メロンやエイドリアン、ハーラン・コルダー、ヘレン・フィリップスやグレースの顔を思い浮かべた。

「そうかもしれないな」ウォードローは言った。「あの男は人の弱みにつけこむ天才だ」

ジャッキーはまた電話のコードをもてあそび、ぎこちなく咳払《せきばら》いした。「それでポール・アーヌセンは？」

「アーヌセンがどうしたって？」

「釈放されてから彼に会った？」

ウォードローはかぶりをふった。「じつは数日前の晩に少し寄ってみたんだ。いっしょにビールでも飲もうと思ってね。しかし彼はいなくなっていた」

まった」
と考えているらしく、あまり愛想はよくなかったよ。鼻先でぴしゃりとドアを閉められち
「大家がもうここにはいないって言うんだ。彼女、だいぶおかんむりでね。警察のせいだ
「いなくなっていた？」

「どこに行ったのかしら？」

「誰も知らないみたいだ」ウォードローはそこでにやりと笑った。「たぶん大工道具を持って、サイキック大工を必要としている次の町へと移っていったんじゃないか？」

ジャッキーはコンピューターの画面をじっとにらんだ。それから首をふりながら立ちあがった。「さて、わたしは休暇の残りを楽しんでくるわ。また来週の月曜に会いましょう、ブライアン」

ブライアン・ウォードローは彼女の腕に軽くパンチを入れた。「元気を出せよ、カミンスキー。人生、そう悪いことばかりでもないぜ」

「わかってる。人間は孤独だっていう、ただそれだけだわ。あなたこそがんばってよ、ブライアン」

エイドリアンは夕食に〝何人か〟家族が来ると言っていたけれど、まさか全員が集まっているとは思わなかった。

ワインを一本持ってプールのある裏庭に入っていったジャッキーは、そこで驚くべき光景に遭遇した。

食べ物ののったテーブルのそばにハーラン・コルダーが立ち、ガスの火でバーベキューをやっている。ヨットマンの帽子をかぶり、ギンガムチェックのエプロンをかけてステーキ肉を焼いているのだ。その横にいるモニカは、つきっきりで肉の焼き加減をチェックしている。

メロン邸の家政婦がこざっぱりしたグレーの制服にエプロン以外の服装をしているのを見るのは、これが初めてだ。今夜のモニカは明るいオレンジ色のコットンのスラックスをはき、黄色いプリントのブラウスを着ている。頭にかぶったつばの大きな麦わら帽子には、真紅のカーネーションが飾られている。

パラソルの下ではバーバラ・メロンがカーキの長いスカートにチェックのシャツといういでたちで、箱入りの紡ぎ糸をのんびりと束に巻いている。隣の折りたたみ椅子に腰かけている彼女の夫は、笑顔で子どもたちを見守っている。

アレックスは健康的に日焼けして、膝上で切ったジーンズをはき、髪を後ろで三つ編みにしている。プールサイドで彼女に遊んでもらっているマイケルは、もうあの悪夢からは完全に回復したようだ。だぶだぶの海水パンツをはいただけの小さな体が黄金色に日焼けしている。アレックスが投げたビーチボールを追って、笑いながらタイルの上を飛びはねる。

エイドリアンとリーは、食器ののったトレイや蓋《ふた》つきの皿を持って、家とテーブルのあいだを行ったり来たりしていた。

新しく到着した客に、リーが真っ先に気がついた。テーブルに皿を置き、駆け寄ってきてジャッキーに抱きつく。

「よく来てくださったわ、ジャッキー。みんな見て、ジャッキーが来たわよ」

誰もが口々に挨拶《あいさつ》した。オールデン・メロンでさえ、とびっきりの笑顔でジャッキーを見た。

「こっちにいらして、ジャッキー」バーバラが隣の椅子をたたいて言った。「ここに座ってちょうだい」

ジャッキーはワインの瓶をテーブルに置き、パラソルの下のメロン夫妻に近づいていって腰を下ろした。

バーバラは身を乗りだしてジャッキーの膝をたたいた。「いままであなたにお礼を申しあげるチャンスがなかったわ。メロン家一同、どれほど感謝していることか。あなたには返しようもないくらい大きな借りができたわね」

ジャッキーはきまりが悪くなって肩をすくめた。

「わたしは自分の仕事をしただけです」

バーバラは元気よくボールを追っているマイケルに目をやった。その目に涙がにじみだす。「ほんとうに恩返しのしようもないわ」

オールデンがジャッキーのほうに身を乗りだし、にっこりと笑った。「きみのために、うちのいちばんいいランを持ってきたんだ」照れくさそうに言う。「この家の冷蔵庫に入れてある」

「ありがとうございます」ジャッキーはじんとした。「そんなお気づかいをいただいて」

やがてほかの人たちとともに立ちあがり、皿に料理を山盛りにした。みんなプールのまわりに座り、食べながらおしゃべりに花を咲かせた。ハーランはみんなから料理の腕をからかわれ、上機嫌で応じていた。

アレックスがマイケルの手を引いて近づいてくると、身をかがめてジャッキーを抱きしめた。「お帰りなさい。ロスはどうだった?」

「暑くて大気汚染がひどかったわ。帰ってきてほっとした。あなたは元気だった?」

アレックスは晴れやかにほほえんだ。「とっても」ジャッキーの耳に口を寄せてささやく。「ここは最高。大好き」

そしてマイケルを両手にかかえあげ、急ぎ足で立ち去った。マイケルは身をよじらせて笑いながらプールのそばの更衣所まで運ばれ、赤いTシャツを頭からかぶせられた。そんなふたりの様子に、ジャッキーは内心首をかしげた。エイドリアンが電話でほのめかした問題が何であるにせよ、アレックスにはまったく自覚がないようだ。もしかしたらアレックスを預かること自体、エイドリアンには荷が重すぎるのかもしれない。だとしたら、このままアレックスを置いてもらうわけにはいかないだろう。ジャッキーはため息をつき、それからリーのほうを向いた。リーはガーデンチェアーを引きずってきて、隣に腰を落ち着けたところだった。

「ほかのみんなにあなたをとられる前に、ちょっとおしゃべりしたかったの」ブロンドの女はにこやかに言った。「あなたには心の底から感謝しているわ、ジャッキー」

「もういいわよ。そんなふうに言われるとむずむずしてきちゃうわ」

まして一番の功労者はポール・アーヌセンなのだから。と心の中でつけ加える。

あの特異な能力を隠し持った大工がいなかったら、マイケル・パネシビックはいまごろ異国の地で行方知れずになっていたのだ。マイケルの父親も国外に逃げおおせ、フィリップス母子《おやこ》の殺人事件は処罰すべき対象を失っていただろう。

旧ユーゴの不安定な情勢を考えたら、ステファン・パネシビックの身柄引き渡しの要求もマイケルの奪回も、永久ではないにせよ何年間もかなえられなかったに違いない。

ほんとうにすんでのところで何もかも手が届かなくなっていたのだと思うと、ジャッキーはわれ知らず身震いが出て両手をかたく握りしめた。

リーがその身震いを誤解して言った。「寒いの、ジャッキー？　セーターでも借りてきてあげましょうか？」

「いえ、大丈夫よ。マイケルは元気になった？」

リーはいとおしげな笑顔でマイケルのほうを見た。「もう以前とほとんど変わらないくらいよ。まだときどき怖い夢にうなされて、夜もわたしを放さないんだけど、それをのぞけばすっかり元気」

「秋にまた学校が始まって、あなたが仕事に行くようになっても大丈夫かしら？」

「教師の仕事は二、三年中断することにしたわ。あの子が学校にあがって、帰りの時間がわたしとだいたい同じになったら、また復帰するつもりよ」

「それで大丈夫なの？　つまり生活のこととか……」ジャッキーは恥ずかしくなって口ごもった。

リー・メロンは州でも指折りの資産家の娘なのだ。生活なんてどうにでもなるに決まっている。だが、ジャッキーは当初からリーに対し、自立志向型の女性ではないかという印象を抱いていた。

リーはまた顔をほころばせた。「じつはわたし、別の仕事を見つけたの。たいした稼ぎにはならないけど、マイケルといっしょにできる仕事なのよ」

「どんな仕事？」

「ミロスラブとイヴァーナの農場を手伝うの。農場の雑用係として雇ってもらうことになったのよ。毎日マイケルと車で農場に行き、そのときどきの農作業を手伝って、報酬としておいしい田舎料理とささやかな賃金をいただく。そのお金は家のローンにまわすつもりよ。誰もが喜ぶいい方法だわ」

ジャッキーは彼女のほっそりした手を軽くたたいた。「あなたっていい人だわ、リー」

「あなたもね、ジャッキー・カミンスキー」

それから少しぎこちない間があった。

「彼らはどうしてる？」ステファンの両親の顔を脳裏に浮かべ、ジャッキーは尋ねた。

「ずいぶん参ってるんじゃない？」

「気の毒なくらいにね。でも、彼らは悲劇とのつきあいかたを心得た社会で育ったのよ。家族を何より大事にし、人間は何が起きようと生きつづけなければならないと信じている。わたしが彼らを避けもせず、今後もマイケルと会わせるつもりでいることを、イヴァーナはずいぶん喜んでくれてるわ」

「ステファンのことはどう思ってるのかしら？」

「まああなたの推察どおりでしょうね。彼がやったことに対しては怒りや悲しみを抑えきれないようだけど、彼を愛する気持ちには変わりがないのよ。きっと一生見捨てはしないでしょう。何年刑務所で過ごすことになっても、イヴァーナは毎月きちんきちんと面会に行くんだわ」

「わたし、あなたが彼のことをモンスターだと言った、その言葉を信じるべきだったのよね。でも、彼に会ったときの感じでは……」

「わかるわ。ステファンには誰だって騙《だま》されてしまうのよ。ご自分を責めることはないわ」

ジャッキーはふと興味を覚えて彼女を見た。「あなたはマイケルを面会させに行くつもり?」

リーは唇をかんだ。「それはちょっとできそうにないわ。まして彼がヘレンたちにしたことを考えたら……。でも、裁判が終わったら、ミロスラブやイヴァーナにはマイケルを連れていかせるかもしれない。こういうことになった以上、まったく会わせないのも酷だと思うの。今後のステファンにとっては、マイケルの顔を見ることがたったひとつの生きがいになるんでしょうから……」そこで言葉をとぎれさせる。

ジャッキーは彼女をぎゅっと抱きしめてから言った。「ザーンとミーラのことはどうなの? 彼らとの関係はどうなった?」

「ザーンは不本意ながらも巻きこまれてしまっただけだと思うの。彼にはなんの恨みもないわ」リーの顔がそこで少しこわばった。「ミーラを許すにはちょっと時間がかかるかもしれないけど、きっと最後には、イヴァーナがわたしたち双方のこだわりを溶かしてくれると思うわ」

「あなたがパネシビック一族に絶縁状をたたきつけなくてよかったわ。マイケルのためにもね。家族って大事な財産だもの」ジャッキーはプールにきらめく水を見下ろした。「人間は自分を愛してくれる人たちをおろそかにしてはいけないのよ。ほんとうに愛してくれる人なんて、この世に数えるほどしかいないんだから」

「ママ！」マイケルが更衣所から叫んだ。「アレックスがもう寝る時間だって。ママも来て、本を読んでくれなきゃ。早く来てよ、ママ」アレックスと手をつなぎ、もう一方の手をじれったそうにふっている。

リーは微笑を浮かべて立ちあがってから、身をかがめてジャッキーの頰にキスした。

「ほんとうにありがとう」

彼女が去っていくと、あいた椅子にすかさずエイドリアンが座った。マドラスチェックのショートパンツに長袖《ながそで》のコットンシャツを着て、裾《すそ》を細いウエストで結んでいるのが小粋《こいき》な感じだ。

「あなたがあんまり人気者だから、なかなかふたりきりになれないわ」

「それで話っていうのは？」ジャッキーは言った。「いったい何があったの？」

エイドリアンはにっと笑い、その笑顔が以前の彼女と変わらないので、ジャッキーは少し安心した。

「ねえカミンスキー、これからもこういう上流階級とつきあうつもりなら、無意味な会話の技術を身につけなくちゃいけないわ。まず第一に、元気だったかと尋ねるのよ」

「元気だった、エイドリアン?」

「ええ、おかげさまで。あなたは?」

「元気だったわ」

「その次は相手の着ているものをほめるの」

「そのショートパンツ、ほんとうにすてきね」ジャッキーは調子に乗って続けた。「チェックの黒いラインがあなたの瞳の色とぴったり同じで」

エイドリアンはくすりと笑った。「あなたって好きだわ、カミンスキー。ほんと、大好きよ。ロスはどうだった?」

「惨澹《さんたん》たるものだったわ」ジャッキーは顔をしかめた。「十四のときの自分がなぜ家を出たがっていたのか、まざまざと思い出した。あんな家にいまだに律義に帰っていくなんて、自分で自分が解せない」

「それは残念だったわね」

「で、アレックスに関する話っていうのは? いったい何があったの?」

ふたりはアレックスのほうに目をやった。アレックスはハーランに何か言ってから、家の中に入っていった。

「あの子、幸せそうだわ」エイドリアンが沈黙を守っているので、ジャッキーは思いきって言ってみた。「さっき本人も、ここが大好きだと言っていた」

「あの子がここを気に入っているのはわかってるわ。とてもいきいきしてきたもの」エイドリアンは椅子の肘掛けの柳細工を手でさすった。「もちろんたいへんなときもあったけどね。ここに来てから二度感情を爆発させ、明け方まで泣きつづけたのよ。そのときにはわたしとハーランでかわるがわる抱きしめ、胸の内の思いを吐きださせてあげたわ。いまはだいぶ落ち着いてきたけれど、なんといっても悪夢のような体験をしてきたんですものね」

「ええ、だからわたしも……。せっかくあなたたちを信頼するようになってきたのに、また出ていかなくちゃならないなんて、あの子にはつらいことだと思うわ」

エイドリアンは鋭い目でジャッキーを見た。「なぜアレックスがここを出ていかなくちゃならないの？」

「だって……」ジャッキーはとまどった。「何か問題があるんでしょう？」

「あるにはあるけど、アレックスの問題ではないのよ。わたし自身の問題なの」

「話してみて」

パティオの照明がまたたいて点灯し、灌木《かんぼく》やプールの波を照らしだした。エイドリアンは物思わしげにプールを見た。

「わたし、怖いのよ」ようやく言う。

「何が？」

「あの子がいなくなってしまうのが。もし母親が連れもどしに来たらどうしよう。わたしにはとても耐えられないわ。もうすっかり情が移ってしまって、アレックスのいない生活なんて考えられないのよ。それはハーランも同じだわ」

ジャッキーはほっとして深々と息をついた。「そんなことは起きないわ。絶対にね。まったく無用の心配よ」

「でも、何年も世話してきた子を実の親に奪われるって話はざらにあるわ」

「それは小さい子の話よ。マイケルみたいな三歳児なんかの話。アレックスはもう十四よ。自分が誰と暮らしたいか、ちゃんと判断できる年だわ。本人がここにいたいと言ったら、裁判官だって無理やりシアトルに帰らせようとはしないわよ」

「ほんとうに？」

「ええ。ハーランにきいてみるといいわ」

「ハーランも同じようなことを言ってたけど、彼の専門は会社法なの。養育権問題については何も知らないのよ。だからあなたの口から聞きたかったの」

「だったら、もう聞かせたわ。あなたたちみんなが幸せにやっているかぎり、誰もアレックスを連れ去ることはできません。以上」

横目でエイドリアンを見ると、まだ浮かない顔をしている。

アレックスが革のケースを持って家から出てきた。ハーランのそばでプールサイドにあぐらをかくと、彼に何か言われてケースをあけ、銀色のフルートをとりだして《ダニーボーイ》を演奏しはじめる。

みんなうっとりと聞きほれた。パティオの照明は少女の日焼けした肌やつややかな金色の髪をきらめかせ、音楽はあたたかい夜気の中を優しく流れていった。

「どっちにしてもアレックスはいなくなってしまうんだわ」エイドリアンが声をつまらせてぽつりと言った。「この秋からハイスクールに通わせる手続きをとったんだけど、ハイスクールを卒業したらどこかの大学に行ってしまうのよ」

「だから？」

「だから、わたしとハーランはいずれまたふたりきりになってしまうんだわ」エイドリアンは声に苦渋をにじませた。「アレックスのいる充実した生活が当たりまえになったところで、あの子はぽんといなくなってしまう。そのときにはいったいどうしたらいいの？」

「また別の子を引きとればいいのよ」ジャッキーは穏やかに言った。「アレックスみたいな女の子はこの世にごまんといる。あなたもハーランもこんなに心が広いんだし、アレックス以外の子だって受け入れてあげられるはずよ」

「でも、ほんとうにわたしなんかに――」

「できるわよ。アレックスの部屋があくまでには、わたしが次の子を探しといてあげる。

あなたが母親業に熟達してきたら、ひとりと言わず、ふたりや三人引き受けてもらってもいいわね」

エイドリアンはぽかんとした。

それから椅子のクッションに頭をもたせかけ、心底おかしそうに笑いだした。その笑い声につりこまれ、ほかの人たちも笑みを浮かべて怪訝《けげん》そうにふたりを見た。

# 28

宵闇《よいやみ》が深くなって空に星がまたたきだしたころ、ジャッキーはパーティなかばでコルダー邸をあとにした。自宅まで車を走らせながら、丘の上にかかる月を眺める。一週間前にはもっと高い位置に満月が照り輝いていたが、今宵《こよい》の月光は淡く頼りなかった。アパートメントに着いて二階にあがっていったときにも、窓の向こうに浮かんでいた細い三日月のはかなげな姿がまだまぶたに焼きついていた。

空っぽの部屋の中をうろうろと動きまわり、そのへんのものを手にとったりまた置いたりして、うら寂しい気分をなんとか追いやろうとする。

まだ寝るには早すぎるだろうが、これからわざわざ散歩やドライブに出るような気分でもない。カルメンの部屋を訪ねようかとも思ったが、もしかしたらトニーが来ているかもしれない。

結局テレビをつけ、チャンネルを次々と切りかえて野生動物のドキュメンタリー番組でとめた。それはトラの生態を追った番組だった。ベンガルボダイジュの木陰に大きなトラたちが寝そべり、互いの体をのんびりなめあっている。

ジャッキーはソファーの上であぐらをかき、クッションを膝に抱いて映像を見つめた。カメラは木陰の群れから離れ、丈の高い草に隠れて交尾しているつがいのトラを映しだした。

雄が喉の奥からうなり声を発しながら、重そうな前足で雌にじゃれつき、上に乗っかった。雌は半分目をつぶり、雄の下でじっとしている。雄は雌の首のあたりに歯を立てて体の位置を調整すると、驚くほどの優しさをもって愛撫《あいぶ》しはじめた。雌は気持ちよさそうに地面をかきむしり、雄が動いて挿入すると首をねじって雄を見た。

ジャッキーは落ち着かなくなってクッションを放《ほう》りだし、立ちあがるとキッチンに向かった。ボウルいっぱいのポップコーンを作り、丹念にカウンターを拭《ふ》き、すでにぴかぴかのシンクを磨く。

それからもういい加減に交尾のシーンは終わっただろうと見当をつけ、ポップコーンを手にようやく居間に戻った。

再びソファーに座ったとき、インターホンが鳴った。びっくりして受話器をとる。いまごろいったい誰だろう？

受話器の向こうからは、ポール・アーヌセンがあがっていってもいいかと問いかけてきた。ジャッキーは茫然《ぼうぜん》としたまま、アパートメント入り口の開閉ボタンを押した。

そして数十秒後には自室のドアをあけた。

「やあ」彼は真面目《まじめ》くさった顔で挨拶《あいさつ》した。「お邪魔するには時間が遅すぎたかな？」

「いえ……」ジャッキーは当惑しつつもドアを支えながらわきにどいた。「いまテレビを見ているところだったの」

「それにポップコーンを食べていた？」ポール・アーヌセンはにっこりした。「匂《にお》いがするよ」

「ええ」ジャッキーは十代の小娘みたいにどぎまぎした。口がきけなくなってしまったのは驚愕《きょうがく》しているせいばかりではない。分析するのが恐ろしいような感情が胸をときめかせている。

ああ、彼はすてきだ。清潔な色あせたジーンズをはき、白いシャツに柔らかな革のジャケットを着ている。キャップはかぶっておらず、しなやかなブロンドが玄関の照明を受けて輝いている。

「何を見ていたんだい？」

「トラのドキュメンタリー」

「トラはいいな。美しい動物だ」

「あなたを……あなたを連想させるわ」

ポール・アーヌセンはその言葉にびっくりしたようだ。「どういうところが？」

ジャッキーは真っ赤になって目を伏せた。どうしてこんなばかなことを口走ってしまったのだろう。きっと彼は——。

「ほんとうに悪いときに来ちゃったんじゃないかい、ジャッキー？」

「いえ、全然」

ジャッキーは先に立って居間に入り、クッションつきの大きな肘掛け椅子をすすめると、またポップコーンを作りに行った。

アーヌセンは彼女がふたつのボウルにポップコーンを分けるのをじっと見ていた。

テレビでは雌のトラが二頭の子トラに狩りのやりかたを教えていた。三頭はカモシカの群れを追い、点在する藪《やぶ》のあいだを音もなく忍び寄っていた。

「あなたはもう引っ越したのかと思っていたわ」ジャッキーは両脚を体の下に敷きこんでソファーに座った。

「なぜ？」

「最近になってブライアンがビールを飲もうと誘いに行ったら、大家さんにあなたはもういないって言われたって。だからてっきり引っ越したんだと思ったのよ」

アーヌセンは首をふった。「どこにも引っ越してないよ。二週間ほど休みをとって、買い物に行ってたんだ」

「買い物？　なんの？」

「牧場だよ。アイダホとモンタナで何箇所か見てきた」

「そうなの？」ジャッキーははっとしてきかえした。

「いや、まだ買うのは当分先だけどね。頭金をためるのにあと三年はかかりそうだ。だが、いまから見てまわるのが楽しくてね」彼はまた笑顔になった。「夢があれば、人間いくらでもがんばれるものだよね？」

「そうかもしれないわね」ジャッキーはポップコーンを口に入れ、またちらりと彼を盗み見た。

やはり信じられないほどすてきだ。

わたしの部屋でくつろぎ、リラックスしている。ポール・アーヌセンには周囲のものを分解し、自分のまわりで再構築する不思議なパワーが備わっているみたい。だからどんな空間にいても、自然と彼が中心になってしまう。

「きみも休暇をとっていたね」彼は言った。「二度ほど署に電話してみたが、二週間の休みをとっていると言われたんだ。だから今夜もうちにいるとは期待していなかった」

「祖母に会いに、カリフォルニアに行ってたの」

「カリフォルニアまで行きながら、もう帰ってきたのかい？」

「向こうはあまり……楽しくなかったから」

「なぜ？」

気がついたらジャッキーは家族のこと、いとこたちのこと、祖母のこと、祖母との関係のむなしさなどを洗いざらいしゃべっていた。

ポール・アーヌセンは真剣なおももちで聞いていた。

「ロスに帰るときは、いつも祖母に会いたい一心なんだけど……」ジャッキーは窓の向こうで銀色に光る月に視線をさまよわせた。「着いてしばらくたつと、祖母のほうは単にお義理で迎えているだけなんだと気づかされてしまうの。ふだんの生活に戻りたくて、わたしが帰るのを待ちかねているのよ」

「なのに、きみはなんとかその関係を変えようとあがきつづけている」

「ええ。ばかみたいよね。だけど、どんなに冷たくされても、なぜかあきらめきれなくて……。もしかしたら自分の子ども時代になんらかの救いを見いだそうとしているのかもしれないわ。だってわたしには……ほかに何もないから。精神的にって意味でね。だから祖母との関係にいまだに傷ついてしまうのよ」ジャッキーは彼と目をあわせ、ほほえもうとした。「意外でしょうけど、わたし、人にそう見せかけているほどには強くないの」

「それは最初からわかっていたよ、ジャッキー」

そう、この人にはわかっているのだ。深いいたわりをたたえたその顔や優しい口もとを見ていると、彼にあんな残虐行為ができるなどとどうして思えたのか、首をひねりたくなってくる。

アーヌセンは椅子の背もたれに寄りかかり、自分が見てきた牧場や将来の夢について語りだした。彼の話を聞いているだけで、雲ひとつない空や広々とした地平線、動物たちや波打つ草原が目に浮かぶようだった。

ジャッキーはため息をついた。「さぞきれいなんでしょうね。わたしには想像しにくい世界だけど」

「よかったら明日連れていってあげるよ。休暇はまだ残っているんだろう?」

「ええ、あと一週間」

「だったらモンタナに行こう。ぼくの育った土地や友達を見てもらいたいな」

「楽しみだわ、ポール」

ふたりのあいだの壁はもう消えうせていた。女刑事と容疑者という立場上の問題がなくなったいま、ジャッキーは自分が素直に、そしてひどく無防備になっているのを感じる。以前はぴんと張りつめたとげとげしい疑いの心がジャッキーを感情から守ってくれた。だが、いまは彼の顔に触れたい気持ちでいっぱいだ。彼の髪を撫《な》で、彼の腕に抱きしめられたい。

「見てごらん」ポールがテレビを見ながら言った。「小さなカモシカが逃げていく。あのトラはもう少し狩りの腕を磨かないと今夜の食事にありつけないね」

「どんなふうに働くの?」ジャッキーはだしぬけに問いかけた。

「何が?」

「あなたの特異な能力よ。自分の意思で自在に操れるの?」

彼は居心地悪そうな顔になってかぶりをふった。

「自分で操ることはできない。勝手に浮かんで勝手に消える。ぼくにはまったく制御できないんだ」

「想像がつかないわ」

その言葉に、適切な言葉を探して難しい顔で考えこむ。

「そうだな、たとえて言えば夏の夕方のカーラジオみたいなものだ。周波数をあわせようとするうちに、突然どこか遠い局の放送がほんの数分明瞭《めいりよう》に聞きとれたりするだろう?」

ジャッキーはうなずいた。

「あれに似た感じだな。せいぜい年に一、二度、誰かが痛がっているとか苦しんでいるときだけ、ひょいとイメージが浮かぶ。たいていはどういう事情かわからないから、無視するようにしてるんだ」

「でも、マイケルのときは無視できなかったのね?」

ポール・アーヌセンはかすかに身震いしてテレビ画面に目をすえた。「あれはほんとうにひどかったよ。まだ幼いのに、かわいそうに」

「いまじゃ元気だわ、あなたのおかげでね」

ジャッキーは今夜のパーティのことを話して聞かせ、関係者のそれぞれがいまどうしているかを説明した。

ポールは思慮深そうな目でジャッキーを見つめてじっと聞き入り、いくつか質問をした。話をしているうちにジャッキーの寂しさはやわらぎ、やがて夜の闇に溶けだしたように消えていった。友情と信頼感が震えるほどの喜びを伴って、あたたかく胸の内を満たしていく。

ポールはなおも彼女を見つめていたが、ふとポップコーンのボウルをわきにどけ、立ちあがって近づいてきた。「初めてきみに会ったときからずっとしたいと思っていたことをするよ」彼は言った。

「何をするの？」

返事のかわりに大きな体をかがめてジャッキーを両手で抱きあげ、そのままソファーに腰かける。彼のたくましさは驚異的だった。ジャッキーの体に巻きついた腕は鋼鉄のバンドのようだ。

「きみにキスするんだよ、刑事さん。キスをしても逮捕しないって約束してくれるかい？」

「約束はできないわ」ジャッキーは彼の喉もとに顔をすり寄せてささやいた。アフターシェーブローションと日なたと木綿と革、それに清潔な男の匂いがする。「試しにやってみて」

次の瞬間彼の唇に口をふさがれ、呼吸がとまった。こんなに強くたくましい男なのに、唇ははっとするほど柔らかい。その唇がわずかに動き、優しく彼女を探る。

キスは長いこと続き、ジャッキーは喜びに溺《おぼ》れそうになった。このひとときが永遠に続いてほしかった。だが、ようやく唇を離すと、けぶるような笑みを浮かべて彼を見あげた。

「あなたってキスの達人だわ」ささやくように言う。

「きみもね、刑事さん。この世に生まれてから、ずっときみを待っていたような気がするよ。そうしてやっとめぐりあえたと思ったらどうなったか。きみはぼくを留置所に放りこんだ」

「それを言わないで」

ポールは声をあげて笑い、腕の中の体をそっと抱きしめた。ふたりがテレビに目をやると、ベンガルボダイジュの下でトラたちが寝そべっていた。

「幸せそうだね」ジャッキーの頬に口をつけ、ポールはかすれ声でささやいた。「幸せな家族の図だな」

「それがわたしの昔からのあこがれだったわ」ジャッキーは言った。「いつくしんでくれる人を得て、家族の一員になることが」

「ぼくもだ」ポールはにっこりほほえんだ。「ひとりぼっちはつらいものだ。だけど、トラだって伴侶《はんりょ》を見つけるのは容易ではないんだ。長い長い歳月を要する場合もある」

ジャッキーは彼の頭をそっと引き寄せ、もう一度キスをした。

ベンガルボダイジュの向こうでは日が傾き、まばゆい光が金色の指のように枝のあいだから伸びている。木陰のトラたちは互いに寄り添い、ゆっくりと闇が降りてくるその下でやすらかな眠りについていた。

この作品は完全なるフィクションです。現在スポケーン市警に北西分署は存在しません。また本書の登場人物は実在の人物をモデルにしたものではありません。捜査員の捜査活動については正確さを心がけたつもりですが、ストーリーの都合上、実情とは無関係に筆者自身の考えで創作した部分も多々あります（主に管理と手続きの面で）。

執筆にあたってご協力いただいたスポケーン市警のジェームズ・アール警部補およびカナダ騎馬警察隊のＬ・Ｋ・エディ元警部補に謝辞を贈ります。本作品における事実誤認や矛盾は彼らのせいではなく、すべて筆者の責任です。

マーゴット・ダルトン

# 訳者あとがき

最初に簡単なクイズをひとつ。

社長、プロレスラー、兵士、パイロット、刑事――職業を表すこれらの言葉の頭に共通してつけることができる接頭語はなんでしょう?

答えは〝女〟です。女社長、女プロレスラー、女兵士、女パイロット、そして女刑事という案配。

クイズとしてはちょっとお粗末でしたが(〝女〟以外にも〝元〟とか〝新米〟など、ほかに正解がいくらでもありそうだし、〝女プロレスラー〟よりは〝女子プロレスラー〟のほうが一般的ですものね)、いまあげた職業は、秘書や看護師やピアニストとは異なって、頭に〝女〟がついていないと、つい男性であるとの先入観を抱いてしまいそうなものばかりです。欧米のみならず、日本でも女性の社会進出があらゆる分野で果たされたかに見える昨今ですが、それでも肉体的、精神的にハードな職業は男のものだという固定観念は、いまなおわたしたちの頭に抜きがたく刷りこまれているようです。

本書の著者マーゴット・ダルトンはすでに四十以上の作品を発表しているベテランのロマンス作家ですが、今回はヒロインの職業を〝女刑事〟に設定して、新境地を開きました。なにしろ女刑事はたいへんです。警察官の仕事は男性にとってもそうとうハードでしょうが、体力的に劣る女性にとってはなおさらです。しかも警察という組織は徹底した階級社会、男社会であり、女の甘えなんていっさい通用しません。女といえども男の警官と対等に渡りあい、一般市民や犯罪者になめられないよう常に気を引きしめてかからなければならないのです。そのうえ刑事となれば、次々と起こる事件をなんとか解決に導かなくてはなりません。ましてその刑事が小説の主人公である場合には、迷宮入りなど絶対に許されません。かといって簡単な事件を事務的に処理するだけでは読者が納得しないので、彼女の前に立ちはだかる事件はいやおうなく複雑かつ不可解なものになるでしょう。

さらに当然のことながら、刑事にだって私生活というものがあります。刑事とて、仕事を離れればひとりの人間、ひとりの女。暗い過去や家族のしがらみに縛られていたり、仕事とは無関係の悩みや願望をひそかに隠し持っていたり……。本書に登場する女刑事ジャッキー・カミンスキーも、犯人逮捕に執念を燃やす刑事の鑑《かがみ》ではあっても、タフで格好いいだけのスーパーウーマンではありません。複雑な生育歴を背負った三十二歳の独身女性として、心の奥底にはさまざまな思いをくすぶらせているのです。

さて、孤独の翳《かげ》を身にまとったこのジャッキー・カミンスキーが所属するのはスポーケン市警の北西分署。ジャッキーは二年前に刑事に昇進し、本書で初めて幼児誘拐事件を手がけることになっています。スポケーンは米国ワシントン州に実在する人口二十万足らずの小都市ですが、ジャッキーが担当する誘拐事件はお約束どおり、捜査を進めるにつれて奇々怪々な様相を呈してきます。身代金目当てとも変質者の犯行とも断定できず、さらわれた子の離婚した両親がかかわっている可能性も否定しきれません。そのうえ途中から捜査に協力しようという自称サイキックも出てきたりして、この男もなんだかいかにも怪しげです。ジャッキーの心を妙にかき乱すサイキック男は、果たして本物の超能力者なのでしょうか。テレビのドキュメンタリー番組では、ときどきほんとうにアメリカの警察に協力している（らしい）超能力者が紹介されていますが……。

　ともあれこの謎《なぞ》めいたサイキックの存在も、誘拐事件それ自体の不可解さも、ジャッキーの心の葛藤《かっとう》や彼女の周囲で織りなされるさまざまな人間模様も、すべてがそれひとつで独立した小説にまとめられそうなドラマ性に満ちています。著者マーゴット・ダルトンの底知れぬ実力がいかんなく発揮された作品といっていいでしょう。

　北米ですでに最終話まで刊行されているジャッキー・カミンスキー・シリーズ。ロマンスの香り高い警察小説として、今後もおおいに期待できそうです。

二〇〇六年八月

霜月　桂

＊本書は、2007年1月にMIRA文庫より刊行された作品を
一部編集し、再版したものです。


ジャッキー・カミンスキー 1

# 惑《まど》わされた女《おんな》

2023年7月15日発行　第1刷

著　者　マーゴット・ダルトン
訳　者　霜月《しもつき》 桂《けい》
発行人　鈴木幸辰
発行所　株式会社ハーパーコリンズ・ジャパン
東京都千代田区大手町1-5-1
03-6269-2883（営業）
0570-008091（読者サービス係）
印刷・製本　中央精版印刷株式会社




ISBN978-4-596-52088-3

mirabooks

## 蒼玉のセイレーン
イローナ・アンドルーズ
仁嶋いずる 訳

姉から探偵事務所を引き継いだカタリーナは、ある事件の捜査中に命を狙われる。彼女を救ったのは、世界的セレブ、アレッサンドロで…。絶賛シリーズ、新章開幕！

## 翠玉のトワイライト
イローナ・アンドルーズ
仁嶋いずる 訳

アレッサンドロが姿を消して半年。傷ついた心を隠し、日々探偵事務所の依頼に明け暮れるカタリーナだったが、ある殺人をきっかけに予想外の再会を果たし…。

## 紅玉のリフレイン
イローナ・アンドルーズ
仁嶋いずる 訳

将来を誓い合ったカタリーナとアレッサンドロ。しかし、大物政治家の暗殺事件を皮切りに、驚愕の事実が次々と浮かび上がる…。第二部完結編。

## 白い迷路
ヘザー・グレアム
風音さやか 訳

友人の死をきっかけに不可解な出来事に見舞われることになったニッキ。動揺する彼女の前に現れた不思議な魅力をもつ男ブレントとともにその謎に迫るが…。

## 霧のぬくもり
ヘザー・グレアム
風音さやか 訳

祖父が遺した家に移り住んだクリスティナの前に、連続殺人の罪を着せられ死んだ男の幽霊が現れた。元刑事で初恋の相手ジェドとともに事件の真相を追うことに。

## 眠らない月
ヘザー・グレアム
風音さやか 訳

歴史ある瀟洒な邸宅の奇妙な噂を調査しにやってきたダーシー。依頼者のマットとともに真相を追うが、ある晩見た夢をきっかけに何者かに狙われはじめ…。